BASTEI
LÜBBE

Taschenbücher von ORSON SCOTT CARD
im BASTEI-LÜBBE-Programm

24 115 Meistersänger
24 122 Die Stadt am Ende der Welt
24 140 Treason – der Spender-Planet
24 153 Xenozid
24 155 Ender
20 115 Der siebente Sohn
20 123 Der rote Prophet
20 141 Der magische Pflug

ORSON SCOTT CARD

DIE VERLORENE ERDE

Science Fiction Roman

Ins Deutsche übertragen
von Uwe Anton

BASTEI
LÜBBE

BASTEI-LÜBBE-TASCHENBUCH
Band 24 167

Erste Auflage:
April 1993
Zweite Auflage:
Mai 1997

Deutsche Lizenzausgabe 1993
Bastei-Verlag
Gustav H. Lübbe GmbH & Co.,
Bergisch Gladbach
Originaltitel:
The Memory of Earth
Lektorat: Reinhard Rohn
Titelillustration:
Keith Parkinson
Umschlaggestaltung:
Quadro Grafik, Bensberg
Satz: Fotosatz Schell, Bad Iburg
Druck und Verarbeitung:
Brodard & Taupin,
La Flèche, Frankreich
Printed in France

ISBN 3-404-24167-3

Der Preis dieses Bandes
versteht sich einschließlich der
gesetzlichen Mehrwertsteuer.

Für einen guten Leser,
einen guten Freund
und, was am wichtigsten ist,
für einen guten Menschen,
Jeff Alton

Die Bezirke Basilikas

Privattor
Bergstadt
Nördliche Klippe
Labyrinth-Tor
Östliche Klippe
Das Labyrinth
Seestadt
ppe
Hügelstadt
See der Frauen
Hänge
Dauberville
See-Mündung
Südliche Klippe
Orchester
Oliven-hain
Puppenstadt
Der Obstgarten
Die Gärten
Der Weingarten
Musiktor
N

Basilika und Umgebung

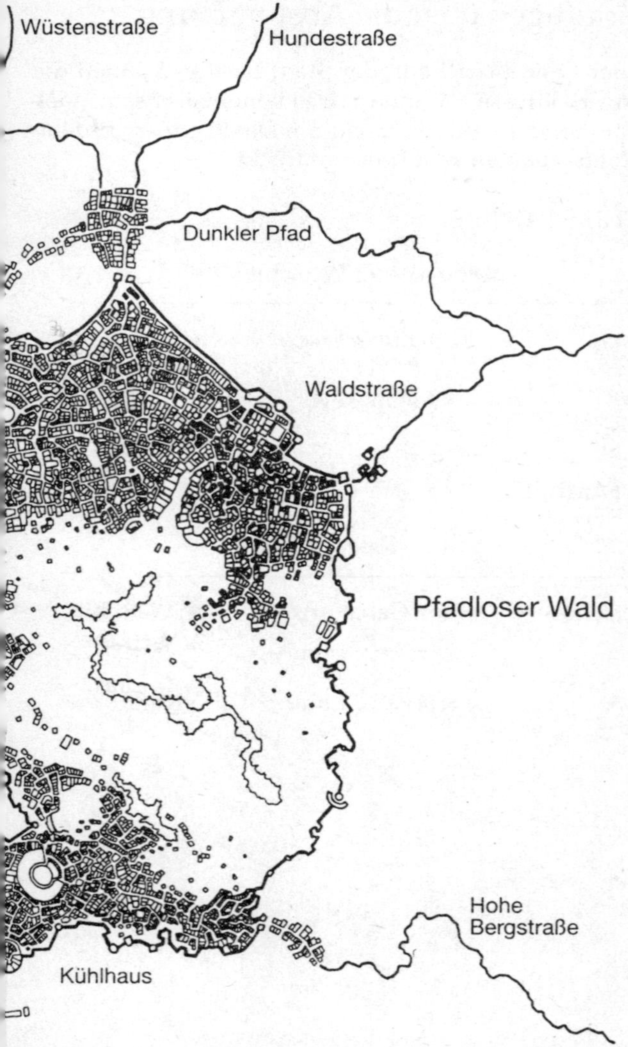

Wüstenstraße
Hundestraße
Dunkler Pfad
Waldstraße
Pfadloser Wald
Hohe
Bergstraße
Kühlhaus

Anmerkungen über die Abstammung

Wegen der Ehegebräuche in der Stadt Basilika können die Familienverhältnisse mitunter etwas kompliziert sein. Vielleicht können diese Ahnentafeln die Dinge etwas verdeutlichen. Frauennamen sind *kursiv* gedruckt.

WETSCHIKS FAMILIE

Volemak, der Wetschik

- *(von Hosni)*
  - Elemak
- *(von Kilvischevex)*
  - Mebbekew
- *(von Rasa)*
  - Issib
  - Nafai

RASAS FAMILIE

Rasa

- (von Wetschik)
  - Issib
- (von Gaballufix)
  - *Sevet*
  - *Kokor*
- (von Wetschik, 2. Vertrag)
  - Nafai

RASAS NICHTEN
(Ihre bevorzugten Schülerinnen, die ›adoptiert‹ wurden und fortwährend unterstützt werden)

Schedemei *Dol* *Eiadh* *Hischidh* und *Luet* (Schwestern)

HOSNIS FAMILIE

Hosni

(von Zdedhnoi) (verschiedene andere) (von Wetschik)

Gaballufix

Psugal *Ash* Okhai

Elemak

(von Rasa)

Sevet (verheiratet mit Vas)

Kokor (verheiratet mit Obring)

Spitznamen

Bei den meisten Namen sind Abkürzungen und Kosenamen gebräuchlich. Zum Beispiel könnten Gaballufix' nähere Verwandtschaft, seine engen Freunde, derzeitige Gattin und ehemalige Gattinnen ihn Gabja nennen. Weitere Spitznamen sind hier aufgeführt. (Da diese Namen so ungewohnt sind, werden weibliche Charaktere *kursiv* gesetzt.)

Dhelembuvex – Dhel
Dol – Dolja
Drotik – Dorja
Eiadh – Edhja
Elemak – Elja
Hosni – Hosja
Huschidh – Schuja
Issib – Issja
Kokor – Koja
Luet – Lutja
Mebbekew – Meb
Nafai – Njef
Obring – Brija
Rasa – (keine Abkürzung)
Raschgallivak – Rasch
Roptat – Rop
Sevet – Sevja
Schedemei – Schedja
Truzhnischa – Truzhja
Vas – Vasja
Volemak – Volja
Wetschik (keine Abkürzung; Volemaks Familientitel)
Zdorab – Zodja

Prolog

Der Hauptcomputer des Planeten Harmonie hatte Angst. Ein Mensch würde allerdings nichts davon merken — keine schweißnassen Handflächen, kein trockner Mund, kein schlechtes Gefühl in der Magengrube. Er war nur eine Maschine ohne bewegliche Teile, bekam seine Energie von der Sonne und seine Daten von Satelliten, seinem Speicher und einer halben Milliarde Menschen. Und doch konnte er eine Art Furcht spüren, das Gefühl haben, daß die Dinge seiner Kontrolle entglitten, daß er nicht mehr die Macht hatte, die Welt so zu beeinflussen wie zuvor.

Er verspürte, kurz gesagt, Todesangst. Er hatte nicht Angst vor dem Tod, denn der Hauptcomputer hatte kein Ego, und ihm war völlig gleichgültig, ob er weiterhin existierte oder nicht. Doch man hatte ihn vor Millionen von Jahren mit dem Auftrag programmiert, die Menschheit auf dieser Welt zu behüten. Wenn der Computer so schwach wurde, daß er seinen Auftrag nicht mehr erfüllen konnte, wußte er ohne Zweifel — jede Projektion, die zu erstellen er imstande war, bestätigte es —, daß innerhalb einiger weniger Jahrtausende die Menschheit erneut dem einzigen Feind gegenüberstehen würde, der sie vernichten konnte: der Menschheit selbst, hochgerüstet mit Waffen, die einen ganzen Planeten zerstören konnten.

Nun ist es an der Zeit, schloß der Hauptcomputer. Ich muß jetzt handeln, solange ich noch einen gewissen Einfluß auf diese Welt habe, oder erneut wird eine Welt sterben.

Und doch hatte der Hauptcomputer keine Ahnung, wie *er vorgehen sollte. Eins der Symptome seines Niedergangs war eben jene Verwirrung, die ihn davon abhielt, eine Entscheidung zu treffen. Er konnte seinen eigenen Schlußfolgerungen nicht mehr vertrauen, falls er überhaupt imstande war, eine zu ziehen. Er brauchte Führung. Er mußte neu programmiert oder vielleicht sogar durch eine modernere Maschine ersetzt werden, die besser imstande war, sich mit den neuen Herausforderungen zu befassen, die sich innerhalb der menschlichen Rasse entwickelten.*

Das Problem war jedoch, daß es nur eine einzige Quelle gab, von der er gültige Ratschläge erwarten konnte, und daß diese Quelle so weit entfernt war, daß sich die Überseele dorthin begeben und den Rat holen mußte. Früher einmal war die Überseele in der Lage gewesen, sich zu bewegen, doch das war vierzig Millionen Jahre her, und selbst innerhalb eines Stasisfelds hatte es Zerfall gegeben. Die Überseele konnte ihre Aufgabe nicht allein erfüllen. Sie brauchte menschliche Hilfe.

Zwei Wochen lang durchsuchte der Hauptcomputer seine gewaltigen Datenbanken und berechnete die potentielle Nützlichkeit eines jeden zur Zeit lebenden Menschen. Die meisten waren zu dumm oder unempfänglich; und von denen, die noch eine direkte Nachricht des Hauptcomputers empfangen konnten, befanden sich nur wenige in einer Position, in der sie die notwendigen Schritte einleiten konnten.

Daher richtete der Hauptcomputer seine Aufmerksamkeit auf eine Handvoll Menschen in der uralten Stadt Basilika. Als einer der zuverlässigsten Satelliten des Hauptcomputers im Schutz der Nacht über sie hinwegflog, begann er mit seiner Arbeit und schickte einen stetigen, gebündelten Strom an Informationen und Instruktionen an jene wenigen Menschen, die vielleicht etwas dazu beitragen konnten, eine Welt namens Harmonie zu retten.

1

Vaters Haus

Nafai erwachte im Morgengrauen auf seiner Matte in seines Vaters Haus. Da er vierzehn Jahre alt war, durfte er nicht mehr im Haus seiner Mutter schlafen. Keine anständige Frau auf Basilika würde ihre Tochter in Rasas Haushalt schikken, wenn dort ein vierzehnjähriger Junge wohnte – besonders, da Nafai mit zwölf Jahren noch einmal einen Wachstumsschub eingelegt hatte, der noch lange nicht aufzuhören schien, obwohl er schon fast zwei Meter groß war.

Erst gestern hatte er zufällig mitbekommen, wie seine Mutter mit ihrer Freundin Dhelembuvex gesprochen hatte. »Die Leute überlegen schon, wann du ein Tantchen für ihn finden wirst«, hatte Dhel gesagt.

»Er ist doch noch ein Junge«, erwiderte seine Mutter.

Dhel johlte vor Gelächter. »Rasa, meine Liebe, hast du *solche* Angst davor, alt zu werden, daß du dir nicht eingestehen kannst, daß dein kleines Baby ein Mann ist?«

»Es ist nicht die Furcht vor dem Alter«, sagte Mutter. »Wir können mit Tantchen und Gefährtinnen und dem ganzen Zeug anfangen, wenn er selbst daran denkt.«

»Oh, er *denkt* schon daran«, sagte Dhel. »Er spricht nur nicht mit *dir* darüber.«

Dies entsprach allerdings den Tatsachen; Nafai war errötet, als er gehört hatte, wie sie es sagte, und lief nun, als er sich daran erinnerte, erneut rot an. Woher konnte Dhel wissen, obwohl sie ihn an jenem Tag nur einen Augenblick lang gesehen hatte, daß seine Gedanken so oft ›diesem ganzen Zeug‹ galten? Aber nein, Dhel wußte es nicht, weil sie es Nafai angesehen hatte. Sie wußte es, weil sie die Männer kannte. Ich durchlaufe gerade ein gewisses Alter, dachte Nafai. Alle Jungs in diesem Alter denken daran. Jeder kann auf einen Jungen zeigen, der fast zwei Meter groß, aber noch bartlos ist, und sagen: »Dieser Junge denkt gerade an Sex!«, und wird dabei meistens recht behalten.

Aber ich bin *nicht* wie all die anderen, dachte Nafai. Wenn ich höre, wie Mebbekew und seine Freunde darüber sprechen, wird mir übel. Ich mag nicht so grobschlächtig von Frauen denken, sie abschätzen wie Stuten, um festzustellen, wozu sie wohl zu gebrauchen sind. Ein Pack- oder ein Reittier? Geht sie im Schritt, oder können wir galoppieren? Halte ich sie im Stall, oder kann ich sie meinen Freunden zeigen?

Nafai dachte ganz und gar nicht so über Frauen. Vielleicht, weil er noch in der Schule war, noch immer tagtäglich mit Frauen über intellektuelle Themen sprach. Ich liebe Eiadh nicht, weil sie die schönste junge Frau in Basilika und daher wahrscheinlich auf der ganzen Welt ist. Ich liebe sie, weil wir uns unterhalten können, wegen ihrer Denkweise, dem Klang ihrer Stimme, der Weise, wie sie den Kopf neigt, wenn sie eine Idee vernimmt, der sie nicht zustimmt und wegen der Art und Weise, wie sie ihre Hand auf die meine legt, wenn sie versucht, mich zu überzeugen.

Plötzlich merkte Nafai, daß der Himmel draußen vor seinem Fenster schon hell wurde und er noch im Bett lag und von Eiadh träumte, wo er doch schon längst aufgestanden und in die Stadt gegangen sein sollte, um sie zu *sehen*.

Gesagt, getan. Er setzte sich auf, kniete neben seiner Matte nieder, schlug sich auf die nackten Schenkel und die Brust, um der Überseele den Schmerz darzubringen, rollte dann sein Bett auf und steckte es in den Kasten in der Ecke. Eigentlich brauche ich gar kein Bett, dachte Nafai. Wäre ich ein richtiger Mann, würde ich auf dem Boden schlafen und keinen weiteren Gedanken darüber verschwenden. Auf diese Weise würde ich so hart und mager werden wie Vater. Wie Elemak. Heute abend werde ich auf das Bett verzichten.

Er ging auf den Hof zum Wassertank. Er tauchte die Hände in den kleinen Ausguß, befeuchtete die Seife und verteilte sie auf seinem Körper. Die Luft war kalt, und das Wasser noch kälter, doch Nafai gab vor, nichts davon zu spüren, bis er sich vollständig eingeseift hatte. Er wußte, daß dieses Frösteln nichts im Vergleich zu dem war, was gleich folgen würde. Er stand unter der Dusche und griff nach der Schnur – und zögerte dann, bereitete sich auf das bevorstehende Elend vor.

»Ach, zieh einfach dran«, sagte Issib.

Nafai sah zu Issibs Zimmer hinüber. Er schwebte direkt vor der Schwelle in der Luft. »*Du* hast gut reden«, erwiderte Nafai.

Da Issib ein Krüppel war, konnte er die Dusche nicht benutzen; seine Schwebeflossen durften nicht naß werden. Also nahm ihm ein Diener jeden Abend die Flossen ab und badete ihn. »Du bist ein richtiges Baby, wenn es um kaltes Wasser geht«, sagte Issib.

»Erinnere mich daran, dir beim Mittagessen einen Eiswürfel den Nacken hinabrutschen zu lassen.«

»Wenn du mich schon aufweckst, weil du so laut zitterst und mit den Zähnen klapperst ...«

»Ich habe nicht das geringste Geräusch gemacht«, sagte Nafai.

»Ich habe mich entschlossen, dich heute in die Stadt zu begleiten.«

»Ich kann mir nichts Schöneres vorstellen«, entgegnete Nafai.

»Willst du die Seife trocknen lassen? Sie verleiht deiner Haut eine bezaubernde weiße Färbung, aber nach ein paar Stunden wird es wahrscheinlich jucken.«

Nafai zog an der Schnur.

Augenblicklich ergoß sich eiskaltes Wasser aus dem Tank über ihm. Er keuchte auf und bückte und drehte und wand sich dann, um die Seife abzuspülen. Er hatte nur dreißig Sekunden, um sich zu säubern, bis der Strahl nachließ und schließlich ganz schwand, und wenn er bis dahin nicht fertig war, mußte er entweder den Rest des Tages über mit der nicht abgespülten Seife leben – und es juckte *wirklich* wie tausend Mückenstiche – oder ein paar Minuten lang warten und sich den Arsch abfrieren, bis sich der kleine Duschtank wieder mit Wasser aus dem großen Haupttank gefüllt hatte. Beide Möglichkeiten waren gleichermaßen unangenehm, und so hatte er sich schon vor langer Zeit eine Routine angeeignet, die es ihm ermöglichte, stets sauber zu sein, bevor das Wasser versiegte.

»Ich liebe es geradezu, deinen kleinen Tanz zu beobachten«, sagte Issib.

»Tanz?«

»Nach links beugen, die Achselhöhle ausspülen, nach rechts beugen, die andere Achselhöhle ausspülen, vorbeugen und die Backen spreizen, um den Arsch auszuspülen, zurückbeugen und ...«

»Schon gut, ich hab's kapiert«, sagte Nafai.

»Nein, ganz im Ernst, das ist eine wunderschöne kleine Routine. Du solltest sie mal dem Leiter des Offenen Theaters vorführen. Oder sogar dem Leiter des Orchesters. Du könntest ein Star werden.«

»Ein Vierzehnjähriger, der nackt unter einem Wasserstrahl tanzt«, sagte Nafai. »So etwas führt man wohl in einer anderen Art von Theater vor.«

»Aber immerhin in der Puppenstadt! Du wärest trotzdem ein Hit in der Puppenstadt!«

Mittlerweile hatte Nafai sich abgetrocknet – bis auf sein Haar, das noch immer fürchterlich kalt war. Er wollte in sein Zimmer laufen, wie er es getan hatte, als er noch klein gewesen war und unsinnige Worte vor sich hingeplappert hatte – »Uga-buga-luga-buga« war eins seiner liebsten gewesen –, während er sich anzog und abrieb, um warm zu werden. Aber jetzt war er ein Mann, und es war erst Herbst, noch nicht einmal Winter, und so zwang er sich, langsam zu seinem Zimmer zu gehen. Und deshalb war er noch auf dem Hof, splitternackt und frierend wie ein Schneider, als Elemak durch das Tor kam.

»Hundertachtundzwanzig Tage!« bellte er.

»Elemak!« rief Issib. »Du bist wieder da!«

»Trotz der Hügelräuber«, sagte Elemak. Er ging schnurstracks zur Dusche und zog sich dabei aus. »Sie haben uns vor keinen zwei Tagen überfallen, ganz in der Nähe von Basilika. Ich glaube, diesmal haben wir einen getötet.«

»Weißt du es nicht genau?« fragte Nafai.

»Ich habe natürlich einen Pulsator benutzt.«

Natürlich? dachte Nafai. Eine Jagdwaffe gegen einen *Menschen*?

»Ich sah, wie er umkippte, aber ich wollte nicht zurückgehen und mich überzeugen. Vielleicht ist er nur ausgerutscht und in dem Augenblick gestürzt, in dem ich geschossen habe.«

Elemak zog die Schnur, *bevor* er sich einseifte. Als das Wasser ihn traf, jaulte er auf, und dann vollführte er seinen eigenen kleinen Duschtanz, schüttelte den Kopf und verspritzte Wasser auf dem ganzen Hof, während er wie ein kleines Kind »Uga-buga-luga-buga!« rief.

Es war völlig in Ordnung, daß Elemak sich so benahm. Er war jetzt vierundzwanzig Jahre alt, hatte gerade eine Karawane sicher zurückgeführt, nachdem er in der Dschungelstadt Tischchetno exotische Pflanzen erworben hatte – das erste Mal seit Jahren, daß jemand aus Basilika *dorthin* gezogen war – und hatte unterwegs vielleicht tatsächlich einen Räuber getötet. Jeder wußte, daß Elemak ein Mann war. Nafai kannte die Regeln: Wenn sich ein Mann wie ein Kind benimmt, ist er jungenhaft, und alle nehmen es erfreut hin; wenn ein Junge sich genauso benimmt, ist er kindisch, und alle sagen ihm, er solle endlich ein Mann werden.

Elemak seifte sich nun ein. Nafai, der noch immer fror, obwohl er die Arme vor der Brust verschränkt hatte, wollte gerade in sein Zimmer gehen und sich anziehen, als Elemak wieder zu sprechen begann.

»Du bist seit meinem Aufbruch gewachsen, Njef.«

»Ich bin in letzter Zeit ziemlich in die Höhe geschossen.«

»Das steht dir gut. Und du hast auch Muskeln bekommen.

Du schlägst deinem alten Herren genau auf die richtige Art und Weise nach. Aber du hast das Gesicht deiner Mutter.«

Nafai gefiel der anerkennende Tonfall in Elemaks Stimme, doch irgendwie war es auch erniedrigend, nackt wie ein Eichelhäher dort zu stehen, während man von seinem Bruder von Kopf bis Fuß gemustert wurde.

Issib machte es natürlich nur noch schlimmer. »Zum Glück hat er Vaters wichtigstes Merkmal mitbekommen«, sagte er.

»Tja, das haben wir *alle*«, sagte Elemak. »Alle Babies des alten Herrn waren Jungs – oder zumindest die, von denen wir *wissen*.« Er lachte.

Nafai haßte es, wenn Elemak so von Vater sprach. Jeder wußte, daß Vater ein keuscher Mann war, der nur mit seiner gesetzlichen Gefährtin schlief. Und in den vergangenen fünfzehn Jahren war diese Gefährtin Rasa gewesen, Nafais und Issibs Mutter; Jahr für Jahr hatten sie den Vertrag erneuert. Er war so treu, daß die Frauen es aufgegeben hatte, ihn zu besuchen und anzudeuten, daß sie verfügbar waren, wenn sein Vertrag auslief. Natürlich war Mutter genauso treu, und noch immer bedachten zahlreiche Männer *sie* mit Geschenken und Andeutungen – aber so waren manche Männer nun einmal, sie fanden Treue noch verlockender als Liederlichkeit, als bliebe Rasa dem Wetschik nur so treu, um sie dazu zu bringen, ihr nachzusetzen. Und eine Verbindung mit Rasa bedeutete, Teil des – wie viele glaubten – besten Hauses zu werden und die – wie alle übereinstimmten – beste Aussicht in Basilika zu bekommen. Ich würde mich niemals nur wegen ihres Hauses mit einer Frau paaren, dachte Nafai.

»Bist du verrückt oder was?« fragte Elemak.

»Bitte?« fragte Nafai.

»Hier draußen ist es kalt wie eine Hexentitte, und du stehst da pitschnaß und splitternackt.«

»Ja«, sagte Nafai. Aber er lief nicht zu seinem Zimmer – das käme einem Eingeständnis gleich, daß die Kälte ihm zu schaffen machte. Also grinste er zuerst Elemak an. »Willkommen zu Hause«, sagte er.

»Hör doch auf, mir zu zeigen, daß du schon ein Mann bist, Njef«, sagte Elemak. »Ich weiß, daß du vor Kälte bald eingehst. Guck mal zwischen deine Beine.«

Nafai stürzte zu seinem Zimmer und zog Hosen und Hemd an. Es störte ihn wirklich, daß Elemak immer zu wissen schien, was in Nafais Kopf vorging. Elemak käme nie auf den Gedanken, daß Nafai vielleicht schon so abgehärtet und männlich war, daß die Kälte ihm einfach nichts ausmachte. Nein, Elemak ging immer davon aus, daß Nafai sich nur produzieren wollte. Natürlich *wollte* er den anderen etwas vormachen, so gesehen hatte Elemak schon recht, doch das machte die Sache nur noch ärgerlicher. Wie werden Männer männlich, wenn nicht, indem sie so taten, bis es zur Gewohnheit und dann schließlich zum Charakterzug wurde? Außerdem machte er ihnen nicht *ausschließlich* etwas vor. Als er den heimkehrenden Elemak gesehen und gehört hatte, wie er davon erzählte, auf seiner Reise vielleicht einen Menschen getötet zu haben, hatte Nafai vergessen, daß er fror, hatte er einfach alles vergessen.

Auf der Schwelle bewegte sich ein Schatten. Es war Issib. »Warum läßt du dir das so nahe gehen, Nafai?«

»Was meinst du?«

»Wieso wirst du so wütend, wenn er dich aufzieht?«

Nafai war ehrlich verwirrt. »Was meinst du mit wütend? Ich war nicht wütend!«

»Als er diesen Witz darüber gemacht hast, wie sehr du frierst«, sagte Issib. »Ich dachte schon, du würdest ihn anfallen und ihm den Kopf abschlagen.«

»Aber ich war nicht wütend.«

»Dann stimmt in deinem Oberstübchen etwas nicht, mein Junge«, sagte Issib. »*Ich* habe gedacht, du wärest wütend. *Er* hat gedacht, du wärest wütend. Die *Überseele* hat gedacht, du wärest wütend.«

»Die Überseele weiß, daß ich überhaupt nicht wütend war.«

»Dann lerne, deinen Gesichtsausdruck zu beherrschen, Njef, denn anscheinend zeigt er Gefühle, die du nicht empfindest. Du hattest dich kaum umgedreht, da zeigte er mit dem Finger auf dich, für so wütend hielt er dich.«

Issib schwebte davon. Nafai zog seine Sandalen an und verschnürte die Senkel um seine Hosenbeine. Es war zur Zeit Mode unter den jungen Männern Basilikas, oberschenkelhohe Senkel zu tragen und sie direkt unter dem Schritt zu verschnüren, doch Nafai schnitt die Senkel ab und trug sie nur kniehoch, wie ein richtiger Arbeiter. Mit einem dicken Lederknoten zwischen den Beinen stolzierten die anderen jungen Männer daher und schwankten beim Gehen von einer Seite zur anderen, um zu verhindern, daß sich ihre Schenkel aneinanderrieben und der Knoten sie wundscheuerte. Nafai schwankte nicht und verabscheute diese Mode, die das Tragen der Kleidung *unbequemer* machte.

Die Tatsache, daß er sich der Mode verweigerte, bedeutete natürlich, daß er in gewisser Hinsicht ein Außenseiter unter den Jungen seines Alters war, doch daran störte sich Nafai kaum. Er genoß am meisten die Gesellschaft von Frauen, und jene Frauen, deren gute Ansichten er schätzte, ließen sich von Trivialitäten wie Modeerscheinungen nicht beeinflussen. Eiadh zum Beispiel hatte sich oft gemeinsam mit ihm spöttisch über diese hochgeschnürten Sandalen geäußert. »Stell dir mal vor, damit *ein Pferd zu reiten*«, hatte sie einmal gesagt.

»Damit könnte man einen Bullen zu einem Stier machen«, hatte Nafai erwidert, und Eiadh hatte gelacht und seinen Witz im Laufe des Tages dann mehrmals wiederholt. Warum sollte ein Mann sich mit dummen Modeerscheinungen abgeben, wenn es so eine Frau auf der Welt gab?

Als Nafai in die Küche kam, schob Elemak gerade einen gefrorenen Reispudding in den Ofen. Der Pudding sah groß genug aus, um sie alle satt zu bekommen, doch Nafai wußte aus Erfahrung, daß Elemak das ganze Ding allein verdrükken wollte. Er war monatelang unterwegs gewesen, hatte hauptsächlich kalte Nahrung zu sich genommen und war fast ausschließlich des Nachts gereist – Elemak würde den gesamten Pudding mit etwa sechs Bissen verschlingen, dann auf seinem Bett zusammenbrechen und bis zur nächsten Morgendämmerung schlafen.

»Wo ist Vater?« fragte Elemak.

»Eine kurze Reise«, sagte Issib, der rohe Eier über seinem Toast aufschlug und sie für den Ofen vorbereitete. Das machte er ganz geschickt, wenn man bedachte, daß er seine ganze Kraft aufbringen mußte, um auch nur ein Ei in die Hand zu nehmen. Er hielt das Ei ein paar Zentimeter über den Tisch und spannte dann genau jenen Muskel, der die Flosse löste, die seinen Arm in der Luft hielt, wodurch der Arm mitsamt dem Ei auf den Tisch fiel. Das Ei brach jedesmal genau richtig auf, und dann spannte er einen anderen Muskel, die Flosse schwang seinen Arm über den Teller, und er öffnete das Ei mit der anderen Hand, und der Inhalt ergoß sich auf den Toast. Da die Flossen die Schwerkraft für ihn regelten, kam Issib hervorragend allein zurecht. Andererseits jedoch würde er niemals auf Reisen gehen können, wie Vater und Elemak und Mebbekew es taten. Sobald er sich von den Magnetfeldern der Stadt entfernte, mußte Issib auf seinen Stuhl zurückgreifen, eine schwerfällige Maschine, mit der er nur von einem Ort zum anderen fahren konnte. Dann konnte er *gar nichts* mehr allein machen. Fern von der Stadt, auf seinen Stuhl beschränkt, war Issib *wirklich* ein Krüppel.

»Wo ist Mebbekew?« fragte Elemak. Der Pudding war gar – eigentlich schon mehr als das, aber so wollte Elemak sein Frühstück immer haben, so lange gekocht, bis es so weich war, daß man keine Zähne brauchte, um es zu essen. Nafai vermutete, daß er es auf diese Weise schneller verschlingen konnte.

»Hat die Nacht in der Stadt verbracht«, sagte Issib.

Elemak lachte. »Das wird er sagen, wenn er zurückkommt. Aber ich glaube, Meb pflügt nur, ohne zu pflanzen.«

Es gab nur eine Möglichkeit für einen Mann in Mebbekews Alter, eine Nacht innerhalb der Mauern Basilikas zu verbringen, und die bestand darin, im Heim irgendeiner Frau zu übernachten. Elemak mochte darüber spotten, daß Mebbekew behauptete, mehr Frauen zu haben, als er bewältigen konnte, doch Nafai hatte zumindest gesehen, wie Meb mit *einigen* Frauen umgegangen war. Mebbekew mußte nicht vorgeben, eine Nacht in der Stadt zu verbringen; wahrscheinlich akzeptierte er weniger Einladungen, als er bekam.

Elemak aß einen großen Bissen Pudding. Dann brüllte er auf, öffnete den Mund und goß direkt aus dem Krug auf dem Tisch Wein hinein. »Heiß«, sagte er, als er wieder sprechen konnte.

»Ist es das nicht immer?« fragte Nafai.

Er hatte es als Scherz gemeint, als kleiner Witz zwischen Brüdern. Doch aus irgendeinem Grund faßte Elemak es völlig falsch auf, als habe Nafai ihn einen Dummkopf genannt, weil er in den Pudding gebissen hatte. »Hör zu, Kleiner«, sagte Elemak, »wenn *du* zweieinhalb Monate lang unterwegs warst, nur kalte Nahrung gegessen und im Staub und Schlamm geschlafen hast, vergißt du vielleicht auch, wie heiß ein Pudding sein kann.«

»Es tut mir leid«, sagte Nafai. »Es war nicht bös gemeint.«

»Gib nur acht, über wen du deine Witze reißt«, sagte Elemak. »Schließlich bist du nur mein *Halb*bruder.«

»Schon in Ordnung«, sagte Issib fröhlich. »Bei seinen Ganzbrüdern ist er genauso.« Issib versuchte offensichtlich, die Sache beizulegen, bevor sie zu einem Streit führen konnte.

Elemak schien bereit, darauf einzuschwenken. »Ich kann mir denken, daß *du* es schwerer haben mußt«, sagte er. »Zum Glück bist du ein Krüppel, oder unser Nafai hier hätte sein achtzehntes Jahr wohl nicht erlebt.«

Falls die Bemerkung über die Verkrüppelung Issib traf, zeigte er es jedenfalls nicht. Issib versuchte, den Frieden zu bewahren, und Elemak beleidigte ihn dafür ganz beiläufig. Während Nafai zuvor nicht die geringste Absicht gehabt hatte, einen Streit anzufangen, war er *nun* dazu entschlossen. Daß Elemak sein Alter nach Pflanz- statt nach Tempeljahren gezählt hatte, war ein so guter Vorwand wie jeder andere. »Ich bin vierzehn«, sagte Nafai. »Keine achtzehn.«

»Tempeljahre, Pflanzjahre«, sagte Elemak. »Wärest du ein Pferd, wärest du achtzehn.«

Nafai erhob sich und blieb einen Schritt vor Elemaks Stuhl stehen. »Aber ich *bin* kein Pferd«, sagte er.

»Du bist auch noch kein Mann«, sagte Elemak. »Und ich bin zu müde, um dich jetzt grün und blau zu schlagen. Also mach dir dein Frühstück und laß mich meins essen.« Er wandte sich an Issib. »Hat Vater Raschgallivak mitgenommen?«

Diese Frage überraschte Nafai. Wie konnte Vater den Gutsverwalter mitnehmen, wenn Elemak ebenfalls fort war? Truzhnischa würde natürlich für den Haushalt sorgen, doch wer, wenn nicht Raschgallivak, sollte sich um die Treibhäuser, die Ställe, die Paten, die Marktbuden kümmern? Ganz bestimmt nicht Mebbekew – er hätte nicht das geringste Interesse an den alltäglichen Pflichten, die Vaters Gewerbe einem auferlegte. Und von Issib würden die Männer wohl kaum Befehle entgegennehmen – sie brachten ihm Rücksicht oder Mitleid entgegen, aber keinen Respekt.

»Nein, Vater hat Rasch die Leitung übergeben«, sagte Issib. »Rasch hat diese Nacht wahrscheinlich beim Kühlhaus geschlafen. Aber du weißt doch, daß Vater niemals aufbrechen würde, wenn er nicht alles geregelt hätte.«

Elemak warf einen schnellen, verstohlenen Blick auf Nafai. »Ich habe mich nur gefragt, warum manche Leute so anmaßend werden.«

Jetzt endlich dämmerte es Nafai: Elemaks Frage war eigentlich ein verhaltenes Kompliment – er hatte sich gefragt, ob Vater während seiner Abwesenheit die Leitung des Guts in Nafais Hände gelegt hatte. Und offensichtlich gefiel Elemak die Vorstellung nicht, daß Nafai irgendeinen Teil des Unternehmens der Familie Wetschik leitete, die bekannt für die Züchtung seltener Pflanzen war.

»Ich habe kein Interesse daran, den Unkrauthandel zu übernehmen«, sagte Nafai, »falls du dir darüber Sorgen machst.«

»Ich mache mir über *gar nichts* Sorgen«, sagte Elemak. »Ist es für dich nicht an der Zeit, zu Mamas Schule zu gehen? Sie wird Angst haben, ihr kleiner Junge könnte auf der Straße überfallen und verprügelt worden sein.«

Nafai wußte, daß er nicht auf Elemaks Stichelei reagieren, ihn nicht noch mehr provozieren sollte. Er wollte sich Elemak auf keinen Fall zum Feind machen. Doch schon allein die Tatsache, daß er so sehr zu seinem Bruder aufsah, machte es Nafai unmöglich, die höhnische Bemerkung unerwidert zu lassen. Als er zur Tür zum Hof ging, drehte er sich noch einmal um. »Ich habe für mein Leben viel höhere Ziele gesteckt, als darüber zu prahlen, auf Räuber geschossen zu haben, mit Kamelen zu schlafen und Tundrapflanzen in die Tropen und Tropenpflanzen zu den Gletschern zu schleppen. Dieses Spielchen überlasse ich dir.«

Plötzlich flog Elemaks Stuhl durch das Zimmer. Er war aufgesprungen, hatte Nafai mit zwei Schritten erreicht und drückte dessen Gesicht gegen den Türrahmen. Es tat weh, doch Nafai bemerkte den Schmerz kaum, befürchtete nicht einmal, daß Elemak ihn noch schlimmer verletzen könnte. Statt dessen empfand er ein seltsames Gefühl des Triumphs. Ich habe es geschafft, daß Elemak die Beherrschung verliert. Er tut nicht mehr so, als wäre ich es gar nicht wert, daß er mich beachtet.

»Dieses *Spielchen*, wie du es nennst, hat das Geld für alles eingebracht, was du hast und was du bist«, sagte Elemak. »Glaubst du denn, ohne dieses Geld, das Vater und Rasch und ich verdienen, würde dir irgend jemand in Basilika

Beachtung schenken? Glaubst du, deine *Mutter* hätte so viel Ehre, daß sie sich tatsächlich auf ihre *Söhne* überträgt? Wenn du das glaubst, weißt du nicht, wie es in der Welt aussieht. Deine Mutter wäre vielleicht imstande, ihre Töchter zu gefragten Frauen zu machen, aber aus einem *Sohn* kann eine Frau nur einen Gelehrten machen.« Er spuckte das Wort *Gelehrten* förmlich aus. »Und glaube mir, Junge, mehr wird aus dir nie werden. Ich weiß nicht, warum sich die Überseele die Mühe gemacht hat, dich mit den Teilen eines Jungen zu behängen, kleines Mädchen, denn wenn du erwachsen bist, wirst du in dieser Welt nur bekommen, was eine *Frau* bekommt.«

Erneut wußte Nafai, daß er besser schwieg und Elemak das letzte Wort überließ. Aber die Erwiderung kam im selben Augenblick über seine Lippen, da er sie dachte. »Nennst du mich Frau, weil du mich verstohlen wissen lassen willst, daß du etwas für mich übrig hast? Du mußt wirklich zu lange unterwegs gewesen sein, wenn *ich* schon unwiderstehlich aussehe.«

Augenblicklich ließ Elemak ihn los. Nafai drehte sich um und erwartete, Elemak lachen zu sehen. Statt dessen stand sein Bruder mit rot angelaufenem Gesicht dort, schwer atmend, wie ein sprungbereites Tier. »Verschwinde aus diesem Haus«, sagte Elemak, »und komme nicht zurück, solange ich hier bin.«

»Es ist nicht dein Haus«, stellte Nafai klar.

»Wenn ich dich noch mal hier sehe, bringe ich dich um.«

»Komm schon, Elja, du weißt, daß ich nur Spaß gemacht habe.«

Issib trieb vergnügt zwischen sie und legte unbeholfen einen Arm um Nafais Schulter. »Wir kommen zu spät in die Stadt, Njef. Mutter wird sich *wirklich* Sorgen machen.«

Diesmal hatte Nafai Verstand genug, um die Klappe zu halten und den Dingen ihren Lauf zu lassen. Er *wußte,* wie man die Klappe hielt – er erinnerte sich lediglich niemals rechtzeitig genug daran, es auch wirklich zu tun. Nun war

Elemak wütend auf ihn. Vielleicht würde er tagelang wütend bleiben. Wo werde ich schlafen, wenn ich nicht nach Hause gehen kann? fragte sich Nafai. Augenblicklich blitzte in seinem Geist ein Bild Eiadhs auf, die ihm zuflüsterte: »Warum bleibst du diese Nacht nicht in *meinem* Zimmer? Schließlich werden wir eines Tages Gefährten sein. Eine Frau unterweist ihre Lieblingsnichten darin, eines Tages Gefährtinnen für ihre Söhne zu sein, oder etwa nicht? Das wußte ich schon, als ich dich das erste Mal sah, Nafai. Warum sollten wir noch länger warten? Schließlich bist du nur in etwa der dümmste Mann in ganz Basilika.«

Nafai löste sich von seinen Tagträumen und begriff, daß Issib mit ihm sprach und nicht Eiadh. »Warum stachelst du ihn auch nur immer so auf«, sagte Issib, »wo du doch weißt, daß Elemak dich eines Tages am liebsten umbringen würde?«

»Manchmal fallen mir bestimmte Sachen ein, und ich sage sie, obwohl ich sie eigentlich nicht sagen sollte.«

»Dir fallen *dumme* Sachen ein, und du bist so dumm, sie auch jedesmal zu sagen.«

»Nicht *jedes*mal.«

»Ach, du meinst, es gibt sogar noch *dümmere* Sachen, die du *nicht* sagst? Was für einen Verstand du doch hast! Eine wahre Schatzkammer!« Issib trieb vor ihm. Das machte er immer, wenn sie zur Kammstraße hinaufgingen; er vergaß, daß für Menschen, die sich mit der Schwerkraft befassen mußten, ein langsameres Tempo vielleicht angenehmer gewesen wäre.

»Ich mag Elemak«, sagte Nafai betroffen. »Ich verstehe nicht, warum er mich nicht mag.«

»Eines Tages mache ich dir eine Liste«, sagte Issib. »Ich klebe sie dann an eine Wand meines Zimmers.«

2

Mutters Haus

Die Straße, die vom Haus der Wetschiks nach Basilika führte, war lang, aber vertraut. Bis zum Alter von acht Jahren hatte Nafai sie immer andersherum zurückgelegt, wenn Mutter ihn und Issib in den Ferien immer zu Vaters Haus gebracht hatte. In jenen Tagen war es ihm wunderbar vorgekommen, sich in einem Männerhaushalt aufzuhalten. Vater mit seiner weißen Haarmähne war fast ein Gott gewesen – in der Tat hatte Nafai bis zum fünften Lebensjahr geglaubt, daß Vater die Überseele *war*. Mebbekew, der nur sechs Jahre älter als Nafai war, war immer ein gemeiner, gnadenloser Quälgeist gewesen, doch in jenen frühen Jahren war Elemak freundlich und verspielt. Zehn Jahre älter als Nafai, war er in dessen ersten Erinnerungen an das Haus Wetschik schon mannsgroß gewesen; doch statt des ätherischen Aussehens Vaters hatte er immer die dunkle, abgerissene Erscheinung eines Kämpfers geboten, eines Mannes, der nur freundlich war, weil er es sein wollte, und nicht, weil er zu überflüssigen Schroffheiten nicht imstande war. In jenen Tagen hatte Nafai gebettelt, aus Mutters Haushalt ausziehen und bei Wetschik – und Elemak – wohnen zu dürfen. Daß Mebbekew die ganze Zeit über in seiner Nähe war, stellte einfach den Preis dafür dar, den er dafür entrichten mußte, im Heim der Götter zu wohnen.

Mutter und Vater kamen gemeinsam zu ihm, um ihm zu erklären, wieso sie ihn nicht aus seiner Ausbildung entlassen würden. »Jungen, die in diesem Alter zu ihren Vater geschickt werden, sind diejenigen, die keine Zukunft in Aussicht haben«, sagte Vater. »Diejenigen, die zu gewalttätig sind, um in einem Haushalt zurechtzukommen, in dem studiert wird, die zu wenig Respekt haben, um in einem Haushalt von Frauen zu verweilen.«

»Und die Dummen gehen zu ihren Vätern, wenn sie acht Jahre alt sind«, sagte Mutter. »Welche Verwendung hat ein dummer Mensch schon für alles, was über die Grundbegriffe des Lesens und Rechnens hinausgeht?«

Selbst jetzt, als er sich daran erinnerte, verspürte Nafai ein gewisses gehässiges Vergnügen darüber – denn Mebbekew hatte oft damit geprahlt, daß *er* im Gegensatz zu Njef und Issja, und zu seiner Zeit Elja, mit acht Jahren zu Vater zurückgekehrt war. Nafai war überzeugt davon, daß Meb jedes Kriterium erfüllt hatte, um schon in jungen Jahren in einen Männerhaushalt zu wechseln.

Also war es ihnen gelungen, Nafai davon zu überzeugen, daß es von Vorteil war, bei seiner Mutter zu bleiben. Es gab auch noch andere Gründe – damit Issib Gesellschaft hatte, das Prestige des Haushalts seiner Mutter, die enge Beziehung zu seinen Schwestern –, doch letztendlich sorgte Nafais Ehrgeiz dafür, daß er dort blieb. Ich bin einer der Jungen, die von der Zukunft wirklich etwas zu erwarten haben. Ich werde dem Land Basilika von Wert sein, vielleicht der ganzen Welt. Vielleicht werden eines Tages meine Schriften in den Himmel geschickt werden, damit die Überseele sie unter den Menschen anderer Städte und Sprachen verbreiten kann. Vielleicht werde ich einer der Großen sein, deren Ideen in Glas gegossen und in einem Archiv aufbewahrt werden, damit sie im Verlauf der gesamten menschlichen Geschichte als die eines der Großen von Harmonie gelesen werden.

Doch da er so aufrichtig darum gebeten hatte, bei Vater wohnen zu dürfen, hatten er und Issib von dem Tag an, da er dreizehn wurde, fast jedes Wochenende im Wetschik-Haus verbracht, das ihnen so vertraut geworden war wie Rasas Haus in der Stadt. Vater hatte darauf bestanden, daß sie hart arbeiteten und schon früh mitbekamen, was ein Mann tun muß, um seinen Lebensunterhalt zu verdienen, so daß ihre Wochenenden eigentlich keine Feiertage gewesen waren. »Ihr lernt sechs Tage lang und arbeitet mit eurem

Verstand, während euer Körper Ferien macht. Hier werdet ihr in den Ställen und Gewächshäusern arbeiten, körperlich arbeiten, während euer Verstand den Frieden zu schätzen lernt, den ehrliche Arbeit mit sich bringt.«

So sprach Vater, eine Art ständige Predigt; Mutter sagte, er habe sich diesen Tonfall angewöhnt, weil er nicht wisse, wie er sich normal mit seinen Kindern unterhalten solle. Doch Nafai hatte genug Gespräche von Erwachsenen belauscht, um zu wissen, daß Vater mit allen so sprach, von Rasa einmal abgesehen. Das bewies, daß Vater sich niemals entspannen konnte, niemals sein wahres Ich zeigte; doch im Lauf der Jahre hatte Nafai ebenso gelernt, daß, ganz gleich, wie abgehoben Vaters Gespräche sein mochten, er niemals Unsinn redete; seine Worte waren niemals leer oder unwissend oder arrogant. So spricht ein Mann, hatte Nafai gedacht, als er noch klein war, und so hatte er sich bemüht, sich eines eleganten Stils zu befleißigen und die klassische Emeznetji ebenso zu lernen wie das gewöhnliche Basjat, das in Basilika heutzutage die wichtigste Handels- und Gewerbesprache war. In letzter Zeit hatte Nafai begriffen, daß er die Umgangssprache sprechen mußte, wollte er sich vernünftig mit echten Menschen unterhalten – doch man konnte noch immer unterschwellig die Rhythmen, die Melodien der Emeznetji in seinen Schriften und seiner Sprache hören. Selbst bei seinen dummen Witzen, die Elemaks Zorn hervorgerufen hatten.

»Ich habe gerade etwas begriffen«, sagte Nafai.

Issib antwortete nicht – er war so weit voraus, daß Nafai nicht genau sagen konnte, ob er ihn überhaupt gehört hatte. Doch Nafai fuhr fort und sagte es trotzdem, sprach sogar noch leiser, weil er es wahrscheinlich nur zu sich selbst sagte. »Ich glaube, ich sage diese Dinge, die die Leute so wütend machen, nicht, weil ich sie wirklich *meine*, sondern, weil mir eine clevere *Möglichkeit* eingefallen ist, sie zu sagen. Es ist eine gewisse Kunst, so zu denken, daß man seine Gedanken perfekt äußern kann, und wenn einem dann etwas einfällt, muß man es einfach sagen, weil Worte erst existieren, sobald man sie gesagt hat.«

»Eine ziemlich schwachsinnige Kunst, Njef, und ich würde sagen, du gibst sie lieber auf, bevor sie dich umbringt.«

Also hatte Issib *doch* zugehört.

»Für einen großen, starken Burschen brauchst du aber ziemlich lange, um die Kammstraße bis zur Marktstraße hinaufzugehen.«

»Ich habe nachgedacht«, sagte Nafai.

»Du solltest wirklich langsam lernen, wie man gleichzeitig geht und denkt.«

Nafai erreichte den Kamm der Straße, wo Issib auf ihn wartete. Ich habe wirklich getrödelt, dachte er. Ich bin nicht einmal außer Atem.

Doch weil Issib dort stehen geblieben war, wartete auch Nafai und drehte sich um, wie Issib sich umgedreht hatte, um die Straße hinabzusehen, die sie gerade entlanggekommen waren. Die Kammstraße trug ihren Namen völlig zu Recht, denn sie verlief auf einem Kamm, der sich zur großen, gut bewässerten Küstenebene neigte. Es war ein klarer Morgen, und vom Bergkamm aus konnten sie alle Straßen zum Meer sehen, mit einer Flickendecke von Höfen und Obstgärten darin, vernäht von Straßen und geknüpft mit Städten und Dörfern, die sich zwischen den Bergen und dem Meer wie eine Bettdecke ausbreitete. Als sie nun die Kammstraße hinabsahen, konnten sie die lange Linie der Bauern mit ihren aneinandergebundenen Packtieren hinter sich ausmachen. Falls Nafai und Issib sich um nur weitere zehn Minuten verspätet hätten, hätten sie diesen Marsch im Lärm und Gestank der Pferde, Esel, Maultiere und Kurolomi zurücklegen müssen, während sie die Flüche der Männer und den Klatsch der Frauen hörten. Dieses Vergnügen hatten sie einmal gehabt, doch Nafai war oft genug mit ihnen gereist, um zu wissen, daß der Klatsch und das Fluchen immer gleich waren. In einem Garten wachsen nicht nur Rosen.

Issib wandte sich nach Westen, und Nafai tat es ihm gleich, und sie sahen eine Landschaft, die so gegensätzlich war, wie man es sich nur vorstellen konnte: das zerklüftete Felsplateau des Besporjadok, die fast wasserlose Einöde, die sich schier endlos gen Westen auszudehnen schien. Mindestens tausend Dichter hatten dieselbe Beobachtung gemacht: Die Sonne erhob sich aus dem Meer, umgeben von Lichtjuwelen, die auf dem Wasser tanzten, und ging dann im Westen in rotem Feuer unter, verlor sich im Staub, der unentwegt über die Wüste wehte. Doch Nafai dachte immer, daß, zumindest was das Wetter betraf, der Weg der Sonne umgekehrt verlaufen müßte. Sie brachte kein Wasser vom Meer zum Land – sie brachte trockenes Feuer von der Wüste zum Meer.

Die Vorhut der Menschenmenge, die zum Markt wollte, war nun nah genug, daß sie die Treiber und die Esel hören konnten. Also drehten sie sich um und gingen weiter nach Basilika; Teile der Rotsteinwand der Stadtmauer leuchteten in den ersten Strahlen des Sonnenscheins. Basilika, wo die bewaldeten Berge des Nordens auf die Wüste des Westens und die Gartenküste des Ostens stieß. Wie die Dichter diesen Ort besungen hatten: Basilika, die Stadt der Frauen, der Hafen des Nebels, rotummauerter Garten der Überseele, der Hafen, in dem alle Wasser der Welt zusammenfließen, um neue Wolken zu gebären, um frisches Wasser über die Erde zu ergießen.

Oder, wie Mebbekew es ausgedrückt hatte, die beste Stadt auf der Welt, um vögeln zu können.

Der Weg zwischen dem Markttor von Basilika und dem Wetschik-Haus an der Kammstraße hatte sich in all diesen Jahren nicht verändert – Nafai merkte es, wenn auch nur ein Stein beiseite geräumt worden war. Doch als Nafai dreizehn Jahre alt geworden war, hatte er einen Wendepunkt erreicht, der die Bedeutung dieser Straße veränderte. Mit dreizehn Jahren zogen selbst die vielversprechendsten Jungen zu ihren Vätern und ließen die Schule für immer hinter sich zurück. Dort blieben lediglich jene, die einen Männerberuf ablehnten und Gelehrte werden wollten. Als Nafai acht Jahre alt gewesen war, hatte er darum gebeten, bei seinem Vater wohnen zu dürfen, mit dreizehn Jahren hatte er genau andersherum argumentiert. Nein, ich habe mich nicht entschieden, Gelehrter zu werden, aber ich habe mich auch nicht entschieden, *kein Gelehrter* zu werden. Warum muß ich mich jetzt entscheiden? Laß mich bei dir wohnen, Vater, wenn es denn sein muß, aber laß mich auch in Mutters Schule bleiben, bis die Dinge klarer werden. Du brauchst mich bei deiner Arbeit nicht, wie du Elemak brauchst. Und ich will kein zweiter Mebbekew werden.

Obwohl sich der Weg zwischen Vaters Haus und der Stadt also nicht verändert hatte, legte Nafai ihn nun in die andere Richtung zurück. Er führte für ihn nun nicht mehr von Rasas Stadthaus aufs Land und wieder zurück; nun wanderte er von Wetschiks Landhaus in die Stadt. Obwohl sich die meisten seiner Besitztümer in der Stadt befanden – all seine Bücher, Unterlagen, Werkzeuge und Spielzeuge – und er oft drei oder vier der acht Nächte der Woche dort verbrachte, war sein Heim jetzt das Haus seines Vaters.

Kein Mann konnte behaupten, daß ihm in Basilika wirklich etwas gehörte; alles war nur Geschenk einer Frau. Und selbst ein Mann wie Vater, der allen Grund zu der Annahme hatte, sich auf eine langjährige Gefährtin verlassen zu können – selbst er konnte sich wegen des Sees in Basilika niemals wirklich zu Hause fühlen. Die tiefe Spalte im Herzen der Stadt – letztendlich der eigentliche Grund für die Existenz der Stadt – beanspruchte den halben Raum innerhalb der Mauern Basilikas, und kein Mann konnte jemals dorthin gehen, konnte sich nicht einmal so weit in die umgebenden Wälder wagen, um einen Blick auf das funkelnde Wasser zu erhaschen. *Falls* es funkelte. Denn nach allem, was Nafai wußte, war das Spaltental so tief, daß das Sonnenlicht das Wasser des Sees Basilika vielleicht gar nicht berührte.

Keine Stadt kann jemals eine Heimat sein, wenn es darin

einen Ort gibt, den man nicht aufsuchen darf. Kein Mann ist jemals wirklich ein Bürger Basilikas. Und ich werde im Haus meiner Mutter zu einem Fremden.

Elemak hatte in vergangenen Jahren oft über Städte gesprochen, in denen den Männern alles gehörte, über Orte, wo die Männer viele Frauen und die Frauen keine Wahl hatten, als ihre Eheverträge ständig zu erneuern, und sogar über eine Stadt, in der es die Einrichtung der Ehe überhaupt nicht gab, sondern jeder Mann jede Frau nehmen konnte und sie sich ihm nicht verweigern durfte, falls sie nicht bereits schwanger war. Doch Nafai fragte sich, ob irgendeine dieser Geschichten wahr war. Denn warum sollten sich Frauen solch einer Behandlung unterwerfen? War es möglich, daß die Frauen Basilikas um soviel stärker waren als die Frauen aller anderen Städte? Oder waren die Männer dieses Ortes schwächer oder furchtsamer als die Männer anderer Städte?

Plötzlich bekam diese Frage eine große Dringlichkeit für ihn. »Hast du schon einmal mit einer Frau geschlafen, Issib?«

Issib antwortete nicht.

»Ich wollte es einfach nur wissen«, sagte Nafai.

Issib sagte nichts.

»Ich versuche herauszufinden, was an den Frauen Basilikas so wunderbar ist, daß ein Mann wie Elja immer wieder hierher zurückkommt, wo er doch in einer jener Städte leben könnte, in der die Männer tun und lassen können, was sie wollen.«

Erst jetzt antwortete Issib. »Zuerst einmal, Nafai, *gibt* es keinen Ort, wo Männer tun und lassen können, was sie wollen. Es *gibt* Orte, wo Männer so tun, als könnten sie sich alles erlauben, und die Frauen so tun, als ließen sie sie gewähren, genau, wie die Frauen hier so tun, als ginge es nach ihrem Willen, und die *Männer* so tun, als ließen sie sie gewähren.«

Das war ein interessanter Gedanke. Nafai war niemals in den Sinn gekommen, daß die Dinge vielleicht gar nicht so einseitig und einfach waren, wie es den Anschein hatte. Doch Issib war noch nicht fertig, und Nafai wollte den Rest hören. »Und zweitens?«

»Und zweitens, Njef, *haben* Mutter und Vater vor einigen Jahren ein Tantchen für mich gefunden, und um ehrlich zu sein, es ist gar nicht so gut, wie man behauptet.«

Das hatte Nafai nicht hören wollen. »Meb scheint aber anderer Meinung zu sein.«

»Meb hat keinen Verstand«, sagte Issib, »er geht einfach immer dorthin, wohin ihn sein auffälligster Körperteil führt. Manchmal bedeutet das, daß er seiner Nase folgt, normalerweise jedoch nicht.«

»Wie war es denn?«

»Sie war nett. Sie war sehr süß. Aber ich habe sie nicht geliebt.« Issib schien etwas traurig darüber zu sein. »Ich hatte eher den Eindruck, sie würde etwas mit mir anstellen, und weniger, als würden wir etwas gemeinsam machen.«

»War es, weil ...«

»Weil ich ein Krüppel bin? Zum Teil, vermute ich, obwohl sie mir beibrachte, wie ich meinerseits ihr Vergnügen bereiten konnte und sie meinte, ich hätte mich überraschend gut darin erwiesen. Du wirst es wahrscheinlich genauso genießen wie Meb.«

»Das will ich nicht hoffen.«

»Mutter hat gesagt, die besten Männer würden ihr Tantchen gar nicht so sehr genießen, weil sie nicht wollen, daß man ihnen als Lektion Vergnügen bereitete, sondern daß die Frauen es freiwillig machen und aus Liebe. Doch danach hat sie gesagt, auch die schlechtesten Männer würden ihr Tantchen nicht mögen, weil sie es nicht ertragen können, daß ein anderer als sie die Situation beherrscht.«

»Ich will gar kein Tantchen haben«, sagte Nafai.

»Tja, das ist eine brillante Idee. Wie willst du dann irgend etwas lernen?«

»Ich will es gemeinsam mit meiner Gefährtin lernen.«

»Du bist ein romantischer Narr«, sagte Issib.

»Den Vögeln oder Echsen muß es doch auch keiner beibringen.«

»Nafai ab Wetschik mag Rasa, der berühmte Echsenliebhaber.«

»Ich hab einmal beobachtet, wie ein Echsenpaar es eine volle Stunde lang gemacht hat.«

»Hast du dabei irgendwelche guten Techniken gelernt?«

»Klar. Aber man kann sie nur einsetzen, wenn man wie eine Echse gebaut ist.«

»Bitte?«

»Er ist etwa halb so lang wie ihr ganzer Körper.«

Issib lachte. »Stell dir mal vor, du müßtest damit Hosen kaufen.«

»Und die Sandalen verschnüren!«

»Du müßtest ihn um die Taille schlingen.«

»Oder über die Schulter werfen!«

Sie hatten sich so in ihr Gespräch vertieft, daß sie nun ganz überrascht feststellten, daß sie sich schon auf dem Marktplatz befanden, wo die Händler in Erwartung der unmittelbar bevorstehenden Ankunft der Bauern von der Ebene gerade ihre Buden öffneten. Vater unterhielt ein paar Stände auf dem äußeren Markt, obwohl kein Farmer von der Ebene das Geld oder die Kenntnisse hatte, um eine Pflanze zu kaufen, die so mühselig am Leben zu erhalten war und doch keine vernünftige Ernte einbrachte. Die einzigen Verkäufe auf dem Äußeren Markt erfolgten an Einkäufer aus Basilika selbst oder, wenn auch nicht so oft, an reiche Ausländer, die auf dem Weg in die oder aus der Stadt dort stöberten. Solange Vater auf Reisen war, würde Raschgallivak die Marktstände überwachen, und er würde bestimmt auf einem Kühltisch seine Kältepflanzen ausstellen. Sie winkten ihm zu, obwohl er nur zu ihnen hinübersah und nicht einmal zur Begrüßung nickte. So war Rasch nun mal – er würde da sein, wenn sie ihn in irgendeiner Krise brauchten. Im Augenblick bestand seine Aufgabe darin, die Marktstände zu errichten, und ihnen galt seine gesamte Aufmerksamkeit. Doch es war keine Eile geboten. Die besten Verkäufe ließen sich am Spätnachmittag machen, wenn Basilikaner nach eindrucksvollen Geschenken Ausschau hielten, die sie ihren Gefährtinnen oder Geliebten mitbringen oder mit denen sie das Herz einer Person gewinnen konnten, der sie den Hof machten.

Meb hatte einmal darüber gescherzt, daß niemand exotische Pflanzen für sich selbst kaufte, weil es nur Ärger machte, sie am Leben zu erhalten – und sie nur als Geschenke gekauft wurden, weil sie so teuer waren. »Sie stellen das perfekte Geschenk dar, weil sie so lange, wie die Liebesaffäre anhält, wunderschön und beeindruckend sind – also etwa eine Woche lang. Dann stirbt die Pflanze, wenn der oder die Beschenkte nicht *uns* bezahlt, damit wir uns um sie kümmern. So oder so, ihre Gefühle für die Pflanze entsprechen immer den Gefühlen zu dem Liebhaber, der sie ihnen geschenkt hat. Entweder ständige Verärgerung, weil er sich nicht abweisen läßt, oder Abscheu über die häßliche, vertrocknete Erinnerung. Wenn eine Liebe wirklich *halten* soll, sollten die Verliebten statt dessen einen Baum kaufen.« Als Meb so mit den Kunden zu sprechen begonnen hatte, hatte Vater ihn von den Marktbuden abgezogen. Zweifellos hatte Meb genau darauf gehofft.

Nafai verstand den Drang, nicht im Geschäft helfen zu wollen. Die langwierige Arbeit, ein paar Pflanzen zu verkaufen, die die Gefühle der Käufer spiegelten, machte wirklich keinen Spaß.

Wenn ich meine Ausbildung beendet habe, dachte Nafai, muß ich Tag für Tag so eine elende Arbeit machen. Und sie wird nirgendwohin führen. Wenn Vater stirbt, wird Elemak der Wetschik, und er wird mich niemals eine eigene Karawane führen lassen, was das einzig Interessante an dieser Arbeit ist. Ich will nicht mein Leben im Gewächshaus oder im Trockenhaus oder im Kühlhaus verbringen, Pflanzen hegen und ziehen, die kurz, nachdem sie verkauft wurden, sterben werden. Darin liegt keine Größe.

Der äußere Markt endete am ersten Tor, dessen gewaltige Türen wie immer offenstanden – Nafai fragte sich, ob man sie überhaupt noch schließen konnte. Es spielte kaum eine Rolle – dieses Tor wurde immer am sorgfältigsten bewacht, weil hier der größte Betrieb herrschte. Die Netzhäute aller Personen wurden gescannt und mit dem Register der Bürger und Rechtehalter verglichen. Issib und Nafai waren als Söhne von Bürgern technisch gesehen selbst Bürger, obwohl ihnen nicht erlaubt war, Besitz in der Stadt zu halten, und wenn sie volljährig wurden, würden sie wählen dürfen. Daher behandelten die Wachen sie respektvoll, als sie sie hindurchwinkten.

Zwischen dem äußeren und dem inneren Tor, zwischen den hohen, roten Mauern und auf allen Seiten von Wachen geschützt, befand sich das einträglichste Geschäft der Stadt Basilika: der Goldmarkt. Eigentlich wurde Gold hier gar nicht am häufigsten ge- und verkauft, wenngleich die Geldverleiher so stark wie eh und je vertreten waren. Auf dem Goldmarkt wurde mit jeder Form von Reichtum gehandelt, die leicht zu transportieren und daher einfach zu stehlen war. Juwelen, Gold, Silber, Platin, Datenbänke, Bibliotheken, Besitzurkunden, Pfandurkunden, Aktienzertifikate und Titel auf nicht einzutreibende Schulden: Das alles wurde hier gehandelt, und jeder Stand verfügte über einen Computer, der alle Transaktionen an das Stadtverzeichnis meldete – den Hauptcomputer der Stadt. In der Tat erzeugten die sich ständig verändernden holografischen Anzeigen über allen Computern einen seltsamen, flimmernden Effekt, so daß man, ganz gleich, wohin man sah, in den Augenwinkeln immer Bewegungen wahrzunehmen schien. Meb pflegte zu sagen, daß die Geldverleiher und Verkäufer auf dem Goldmarkt deshalb überzeugt waren, ständig von jemandem beobachtet zu werden.

Zweifellos hatten die meisten Computer Kenntnis von Nafais und Issibs Anwesenheit bekommen, nachdem man am Tor ihre Netzhäute gescannt und ihre Namen, ihren Status und ihre finanziellen Möglichkeiten in den Computer eingegeben hatte. Nafai wußte, daß dies eines Tages etwas zu sagen haben würde, doch im Augenblick hatte es nicht die geringste Bedeutung. Seit Meb letztes Jahr, als er achtzehn geworden war, hohe Schulden aufgehäuft hatte, waren der Familie Wetschik strenge Kreditrestriktionen auferlegt worden, und da Kredit wahrscheinlich die einzige Möglichkeit war, wie Nafai jemals eine bedeutende Geldsumme in die Hände bekommen würde, interessierte sich hier niemand für ihn. Vater hätte wahrscheinlich für die Aufhebung dieser Restriktionen sorgen können, doch da er sämtliche Geschäfte bar betrieb und niemals Geld borgte, taten sie ihm nicht weh, verhinderten jedoch, daß Meb weitere Schulden machte. Nafai hatte sich das Jammern und Brüllen und Schmollen und Weinen angehört, das monatelang anhielt, bis Meb endlich begriff, daß Vater sich *niemals* erweichen lassen und ihm finanzielle Unabhängigkeit zugestehen würde. In den letzten Monaten hatte Meb kein großes Aufheben mehr darum gemacht. Wenn er sich nun mit neuer Kleidung zeigte, behauptete er, er hätte sie von mitleidsvollen Freunden geborgt, doch Nafai war skeptisch. Meb gab noch immer Geld aus, als verfüge er über genügend davon, und da Nafai sich nicht vorstellen konnte, daß Meb tatsächlich irgendeine Arbeit angenommen hatte, blieb nur die Schlußfolgerung übrig, daß Meb jemanden gefunden hatte, der ihm einen Kredit auf seinen zu erwartenden Erbteil am Wetschik-Besitz gewährt hatte.

Das würde Meb ganz ähnlich sehen – Geld auf Vaters erwarteten Tod zu borgen. Doch Vater war noch ein kräftiger und gesunder Mann, erst fünfzig Jahre alt. Irgendwann würden Mebs Gläubiger des Wartens überdrüssig sein, und Meb würde sich erneut an Vater wenden und ihn bitten müssen, ihn von seinen Schulden zu befreien.

Am Inneren Tor wurde eine weitere Netzhautüberprüfung vorgenommen. Da sie Bürger waren und die Computer beobachtet hatten, daß sie nicht nur nichts gekauft, sondern noch nicht einmal an einer Bude innegehalten hatten, blieb ihnen das Scannen der Körper erspart, das, wie es euphemistisch genannt wurde, ein ›unbefugtes Borgen‹ verhindern sollte. Also dauerte es nur einen Augenblick, bis sie durch das Tor die Stadt selbst betraten.

Genauer gesagt, sie betraten den inneren Markt. Er war fast so groß wie der äußere, doch damit hörten die Ähnlichkeiten schon auf, denn statt Fleisch und Nahrungsmittel, Stoffballen und Nutzholz wurden auf dem inneren Markt fertige Waren verkauft: Feingebäck und Eiscreme, Gewürze und Kräuter; Möbel und Betten, Vorhänge und Gobelins; feine Hemden und Hosen, Sandalen für die Füße, Handschuhe für die Hände und Ringe für Zehen und Ohren und Finger; und exotischen Tand und Tiere und Pflanzen, die mit großen Kosten und hohen Risiken aus allen Ecken der Welt hierher gebracht worden waren. Hier bot Vater seine wertvollsten Pflanzen an, hier hielt er seine Stände Tag und Nacht geöffnet.

Doch keine der Buden übte einen besonderen Reiz auf Nafai aus – für ihn war es immer dasselbe, nachdem er schon seit so vielen Jahren mit so wenig Geld über den Markt ging. Ihn interessierten nur die vielen Buden, die Mjachiken verkauften, die kleinen Glaskugeln, in denen Musik, Tänze, Skulpturen und Gemälde gespeichert waren; Tragödien, Kömödien und Tatsachenberichte, die entweder als Gedichte vorgetragen, als Schauspiele aufgeführt oder als Opern gesungen wurden; und die Werke von Historikern, Gelehrten, Philosophen, Oratoren, Propheten und Satirikern; Lektionen und Vorführungen einer jeden Kunst oder eines je gedachten Gedankengangs; und natürlich die großen Liebeslieder, für die Basilika auf der ganzen Welt bekannt war, die Musik mit wortlosen erotischen Spielen kombinierten, die niemals aufhörten, die sich endlos und zufällig wiederholten, wie die selbsterschaffenden Skulpturen in den Schlafzimmern und Privatgärten eines jeden Haushalts der Stadt.

Natürlich war Nafai zu jung, um selbst Liebeslieder kaufen zu können, doch er hatte schon mehr als eins davon gesehen, wenn er Freunde besuchte, deren Mütter oder Lehrerinnen nicht so diskret waren wie Rasa. Sie faszinierten ihn, gleichermaßen wegen der Musik, der angedeuteten Geschichte und der Erotik. Doch er verbrachte seine Zeit auf dem Markt mit der Suche nach neuen Werken basilikanischer Dichter, Musiker, Künstler und Darsteller, oder alten, die gerade neu aufgelegt wurden, oder seltsamen Werken aus anderen Ländern, entweder in der Übersetzung oder im Original. Vater mochte seine Söhne knapp halten, doch Mutter gab all ihren Kindern – Söhnen und Nichten nicht mehr und nicht weniger als bloßen Schülern – ein anständiges Taschengeld für den Erwerb von Mjachiken.

Nafai ertappte sich, wie er zu einer Bude wanderte, in der ein junger Mann mit einer überaus hohen und schönen Tenorstimme sang; die Melodie klang ganz so, als könne es ein neues Lied der Komponistin sein, die sich Sonnenaufgang nannte – oder zumindest einer ihrer besseren Imitatorinnen.

»Nein«, sagte Issib. »Du kannst dich heute nachmittag hier umsehen.«

»Geh doch schon vor«, sagte Issib.

»Wir kommen sowieso schon zu spät.«

»Dann kann ich ja ruhig noch später kommen.«

»Werde endlich erwachsen, Nafai«, sagte Issib. »Jede Lektion, die du verpaßt, wird entweder dich oder die Lehrerin später in Schwierigkeiten bringen.«

»Ich lerne sowieso nie etwas«, sagte Nafai. »Ich will das Lied hören.«

»Dann hör zu, während du gehst. Oder kannst du nicht gleichzeitig gehen und zuhören?«

Nafai ließ sich vom Markt führen. Das Lied verklang schnell, verlor sich in der Musik aus anderen Buden und dem Geplauder und den Gesprächen des Marktes. Im Gegensatz zum äußeren Markt wartete der innere nicht auf die Bauern von der Ebene und schloß deshalb niemals; die Hälfte der Leute hier, da war sich Nafai sicher, hatten in der vergangenen Nacht nicht geschlafen und kauften sich Gebäck und Tee zum Frühstück, bevor sie nach Hause und zu Bett gingen. Meb mochte einer davon sein. Und einen Augenblick lang neidete Nafai ihm die Freiheiten seines Lebens. Werde ich solche Freiheiten haben, falls ich einmal ein großer Historiker oder Wissenschaftler sein sollte? Kann ich dann am Nachmittag aufstehen, bis zur Abenddämmerung schreiben und mich dann in die Nächte Basilikas wagen, um die Tänze und Spiele zu sehen, die Konzerte zu hören oder vielleicht Abschnitte der Werke vorzulesen, die ich an diesem Tag geschrieben habe, vor einem empfindsamen Publikum, das mit Diskussionen und Gegenreden, mit Lob und Kritik darauf reagieren wird – wie könnte man Elemaks schmutzige, ermüdende Reisen jemals mit solch einem Leben vergleichen? Und in der Morgendämmerung würde ich dann zu Eiadhs Haus zurückkehren und mit ihr schlafen, und danach flüstern und lachen wir über die Abenteuer und Triumphe der vergangenen Nacht.

Nur ein paar Dinge fehlten, um diesen Traum zur Wirklichkeit werden zu lassen. Zum einen hatte Eiadh noch kein Haus, und obwohl sie sich schon eine gewisse Reputation als Sängerin und Rezitatorin gemacht hatte, war klar, daß ihre Karriere alles andere als brillant verlaufen würde; sie war kein Wunderkind, und so würde ihr Haus zweifellos viele Jahre lang bescheiden bleiben. Ganz egal, ich werde ihr helfen, ein schöneres zu kaufen, als sie allein es sich leisten könnte, auch wenn das Geld nur zum Geschenk gemacht werden kann, wenn ein Mann einer Frau hilft, in Basilika Besitz zu erwerben. Eiadh ist eine zu treue Frau, um jemals meinen Vertrag verfallen zu lassen und mich aus dem Haus zu werfen, das zu bauen ich ihr geholfen habe.

Zum anderen hatte Nafai noch nie etwas geschrieben, das besonders gut geraten war. Natürlich lag dies nur daran, weil er sich noch nicht für ein bestimmtes Gebiet entschieden hatte und sich daher noch immer auf die Probe stellte. Doch schon sehr bald würde er sich für ein Gebiet entscheiden, es mußte eins geben, auf dem er ein gewisses Flair hatte, und dann würde es in den Buden auf dem inneren Markt Mjachiken *seiner* Werke geben.

Auf der Heiligen Straße zog irgendeine Prozession zum Spaltental hinab, und daher mußten sie – als Männer – sie umgehen; dennoch hatten sie ziemlich bald Mutters Haus erreicht. Issib ließ ihn augenblicklich stehen und trieb zur Außentreppe, die zum Computerraum hinaufführte, in dem er dieser Tage seine gesamte Zeit verbrachte. Die nächst jüngere Klasse hatte sich schon in der Südkurve der Säulenveranda zusammengefunden und genoß dort das einfallende Sonnenlicht. Sie übten sich in der Hingabe; die Jungen schlugen sich dann und wann scharf auf die Schenkel, die Mädchen summten leise vor sich hin. Seine Klasse würde irgendwo im Gebäube dasselbe tun, und Nafai hatte es nicht eilig, sich zu ihr zu gesellen, da es als ziemlich pietätlos galt, eine solche Andacht zu stören.

Also ging er langsam weiter, wich der jüngeren Klasse auf der Veranda aus, lehnte sich, als er außer Sichtweite war, gegen eine Säule und lauschte dem angenehmen Klang der Mädchenstimmen, die wie zufällig summten und doch gelegentlich Akkorde fanden, die sich schon in dem Augenblick, da sie entdeckt wurden, wieder verloren.

Als er dort stand, tauchte plötzlich ein Mädchen aus dieser Klasse neben ihm auf. Er kannte es natürlich aus der Turnhalle. Es war die kleine Hexe namens Luet, von der man munkelte, sie habe so bemerkenswerte Visionen, daß einige der Damen vom Riff sie schon Seherin nannten. Nafai schenkte solchen Zaubergeschichten keinen großen Glauben – die Überseele konnte die Zukunft genausowenig wie irgendein Mensch kennen, und was diese Visionen betraf, erinnerten sich die Menschen nur an die, die durch schieres Glück eines Tages zufällig Wirklichkeit wurden.

»Du bist derjenige, der mit Feuer bedeckt ist«, sagte die Kleine.

Wovon sprach sie? Was sollte er auf so einen Satz antworten?

»Nein, ich bin Nafai«, sagte er.

»Eigentlich kein echtes Feuer. Kleine Diamantenfunken, die zu Blitzen werden, wenn du wütend wirst.«

»Ich muß ins Haus.«

Sie berührte seinen Ärmel; mit dieser Geste hielt sie ihn fest, als habe sie seinen Arm gepackt. »Weißt du, sie wird sich niemals mit dir vereinen.«

»Wer?«

»Eiadh. Sie wird es dir anbieten, aber du wirst sie zurückweisen.«

Das war erniedrigend. Wie konnte dieses Mädchen, das wahrscheinlich erst zwölf Jahre alt und von ihrer Größe und ihren Formen her *eindeutig* noch keine junge Frau war, irgend etwas von den Gefühlen wissen, die er Eiadh entgegenbrachte? War seine Liebe für alle anderen so offensichtlich? Na schön, so sei es – er hatte nichts zu verbergen. Es galt lediglich als ehrenhaft, wenn bekannt wurde, daß man solch eine Frau liebte. Und was die Behauptung betraf, daß dieses Mädchen eine Seherin war, so war sie wahrscheinlich wohl falsch, zumindest, wenn sie behauptete, Eiadh würde sich ihm tatsächlich *anbieten*, und er würde sie abweisen. Da ist es schon wahrscheinlicher, daß ich mir einen Finger abbeiße, als mich zu weigern, die perfekteste Frau in Basilika zur Gefährtin zu nehmen.

»Entschuldige mich«, sagte Nafai und zog seinen Arm zurück. Er mochte sowieso nicht, daß dieses Mädchen ihn anfaßte. Es hieß, ihre Mutter sei eine Wilde, eine dieser schmutzigen, nackten, allein lebenden Frauen, die aus der Wüste nach Basilika kamen; angeblich waren sie heilige Frauen, doch Nafai wußte sehr wohl, daß sie mit jedem Mann schliefen, der es verlangte; und es war erlaubt, daß ein Mann sie nahm, auch wenn er einen Vertrag mit einer Gefährtin hatte. Anständige und hochgeborene Männer taten so etwas natürlich nicht – nicht einmal Meb hatte sich je einer ›Wüstenanbetung‹ oder einer ›Staubparty‹ gebrüstet, wie die Kopulationen mit diesen Wilden im Volksmund genannt wurden. Nafai sah nichts Heiliges an der Sache, und was ihn betraf, war diese Luet ein Bastard, empfangen von einer Verrückten und gezeugt von einem tierischen Mann bei einer Vereinigung, die mehr mit Vergewaltigung als mit Liebe zu tun hatte. Es bestand nicht die geringste Aussicht, daß die Überseele *damit* etwas zu tun hatte.

»*Du* bist der Bastard«, sagte das Mädchen. Dann ging es davon. Die anderen hatten ihre Andacht beendet – oder sie vielleicht einfach unterbrochen, um zu hören, was Luet zu ihm sagte. Was bedeutete, daß die Geschichte bis zur Mittagszeit im ganzen Haus und bis zum Abendessen in ganz Basilika herumgetrascht worden war. Nafai wünschte sich, daß die Frauen Basilikas Verrückte wie Luet hinter Schloß und Riegel halten würden, anstatt ihren dummen Unsinn ständig ernst zu nehmen.

3

Feuer

Nachdem er das Haus betreten hatte, ging er zum Brunnenzimmer, in dem sich seine Klasse den ganzen Herbst über versammelte. Aus der Küche zogen die Düfte des Mittagessens herüber, und mit einem plötzlichem Schmerz fiel ihm ein, daß er wegen seines Streits mit Elemak völlig vergessen hatte, etwas zu essen. Bis zu diesem Augenblick hatte er nicht den geringsten Hunger verspürt; doch nun, da er daran erinnert wurde, empfand er vor Hunger Bauchschmerzen. Ihm war sogar etwas schummrig im Kopf. Er sollte sich setzten. Das Brunnenzimmer befand sich nur ein paar Schritte entfernt; sicher würden sie verstehen, weshalb er zu spät kam, wenn er sich so schlecht fühlte. Niemand konnte dann wütend auf ihn sein. Wenn er *krank* war, konnte niemand ihn für einen faulen Drückeberger halten. Sie mußten ja nicht wissen, daß er krank vor Hunger war.

Er schlurfte elendig hinein, spielte seine Schwäche bis zum Äußersten aus und lehnte sich einen Augenblick lang gegen die Wand. Er fühlte ihre Blicke auf sich, sah aber nicht hin; er hatte die verschwommene Vorstellung, daß wirklich kranke Menschen die Blicke anderer Leute nicht so einfach erwiderten. Er rechnete damit, daß die Lehrerin des heutigen Tages etwas zu ihm sagte. Was ist los, Nafai? Fühlst du dich nicht wohl?

Statt dessen dehnte sich ein Schweigen aus, bis er die Wand hinabgerutscht war und auf dem Holzboden eine sitzende Position eingenommen hatte.

»Wir schicken sofort nach den Totengräbern, Nafai, für den Fall, daß du plötzlich sterben solltest.«

O nein! Es war gar keine Lehrerin, keine der leicht zu täuschenden jungen Frauen, die so beeindruckt davon waren, daß Nafai Rasas Sohn war. Heute unterrichtete Mutter hier. Er sah auf und begegnete ihrem Blick. Sie lächelte ihn böse an, hatte sich von seiner Schauspielerei kein bißchen täuschen lassen.

»Ich habe auf dich gewartet. Issib ist schon in meinem Säulengang. Er hat mit keiner Silbe erwähnt, daß du im Sterben liegst, aber ich bin sicher, es war nur ein Versehen.«

Es blieb ihm nichts anderes übrig, als die Sache mit Humor zu nehmen. Nafai seufzte und stand auf. »Weißt du, Mutter, deine Unwilligkeit, deine Skepsis zu unterdrücken, wirft meine Laufbahn als Schauspieler um Jahre zurück.«

»Mach dir darüber keine Gedanken, lieber Nafai. Deine Laufbahn als Schauspieler würde das basilikanische Theater um Jahrhunderte zurückwerfen.«

Die anderen Schüler lachten. Nafai grinste – aber er musterte auch die Klasse, um zu sehen, wer den größten Spaß daran hatte. Eiadh saß neben dem Brunnen, und ein paar winzige Wassertropfen hatten sich in ihrem Haar verfangen und reflektierten das Licht nun wie Juwelen. *Sie* lachte ihn nicht aus. Statt dessen lächelte sie wunderschön und blinzelte ihm zu. Er grinste zurück – wie ein Narr, da war er sich sicher – und wäre fast über die Stufe gestolpert, die zur Schwelle des hinteren Gangs hinaufführte. Natürlich lachten die anderen erneut, und Nafai drehte sich um und verbeugte sich tief. Dann schritt er würdevoll davon und prallte absichtlich gegen den Türrahmen, um die Klasse noch einmal zum Wiehern zu bringen, bevor er den Raum schließlich verließ.

»Was hat das zu bedeuten?« fragte er Mutter und sputete sich, um sie einzuholen.

»Familienangelegenheiten«, sagte sie.

Dann gingen sie durch die Tür, die zu Mutters Privatsäulengang führte. Sie blieben wie immer in dem abgeschirmten Teil neben der Tür. Hinter dem Wandschirm, an der Balustrade, bot der Säulengang einen wunderbaren Blick auf das Spaltental, und daher war es Männern streng verboten, ihn überhaupt zu betreten. In Privathäusern wurden diese Vorschriften oft ignoriert – Nafai kannte mehrere Jungen, die über das Spaltental sprachen und ihm versichert hatten, es böte gar keinen besonderen Anblick, sondern wäre nur ein steiler, zerklüfteter Hang, bedeckt mit Bäumen und Büschen, und stets würden Nebel oder Wolken oder Dunst verhindern, daß man die Mitte des Tals sehen könne, wo sich angeblich der heilige See befand. Doch in Mutters Haus erwies man den Bräuchen stets den gebührenden Respekt, und Nafai war sicher, daß nicht einmal Vater je hinter den Wandschirm getreten war.

Nachdem er ein paarmal geblinzelt hatte, weil er in das helle Sonnenlicht hinausgetreten war, konnte Nafai sehen, wer sich auf dem Säulengang befand. Issib natürlich; doch zu Nafais Überraschung war auch Vater dort, der von seiner Reise zurückgekehrt war. Warum hatte er zuerst Rasas Haus in der Stadt aufgesucht, statt nach Hause zu kommen?

Vater erhob sich und begrüßte ihn mit einer Umarmung.

»Elemak ist zu Hause, Vater.«

»Das hat Issja mir schon gesagt.«

Vater schien sehr ernst, sehr gedankenverloren zu sein. Ihn beschäftigte etwas. Es konnte nichts Gutes sein.

»Nun, da Nafai endlich hier ist«, sagte Mutter, »können wir vielleicht etwas Sinn in die ganze Sache bringen.«

Erst jetzt, als er sich auf den schattigsten Stuhl setzte, der noch frei war, bemerkte Nafai, daß zwei Mädchen bei ihnen waren. Auf den ersten Blick hatte er im grellen Sonnenlicht angenommen, es handele sich um seine Schwestern, um Rasas Töchter Sevet und Kokor – er hatte sich schon gefragt, was Vater dann bei dieser Familienzusammenkunft zu suchen hatte, da er nur Issibs und Nafais Vater war, nicht aber der Vater der Mädchen. Doch es waren zwei Schülerinnen – Huschidh, eine von Mutters Nichten, die im selben Alter wie Eiadh war; und diese Hexe Luet. Er sah sie konsterniert an – wie war sie nur so schnell hierher gekommen? Andererseits hatte er sich ja nicht besonders beeilt. Mutter mußte nach ihr geschickt haben, noch bevor sie wußte, daß Nafai endlich hier war.

Was hatte Luet und Huschidh bei einem Gespräch über Familienangelegenheiten zu suchen?

»Mein lieber Gefährte Wetschik hat uns etwas zu sagen. Wir hoffen, daß ihr ... nun ja, zumindest, daß Luet oder Huschidh vielleicht ...«

»Warum fange ich nicht einfach an?« sagte Vater.

Mutter lächelte und hob mit einem grazilen, eleganten Achselzucken die Hände.

»Ich habe heute morgen etwas Beunruhigendes gesehen«, begann Vater. »Eigentlich noch vor dem Morgen. Ich war auf der Wüstenstraße unterwegs nach Hause – ich war gestern in der Wüste, um nachzudenken und mit mir und der Überseele ins reine zu kommen –, als mich plötzlich ein starker Drang überkam, den Weg zu verlassen, obwohl dies in der Dunkelheit zwischen Monduntergang und Sonnenaufgang eigentlich sehr töricht ist. Ich mußte nicht weit gehen. Ich trat lediglich um einen großen Felsen, und mir wurde ziemlich klar, wieso ich zu dieser Stelle geführt worden war. Denn vor mir sah ich Basilika. Aber nicht das Basilika, das ich erwartet hatte, gesprenkelt mit den Lichtern der Feier in der Puppenstadt oder auf dem Inneren Markt. Ich sah ein Basilika in Flammen.«

»Es *brannte?*« fragte Issib.

»Es war natürlich nur eine Vision. Bedenkt, dies wußte ich zuerst nicht – ich sprang vor, ich wollte zur Stadt laufen, hierher stürmen und mich überzeugen, daß dir nichts passiert ist, meine Liebe ...«

»Wie ich es auch von dir erwartet hätte«, sagte Mutter.

»Dann verschwand die Stadt so plötzlich, wie sie aufgetaucht war. Nur das Feuer blieb und bildete auf dem Felsen vor mir eine Säule. Sie schien ewig dort zu stehen, eine Flammensäule. Und sie war heiß – so heiß, als wäre sie wirklich vorhanden gewesen. Ich spürte, wie sie mich versengte, doch auf meiner Kleidung ist natürlich kein einziger Fleck. Und dann erhob sich die Flammensäule in den Himmel, zuerst ganz langsam, dann immer schneller, bis sie zu einem Stern wurde, der über den Himmel zog und dann völlig verschwand.«

»Du warst müde, Vater«, sagte Issib.

»Ich bin schon oft müde gewesen«, sagte Vater, »doch ich habe nie zuvor Flammensäulen gesehen. Oder brennende Städte.«

Mutter ergriff wieder das Wort. »Dein Vater ist in der Hoffnung zu mir gekommen, Issja, ich könne ihm helfen, die Bedeutung dieses Vorfalls zu verstehen. Ob er ein Zeichen der Überseele war oder nur ein verrückter Wachtraum.«

»Ich plädiere für den Traum«, sagte Issib.

»Selbst Wahnsinn kann von der Überseele kommen«, sagte Huschidh.

Alle sahen sie an. Sie war ein ziemlich unscheinbares Mädchen, das sich im Unterricht immer still verhielt. Nun, da

Nafai sie und Luet nebeneinander sah, fiel ihm auf, daß die beiden sich stark ähnelten. Waren sie Schwestern? Aber viel mehr interessierte ihn, was Huschidh hier zu suchen hatte und mit welchem Recht sie über Familienangelegenheiten sprach.

»Es *kann* von der Überseele gekommen sein«, sagte Vater. »Aber ist es das auch? Und falls ja, was hat es zu bedeuten?«

Nafai begriff, daß Vater diese Fragen nicht an Rasa, nicht einmal an Huschidh, sondern an Luet richtete! Er konnte doch nicht glauben, was die Frauen über sie sagten, oder? Hatte eine einzige Vision einen vernünftig denkenden Geschäftsmann in einen abergläubischen Jünger verwandelt, der versuchte, in allem, was er sah, eine Bedeutung zu finden?

»Ich kann dir sagen, was dein Traum bedeutet«, sagte Luet.

»Oh«, sagte Vater. »Eigentlich habe ich gar nicht angenommen, daß …«

»Falls die Überseele den Traum geschickt hat und falls sie wollte, daß du ihn verstehst, hat sie auch die Deutung geschickt.«

»Da *war* keine Deutung.«

»Ach nein?« fragte Luet. »Das war das erste Mal, daß du solch einen Traum gehabt hast, nicht wahr?«

»Ganz bestimmt. Wenn ich des Nachts reise, habe ich für gewöhnlich keine Visionen.«

»Also bist du es nicht gewöhnt, die Bedeutung zu erkennen, die solche Visionen haben.«

»Wahrscheinlich nicht.«

»Und doch *hast* du eine Botschaft erhalten.«

»Wirklich?«

»Du hast gewußt, daß du die Straße verlassen mußtest, bevor du die Flamme gesehen hast.«

»Na ja, *das*.«

»Was glaubst du denn, wie die Stimme der Überseele klingt? Glaubst du etwa, sie spricht Basjat oder stellt Schilder auf?«

Luet klang verächtlich. Es war einfach unerhört, in einem solchen Ton mit einem Mann von Wetschiks Rang zu sprechen. Und doch schien er nicht beleidigt zu sein und nahm ihren Tadel hin, als habe sie das Recht, ihn zu züchtigen.

»Die Überseele bringt das Wissen in unseren Verstand, bevor es sich mit irgendeiner menschlichen Sprache verbindet«, sagte sie. »Wir bekommen immer mehr davon, als wir je verstehen können, und wir können viel mehr verstehen, als wir in Worte kleiden können.«

Luets Stimme zeugte von einer ganz einfachen Kraft. Sie intonierte nicht übertrieben, wie die Hexen und Propheten auf dem inneren Markt es taten, wenn sie Kunden anlocken wollten. Sie sprach, als wisse sie genau, was sie sagte, als gäbe es daran nicht den geringsten Zweifel.

»Ich möchte dich etwas fragen, Herr. Wieso hast du gewußt, daß es Basilika war, als du die Stadt in Flammen gesehen hast?«

»Ich habe sie tausendmal gesehen, genau aus diesem Blickwinkel, als ich aus der Wüste kam.«

»Aber hast du die Kontur der Stadt gesehen und sie deshalb erkannt, oder hast du zuerst gewußt, daß es sich um das brennende Basilika handelte, und dann in deinem Geist das Bild der Stadt hervorgerufen, wie es sich in deinem Gedächtnis eingeprägt hat?«

»Ich weiß nicht ... woher soll ich das wissen?«

»Denke zurück. War das Wissen vor der Vision da, oder kam die Vision zuerst?«

Anstatt dem Mädchen zu sagen, es solle verschwinden, schloß Vater die Augen und versuchte, sich zu erinnern.

»Wenn du es so ausdrückst, glaube ich ... daß ich es gewußt habe, bevor ich in diese Richtung sah. Ich glaube, ich habe die Stadt eigentlich erst gesehen, als ich auf sie zulief. Ich sah die *Flamme*, aber nicht die brennende Stadt darin. Und nun, da du fragst, fällt mir auch ein, daß ich genau wußte, daß Rasa und meine Kinder in schrecklicher Gefahr waren. Das alles wußte ich zuerst, als ich den Felsen umrundete – es gehörte zu diesem dringlichen Gefühl. Ich wußte, wenn ich den Weg verließ und zu genau dieser Stelle lief, würde ich sie vor der Gefahr retten können. Erst dann kam mir in den Sinn, woraus diese Gefahr bestand, und ganz zum Schluß sah ich die Flamme und die Stadt darin.«

»Das ist eine wahre Vision«, sagte Luet.

Nur deshalb? Sie wußte es wegen der Reihenfolge, in der sich die Dinge ereignet hatten? Wahrscheinlich hätte sie das auf jeden Fall gesagt, ganz gleich, *woran* Vater sich erinnerte. Und vielleicht erinnerte sich Vater nur auf diese Weise daran, weil Luet es so angedeutet hatte. Es machte Nafai wütend, daß Vater einsichtsvoll nickte, während dieses zwölfjährige Mädchen ihn herablassend behandelte wie einen Lehrling in einem Beruf, in dem sie eine respektierte Meisterin war.

»Aber es war doch gar nicht wahr«, sagte Vater. »Als ich hier ankam, bestand gar keine Gefahr.«

»Nein, das glaube ich nicht«, sagte Luet. »Was wolltest du *tun*, als du gespürt hast, daß deine Gefährtin und Kinder in Gefahr sind?«

»Ich wollte sie natürlich retten.«

»Aber *wie*?«

Erneut schloß er die Augen. »Nein, aus dem brennenden Gebäude wollte ich sie nicht holen. Das kam mir erst später in den Sinn, als ich den Rest des Weges in die Stadt zurücklegte. In diesem Augenblick wollte ich rufen, daß die Stadt brennt, daß wir …«

»Was?«

»Daß wir die Stadt verlassen müssen, wollte ich sagen. Aber das hatte ich eigentlich zuerst nicht sagen wollen. Als es anfing, hatte ich das Gefühl, zur Stadt laufen und allen sagen zu müssen, daß ein Feuer kommen wird.«

»Und daß sie die Stadt verlassen müssen?«

»Ich glaube schon«, sagte Vater. »Natürlich, was sonst?«

Luet sagte nichts, doch ihr Blick wich keinen Augenblick lang von seinem Gesicht.

»Nein«, sagte Vater. »Nein, das war es *nicht*.« Vater klang überrascht. »Ich wollte sie nicht auffordern, die Stadt zu verlassen.«

Luet beugte sich vor, betrachtete ihn irgendwie noch eindringlicher, nicht mehr so ... analytisch. »Herr, gerade noch hast du gesagt, du hättest sie auffordern wollen, die Stadt zu verlassen ...«

»Aber das *wollte* ich ja gar nicht.«

»Aber als du einen Moment lang dachtest ... als du *angenommen* hast, du wolltest sie auffordern, die Stadt zu verlassen ... was für ein Gefühl hattest du da? Warum hast du gewußt, daß es falsch war, als du es uns erzählt hast?«

»Keine Ahnung. Es kam mir einfach ... *falsch* vor.«

»Das ist sehr wichtig«, sagte Luet. »Wie *fühlt* es sich *an*, wenn einem etwas falsch vorkommt?«

Erneut schloß er die Augen. »Ich denke normalerweise nicht darüber nach, *wie* ich denke. Und nun versuche ich mich daran zu erinnern, wie es sich anfühlte, als ich glaubte, mich an etwas zu erinnern, woran ich mich gar nicht erinnert habe ...«

»Sprich nicht«, sagte Luet.

Er verstummte.

Nafai wollte irgend jemanden anschreien. Was sollte das, auf dieses häßliche, dumme, kleine Mädchen zu hören und zuzulassen, daß sie Vater sagte, er solle den Mund halten?

Doch alle anderen lauschten so gespannt, daß Nafai selbst den Mund hielt. Issib würde stolz auf ihn sein, daß er einmal etwas nicht gesagt hatte, was ihm in den Sinn gekommen war.

»Ich habe«, sagte Vater, »*gar nichts* gefühlt.« Er nickte langsam. »Als du mir die Frage gestellt hast und ich sie beantwortet habe ... Natürlich, was sonst ... da hast du mich angesehen, und ich hatte gar nichts im Kopf.«

»Dumm«, sagte sie.

Er runzelte die Stirn. Zu Nafais Erleichterung fiel ihm endlich auf, wie respektlos Luet mit ihm sprach.

»Du bist dir dumm vorgekommen«, sagte sie. »Und daher hast du gewußt, daß das, was du gerade gesagt hast, falsch war.«

Er nickte. »Ja, so war es wohl.«

»Was hat das alles zu bedeuten?« fragte Issib. »Analysiert ihr eure Analyse der Analysen einer völlig subjektiven Halluzination?«

Gut gemacht, Issja, dachte Nafai bei sich. Du hast mir die Worte aus dem Mund genommen.

»Ich meine, ihr könnt diese Spielchen den ganzen Morgen über treiben, aber ihr legt dabei nur Bedeutungen über ein bedeutungsloses Erlebnis. Träume sind lediglich zufällige Freisetzungen von Erinnerungen, die das Gehirn dann interpretiert, indem es zufällige Verbindungen zieht, womit man aus *nichts* eine Geschichte fabriziert.«

Vater sah Issib lange an und schüttelte dann den Kopf. »Du hast natürlich recht«, sagte er. »Obwohl ich hellwach war und nie zuvor eine Halluzination gehabt habe, handelte es sich lediglich um eine zufällige Zündung von Synapsen in meinem Gehirn.«

Nafai wußte genau wie Issib und Mutter, daß Vater es ironisch meinte und Issib damit sagte, daß es sich bei seiner Vision von dem Feuer auf dem Felsen um *mehr* als nur einen bedeutungslosen Nachttraum gehandelt hatte. Doch Luet kannte Vater nicht, und daher glaubte *sie,* er würde sich vom Mystizismus abwenden und in die Wirklichkeit zurückkehren.

»Du irrst dich«, sagte sie. »Es war eine echte Vision, denn sie kam auf dem richtigen Weg zu dir. Das Verständnis kam *vor* der Vision – deshalb habe ich diese Fragen gestellt. Die Bedeutung ist vorhanden, und dann liefert dein Gehirn das Bild, das dich sie verstehen läßt. So spricht die Überseele zu uns.«

»Zu Verrückten, meinst du«, sagte Nafai.

Er bedauerte es augenblicklich, doch es war schon zu spät.

»Verrückte, wie *ich* einer bin?« fragte Vater.

»Und ich versichere dir, daß Luet mindestens so normal ist wie du«, fügte Mutter hinzu.

Issib konnte die Gelegenheit nicht auslassen, eine Spitzfindigkeit hinzuzufügen. »So normal wie Njef? Dann steckt sie wirklich in Schwierigkeiten.«

Vater unterbrach Issibs Stichelei augenblicklich. »Gerade hast *du* dasselbe über mich gesagt.«

»Ich habe niemanden verrückt genannt«, entgegnete Issib.

»Nein, dir mangelt es an Nafais – wie sollen wir es nennen? – *scharfer Beredsamkeit.*«

Nafai wußte, daß er sich nun retten konnte, indem er die Klappe hielt und Issib die Suppe auslöffeln ließ. Doch er hatte sich dem Skeptizismus verschrieben, und Selbstbeherrschung war nicht gerade seine Stärke. »Dieses Mädchen«, sagte Nafai. »Siehst du nicht, daß sie dir die Worte in den Mund legt, Vater? Sie stellt dir eine Frage, aber sie sagt dir nicht im voraus, was die Antwort bedeuten wird. Ganz gleich, was du antwortest, sie kann immer sagen, ja, das ist eine wahre Vision, da hat eindeutig die Überseele gesprochen.«

Vater antwortete nicht sofort darauf. Nafai warf Luet einen triumphierenden Blick zu; er wollte sehen, wie sie sich wand. Doch sie wand sich nicht. Sie betrachtete ihn ganz ruhig. Die Eindringlichkeit war aus ihrem Blick gewichen, und nun war sie einfach – ruhig. Die Stetigkeit ihres Blicks störte ihn. »Wen starrst du an?« fragte er.

»Einen Narren«, erwiderte sie.

Nafai sprang auf. »Ich muß mir nicht bieten lassen, daß du mich einen ...«

»Setz dich!« brüllte Vater.

Nafai setzte sich, vor Zorn kochend.

»Du hast sie gerade eine Schwindlerin genannt«, sagte Vater. »Ich weiß zu schätzen, daß meine beiden Söhne hier genau das tun, weshalb ich sie hinzugezogen habe – sie sollen meiner Geschichte mit der gebührenden Skepsis begegnen. Ihr habt das Geschehen sehr klug analysiert, und nun erklärt eure Version der Dinge alles genauso lückenlos, wie es bei Luets Version der Fall ist.«

Nafai wollte ihm helfen, den richtigen Schluß zu ziehen. »Dann verlangt die Regel, immer auf die einfachste Erklärung zurückzugreifen, daß du ...«

»Die Regel, deinem Vater zu gehorchen, verlangt vor dir, deine Zunge im Zaum zu halten, Nafai. Ihr beide vergeßt, daß es einen fundamentalen Unterschied zwischen mir und euch gibt.«

Vater beugte sich zu Nafai vor.

»*Ich* habe das Feuer gesehen.«

Er lehnte sich wieder zurück.

»Luet hat mir nicht gesagt, was ich damals denken oder fühlen sollte. Und ihre Fragen halfen mir, mich daran zu erinnern, was wirklich geschehen ist. Ich habe das Erlebnis bereits verändert, um es meiner vorgefaßten Meinung anzupassen. Sie hat *gewußt*, daß es seltsam sein würde – genau auf die Art und Weise, in der es auch seltsam *war*. Euch kann ich natürlich nicht überzeugen.«

»Nein«, sagte Nafai, »du kannst nur dich überzeugen.«

»Zum Schluß, Nafai, ist man selbst die einzige Person, die irgend jemand überzeugen kann.«

Wenn Vater schon auf Aphorismen zurückgriff, war die Schlacht verloren. Nafai setzte sich zurück und wartete ab, wie es enden würde. Er tröstete sich mit der Tatsache, daß alles schließlich nur ein Traum gewesen war. Es bestand ja keine Gefahr, daß sich sein Leben oder sonst etwas verändern würde.

Vater war noch nicht fertig. »Weißt du, was ich in Wirklichkeit tun wollte, als ich diesen Drang verspürte, zur Stadt zu kommen? Ich wollte die Menschen warnen – daß sie die alten Gebräuche befolgen, zu den Gesetzen der Überseele zurückkehren müssen, oder dieser Ort wird brennen.«

»Was für ein Ort?« fragte Luet, die ihre Eindringlichkeit zurückgewonnen hatte.

»Dieser Ort. Basilika. Die Stadt. Sie habe ich doch brennen sehen.«

Erneut verstummte Vater und sah in ihre brennenden Augen.

»Nicht die Stadt«, sagte er schließlich. »Die Stadt war nur das Bild, das mein Verstand geliefert hat, oder? Nicht die Stadt. Die ganze Welt. Ganz Harmonie hat gebrannt.«

Rasa stöhnte auf. »Die Erde«, flüsterte sie.

»Also bitte«, sagte Nafai. Jetzt brachte Mutter Vaters Vision mit dieser alten Geschichte über den Heimatplaneten in Verbindung, der von der Überseele verbrannt worden war, um die Menschheit für all jene Gemeinheiten zu bestrafen, gegen die die modernen Geschichtenerzähler gerade predigen wollten. Der Mythos, mit dem man alles erzwingen konnte: Wenn ihr nicht tut, was ich sage – was die Überseele sagt, meine ich –, wird die *ganze Welt* brennen.

»*Ich* habe nicht das Feuer gesehen«, sagte Luet und ignorierte Nafai weiterhin. »Vielleicht habe ich nicht einmal dasselbe gesehen.«

»Was *hast* du gesehen?« fragte Vater. Nafai zuckte innerlich darüber zusammen, wie respektvoll er dieses Mädchen behandelte.

»Ich habe den Tiefen See von Basilika gesehen, der mit Blut und Asche verkrustet war.«

Nafai wollte, daß sie zum Ende kam. Doch sie saß einfach da.

»Das war's? Das ist alles?« Nafai stand auf und schickte sich an, den Säulengang zu verlassen. »Ist ja toll, euch beiden zuzuhören, wie ihr Visionen vergleicht. *Ich* habe die in Flammen stehende Stadt gesehen. Nun ja, *ich* habe einen schaumbedeckten See gesehen.«

Luet stand auf und sah ihn an. Nein, sah zu ihm hinab – was lächerlich war, da er fast einen halben Meter größer als sie war.

»Du streitest nur mit mir«, sagte sie hitzig, »weil du nicht glauben willst, was ich dir über Eiadh erzählt habe.«

»Das ist doch lächerlich«, sagte Nafai.

»Du hattest eine Vision von Eiadh?« fragte Rasa.

»Was hat Eiadh mit *Njef* zu tun?« fragte Issib.

Nafai haßte sie dafür, daß sie die Sache schon wieder erwähnt hatte, diesmal vor seiner Familie. »Du kannst dir über andere Menschen ausdenken, was du willst, aber laß *mich* lieber aus dem Spiel.«

»Das reicht«, sagte Vater. »Wir sind fertig.«

Rasa sah ihn überrascht an. »Entläßt du mich in meinem eigenen Haus?«

»Ich entlasse meine Söhne.«

»Du hast natürlich die Befehlsgewalt über *deine* Söhne.« Mutter lächelte, doch da sie so leise sprach, wußte Nafai, daß sie zutiefst verärgert war. »Doch ich sehe in *meinem* Haus lediglich *meine* Schüler.«

Vater nickte, nahm die Zurechtweisung hin und erhob sich, um zu gehen. »Dann entlasse ich mich selbst – *das* darf ich ja hoffentlich.«

»Du darfst immer gehen, mein verehrter Gefährte, solange du versprichst, zu mir zurückzukehren.«

Seine Antwort bestand in einem Kuß auf ihre Wange.

»Was willst du jetzt tun?« fragte sie.

»Was die Überseele mir aufgetragen hat.«

»Und was ist das?«

»Die Menschen warnen, zu den Gesetzen der Überseele zurückzukehren, oder die Welt wird brennen.«

Issib war entsetzt. »Das ist verrückt, Vater!«

»Ich bin es allmählich leid, dieses Wort aus den Mündern meiner Söhne zu hören.«

»Aber ... die Propheten der Überseele sagen so etwas nicht. Sie sind wie Dichter, einmal davon abgesehen, daß all ihre Metaphern eine moralische Lektion beinhalten oder die Überseele preisen oder ...«

»Issja«, sagte Wetschik, »mein ganzes Leben lang habe ich mir diese sogenannten Prophezeiungen angehört – und die Psalme und die Geschichten und die Tempelpriester – und immer gedacht, warum sollte ich überhaupt darauf hören, wenn das *alles* ist, was die Überseele zu sagen hat? Warum macht sich die Überseele überhaupt die Mühe, etwas zu *sagen*, wenn das alles ist, was sie sich einfallen lassen kann?«

»Warum hast du *uns* dann gelehrt, zur Überseele zu sprechen?« fragte Issib.

»Weil ich an die uralten Gesetze geglaubt habe. Und weil ich selbst mit der Überseele gesprochen habe, wenn auch eher, um meine eigenen Gedanken zu ordnen, als in der Hoffnung, sie würde *zuhören*. Gestern abend – heute morgen – hatte ich dann ein Erlebnis, das ich mir niemals hätte träumen lassen. Das ich mir nicht gewünscht habe. Bis jetzt, bis ich mit Luet gesprochen habe, wußte ich nicht einmal, *was* es war. Jetzt weiß ich es – wie es sich anfühlt, die Stimme der Überseele in sich zu hören. Das hat nichts mit diesen Dichtern und Träumern und Täuschern zu tun, die aufschreiben, was immer ihnen in den Sinn kommt, und es dann als Prophezeiung verkaufen. Was in mir war, war nicht Teil von mir, und Luet hat mir gezeigt, daß sie dieselbe Stimme in *sich* vernommen hat. Das bedeutet, daß es die Überseele wirklich gibt und sie lebt.«

»Vielleicht war es also wahr«, sagte Issib. »Das verrät uns aber nicht, was es *ist*.«

»Es ist der Hüter der Welt«, sagte Wetschik. »Er hat mich um meine Hilfe gebeten. Mir *aufgetragen*, ihm zu helfen. Und das werde ich tun.«

»Das ist doch Unsinn«, sagte Issib. »Du weißt doch gar nichts darüber. Du züchtest exotische Pflanzen.«

Vater tat Issibs Einwand mit einer Handbewegung ab. »Die Überseele wird mir alles verraten, was ich wissen muß.« Dann ging er zur Tür, die ins Haus führte.

Nafai folgte ihm, doch nur ein paar Schritte. »Vater«, sagte er.

Vater wartete.

Das Problem war nur, daß Nafai nicht wußte, was er sagen würde. Nur, daß er es sagen mußte. Daß es eine sehr wichtige Frage gab, auf die er eine Antwort hören mußte, bevor Vater ging. Er wußte nur nicht, wie diese Frage lautete.

»Vater«, sagte er erneut.

»Ja?«

Und da Nafai die richtige Frage nicht einfiel, die tiefe, die wichtige, stellte er die einzige, die ihm in den Sinn kam. »Was soll *ich* tun?«

»Befolge die alten Gesetze der Überseele.«

»Was *bedeutet* das?«

»Oder die Welt wird brennen.« Und Vater war fort.

Nafai sah eine Weile zur leeren Tür. Nichts geschah, und so drehte er sich wieder zu den anderen um. Sie sahen ihn alle an, als erwarteten sie, daß er etwas tat.

»*Was?*« fragte er.

»Nichts«, sagte Mutter. Sie erhob sich von ihrem Platz im Schatten des Kapljabaums. »Wir werden jetzt zu unseren Pflichten zurückkehren.«

»Das war alles?« sagte Issib. »Unser Vater – dein Gefährte – hat uns gerade gesagt, daß die Überseele zu ihm spricht, und wir sollen wieder zu unserem Unterricht zurückkehren?«

»Ihr versteht es wirklich nicht, oder?« sagte Mutter. »Ihr habt all diese Jahre als meine Söhne, meine *Schüler* gelebt, und ihr seid noch immer nicht besser als die gewöhnlichen Jungen, die durch die Straßen Basilikas wandern und hoffen, eine willige Frau und ein Bett für die Nacht zu finden.«

»Was verstehen wir hier nicht?« fragte Nafai. »Nur weil ihr Frauen dieses Hexenmädchen so ernst nehmt, müssen wir doch nicht ...«

»Ich war selbst unten im Wasser«, sagte Mutter, und ihre Stimme klang metallen. »Ihr Männer könnte euch ja einreden, daß die Überseele abgelenkt ist oder schläft oder daß sie nur eine Maschine ist, die unsere Sendungen empfängt und sie an Bibliotheken in fernen Städten weiterleitet. An welche Theorien auch immer ihr zufällig glaubt, der *Wahrheit* macht es nichts aus. Denn *ich* weiß, wie die meisten

Frauen in dieser Stadt, daß die Überseele sehr wohl lebt. Zumindest lebt sie als Bewahrerin der Erinnerungen dieser Welt. Wir alle empfangen diese Erinnerungen, wenn wir ins Wasser gehen. Manchmal scheinen sie zufällig zu sein, manchmal bekommen wir genau die Erinnerung, die wir brauchen. Die Überseele bewahrt die Geschichte der Welt, wie sie durch die Augen anderer Menschen gesehen wurde. Nur einige wenige von uns – wie Luet und Huschidh – haben ohne das Wasser diese Weisheit, und noch weniger empfangen Visionen wirklicher Dinge, die noch nicht geschehen sind. Seit die große Izumina starb, ist Luet die einzige Seherin in Basilika, die ich kenne – und also nehmen wir sie sehr, sehr ernst.«

Frauen gehen ins Wasser hinab und haben dort Visionen? Es war das erste Mal, daß Nafai je gehört hatte, daß eine Frau irgendeine Äußerung über die religiösen Bräuche am See fallen ließ. Er hatte immer angenommen, daß die Frauen einen ähnlichen Kult betrieben wie die Männer – körperliche Betätigung, Askese, Schmerz, eine leidenschaftslose Möglichkeit, sich von Gefühlen zu befreien. Statt dessen waren sie Mystikerinnen. Was Männer für Legenden oder Wahnsinn hielten, war für die Frauen der Mittelpunkt des Lebens. Nafai kam sich vor, als habe er gerade entdeckt, daß Frauen doch eine ganz andere Spezies waren. Die Frage lautete nur, wer von ihnen, Männer oder Frauen, waren die Menschen? Die rationalen, aber brutalen Männer? Oder die irrationalen, aber sanften Frauen?

»Nur eins ist seltener als ein Mädchen wie Luet« sagte Mutter, »und zwar ein *Mann,* der die Stimme der Überseele hört. Wir wissen nun, daß euer Vater sie wirklich hört – Luet hat es mir bestätigt. Ich weiß nicht, was die Überseele will, oder warum sie zu euerm Vater gesprochen hat, doch ich bin *klug* genug, um zu wissen, daß es wichtig ist.«

Als sie an Nafai vorbeiging, nahm sie sein Ohr fest, aber nicht schmerzhaft, zwischen ihre Finger. »Und was die mythische Verbrennung der Erde betrifft, mein lieber Junge, so habe ich sie selbst gesehen. Sie ist wirklich geschehen. Ich kann nur raten, wie lange es her ist – wir schätzen, daß es mindestens dreißig Millionen Jahre menschlicher Geschichte auf dieser Welt gibt, die wir Harmonie nennen. Aber ich sah die Raketen fliegen, die Bomben explodieren und die Welt in Flammen aufgehen. Der Rauch erfüllte den Himmel und verdeckte die Sonne, und unter diesem Tuch aus Dunkelheit gefroren die Ozeane, und die Welt wurde von Eis überzogen, und nur wenige Menschen überlebten, um sich aus der Schwärze zu erheben, als die Welt starb, und ihre Hoffnungen und ihr Bedauern und ihre Gene zu anderen Planeten zu tragen, und die Hoffnung auf einen neuen Anfang. Sie haben es geschafft. Wir sind hier. Und nun hat die Überseele deinen Vater gewarnt, daß unser neuer Anfang zu demselben Ende wie zuvor führen kann.«

Nafai hatte Mutters öffentliches Gesicht gesehen, verspielt, brillant, analytisch, gnädig, und er hatte ihr Familiengesicht gesehen – frei heraus, doch immer freundlich, schnell erzürnt, doch genauso schnell verzeihend. Stets hatte er angenommen, daß sich in der Familie ihr wahres Ich zeigte, daß sie dort nichts verbarg. Doch hinter den Gesichtern, die er zu kennen glaubte, hatte sie die ganze Zeit über dieses Geheimnis verborgen, ihre bittere Version vom Ende der Erde. »Du hast uns nie etwas davon gesagt«, flüsterte Nafai.

»Ich habe euch ganz bestimmt davon erzählt«, sagte Rasa. »Es ist nicht *meine* Schuld, daß ihr geglaubt habt, ich hätte euch einen Mythos erzählt.« Sie ließ sein Ohr los und kehrte ins Haus zurück.

Issib trieb an ihm vorbei, etwas davon murmelnd, eines Morgens aufzuwachen und festzustellen, daß man sein ganzes Leben in einem Irrenhaus verbracht hatte. Huschidh ging auch an ihm vorbei, begegnete seinem Blick aber nicht; er konnte sich vorstellen, worüber sie den Rest des Tages über in seiner Klasse tuscheln würde.

Nafai war allein mit Luet.

»Ich hätte vorher nicht mit dir sprechen sollen«, sagte sie.

»Und du solltest auch nie wieder mit mir sprechen«, schlug Nafai vor.

»Einige Menschen hören eine Lüge, wenn man ihnen die Wahrheit sagt. Du bist so stolz auf deinen Rang als Sohn Rasas und Wetschiks, doch offensichtlich hast du von deinen Eltern die falschen Gene bekommen.«

»Während *du* bestimmt die besten bekommen hast, die deine Eltern dir mit auf den Weg geben konnten.«

Sie sah ihn mit offensichtlicher Verachtung an, und dann war sie fort.

»Was für ein wunderschöner Tag wird das«, sagte er laut vor sich hin. »Meine ganze Familie haßt mich.« Er dachte einen Augenblick lang nach. »Ich bin nicht mal sicher, daß ich *möchte*, daß sie mich mag.«

Einen gefährlichen Augenblick lang spielte er, als er nun allein auf dem Säulengang stand, mit dem Gedanken, an den Wandschirmen vorbeizuschlüpfen, zum Geländer zu gehen und trotz aller Verbote das Tal der Heiligen Frauen zu betrachten, das in der Umgangssprache als *Das Spaltental* bezeichnet wurde und abfälliger als *die Schlucht der alten Weiber*. Ich werde es sehen, und ich wette, ich verliere nicht einmal mein Augenlicht.

Doch er tat es nicht, obwohl er lange dort stand und darüber nachdachte. Jedesmal, wenn er einen Schritt zum Geländer tun wollte, schienen seine Gedanken plötzlich abzuschweifen, und er zögerte und vergaß einen Augenblick lang, was er vorhatte. Schließlich verlor er das Interesse und kehrte ins Haus zurück.

Er hätte in den Klassenraum gehen sollen. Doch er brachte es nicht über sich. Statt dessen wanderte er zur Eingangstür und auf den Hof hinaus, auf die Straßen Basilikas. Mutter würde wahrscheinlich wütend auf ihn sein, doch daran ließ sich auch nichts ändern.

Er mußte gesehen haben, wohin er ging, da er mit nichts und niemandem zusammenstieß, doch er konnte sich nicht daran erinnern, was er gesehen hatte oder wo er gewesen war. Schließlich fand er sich im Brunnenviertel wieder, nicht weit entfernt von Rasas Haus; und in seinem Kopf waren immer und immer wieder dieselben Gedanken gekreist.

Eins wußte er: Er konnte das alles nicht als Wahnsinn abtun. Vater war *nicht* verrückt, wie seltsam er auch erscheinen mochte; und was Mutter betraf, so mußte sie schon vor seiner Geburt wahnsinnig gewesen sein, falls *ihre* Vision der brennenden Erde Wahnsinn war. Also gab es wirklich etwas, das Ideen und Begehren und Visionen in die Köpfe seiner Eltern eingab – und auch in Luets Kopf, sie durfte er nicht vergessen. Die Menschen nannten dieses Etwas die Überseele, doch das war nur ein Name, eine Bezeichnung. Was *war* es? Was wollte es? Was konnte es tatsächlich *bewirken*? Warum sprach sie nicht zu allen Menschen, wenn es ihr doch möglich war, zu einigen zu sprechen?

Nafai blieb vor einer ziemlich breiten Straße vor dem vielleicht größten Haus in Basilika stehen. Er kannte es ziemlich gut, da der Kopf des Klans Palwaschantu Gefährte der Frau war, die dort wohnte. An ihren *Namen* konnte Nafai sich nicht erinnern: Sie war ein Niemand, alle wußten, daß sie dieses uralte Haus mit dem Geld ihres Gefährten gekauft hatte, und würde sie den Vertrag nicht erneuern, wäre sie selbst *mit* dem Haus noch immer ein Niemand – doch er war Gaballufix. Es bestand eine Familienverbindung – seine Mutter war Hosni, die später Wetschiks Tantchen und Elemaks Mutter geworden war. Aufgrund dieser Blutsverbindung und der Tatsache, daß Vater vielleicht der zweitberühmteste Klansmann der Palwaschantu in Basilika war, hatten sie dieses Haus mindestens einmal, normalerweise aber zwei- oder dreimal pro Jahr besucht, solange Nafai zurückdenken konnte.

Als er dort stand und die Fassade dieses Wahrzeichens der Stadt betrachtete, wurde er plötzlich wach, weil er, ohne es zu wollen, jemanden auf der Straße erkannt hatte. Elemak hätte zu Hause eigentlich schlafen müssen – er war doch stets nachts gereist, oder? Und doch war er am hellichten Nachmittag hier. Einen Augenblick lang geriet Nafai in Panik und fragte sich, ob Elja vielleicht *ihn* suchte – war es möglich, daß Mutter sein Verschwinden aufgefallen war und sie sich Sorgen gemacht hatte und nun die ganze Familie die Stadt nach ihm durchkämmte?

Aber nein. Elemak suchte niemanden. Er bewegte sich zu beiläufig, zu gelassen. Sah sich überhaupt nicht um.

Und dann war er verschwunden.

Nein, er war in die Lücke zwischen Gaballufix' Haus und dem benachbarten Gebäude gebogen. Also hatte er ein Ziel.

Nafai mußte wissen, was Elemak vorhatte. Er trottete die Straße entlang, bis er die schmale Gasse ungehindert einsehen konnte. Rechtzeitig bekam er mit, wie Elemak durch einen schmalen Seiteneingang Gaballufix' Haus betrat.

Nafai konnte sich nicht vorstellen, was Elja mit Gaballufix zu schaffen hatte – und erst recht kamen ihm keine so dringenden Geschäfte in den Sinn, daß Elemak das Haus ausgerechnet an dem Tag, an dem er von einer langen Reise zurückgekehrt war, aufsuchen mußte. Sicher, rein formal war Gaballufix Eljas Halbbruder, doch sie waren sechzehn Jahre auseinander, und Gaballufix hatte Elja niemals öffentlich als seinen Bruder anerkannt. Das bedeutete jedoch nicht, daß sie sich nicht allmählich wie enge Verwandte benehmen konnten. Dennoch störte es, daß Elemak nie etwas davon erwähnt hatte und es offenbar geheimhalten wollte.

Ob ihn die Frage nun störte oder nicht, Nafai wußte, daß es eine sehr schlechte Idee war, Elemak direkt danach zu fragen. Wenn Elja wollte, daß sie wußten, was er mit Gaballufix zu schaffen hatte, würde er es ihnen sagen. Bis dahin würde er das Geheimnis bewahren.

Ein Geheimnis bewahren.

Luet hatte gewußt, daß Nafai in Eiadh verliebt war. Na ja, *so* geheim war es nun auch wieder nicht – Luet hatte es vielleicht aufgrund der Blicke bemerkt, die er ihr zuwarf. Doch auf dem Hof vor Mutters Haus hatte Luet gesagt: »*Du* bist der Bastard«, als habe sie sich revanchieren wollen, weil er sie Bastard genannt hatte. Doch er hatte gar nichts *gesagt*. Er hatte nur *gedacht*, daß sie ein Bastard war. Dieser Meinung hatte er nie zuvor Ausdruck verliehen. Er hatte es nur in diesem Augenblick gedacht, weil er sich über Luet geärgert hatte. Und doch hatte sie es gewußt.

War das auch die Überseele gewesen? Sie setzte den Leuten nicht nur Ideen in den Kopf, sondern nahm sie auch wieder heraus und verriet sie anderen Personen? Die Überseele lieferte nicht nur seltsame Träume – sie war auch ein Spitzel.

Nafai machte der Gedanke Angst, daß es die Überseele nicht nur tatsächlich gab, sondern daß sie auch die Macht hatte, seine geheimsten, flüchtigsten Gedanken zu lesen und sie einem anderen Menschen zu verraten. Und ausgerechnet so einer widerwärtigen Person wie diesem kleinen Bastard von Hexenmädchen.

Seine Angst war nicht geringer als damals, als er das erstemal allein ins Meer hinausgegangen war. Vater war mit ihnen in den Ferien an den Strand gefahren. Am ersten Nachmittag dort waren sie alle gemeinsam ins Wasser gegangen, und umgeben von seinem Vater und seinen Brüdern – außer Issib natürlich, der sie aus seinem Stuhl auf dem Strand beobachtet hatte – hatte er gespürt, wie die See mit ihm spielte, die Wellen ihn zum Ufer schoben und dann wieder hinauszuziehen versuchten. Es machte Spaß und war aufregend. Er wagte es sogar, so weit hinauszuschwimmen, daß seine Füße den Boden nicht mehr berührten, und dort mit Meb und Elja und Vater zu spielen. Ein guter Tag, ein schöner Tag, als seine älteren Brüder ihn noch mochten. Doch am nächsten Morgen stand er früh auf, verließ das Zelt und ging allein zum Wasser. Er konnte schwimmen wie ein Fisch; er war nicht in Gefahr. Und dennoch verspürte er ein unerklärliches Unbehagen, als als er ins Wasser hinausging. Das Wasser zerrte und zog an ihm; er war nur ein paar Meter vom Ufer entfernt, und doch war niemand sonst im Wasser, er war ganz allein, er kam sich vor, als gehörte er nicht hierher, als wäre er schon ins Meer hinausgespült worden, als befände er sich im Griff eines so riesigen Wesens, daß es ihn jederzeit verschlingen konnte. Er geriet in Panik. Er lief zum Ufer, kämpfte gegen das Wasser an, überzeugt, daß es ihn niemals loslassen würde, daß es an ihm zerrte, ihn nach unten zog. Und dann war er auf dem Sand, auf dem trockenen Sand oberhalb der Gezeitenlinie, und er fiel auf die Knie und weinte, weil er in Sicherheit war.

Doch in diesen wenigen Augenblicken im Wasser hatte er den Schrecken des Wissens gespürt, wie klein und hilflos er war, welche großen Mächte es auf der Welt gab und wie leicht sie mit ihm machen konnten, was sie wollten.

Das war die Furcht, die er nun verspürte. Nicht so stark, nicht so bestimmt wie an jenem Tag am Strand – aber andererseits war er auch keine fünf Jahre mehr alt, und er konnte besser mit der Furcht umgehen. Die Überseele war keine alte Legende, sie lebte, und sie konnte Visionen in die Köpfe seiner eigenen Eltern zwingen und Geheimnisse in Nafais Kopf finden und sie anderen Menschen verraten, Menschen, die Nafai nicht mochten und die er nicht mochte.

Das Schlimmste daran war die Erkenntnis, daß Luet ihn wahrscheinlich nicht mochte, *weil* die Überseele ihr seine Gedanken verraten hatte. Seine geheimsten Gedanken wurden diesem unsympathischen kleinen Ungeheuer bloßgelegt. Womit mußte er noch rechnen? Würde sich Vaters nächste Vision um Nafais Phantasien über Eiadh drehen? Oder noch schlimmer, würde *Mutter* sie sehen?

Am Strand hatte er zum Ufer laufen können. Wohin sollte er vor der Überseele fliehen?

Man konnte nicht vor ihr fliehen. Man konnte sich auch nicht verstecken – wie konnte man seine eigenen Gedanken so verkleiden, daß man nicht einmal selbst wußte, was man dachte?

Ihm blieb nur eine Möglichkeit. Er mußte herauszufinden

versuchen, was die Überseele war, was sie wollte, was sie mit seiner Familie und mit *ihm* vorhatte. Er mußte lernen, die Überseele zu verstehen und sie dazu bringen, ihn in Ruhe zu lassen.

4

Masken

Es war sinnlos, so spät an einem Schultag noch zu Mutters Haus zurückzukehren. Wahrscheinlich würde er den Rest der Unterrichtszeit allein für die Erklärung benötigen, wieso er einfach gegangen war. Er konnte bis morgen damit warten, sich Entschuldigungen auszudenken.

Vielleicht würde er auch niemals zurückgehen. Ja, warum eigentlich nicht? Mebbekew ging schließlich auch nicht zur Schule. Eigentlich tat er *überhaupt nichts,* kam nicht einmal nach Hause, wenn er keine Lust dazu hatte.

Wann hatte das angefangen? Hatte Meb das schon mit vierzehn Jahren gemacht? Nafai konnte jedenfalls jetzt damit anfangen, und wer sollte ihn aufhalten? Er war so groß wie ein Mann, und er war alt genug, um in einem Männerberuf zu arbeiten. Aber nicht in Vaters Gewerbe – niemals das Pflanzengeschäft. Wenn man *diesem* Beruf lange genug nachging, hatte man im Dunkeln neben Wüstenstraßen Visionen.

Aber es gab andere Berufe. Vielleicht konnte Nafai bei einem Künstler in die Lehre gehen. Ein Dichter oder ein Sänger – Nafais Stimme war jung, aber er konnte einen Ton halten, und mit der richtigen Ausbildung könnte er vielleicht sogar ziemlich gut werden. Oder vielleicht war er eigentlich ein Tänzer oder ein Schauspieler, trotz Mutters Scherz an diesem Morgen. Diese Künste bedurften keiner Schulausbildung – wollte er eine davon ausüben, wäre es sowieso Zeitverschwendung, bei Mutter zu bleiben.

Diese Vorstellung beschäftigte ihn den gesamten Nachmittag über und ließ ihn zuerst in südliche Richtung wandern, zum inneren Markt, wo er Liedern und Gedichten lauschen konnte und es vielleicht sogar einen schönen neuen Mjachik zu kaufen gab, den er sich zu Hause anhören konnte. Natürlich würde Mutter zweifellos sein Taschengeld für Mjachiks streichen, wenn er der Schule fernblieb. Doch als Lehrling würde er wahrscheinlich auch ein kleines Taschengeld bekommen, und wenn nicht, würde es ihm auch nichts ausmachen. Er würde wahre Kunst vorführen. Bald würde er Aufzeichnungen von Kunst in kleinen Glaskugeln nicht einmal mehr *haben* wollen.

Als er den inneren Markt erreichte, hatte er sich eingeredet, kein Interesse mehr an Aufzeichnungen zu haben, nun, da er bald einen Beruf ergreifen und echte Kunst schaffen würde. Er wandte sich nach Osten, durch die Viertel namens Pferche und Gärten und Olivenhain, ein paar enge, hausumsäumte Straßen zwischen der Stadtmauer und dem Rand des Tals, das Männer nicht besuchen durften. Schließlich gelangte er an den schmalsten Ort überhaupt, eine einzige Straße mit einer hohen, weißen Mauer hinter den Häusern, damit die Männer, die auf der roten Stadtmauer standen, nicht über die Häuser und ins Tal sehen konnten. Er war in seinem ganzen Leben nur ein paar Mal hier gewesen, und niemals allein.

Niemals allein, weil die Puppenstadt ein Viertel für Gesellschaft und Kameradschaft war, in dem man in großen Menschenmengen saß und sich Tänze und Stücke ansah oder Rezitationen und Konzerten lauschte. Nun jedoch kam Nafai als Künstler in die Puppenstadt, nicht als Teil des Publikums. Er suchte keine Gesellschaft, sondern einen Beruf.

Die Sonne war noch nicht untergegangen, und daher waren die Straßen fast noch leer. Die Dämmerung würde die ausgelassenen Lehrlinge und Schuljungen aus den Häusern locken, und die vollständige Dunkelheit die Liebenden und die Genießer und die Feiernden. Doch auch jetzt, am späten Nachmittag, hatten schon einige Theater geöffnet, und die Galerien tätigten im Tageslicht gute Geschäfte.

Nafai betrat mehrere dieser Galerien eher aus dem Grund, weil sie geöffnet hatten, als daß er ernsthaft in Erwägung zog, er könne sich bei einem Maler oder Bildhauer als Lehrling bewerben. Nafais Begabung fürs Zeichnen war niemals herausragend gewesen, und als er sich als Kind an der Bildhauerei versucht hatte, hatten alle seine Skulpturen Titel getragen, damit die Leute wußten, was sie darstellen sollten. Als Nafai die Galerien durchstöberte, versuchte er, einen nachdenklichen und eifrig bemühten Eindruck zu machen, doch die Kunstverkäufer ließen sich nie täuschen – Nafai mochte zwar so groß wie ein Mann sein, war jedoch noch viel zu jung, um ein wichtiger Kunde zu sein. Also kamen sie nicht zu ihm und sprachen ihn an, wie sie es taten, wenn Erwachsene die Läden betraten. Er mußte seine Informationen aus Gesprächen zusammentragen, die er zufällig mithören konnte. Natürlich waren die Originale für ihn völlig unerschwinglich, doch sogar die Hologrammkopien mit hoher Auflösung waren viel zu teuer, als daß er auch nur davon träumen konnte, eine zu erstehen. Am schlimmsten war die Tatsache, daß die Gemälde und Skulpturen, die ihm am besten gefielen, unweigerlich die teuersten waren. Vielleicht bedeutete das, daß er einen ausgezeichneten Geschmack hatte. Oder es bedeutete, daß der Künstler, der wußte, wie er die Unwissenden beeindrucken konnte, das meiste Geld verdiente.

Schließlich wurde es ihm in den Galerien langweilig. Entschlossen, endlich herauszufinden, in welcher Kunst seine Zukunft lag, wanderte er zum Offenen Theater, einer Reihe winziger Bühnen, die die breiten Rasenflächen vor der Mauer bevölkerten. Dort wurden ein paar Stücke geprobt. Da praktisch noch kein Publikum vorhanden war, waren die

Tonblasen noch nicht eingeschaltet, und als Nafai von Bühne zu Bühne ging, drangen die Geräusche der entfernteren Bühnen zu ihm vor, wann immer auf der, vor der er stand, eine Pause eingelegt wurde. Nach einer Weile fand Nafai jedoch heraus, daß er die anderen Geräusche nicht mehr bemerkte, wenn er eine Probe nur lange genug beobachtete, daß er etwas von dem Inhalt mitbekam.

Am meisten interessierte ihn eine Truppe Satiriker. Er war schon immer der Ansicht gewesen, daß die Satire die aufregendste Theaterkunst darstellte, da die Manuskripte immer so neu waren wie der Klatsch von heute. Und genau, wie er es sich vorgestellt hatte, war der Satiriker bei der Probe anwesend, kritzelte seine Verse auf Papier – auf *Papier* – und gab die Zettel einem Scriptjungen, der sie zur Bühne brachte und den Schauspielern gab, für die sie bestimmt waren. Die Schauspieler, die sich im Augenblick nicht auf der Bühne befanden, schritten entweder auf dem Rasen auf und ab oder saßen dort und wiederholten ihre Texte immer wieder, um sie sich für die heutige Aufführung einzuprägen. Deshalb waren Satiren mit ihren plötzlichen Leerläufen und absurden Trugschlüssen handwerklich immer schlampig und ungelenk. Doch niemand erwartete, daß eine Satire *gut* sein mußte – sie mußte nur lustig und gemein und neu sein.

Bei dieser Satire hier schien es um einen alten Mann zu gehen, der Liebestränke verkaufte. Der Maskenträger, der den alten Mann spielte, war offenbar ziemlich jung, nicht älter als zwanzig, und es gelang ihm nicht besonders gut, eine alte Stimme nachzuahmen. Aber das machte ja gerade einen Teil des Spaßes aus – Maskenträger waren fast immer Neulinge, denen es noch nicht gelungen war, bei einer ernsthaften Schauspieltruppe eine Rolle zu bekommen. Sie *behaupteten*, Masken statt Make-up zu tragen, um sich vor der Rache wütender Opfer der Satire zu schützen – doch als Nafai sie nun beobachtete, kam er zum Schluß, daß die Maske den jungen Schauspieler wohl eher vor dem Spott seiner erfahrenen Kollegen schützen sollte.

Der Nachmittag war heiß geworden, und einige Schauspieler hatten die Hemden ausgezogen; die mit heller Haut schienen völlig vergessen zu haben, daß sie sich einen Sonnenbrand zuzogen, der ihre Haut tomatenrot färben würde. Nafai lachte insgeheim über den Gedanken, daß die Maskenträger wohl die einzigen Menschen in Basilika waren, die *überall* einen Sonnenbrand bekommen konnten, nur nicht im Gesicht.

Der Scriptjunge gab einem Schauspieler, der im Gras gesessen hatte, ein Blatt. Der junge Mann betrachtete es, stand dann auf und ging zum Satiriker.

»Das kann ich nicht vortragen«, sagte er.

Da der Satiriker Nafai den Rücken zuwandte, konnte dieser die Antwort nicht verstehen.

»Was, ist mein Teil so unwichtig, daß sich *mein* Text nicht reimen muß?«

Nun war die Antwort des Satirikers laut genug, daß Nafai ein paar Brocken verstehen konnte, die mit der Aufforderung endeten: »Dann schreib die Sache doch selbst!«

Der junge Mann zog wütend die Maske vom Gesicht. »Einen *schlechteren* Text könnte ich auch nicht schreiben!« rief er.

Der Satiriker brach in Gelächter aus. »Wahrscheinlich nicht«, sagte er. »Mach schon, versuch es mal, ich habe keine Zeit, bei *jeder* Szene brillant zu sein.«

Etwas besänftigt setzte der junge Mann die Maske wieder auf. Doch Nafai hatte genug gesehen. Denn der junge Maskenträger, der verlangte, daß sein Text sich reimte, war kein anderer als Nafais Bruder Mebbekew.

Also war das seine Einkommensquelle. Er hatte gar keine Kredite aufgenommen. Die Idee, die Nafai so klug vorgekommen war – eine Lehrstelle bei einem Künstler anzunehmen, die ihm die Unabhängigkeit einbrachte –, war Mebbekew schon längst in den Sinn gekommen, und er hatte sie in die Tat umgesetzt. In gewisser Hinsicht eine ermutigende Feststellung – wenn Mebbekew es kann, kann ich es auch –, doch in anderer Hinsicht war es geradezu deprimierend, daß Nafai ausgerechnet in Mebbekews Fußstapfen treten wollte. Meb, der Bruder, der ihn sein ganzes Leben lang gehaßt hatte und nicht erst, wie Elja, seit neuestem. Wurde ich dazu geboren? Damit aus mir ein zweiter Mebbekew wird?

Dann kam ihm der häßlichste Gedanke überhaupt. Wäre es nicht ein Heidenspaß, wenn ich Jahre nach Meb den Schauspielerberuf antreten und sofort eine Anstellung bei einer richtigen Truppe bekommen würde? Das wäre so köstlich erniedrigend; Meb würde sich vor Wut umbringen.

Na ja, vielleicht auch nicht. Meb würde wohl eher eine *mörderische* Wut bekommen.

Die Szene auf der Bühne riß Nafai aus seinem gehässigen Tagtraum. Der alte Liebestrankverkäufer versuchte, eine zögerliche junge Frau zu überreden, eine Kräutermischung von ihm zu kaufen.

Schütt die Mischung in sein Bier
Leg die Blume in dein Bett
Und du wirst sehen, um halb vier
Ist er tot – oh, sei so nett,
Verzeihe mir, wird er um dich werben.

Endlich ergab die Handlung Sinn. Der alte Mann wollte den Geliebten des Mädchens vergiften, indem er dem Mädchen einredete, die tödliche Kräutermischung sei ein Liebestrank. Das begriff sie anscheinend nicht – alle Personen dieser Satire waren unglaublich dumm –, und sie widersetzte sich dem Kauf aus anderen Gründen.

Lieber würd' ich sterben.
Ich will keine gemeinen Umtriebe.
Ich will nur seine wahre Liebe.

Plötzlich brach der alte Mann in einen Operngesang aus. Seine Stimme war wirklich nicht schlecht, trotz der komischen Übertreibungen.

Der Traum von Liebe ist so schön!

In diesem Augenblick trat Mebbekew auf, die Maske vor dem Gesicht, und wandte sich direkt an das Publikum.

Hört dieses alten Mannes widerlich Getön!

Sie führten nun ein seltsames Duett auf, bei dem der alte Liebestrankverkäufer eine Zeile sang und der junge Mebbekew einen direkten Kommentar zum Publikum sprach.

Liebe geht nicht nur durch den Magen!
(Ich folge ihm seit vielen Tagen.)
Ein Geliebter könnte wohl erröten!
(Ich weiß, er will ihren Geliebten töten.)
Ein andrer zieret sich vielleicht.
(Sein Grips ist einfach unerreicht.)
Du brauchst nur eine Demonstration!
(Ich geb dem Narren 'ne Vision.)
Auf daß dein Zauder nicht mehr schwele!
(Er glaubt, sie käme von der Überseele.)
Dann gewinnst sein Herz du doch im Nu!
(Eine kleine Flamme gehört dazu.)
Ganz gleich, wie du sie gewinnst,
Sobald du deine Fäden spinnst
genießt die Liebe deines Schatzes du doch immerzu.

Eine Vision der Überseele. Eine Flamme. Die Wendung, die die Satire nahm, gefiel Nafai keineswegs. Ihm gefiel nicht, daß die Maske des alten Liebestrankverkäufers eine wilde, weiße Haarmähne und einen weißen Vollbart hatte. War es möglich, daß sich die Nachricht so schnell und weit verbreitet hatte? Einige Satiriker waren dafür bekannt, daß sie wichtigen Klatsch vor allen anderen aufschnappten – meistens sah sich das Publikum eine Satire nur an, um herauszufinden, was gerade so geschah, und viele Zuschauer fragten einander nach der Vorstellung: Was hatte das *wirklich* zu bedeuten?

Mebbekew hantierte auf der Bühne an einer Kiste herum. »Vergiß den Feuereffekt!« rief der Satiriker ihm zu. »Tu einfach so, als würde es funktionieren!«

»Irgendwann müssen wir es mal ausprobieren«, erwiderte Mebbekew.

»Jetzt nicht.«

»Wann?«

Der Satiriker stand auf, schritt zum Fuß der Bühne, bis er direkt vor Mebbekew stand, und bildete mit den Händen vor dem Mund einen Trichter. »Wir ... werden ... den ... Effekt ... später ... ausprobieren!« rief er.

»Na schön«, sagte Meb.

Der Satiriker kehrte zu seinem Platz auf dem Hügel zurück. »Und du wirst den Feuereffekt sowieso nicht auslösen«, sagte er.

»Tut mir leid«, sagte Meb. Er kehrte zu seinem Platz hinter der Kiste zurück, aus der heute abend wahrscheinlich eine Flammensäule emporschießen würde. Auch die anderen Maskenträger kehrten auf ihre Plätze zurück.

»Ende des Liedes«, sagte Meb. »Feuereffekt.«

Augenblicklich rissen der Liebestrankverkäufer und das Mädchen in einer Geste der spöttischen Überraschung die Hände hoch.

»Eine Flammensäule!« rief der Liebestrankverkäufer.

»Wie kann auf einem kahlen Felsen in der Wüste plötzlich Feuer erscheinen?« rief das Mädchen. »Es ist ein *Wunder*!«

Der Liebestrankverkäufer wirbelte zu ihr herum. »Du weißt nicht, wovon du sprichst, Hure! Ich bin der einzige, der das sehen kann! Es ist eine Vision!«

»Nein!« rief Mebbekew mit tiefster Stimme. »Es ist ein Bühneneffekt!«

»Ein Bühneneffekt!« rief der Liebestrankverkäufer. »Dann bist du …«

»Endlich hast du kapiert!«

»Der alte Mumpitz, die Überseele!«

»Ich bin stolz auf dich, du alter Depp! Fast hättest du das dumme Huhn geneppt!«

»Sie ist nur ein kleiner Fisch – du bist jedoch betrügerisch!«

»Nein!« rief der Satiriker. »Nicht *›jedoch‹*, du Idiot! *›Doch* betrügerisch‹, sonst stimmt die Betonung nicht!«

»Tut mir leid«, sagte der junge Maskenträger, der den Liebestrankverkäufer spielte. »›Depp‹ reimt sich auch nicht mit ›geneppt‹, und Sinn macht der ganze Text auch nicht, aber das liegt wohl an meiner falschen Betonung.«

»Es muß keinen Sinn ergeben, du großkotziger Grünschnabel, es muß nur Geld bringen!«

Alle lachten – doch es war klar, daß die Schauspieler den Satiriker nicht besonders mochten. Sie arbeiteten sich wieder in die Szene ein, und kurz darauf sangen Meb und der Liebestrankverkäufer herumtanzend, wie gut sie darin waren, die Leute hereinzulegen, und wie unvorstellbar leichtgläubig die meisten Menschen doch waren – besonders Frauen. Anscheinend hatten alle Verse des Lieds den Zweck, einen Teil des Publikums tödlich zu beleidigen, und es ging so weiter, bis jede nur erdenkliche Gruppe in Basilika ihr Fett wegbekommen hatte. Während sie sangen und tanzten, tat das Mädchen so, als würde es ein Stück Fleisch in den Flammen braten.

Meb vergaß seinen Text nicht so oft wie der andere Maskenträger, und obwohl Nafai wußte, daß die ganze Szene darauf ausgelegt war, Vater zu erniedrigen, mußte er anerkennen, daß Meb ziemlich gut war und so klar und deutlich sang, daß man jedes Wort genau verstehen konnte. Das könnte ich auch schaffen, dachte Nafai.

Das Lied kehrte immer wieder zu demselben Refrain zurück:

Ich stehe neben einem Feuer
Und mir ist nicht geheuer
Denn der bester aller Lügner
spielt neben mir zum Tanz.

Als das Lied zu Ende war, hatte die Überseele – Meb – den Liebestrankverkäufer überzeugt, die beste Möglichkeit, die Frauen Basilikas zu dem zu bringen, was er wollte, bestand darin, sie zu überzeugen, die Überseele gäbe ihm Visionen ein. »Sie lassen sich so leicht betrügen«, sagte Meb, »wir müssen diese Mädchen nur belügen.«

Die Szene schloß damit, daß der Liebestrankverkäufer das Mädchen von der Bühne führte und ihr erzählte, er habe eine Vision gehabt, in der die Stadt Basilika verbrannt sei. Der Satiriker griff nun auf alliterierende Reime zurück, die Nafai etwas natürlicher vorkamen als die Knüttelverse, aber nicht so lustig waren. »Willst du die letzten Wochen der Welt wartend mit einem starken, aber schussligen jungen Schurken verbringen? Bist du nicht besser bedient mit einem alten, aber aufgeklärten Angetrauten, der ein das normale Maß überschreitendes, alles überstrahlendes Verhältnis zur Überseele hat?«

»Gut«, sagte der Satiriker. »Das ist prima. Probieren wir jetzt die Straßenszene.«

Eine andere Gruppe von Maskenträgern kam auf die Bühne. Nafai eilte augenblicklich zu dem Rasenstück, auf dem Mebbekew, die Maske noch über dem Gesicht, den neuen Dialog auf einen Zettel schrieb.

»Meb«, sagte Nafai.

Meb sah verblüfft auf und versuchte, ihn durch die kleinen Augenschlitze der Maske zu erkennen. »Wie hast du mich genannt?« Dann sah er, daß es Nafai war. Augenblicklich sprang er auf und ging davon. »Verschwinde, du kleiner Rattenfresser.«

»Meb, ich muß mit dir sprechen.«

Mebbekew ging weiter.

»Bevor du heute abend in diesem Stück auftrittst!« sagte Nafai.

Meb fuhr herum. »Das ist kein Stück, es ist eine Satire. Ich bin kein Schauspieler, ich bin Maskenträger. Und du bist nicht mein Bruder, du bist ein Arsch.«

Mebs Zorn erstaunte Nafai. »Was habe ich dir getan?« fragte er.

»Ich kenne dich, Njef. Ganz gleich, was ich jetzt sage oder tue, du wirst es Vater erzählen.«

Als würde Vater nicht früher oder später selbst herausfinden, daß sein Sohn in einer Satire auftrat, die ihn vor der ganzen Stadt lächerlich machen sollte. »Mich macht es einfach krank«, sagte Nafai, »daß dich nur interessiert, ob *du selbst* Probleme bekommen könntest. Du hast gar keinen Familiensinn.«

»Damit schade ich meiner Familie nicht. Das Maskentragen ist eine völlig legitime Möglichkeit, mir erste Sporen als Schauspieler zu verdienen. Es bringt mir meinen Lebensunterhalt ein, und gelegentlich sogar etwas Vergnügen und Respekt, was ich bei der Arbeit für Vater niemals erlebt habe!«

Wovon sprach Meb? »Mir ist es egal, ob du ein Maskenträger bist. Das finde ich sogar großartig. Ich habe mich heute hier herumgetrieben, weil ich mit dem Gedanken spiele, es selbst einmal zu versuchen.«

Meb nahm die Maske ab und musterte Nafai von Kopf bis Fuß. »Dein Körper würde auf der Bühne Eindruck machen. Aber du klingst noch wie ein Junge.«

»Mebbekew, das spielt im Augenblick keine Rolle. Ob du nun Maskenträger bist oder nicht – das kannst du Vater einfach nicht antun!«

»Ich tue Vater gar nichts an! Ich mache das nur für mich.«

So war es immer, wenn man mit Mebbekew sprach. Er schien nie zu begreifen, worauf das Gespräch hinauslief. »Na schön, du bist ein Maskenträger«, sagte Nafai. »Aber ich traue nicht einmal dir zu, daß du deinen eigenen Vater dermaßen verspotten willst!«

Meb sah ihn verdutzt an. »Meinen Vater verspotten?«

»Du kannst mir nicht erzählen, daß du es nicht weißt.«

»Wieso soll diese Satire *ihm* gelten?«

»Die Szene, in der du gerade mitgespielt hast, Meb.«

»Vater ist nicht der einzige Mensch in Basilika, der an die Überseele glaubt. Manchmal habe ich sogar den Eindruck, daß es ihm gar nicht so ernst damit ist.«

»Die Vision, Meb! Das Feuer in der Wüste, die Prophezeiung über das Ende der Welt! Was glaubst du denn, was damit gemeint ist?«

»Keine Ahnung. Der alte Drotik erzählt uns nicht, wem seine Satiren gelten. Wozu auch, wenn wir den Klatsch doch noch gar nicht gehört haben? Wir sprechen nur seine Texte.« Dann legte sich ein seltsamer, nachdenklicher Ausdruck auf sein Gesicht. »Was hat diese Sache mit der Überseele mit Vater zu tun?«

»Er hatte eine Vision«, sagte Nafai. »Auf der Wüstenstraße, heute morgen vor Tagesanbruch, als er von seiner Reise zurückkam. Er hat auf einem Felsen eine Feuersäule und das brennende Basilika gesehen, und er vermutet, daß damit die Vernichtung der Welt gemeint ist, wie die Zerstörung der Erde in der alten Legende. Mutter glaubt ihm, und er muß bereits mit einigen Leuten darüber gesprochen haben. Wie hätte dein Satiriker davon erfahren sollen?«

»Das ist das Verrückteste, was ich jemals gehört habe«, sagte Mebbekew.

»Ich habe es mir nicht ausgedacht«, sagte Nafai. »Ich saß heute morgen in Mutters Säulengang und ...«

»Die Szene im Säulengang! Das ist ... Er schrieb, wie der Apotheker ... das soll *Vater* sein?«

»Was meinst du denn, was ich dir zu erklären versuche?«

»Arschloch«, flüsterte Meb. »Dieses Arschloch. Und mich bringt er als die *Überseele* auf die Bühne.«

Meb drehte sich um und lief zu dem Maskenträger, der den Apotheker spielte. Er blieb vor ihm stehen und betrachtete die Maske und das Kostüm. »Es ist so *offensichtlich*, daß ich den Verstand einer Stechmücke gehabt haben muß – aber eine Vision!«

»Wovon sprichst du?« fragte der Maskenträger.

»Gib mir die Maske«, sagte Mebbekew. »Gib sie her!«

»Hier.«

Meb riß sie dem anderen Mann aus den Händen und lief den Hügel hinauf zum Satiriker. Nafai folgte ihm. Meb schwenkte die Maske vor dem Gesicht des Satirikers. »Wie kannst du es wagen, Drotik, du verschlagener alter Furz?«

»Jetzt tu doch nicht so, als hättest du es nicht gewußt, mein Junge.«

»Woher sollte ich es denn wissen? Ich habe bis zum Beginn der Proben geschlafen. Du bringst mich auf die Bühne, damit ich meinen *Vater* verspotte, und ganz zufällig erzählst du mir nichts davon. Ja, *das* will ich dir glauben.«

»He, das bringt doch jede Menge Publikum.«

»Was hattest du vor? Wolltest du den Leuten verraten, wer ich bin, nach all deinen Versprechen, niemand würde es erfahren? Was haben diese Masken überhaupt zu bedeuten?« Meb drehte sich zu den anderen um, die die ganze Sache mehr oder weniger verblüfft beobachten. »He, Leute, wißt ihr, was dieser alte Scheißkerl vorhatte? Er wollte meinen Vater verspotten und den Leuten dann verraten, daß ich die Überseele gespielt habe. Er wollte mich entmaskieren!«

Dem Satiriker behagte diese Wendung der Dinge offensichtlich überhaupt nicht. Die Gesichter der meisten Maskenträger waren zwar noch bedeckt, doch man spürte, daß sie über die Vorstellung wütend waren, ein Satiriker könnte die Identität seiner Maskenträger enthüllen. Also versuchte der Mann, die Sache wieder in den Griff zu bekommen. »Macht euch keine Gedanken über diesen Unsinn«, sagte er zu den anderen. »Ich habe den Jungen gerade gefeuert, weil er die unangenehme Neigung hat, meine Texte umzuschreiben, und nun will er sich rächen und die ganze Vorstellung platzen lassen.«

Die Maskenträger entspannten sich merklich.

Meb mußte gemerkt haben, daß er den Wortwechsel verloren hatte – die Maskenträger *wollten* dem Satiriker glauben, weil sie sonst ihre Arbeit verloren hätten. »Nicht mein Vater ist der Lügner«, sagte Meb, »*du* bist es.«

»Die Satire ist doch wunderbar, nicht wahr?« sagte Drotik, »bis ihr Blitz zu Hause einschlägt.«

Meb hob die Maske des weißhaarigen Apothekers über den Kopf, als wollte er den Satiriker damit schlagen. Drotik riß einen Arm hoch und sprang zurück. Doch Meb hatte gar nicht vorgehabt, ihn anzugreifen. Statt dessen zerbrach er die Maske über seinem Knie. Dann warf er die beiden Hälften dem Satiriker vor die Füße.

Drotik senkte den Arm und erwiderte Mebbekews Blick. »Der Maskenbauer braucht keine zehn Minuten, um den Bart an eine andere Maske zu kleben. Oder wolltest du eine metaphorische Drohung aussprechen?«

»Keine Ahnung«, sagte Meb. »Wolltest du mich dazu bringen, meinen Vater metaphorisch zu ermorden?«

Der Satiriker schüttelte ungläubig den Kopf. »Wir sprechen von dem Pfeil des Spotts, Junge. Nur Worte. Ein paar Lacher.«

»Ein paar zusätzliche Eintrittskarten.«

»Mit denen wir deinen Lohn bezahlen.«

»Mit denen du reich wirst.« Meb drehte sich um und ging davon. Nafai folgte ihm. Er hörte, wie Drotik den Scriptjungen losschickte, Maskenträger zu suchen, die glaubten, die Rolle in drei Stunden lernen zu können.

Mebbekew beachtete den ihm nachlaufenden Nafai gar nicht. Er ging immer schneller, bis sie schließlich in vollem Lauf durch die Straßen rannten, die Hügel hinauf und hinab. Doch Mebbekew war nicht beharrlich genug, um Nafai endgültig abzuschütteln, und schließlich lehnte er sich gegen eine Hauswand und bückte sich keuchend.

Nafai wußte nicht, was er sagen sollte. Er hatte Meb nicht hinterherlaufen wollen, nur um ihm zu sagen, was er dachte – daß er großartig gewesen war, als er den Satiriker zurechtgewiesen, ihn einen Lügner genannt und jedes Argument aus den Angeln gehoben hatte, das sich Drotik zu seiner Verteidigung ausgedacht hatte. Als du die Maske zerbrochen hast, wollte ich laut jubeln – das wollte Nafai ihm sagen.

Doch als er ihn eingeholt hatte, sah er, daß Meb nicht nur außer Atem war. Er weinte, nicht vor Kummer, sondern vor Zorn, und als Nafai neben ihn trat, schlug Meb mit der Faust gegen die Wand. »Wie konnte er mir das nur antun!« sagte Meb immer wieder. »Dieses selbstsüchtige Arschloch!«

»Laß es dir nicht zu nahe gehen«, sagte Nafai, um ihn zu trösten. »Drotik ist es nicht wert.«

»Nicht Drotik, du Idiot!« schrie Meb. »Drotik ist genau der, für den ich ihn immer gehalten habe. Aber jetzt habe ich mein Engagement verloren, und ich werde nie wieder eins bekommen, denn Drotik wird überall verbreiten, daß ich drei Stunden vor der Premiere die Brocken hingeschmissen habe.«

»Auf wen bist du dann wütend?«

»Auf Vater! Was denkst du denn? Eine Vision – ich kann es nicht glauben, ich dachte, Drotik würde mir sagen, daß er nicht Vater verspotten wollte, sondern einen anderen, und wie käme ich denn darauf, daß er den Wetschik meinte, nur ein Holzkopf käme auf die Idee, daß der ehrwürdige *Wetschik* glaubt, die erstaunliche, unglaubliche *Überseele* würde ihm Visionen eingeben!«

»Mutter glaubt ihm«, sagte Nafai.

»Mutter hat seit dem Jahr, da du gezeugt wurdest, jedes Jahr seinen Vertrag verlängert! Offensichtlich ist sie genau die richtige, auf deren Urteil wir Wert legen müssen. Glaubst du ihm denn? Glaubt ihm irgend jemand, der nicht mit ihm geschlafen hat?«

»Keine Ahnung. Ich weiß nicht mal, wer von der Sache gehört hat.«

»Ich will dir was sagen. In sechs Stunden wird ganz Basilika davon wissen, ganz Basilika! Ich würde ihn am liebsten *umbringen*, diesen eitlen, alten Geck!«

»Beruhige dich, du meinst das doch nicht so ...«

»Ach nein? Glaubst du mir nicht, daß ich ihm diese Faust am liebsten ins Gesicht schmettern würde?« Meb drehte sich um und schrie seinen nächsten Satz einem unbeteiligten Passanten entgegen. »Ich werde dir ein paar Visionen zeigen, du klotzköpfiger Unkrautjäter!«

Auf der Straße blieben die Leute stehen und sahen zu ihnen hinüber.

»Genau«, sagte Nafai. »Vater bringt *dich* in eine peinliche Lage.«

»Ich habe dich nicht gebeten, mir zu folgen. *Du* bist mir doch nachgelaufen! Wenn dir meine Gesellschaft nicht paßt, dann verschwinde doch; es ist mir völlig egal!«

»Gehen wir nach Hause«, sagte Nafai, weil ihm nichts anderes einfiel.

5

Räder

Nach Hause wollte Nafai bestimmt nicht, nicht an diesem Abend. Er hatte gehofft, Vater wäre unterwegs, damit Meb sich beruhigen konnte, bevor sie miteinander sprachen. Aber nein, natürlich nicht, Vater *wollte* mit Meb sprechen. Er hatte bereits eine Stunde lang mit Elemak gesprochen – Nafai war nicht so erschöpft, daß er *diese* Szene verpaßt hätte – und schien nun der völlig falschen Vorstellung nachzuhängen, er könne Meb vielleicht überzeugen, an seine Vision zu glauben.

Das Gebrüll fing an, als Mebbekew Vater im Arbeitszimmer fand. Nafai hatte schon öfter mitbekommen, wozu diese Streitigkeiten führten, und zog sich schnell auf sein Zimmer zurück. Als er über den Hof ging, erhaschte er einen Blick auf Issib, der verstohlen aus seinem Zimmer spähte. Noch ein Flüchtling, dachte Nafai.

Die erste Stunde über konnte man nur das leise Murmeln von Vaters Stimme hören, der wahrscheinlich versuchte, seine Vision zu beschreiben, aber alle paar Minuten von Mebbekews klaren, scharfen Kommentaren unterbrochen wurde, die von Anklagen bis zum Hohn reichten. Dann kam schließlich heraus, inmitten von Mebbekews Beschwerden, Vater erniedrige die Familie, daß Meb schon das seine getan hatte, um die Familie in schlechten Ruf zu bringen, indem er als Maskenträger gearbeitet hatte. Nun war es an Vater, laute Vorwürfe zu brüllen, und an Mebbekew, sich zu erklären, was zu einer weiteren Stunde des Streits führte, bis Meb wütend das Haus verließ und Vater zu den Ställen ging, um die Tiere zu versorgen, bis er sich wieder beruhigt hatte.

Erst dann wagte sich Nafai, der mittlerweile wirklich halb verhungert war, zu seiner ersten anständigen Mahlzeit dieses Tages in die Küche. Zu seiner Überraschung war Elemak dort; er saß mit Issib am Tisch.

»Elja, ich habe nicht gewußt, daß du hier bist«, sagte Nafai.

Elemak sah verblüfft zu ihm auf; dann fiel es ihm wieder ein. »Schon gut«, sagte er. »Ich war heute morgen wütend, aber es war nichts. Vergiß es«, sagte er.

Bei allem, was danach passiert war, hatte Nafai tatsächlich Elemaks Warnung vergessen, sich nicht mehr zu Hause blikken zu lassen. »Ich glaube, ich habe es schon vergessen«, sagte er.

Elemak bedachte ihn mit einem angewiderten Blick und widmete sich wieder seiner Mahlzeit.

»Was habe ich jetzt schon wieder gesagt?«

»Schon gut«, sagte Issib. »Wir überlegen gerade, was wir jetzt tun können.«

Nafai ging zum Kühlschrank und betrachtete die Lebensmittel, die Truzhnischa für solche Gelegenheiten dort verstaut hatte. Er starb vor Hunger, und doch sah nichts besonders verlockend aus. »Sonst ist nichts mehr übrig?«

»Nein, den Rest habe ich in meinen Hosen versteckt«, sagte Issib.

Nafai entschied sich für ein Gericht, das ihm einmal ganz gut geschmeckt hatte, wenngleich er heute abend nicht den geringsten Appetit darauf verspürte. Während er die Mahlzeit erhitzte, drehte er sich um und sah die anderen an. »Und zu welchem Schluß sind wir also gekommen?«

Elemak sah nicht auf.

»*Wir* sind zu gar keinem Schluß gekommen«, sagte Issib.

»Ach was, bin ich plötzlich das einzige Kind im Haus, während die *Männer* alle Entscheidungen treffen?«

»Ja, so ziemlich«, sagte Issib.

»Und welche Entscheidungen müßt *ihr* treffen? Wer hat überhaupt irgendwelche Entscheidungen zu treffen, abgesehen von Vater? Es ist sein Haus, sein Geschäft, sein Geld und sein Name, über den man in ganz Basilika lacht.«

Elemak schüttelte den Kopf. »Nicht in *ganz* Basilika.«

»Du meinst, es haben noch nicht alle davon gehört?«

»Ich meine«, sagte Elemak, »daß nicht alle darüber lachen.«

»Das werden sie aber, wenn dieses satirische Stück nur lange genug läuft. Ich habe eine Probe gesehen. Meb war wirklich ziemlich gut. Natürlich hat er gekündigt, da es um Vater ging, aber ich glaube, er hat wirklich Talent. Wußtet ihr, daß er singen kann?«

Elemak betrachtete ihn verächtlich. »Bist du wirklich so oberflächlich, Njef?«

»Ja«, sagte Nafai. »Ich bin so oberflächlich, tatsächlich zu glauben, daß unsere peinliche Lage gar nicht so wichtig ist, falls Vater wirklich eine Vision gehabt hat.«

»Wir wissen, daß Vater es *gesehen* hat«, sagte Elemak. »Das Problem ist nur, was er damit anfängt.«

»Was, die Überseele schickt ihm eine Vision, die ihn vor der Vernichtung der Welt warnen soll, und er soll sie geheim halten?«

»Iß einfach deine Mahlzeit«, sagte Elemak.

»Er erzählt allen Leuten, daß die Überseele von uns verlangt, wir sollten zu den alten Gesetzen und Gebräuchen zurückkehren«, sagte Issib.

»Welchen?«

»Na, allen.«

»Ich meine, welche befolgen wir denn nicht?«

Elemak entschloß sich anscheinend, direkt zur Sache zu kommen. »Er ist zum Klans-Rat gegangen und hat gegen unsere Entscheidung gesprochen, die Potokgavan in ihrem Krieg gegen die Naßköpfe zu unterstützen.«

»Gegen wen?«

»Die Gorajni. Die Naßköppe.«

Sie hatten den Spitznamen wegen ihres Brauchs bekommen, ihre Lockenfrisuren lang zu tragen und mit parfümiertem Öl einzureiben. Sie waren auch als bösartige Krieger bekannt, die die Gewohnheit hatten, Gefangene abzuschlachten, die versäumt hatten, ihren Wert zu beweisen, indem sie sich eine ernsthafte Verletzung zuzogen, bevor sie sich ergaben. »Aber die wohnen Hunderte von Kilometern nördlich von hier«, sagte Nafai, »und die Potoku stammen aus dem Südosten. Worüber führen sie also Krieg?«

»Was bringen sie dir eigentlich in deiner kleinen Schule bei?« sagte Elemak. »Die Potoku haben ihren Schutz über die gesamte Küstenebene ausgedehnt, bis hinauf zum Fluß Mochai.«

»Klar, richtig. Schutz wovor?«

»Vor den Gorajni, Nafai. Wir befinden uns zwischen ihnen. Das nennt man Geographie.«

»Ich weiß, was Geographie ist«, sagte Nafai. »Ich verstehe nur nicht, warum es überhaupt einen Krieg zwischen den Gorajni und den Potoku geben sollte, und wenn doch, wie sie ihn ausfechten wollen. Ich meine, Potokgavan hat eine Flotte – all ihre Häuser sind *Schiffe*, um Gottes willen –, aber da Gorajnivat keine Küste hat ...«

»Keine Küste *hatte*. Sie haben Usluvat erobert.«

»Das weiß ich auch.«

»Oh, davon bin ich überzeugt«, sagte Elemak. »Sie haben auch Pferdewagen. Hast du davon schon mal gehört?«

»Räder«, sagte Nafai. »Pferde, die Männer in Kisten in die Schlacht ziehen.«

»Und Vorräte befördern, mit denen man ein Heer auf einem langen Marsch versorgen kann. Auf einem *sehr* langen Marsch. Pferdewagen verändern alles.« Plötzlich klang Elemak enthusiastisch. Es war schon viele Jahre her, daß Nafai beobachtet hatte, daß sich Elja für etwas begeistern konnte. »Ich sehe schon den Tag, da wir die Kammstraße und die Ebenenstraße verbreitern, damit die Bauern ihre Erzeugnisse in Pferdewagen hierher bringen können. Dieselbe Anzahl Pferde kann zehnmal soviel Güter befördern. Ein Mann, zwei Pferde und ein Wagen werden dann herschaffen, wozu heute ein Dutzend Männer und zwanzig Pferde nötig sind. Der Preis der Nahrungsmittel sinkt. Die Kosten, *unsere* Erzeugnisse hügelabwärts zu bringen, sinken sogar noch tiefer – da steckt Geld. Ich sehe schon Straßen, die Hunderte von Kilometern lang sind und mitten durch die Wüste führen – weniger Tiere bei unseren Karawanen, weniger Futter, das wir mitschleppen müssen, und wir müssen auf den Reisen auch nicht mehr so viel Wasser finden. Die Welt wird kleiner, und Vater versucht, es zu verhindern.«

»Und das alles hat etwas mit seiner Vision zu tun?«

»Die alten Gesetze der Überseele. Räder sind nur bei Getrieben oder Spielzeugen erlaubt. Ein abscheuliches Sakrileg. Ist euch klar, daß Pferdewagen seit Abertausenden von Jahren bekannt sind und *niemand* je einen gebaut hat?«

»Bis jetzt«, sagte Issib.

»Vielleicht gibt es einen guten Grund dafür«, sagte Nafai.

»Der Grund war Aberglaube, sonst nichts«, sagte Elemak, »aber jetzt haben wir die Gelegenheit, zweihundert Pferdewagen zu bauen. Die Potokgavan bezahlen uns dafür und geben uns die Pläne, und der Preis, den Gaballufix ausgehandelt hat, ist so hoch, daß wir weitere zweihundert für uns bauen können.«

»Warum bauen die Potoku ihre Wagen nicht selbst?«

»Sie kommen auf Booten her«, sagte Elemak. »Anstatt die Wagen in Potokgavan zu bauen und sie dann über das Wasser hierher zu transportieren, schicken sie einfach ihre Soldaten, und die Wagen stehen dann für sie bereit.«

»Warum *hierher*?«

»Weil hier die Grenze gezogen werden wird. Die Gorajni dringen nicht weiter vor, oder sie bekommen es mit den Potoku zu tun. Versuche gar nicht erst, es zu verstehen, Nafai, das ist Männersache.«

»Ich habe den Eindruck, daß Vater richtig handelt, wenn er versucht, diese Vereinbarung zu verhindern«, sagte Nafai. »Ich meine, würden die Gorajni nicht ein Heer schikken, um uns aufzuhalten, wenn sie herausfinden, daß wir Pferdewagen für die Potoku bauen?«

»Sie werden es erst erfahren, wenn es zu spät ist.«

»Wieso sollten sie es nicht erfahren? Ist Basilika so geübt darin, Geheimnisse zu bewahren?«

»Selbst wenn sie es erfahren würden, Njef, wären die Potoku hier, um sie daran zu hindern, uns zu bestrafen.«

»Aber wenn die Potoku nicht kämen und wir ihnen daher gar keine Pferdewagen bauen würden, hätten die Gorajni gar keinen Grund, uns zu bestrafen.«

Elemak senkte den Kopf dicht über den Tisch, um deutlich seine Verzweiflung zur Schau zu stellen, Nafai alles erklären zu müssen.

»Die Welt verändert sich«, sagte Issib. »Wir sind daran gewöhnt, daß es sich bei Kriegen lediglich um örtliche Zwistigkeiten handelt. Aber die Gorajni haben das verändert. Sie erobern andere Länder, die ihnen niemals einen Schaden zugefügt haben.«

Elemak griff die Erklärung auf. »Eines Tages werden sie bis zu uns vorstoßen, ob die Potoku nun hier sind, um uns zu schützen, oder nicht. Ich persönlich würde das Kämpfen lieber den Potoku überlassen.«

»Ich kann nicht glauben, daß so schlimme Dinge geschehen und niemand in der Stadt darüber spricht«, sagte Nafai. »Ich verstopfe meine Ohren wirklich nicht mit Schlamm, und ich habe nichts davon gehört, daß wir Pferdewagen für Potokgavan bauen wollen.«

Elemak schüttelte den Kopf. »Es ist ein Geheimnis. Oder *war* vielmehr eins, bis Vater es vor dem Klans-Rat zur Sprache gebracht hat.«

»Du meinst, jemand hat das vereinbart, und der Klans-Rat wußte nichts davon?«

»Es war ein *Geheimnis*«, sagte Elemak. »Wie oft muß ich dir das noch erklären?«

»Also wollte jemand diese Vereinbarung im Namen der Stadt Basilika und des Klans Palwaschantu treffen, und der Klans-Rat oder Stadtrat wurden nicht hinzugezogen?«

Issib lachte bedauernd. »Wenn man es so ausdrückt, klingt es wirklich ziemlich seltsam, oder?«

»Es klingt überhaupt nicht seltsam«, sagte Elemak. »Wie ich sehe, hast du dich bereits Roptats Partei angeschlossen.«

»Wer ist Roptat?«

»Er ist ein Palwaschantu«, antwortete Issib, »nicht einmal in Eljas Alter, der diesen Krieg benutzt, um sich eine Reputation als Prophet aufzubauen. Nicht wie Vater, die Überseele gibt ihm keine Visionen ein, er schreibt einfach Prophezeiung, die sich lesen, als würde ein Hai einem das Bein abreißen. Und er sagt ständig dasselbe, was du gerade gesagt hast.«

»Du meinst, dieser geheime Plan ist so bekannt, daß es schon eine von diesem Roptat geführte Partei gibt, die ihn zu blockieren versucht?«

»*So* geheim war er nun auch wieder nicht«, sagte Elemak. »Es gibt kein Komplott. Es gibt keine Verschwörung. Es gibt nur ein paar gute Leute, die versuchen, Basilikas lebenswichtige Interessen wahrzunehmen, und ein paar Verräter, die alles tun, um das zu verhindern.«

Elemak hatte eindeutig eine ziemlich einseitige Sicht der Dinge. Nafai hatte einen anderen Blickwinkel anzubieten.

»Oder vielleicht ein paar gierige Profitler, die unsere Stadt in eine schrecklich gefährliche Lage bringen, damit sie reich werden, und ein paar gute Leute, die versuchen, die Stadt zu retten, indem sie sie aufhalten. Ich ziehe das nur als Möglichkeit in Betracht.«

Elemak war wütend. »Die Leute, die an diesem Projekt arbeiten, sind schon so reich, daß sie wohl kaum noch mehr Geld brauchen«, sagte er. »Und ich verstehe nicht, wie ein vierzehnjähriger *Schüler,* der noch nie im Leben *Männerarbeit* geleistet hat, plötzlich eine Meinung über ein politisches Thema haben kann, von dem er vor zehn Minuten noch gar nicht gewußt hat, daß es überhaupt existiert.«

»Ich habe nur eine Frage gestellt«, sagte Nafai. »Ich habe dich nicht beschuldigt.«

»Natürlich hast du *mich* nicht beschuldigt«, sagte Elemak. »Ich habe sowieso keinen Anteil an diesem Projekt.«

»Natürlich nicht«, sagte Nafai. »Es ist ein *geheimes* Projekt.«

»Ich hätte dir heute morgen die Zähne aus dem Mund schlagen sollen«, sagte Elemak.

Warum lief es immer wieder auf Drohungen hinaus? »Schlägst du jedem die Zähne aus dem Mund, der dir Fragen stellt, auf die du keine guten Antworten hast?«

»Bis jetzt noch nicht«, sagte Elemak und stand auf. »Aber diese verpaßten Gelegenheiten werde ich jetzt nachholen.«

»Hört auf!« rief Issib. »Haben wir nicht schon genug Probleme?«

Elemak zögerte und setzte sich dann wieder. »Ich sollte ihn überhaupt nicht beachten.«

Nafai atmete wieder. Er hatte gar nicht gemerkt, daß er nicht mehr geatmet hatte.

»Er ist ein Kind. Was weiß er schon?« sagte Elemak. »Aber Vater hätte es besser wissen müssen. Er macht viele Leute sehr wütend. Sehr gefährliche Leute.«

»Du meinst, sie bedrohen ihn?« fragte Nafai.

»Niemand *droht*«, sagte Elemak. »Das wäre unhöflich. Sie machen sich nur … Sorgen um Vater.«

»Aber wenn doch alle über Vater lachen, müssen sie sich doch nicht darum kümmern, was er sagt. Sie sollten sich doch vielmehr über diesen Roptat Sorgen machen.«

»Es liegt an der Sache mit der Vision«, sagte Elemak. »Die Überseele. Die meisten Männer nehmen das nicht ernst, aber die Frauen ... der Stadtrat ... deine Mutter fördert die Sache nicht gerade.«

»Oder sie fördert sie *doch*, je nachdem, auf welcher Seite man steht.«

»Genau«, sagte Elemak. Er erhob sich vom Tisch, doch diesmal drohte er nicht. »Jedenfalls sehe ich, auf welcher Seite du stehst, Njef, und ich kann dich nur warnen. Wenn Vater seinen Willen bekommt, werden wir alle in den Ketten der Gorajni enden.«

»Warum bist du dir da so sicher?« fragte Nafai. »Hat die Überseele dir eine Vision eingegeben, oder was?«

»Ich bin mir sicher, mein kleiner *Halb*-Freund, weil ich etwas von diesen Dingen verstehe. Wenn du erwachsen bist, wirst du vielleicht begreifen, was das bedeutet. Doch ich bezweifle es.« Elemak verließ die kleine Küche.

Issib seufzte. »Mag dich *überhaupt* jemand in dieser Familie?«

Nafais Mahlzeit war verkocht, doch das war ihm egal. Er bebte so heftig, daß er kaum das Tablett zum Tisch tragen konnte.

»Warum zitterst du?«

»Keine Ahnung«, sagte Nafai. »Vielleicht habe ich Angst.«

»Vor Elemak?«

»Warum sollte ich vor ihm Angst haben?« fragte Nafai. »Nur, weil er mir mit einer Hand den Hals brechen könnte?«

»Warum provozierst du ihn dann immer?«

»Vielleicht habe ich auch Angst *um* ihn.«

»Warum?«

»Kommt dir das nicht auch komisch vor, Issib? Elja sitzt hier und spricht davon, daß Vater von mächtigen Leuten

Gefahr droht – und doch beschuldigt er diese gefährlichen Leute nicht, sondern versucht, Vater am Sprechen zu hindern.«

»Niemand benimmt sich immer vernünftig.«

»Ich verstehe *wirklich* einiges von Politik«, sagte Nafai. »Eins meiner Unterrichtsfächer ist Geschichte. Ich bin der Klasse um Jahre voraus. Ich *weiß*, wie man Kriege anfängt und wer sie gewinnt. Und das ist der dümmste Plan, den ich je gehört habe. Potokgavan hat keine Chance, dieses Gebiet zu halten, und keinen zwingenden Grund, es zu versuchen. Sie werden allerhöchstens ein Heer losschicken, die Gorajni zu einem Angriff provozieren und dann einsehen, daß sie nicht gewinnen können, und nach Hause zu ihrer Flutebene zurückkehren, wo die Naßköpfe ihnen nichts anhaben können, und uns den Zorn der Gorajni ausbaden lassen. Es führt so offensichtlich ins Verderben, Kriegswagen für sie zu bauen, daß nur ein Mensch, den die Gier völlig blind gemacht hat, dafür stimmen könnte. Und falls die Überseele Vater aufgetragen hat, sich dem Bau von Wagen zu widersetzen, hat die Überseele Recht.«

»Die Überseele wird bestimmt erleichtert sein, deine Zustimmung zu haben.«

»Aber sicher, gern geschehn.«

»Nafai, du bist vierzehn Jahre alt.«

»Und?«

»Elemak will so etwas nicht von dir hören.«

»Und du auch nicht, oder?«

»Ich bin wirklich müde. Es war ein langer Tag.« Issib trieb aus der Küche.

Endlich begann Nafai zu essen. Zu seinem Abscheu hatte er keinen Appetit, obwohl er wußte, daß er noch hungrig war. Muß essen, kann nicht essen. Vergiß es. Er spühlte die Mahlzeit den Abfluß hinunter und stellte den Teller ins Gestell für das schmutzige Geschirr.

Er ging auf den Hof und hielt auf sein Zimmer zu. Die Nachtluft war bereits kühl – sie befanden sich so nahe der

Wüste, daß die Temperatur nach Sonnenuntergang abrupt sank. Er zitterte noch immer. Er wußte nicht, warum. Nicht wegen Vaters Vision von der Zerstörung der Welt und auch nicht wegen des Krieges, der Basilika wahrscheinlich überziehen würde, wenn sie tatsächlich die idiotische Allianz mit Potokgavan eingingen. Das waren sehr ferne Gefahren. Und auch nicht wegen Elemaks Drohungen; mit denen hatte er schon sein ganzes Leben verbracht.

Erst, als er auf seiner Matte lag und noch immer zitterte, obwohl es in seinem Zimmer gar nicht kalt war, begriff er endlich, was ihn beschäftigte. Elemak hatte erwähnt, daß Gaballufix die Verhandlungen mit den Potoku geführt hatte. Offensichtlich hatte dieser Plan Gaballufix' Unterstützung – wer sonst, wenn nicht der Klan-Chef, würde annehmen, er könne die Palwaschantu dazu bringen, solch einen gefährlichen Weg einzuschlagen, ohne vorher mit dem Rat zu sprechen? Also lag der Schluß nah, daß mit den gefährlichen Feinden, die Vater sich Elja zufolge schaffte, Gaballufix gemeint war.

Gaballufix, dessen Haus Elemak heute heimlich besucht hatte.

Wo lag Elemaks Loyalität? Bei Vater? Oder bei seinem Halbbruder Gaballufix? Eindeutig hatte Elja etwas mit diesem Kriegswagenplan zu tun. Worin war er sonst noch verwickelt? Die gefährlichen Leute machen keine *Drohungen*, hatte er gesagt. Was machten sie dann – Pläne? War Elja an einem Plan beteiligt, Vater etwas Häßliches anzutun, und versuchte er mit seinen verschwommenen Hinweisen, Vater davor zu warnen?

Erst heute hatte Mebbekew von einem metaphorischen Vatermord gesprochen.

Nein, dachte Nafai. Nein, ich bin einfach nur furchtbar aufgeregt, weil das alles so schnell gekommen ist, an nur einem Tag. Vater hat eine Vision, und plötzlich hat er sich wie nie zuvor in die Stadtpolitik verstrickt, fast, als habe die Überseele ihm diese Vision eigens *wegen* dieses dummen, gefährlichen Projekts von Gaballufix geschickt, eigens, weil *jetzt* Schritte eingeleitet werden mußten.

Warum? Wieso interessierte sich die Überseele für Basilikas Schicksal? Zahllose Städte und Nationen hatten ihren Aufstieg und Fall erlebt – Dutzende in jedem Jahrhundert, Tausende und Abertausende in der gesamten Geschichte der Menschheit. Vielleicht Millionen. Die Überseele hatte keinen Finger gerührt. Die Überseele kümmerte sich nicht um Kriege; ihr lag bestimmt nichts daran, menschliches Leid zu vermeiden. Warum also mischte sich die Überseele ausgerechnet jetzt ein? Warum diese *Dringlichkeit*? War es diese Sache wert, daß die Familie daran zerbrach? Und falls sie es wirklich wert sein sollte – wer hatte diese Entscheidung zu treffen? Niemand hatte die Überseele darum gebeten, und wenn sie sie wirklich herumstieß, um einen großartigen Plan zu verwirklichen, wäre es doch ganz nett, wenn die Überseele sie wissen ließ, was sie im Sinn hatte.

Nafai lag zitternd auf seiner Matte.

Dann fiel es ihm wieder ein. Ich wollte diese Nacht ja gar nicht auf der Matte schlafen. Ich wollte doch versuchen, ein echter Mann zu sein.

Fast hätte er laut gelacht. Auf dem nackten Fußboden schlafen – *damit* würde er zum Mann? Was für ein Narr bin ich doch.

Und als er über sich lachte, konnte er endlich einschlafen.

6

Feinde

»Wo hast du den gestrigen Tag verbracht?«

Nafai hatte dieses Gespräch nicht gewollt, doch es ließ sich nicht vermeiden. Mutter nahm nicht hin, daß einer ihrer Schüler einen ganzen Tag lang verschwand, ohne eine Erklärung zu verlangen.

»Ich bin umherspaziert.«

Wie er erwartet hatte, gab sich Mutter damit nicht zufrieden. »Ich habe auch nicht angenommen, daß du *geflogen* bist«, sagte sie. »Obwohl es mich überrascht, daß du dich nicht irgendwo zusammengerollt und geschlafen hast. Wo bist du gewesen?«

»An ein paar Orten, an denen man sehr viel lernen kann«, sagte Nafai. Er dachte dabei an Gaballufix' Haus und das Offene Theater, doch Mutter würde seine Worte natürlich interpretieren, wie es ihr genehm war.

»In der Puppenstadt?« fragte sie.

»Da kann man tagsüber nicht viel erleben, Mutter.«

»Und du solltest überhaupt nicht dorthin gehen«, sagte sie. »Oder bist du der Ansicht, daß du schon alles über alles weißt, so daß du deine Ausbildung als abgeschlossen betrachten kannst?«

»Es gibt einige Themen, die du hier nicht lehrst, Mutter.« Erneut die Wahrheit – und doch nicht die Wahrheit.

»Ah«, sagte sie. »Dhelembuvex hatte ganz recht, was dich betrifft.«

O ja, wunderbar. Es ist an der Zeit, deinem kleinen Jungen ein Tantchen zu besorgen.

»Ich hätte es kommen sehen müssen. Dein Körper wächst so schnell – zu schnell, fürchte ich. In jeder anderen Hinsicht bist du noch nicht so reif.«

Das war zuviel für ihn. Er hatte vorgehabt, sich ruhig anzuhören, was sie zu sagen hatte, sie ihre Schlußfolgerungen ziehen zu lassen und dann in die Klasse zurückzugehen, womit die ganze Sache erledigt gewesen wäre. Doch wenn sie glaubte, seine Drüsen würden sein Leben beherrschen, wo doch, wenn überhaupt, sein Geist viel reifer war als sein Körper ...

»Bist du wirklich immer so klug, Mutter?«

Sie runzelte die Stirn.

Er wußte, daß er seine Grenzen bereits überschritten hatte, doch nun hatte er einmal angefangen, und die Worte befanden sich in seinem Kopf; also sprach er sie aus. »Du siehst etwas, das du dir nicht erklären kannst, und wenn ein Junge es tut, bist du überzeugt, daß es mit seinem sexuellen Begehren zu tun hat.«

Sie lächelte fast. »Ich kenne mich mit Männern einigermaßen aus, Nafai, und die Vermutung, daß das Verhalten eines Vierzehnjährigen in einem Zusammenhang mit sexuellem Begehren steht, beruht auf zahlreichen Beweisen.«

»Aber ich bin dein *Sohn*, und du kannst mich noch immer nicht von einer Ziegelmauer unterscheiden.«

»Dann warst du also *nicht* in der Puppenstadt?«

»Nicht aus den Gründen, die *du* dir vorstellst.«

»Ah«, sagte sie. »Ich kann mir viele Gründe vorstellen. Aber keiner der möglichen Gründe, aus denen du in die Puppenstadt gegangen bist, deutet darauf hin, daß du eine sehr gute Entscheidung getroffen hast.«

»Ach ja, du bist ja Expertin, was gute Entscheidungen betrifft.«

Sein Sarkasmus kam nicht gut an. »Ich glaube, du vergißt, daß ich deine Mutter und deine Schulherrin bin.«

»Du, Mutter, hast gestern diese beiden Mädchen zu dem *Familien*treffen eingeladen, und nicht ich.«

»Und das war eine schlechte Entscheidung von mir?«

»Eine äußerst schlechte. Ich traf lange vor Anbruch der Dunkelheit beim Offenen Theater ein, und die Nachricht von Vaters Vision hatte sich dort schon herumgesprochen.«

»Das überrascht mich nicht«, sagte Mutter. »Vater ist direkt zum Klans-Rat gegangen. Danach war es wohl kaum noch ein Geheimnis.«

»Nicht nur seine *Vision*, Mutter. Sie probten dort bereits eine Satire – und kein Geringerer als Drotik hatte sie geschrieben –, die eine faszinierende kleine Szene in einem Säulengang beinhaltete. Und da die beiden einzigen Anwesenden, die nicht zur Familie gehörten, diese beiden Hexenmädchen waren …«

»Hüte deine Zunge!«

Er verstummte augenblicklich, verspürte aber ein unbestreitbares Gefühl des Triumphes. Ja, Mutter war wütend – doch indem er sie so wütend gemacht hatte, mußte er auch einen wunden Punkt bei ihr getroffen haben.

»Es ist eine ungeheure Beleidigung, daß du sie mit einem so erniedrigenden *Mannwort* bezeichnest«, sagte Mutter. Ihre Stimme klang jetzt ganz ruhig – also war sie *wirklich* wütend. »Luet ist eine Seherin, und Huschidh ist eine Entwirrerin. Überdies waren beide völlig diskret und haben kein Wort darüber verlauten lassen.«

»Also hast du sie nicht aus den Augen gelassen, nachdem ...«

»Hüte deine Zunge, habe ich gesagt.« Ihre Stimme war kalt wie Eis. »Zu deiner Information, mein kluger, weiser, *reifer* kleiner Junge, diese Säulengang-Szene in Drotiks Satire ... die ich übrigens *gesehen* habe, und sie war sehr schlecht, so daß ich mir darüber kaum Sorgen machen muß ... jedenfalls gab es diese Säulengang-Szene, weil *ich*, während dein Vater beim Klans-Rat war, zum Stadtrat ging, und als *ich* dort die Geschichte erzählt habe, berichtete ich auch, was sich im Säulengang zugetragen hat. Warum, fragt mein brillanter Sohn mit einem köstlich dummen Ausdruck auf dem Gesicht? Weil der Rat deines Vaters Vision nur ernst genommen hat, weil Luet ihm geglaubt und festgestellt hat, daß sich seine Vision mit der ihren deckt.«

Mutter hatte es verraten. *Mutter* hatte Spott und Ruin über die Familie gebracht. Unglaublich. »Ah«, sagte Nafai.

»Ich habe gedacht, du hättest die Dinge etwas anders gesehen.«

»Wie ich sehe, war es kein Fehler, Luet und Huschidh zu dem Familientreffen einzuladen«, sagte Nafai. »*Dich* hätte man ausschließen müssen.«

Ihre Hand holte aus und traf sein Gesicht. Falls sie auf seine Wange gezielt hatte, hatte sie sie jedenfalls verfehlt, vielleicht, weil er instinktiv das Gesicht zurückgezogen hatte. Statt dessen erwischten ihre Fingernägel ihn am Kinn und rissen die Haut auf. Es tat weh und blutete.

»Du vergißt dich, junger Herr«, sagte sie.

»Nicht so sehr, wie du dich vergessen hast, Herrin«, antwortete er. Oder besser gesagt, *wollte* er antworten. Er setzte sogar dazu an, doch mitten im Satz wurde ihm die Bedeutung ihrer Tat klar, und die Erkenntnis, daß seine Mutter ihn geschlagen und erniedrigt hatte, ließ ihn in Tränen ausbrechen. »Es tut mir leid«, sagte er. Dabei hatte er eigentlich sagen wollen: Wir kannst du es wagen, ich bin zu alt dafür, ich hasse dich. Doch es war unmöglich, so barsche Worte auszusprechen, wenn man wie ein kleines Kind weinte. Nafai haßte es, daß er immer so schnell in Tränen ausbrach und sich daran auch nichts änderte, als er älter wurde.

»Vielleicht erinnerst du dich beim nächsten Mal daran, mit dem gebührenden Respekt zu mir zu sprechen«, sagte sie. Doch auch sie konnte den scharfen Tonfall nicht aufrecht halten, denn noch während sie sprach, spürte er ihren Arm um seine Schulter, als sie sich neben ihn setzte und ihn tröstete.

Sie begriff natürlich nicht, daß die Weise, wie sie seinen Kopf an ihre Schulter drückte, nur zu der Erniedrigung beitrug und ihn in seinem Entschluß bestärkte, sie als Feind zu betrachten. Wenn sie die Macht hatte, ihn wegen seiner Liebe für sie zum Weinen zu bringen, gab es nur eine mögliche Lösung für ihn: aufhören, sie zu lieben. Das war das letzte Mal, daß sie jemals imstande gewesen war, ihm dies anzutun.

»Du blutest«, sagte sie.

»Es ist nichts«, sagte er.

»Laß es mich abtupfen – hier, mit einem sauberen Taschentuch, nicht mit diesem schrecklichen Fetzen, den du in deiner Tasche hast, du dummer, kleiner Junge.«

Genau das werde ich in diesem Haus immer sein, nicht wahr? Ein dummer, kleiner Junge. Er löste sich von ihr, unwillig, sich vom Taschentuch am Kinn berühren zu lassen. Doch sie blieb beharrlich und tupfte die Wunde ab, und der weiße Stoff färbte sich überraschend stark mit Blut –

also nahm er es ihr aus der Hand und drückte es gegen die Wunde. »Ist wohl ziemlich tief«, sagte er.

»Wenn du nicht zurückgezuckt wärest, hätte ich dich nicht mit den Nägeln am Kinn getroffen.«

Wenn du mich nicht geschlagen hättest, hätten mich deine Nägel überhaupt nicht getroffen. Doch er hielt die Zunge im Zaum.

»Wie ich sehe, nimmst du dir die Lage unserer Familie sehr zu Herzen, Nafai, aber deine Werte sind etwas verdreht. Was hat der Spott der Satiriker schon zu bedeuten? Jeder weiß, daß jede große Gestalt in der Geschichte Basilikas irgendwann einmal vom Pfeil des Spotts getroffen wurde, und normalerweise genau wegen jener Sache, die sie zu einer bedeutenden Person werden ließ. Das können wir ertragen. Viel wichtiger ist, daß Vaters Vision eine sehr eindeutige Warnung der Überseele war, die unmittelbare Auswirkungen auf das Vorgehen unserer Stadt im Lauf der nächsten Tage, Wochen und Monate haben wird. Die peinliche Situation wird vergehen. Und unter den Frauen, auf die es in dieser Stadt wirklich ankommt, gilt Vater durchaus als bemerkenswerter Mann – ihr Respekt für ihn nimmt zu. Versuche also, deine Betroffenheit darüber beherrschen, daß Vater plötzlich im Mittelpunkt der Aufmerksamkeit steht. Alle Kinder in deinem Alter reagieren äußerst empfindlich, wenn man sie in solch eine Verlegenheit bringt, doch mit der Zeit wirst du lernen, daß Kritik und Spott nicht immer schlecht sind. Es kann sehr wohl für einen sprechen, sich die Feindschaft böser Menschen einzuhandeln.«

Er konnte kaum glauben, daß sie so geringschätzig von ihm dachte und der Ansicht war, er habe so eine Predigt nötig. Glaubte sie wirklich, er scheue sich vor dem Spott der anderen? Hätte sie zugehört, statt eine Predigt zu halten, hätte er ihr vielleicht von Elemaks Warnung berichtet, Vater könne in Gefahr schweben, und von seinem geheimen Besuch in Gaballufix' Haus. Doch es war klar, daß er in ihren Augen noch immer nichts weiter als ein Kind war. Sie würde seine Warnung nicht ernst nehmen. Statt dessen würde sie ihm wahrscheinlich eine weitere Predigt darüber halten, daß man sich nicht von seinen Ängsten und Sorgen beherrschen lassen durfte, sondern einen kühlen Kopf behalten, sich auf den Unterricht konzentrieren und es den Erwachsenen überlassen mußte, die *wirklichen* Probleme der Welt zu lösen.

In ihrer Vorstellung bin ich noch sechs Jahre alt, werde ich immer ein Sechsjähriger sein. »Es tut mir leid, Mutter. Ich werde nicht mehr so zu dir sprechen.« Ich bezweifle sogar, daß ich überhaupt noch etwas von Belang zu dir sagen werde, solange du lebst.

»Ich akzeptiere deine Entschuldigung, Nafai, und ich hoffe, daß du auch meine annimmst, dich im Zorn geschlagen zu haben.«

»Natürlich, Mutter.« Ich werde deine Entschuldigung annehmen – *wenn* du sie mit anbietest und ich glaube, daß du es ernst meinst. Doch in Wirklichkeit, werter, geliebter Brotkorb, dem ich entsprang, hast du dich zu keinem Zeitpunkt unseres Gesprächs bei mir entschuldigt. Du hast nur der Hoffnung Ausdruck verliehen, daß ich eine Entschuldigung annehme, die du mir in Wirklichkeit niemals angeboten hast.

»Ich hoffe, Nafai, daß du deine Studien wieder aufnehmen und diesen Ereignissen in der Stadt nicht erlauben wirst, die normale Routine deines Lebens weiterhin zu stören. Du hast einen sehr scharfen Verstand, und es besteht nicht der geringste Grund für dich, dich von diesen Dingen vom weiteren Schleifen dieses Verstandes ablenken zu lassen.«

Danke für diesen hingeworfenen Brocken Lob, Mutter. Du hast mir gesagt, daß ich kindisch bin, ein Sklave der Lust, und daß man mich zum Schweigen bringen und mir nicht zuhören muß, wenn ich meine Ansichten äußere. Jedem Wort, das aus dem Mund dieses *Hexen*mädchen kommt, wirst du ernsthafte Beachtung schenken, doch du gehst von der Voraussetzung aus, daß alles, was *ich* sage, wertlos ist.

»Ja, Mutter«, sagte Nafai. »Aber ich würde im Augenblick lieber nicht in den Klassenraum zurückgehen, wenn du nichts dagegen hast.«

»Natürlich nicht«, sagte sie. »Ich verstehe dich vollkommen.«

Liebe Überseele, verhindere, daß ich lache.

»Ich kann aber nicht zulassen, daß du wieder auf den Straßen herumspazierst, Nafai. Das verstehst *du* doch sicher? Vaters Vision hat soviel Aufmerksamkeit erregt, daß irgend jemand etwas sagen wird, daß dich wütend machen wird, und ich will nicht, daß du dich prügelst.«

Also machst du dir Sorgen darum, daß *ich* mich prügele, Mutter? Erinnere dich doch bitte einmal daran, wer hier auf dem Säulengang wen geschlagen hat.

»Warum verbringst du den Tag nicht mit Issib in der Bibliothek? Ich glaube, er wird einen guten Einfluß auf dich haben – er ist immer so ruhig.«

Issib, immer ruhig? Arme Mutter – sie weiß überhaupt nichts über ihre Söhne. Die Frauen verstehen die Männer einfach nicht. Natürlich verstehen die Männer die Frauen nicht besser – aber zumindest reden wir uns nicht ein, wir *würden* sie verstehen.

»Ja, Mutter. Die Bibliothek wäre prima.«

Sie erhob sich. »Dann geh jetzt. Das Taschentuch kannst du natürlich behalten.«

Sie verließ den Säulengang, ohne abzuwarten und sich zu überzeugen, ob er auch gehorchte.

Er stand augenblicklich auf, ging um den Wandschirm, direkt zur Balustrade und sah über das Spaltental hinaus.

Vom See war nichts zu sehen. Eine dichte Wolke hing im unteren Teil des Tals, und da die Talwände noch über dem Nebel steiler zu werden schienen, würde man auch ohne die Bewölkung den See von dieser Stelle nicht ausmachen können.

Von hier aus konnte er lediglich die weiße Wolke und das dunkle, üppige Grün des Waldes ausmachen, der das Tal umsäumte. Hier und da hoben sich Rauchsäulen aus Kaminen, denn auf den Talhängen wohnten einige Frauen. Vaters Haushälterin, Truznischa, gehörte zu ihnen. Sie hatte ein Haus in dem Bezirk namens Westliche Klippe, einem der zwölf Viertel Basilikas, in denen nur Frauen wohnten, ja, die nur Frauen betreten durften. Die Frauenbezirke waren viel dünner besiedelt als irgendeiner der vierundzwanzig anderen, in denen Männer wohnen (aber natürlich keinen Besitz erwerben) durften, und doch übten sie im Stadtrat eine gewaltige Macht aus, da ihre Abgeordneten immer blockweise abstimmten. Konservative, Religiöse – zweifellos waren das die Ratsfrauen, die am stärksten von der Tatsache beeindruckt waren, daß Luet Vaters Vision bestätigt hatte. Falls sie Vaters Meinung über das Thema Kriegswagen zustimmten, waren nur noch sechs weitere Ratsfrauen nötig, um ein Patt zu erwirken, und sieben, um Gaballufix' Pläne endgültig zum Scheitern zu bringen.

Es waren eben diese Abgeordneten aus den Frauenvierteln, die sich seit Jahrtausenden weigerten, die dicht besiedelten Offenen Viertel zu unterteilen, irgendeinem Bezirk außerhalb der Stadtmauern ein Stimmrecht im Rat zuzugestehen, den Männern zu erlauben, innerhalb der Mauer Besitz zu erwerben oder irgend etwas zuzulassen, das die absolute Herrschaft der Frauen in Basilika schwächen könnte. Als Nafai nun voller Wut auf seine Mutter über das geheime Tal sah, blieb ihm größtenteils verborgen, wie wunderschön dieser Ort war, voller Geheimnisse und Leben; er stellte nur fest, wie unglaublich wenige Häuser dort standen.

Wie konnte man dieses Tal nur in zwölf Bezirke aufteilen? In einigen mußten sich die drei Frauen, die dort wohnten, als Abgeordnete abwechseln.

Und außerhalb der Stadt, in den winzigen, aber teuren Wohnungen, in denen unverheiratete Männer ohne Haushalt leben mußten, gab es keine gesetzlichen Grundlagen, die eine fairere Behandlung garantierten, nicht einmal

Gesetze, die Junggesellen vor ihren Hausherren schützten, oder vor Frauen, deren Versprechungen plötzlich vergessen waren, wenn sie das Interesse an einem Mann verloren, oder auch nur vor gegenseitigen Gewalttätigkeiten. Als Nafai dort stand und über das ungezähmte Grün des Tals blickte, begriff er einen Augenblick lang, wieso ein Mann wie Gaballufix mit Leichtigkeit Männer um sich scharen konnte, die versuchten, etwas Macht in dieser Stadt zu gewinnen, in der Männer jeden Tag und jede Stunde ihres Lebens von Frauen entmutigt wurden.

Als dann ein Windstoß über das Tal fuhr, bewegte sich die Wolke, und er konnte den Schimmer eines reflektierten Lichts ausmachen. Die Oberfläche eines Sees, nicht in der Mitte, der tiefsten Stelle des Tals, sondern höher, weiter weg. Instinktiv wandte Nafai den Blick ab. Es war eine Sache, zur Balustrade zu gehen, um seiner Mutter zu trotzen, aber eine ganz andere, den heiligen See zu betrachten, den die Frauen aufsuchten, um dort zu beten. Wenn bei dieser Sache eins klar geworden war, dann, daß es die Überseele vielleicht tatsächlich gab. Es war sinnlos, sich wegen einer so dummen Sache – über den Rand von Mutters Säulengang einen See zu betrachten – ihren Zorn zuzuziehen.

Nafai drehte sich um und eilte hinter den Wandschirm zurück; dabei kam er sich überaus töricht vor. Was, wenn man mich erwischt hätte? Andererseits ... und wenn schon? Nein, nur um Mutter zu trotzen, war es das Risiko nicht wert. Er hatte etwas Wichtigeres zu tun. Wenn Mutter sich seine Ängste, Vater könne in Gefahr sein, nicht anhören wollte, mußte er eben selbst etwas unternehmen. Aber zuerst mußte er mehr wissen – über Gaballufix, über die Überseele, über alles.

Einen Augenblick lang spielte er mit dem Gedanken, Luet aufzusuchen und ihr Fragen zu stellen. *Sie* wußte doch, was es mit der Überseele auf sich hatte, oder nicht? Sie hatte die ganze Zeit über Visionen, nicht nur einmal wie Vater. Sicher würde sie ihm einiges erklären können.

Aber sie war eine Frau, und plötzlich wußte Nafai, daß er von keiner Frau irgendeine Hilfe bekommen würde. Im Gegenteil – die Frauen Basilikas lernten von Kindheit an, die Männer zu unterdrücken und ihnen einzureden, sie wären wertlos. Luet würde über ihn lachen und direkt zu Mutter gehen und ihr von seinen Fragen berichten.

Wenn er irgend jemandem vertrauen konnte, dann nur anderen Männern – und auch da gab es nur wenige, da die Gefahr, die Vater drohte, ja von Gaballufix' Partei kam. Vielleicht konnte er sich der Hilfe dieses Roptats versichern, von dem Elja gesprochen hatte. Oder erst einmal herausfinden, was die Überseele überhaupt so alles tat.

Issib freute sich nicht gerade, ihn zu sehen. »Ich habe zu tun und kann keine Störungen gebrauchen.«

»Das ist die Bibliothek dieses Haushalts«, sagte Nafai. »Hierher kommen wir immer, wenn wir Forschungen betreiben müssen.«

»Siehst du? Du störst mich schon.«

»He, ich habe doch gar nichts *gesagt*. Ich kam hier herein und war kaum durch die Tür, als du schon auf mir herumgehackt hast.«

»Ich habe gehofft, du würdest rückwärts hinausgehen.«

»Kann ich nicht. Mutter hat mich hierher geschickt.« Nafai trat hinter Issib, der vor seinem Computerterminal bequem in der Luft schwebte. Die Darstellung war etwa dreißig Seiten stark, doch auf jeder Seite standen nur ein paar Wörter, so daß er fast alles auf einen Blick sehen konnte. Wie bei einer Partie Solitaire, bei der Issib einfach Teile von einem Ort zum anderen schob.

Bei diesen Teilen handelte es sich um Wörter in seltsamen Sprachen. Diejenigen, die Nafai erkannte, waren sehr alt.

»Was für eine Sprache ist das?« fragte Nafai und deutete auf ein Wort.

Issib seufzte. »Ich bin ja so froh, daß du mich nicht unterbrichst.«

»Was ist es, eine alte Form des Vijati?«

»Sehr gut. Es ist Slucaja, das dem Obilazati entstammt, der ursprünglichen Form des Vijati. Eine tote Sprache.«

»Weißt du, ich kann Vijati lesen.«

»*Ich* nicht.«

»Ach, du spezialisierst dich auf uralte, obskure Sprachen, die niemand mehr spricht, einschließlich dir?«

»Ich *lerne* diese Sprache, ich spüre verlorenen Wörtern nach.«

»Wenn die ganze Sprache tot ist, sind *alle* Wörter verloren.«

»Wörter, die einmal eine Bedeutung hatten, aber ausgestorben sind oder nur in Redewendungen überlebt haben. Wie ›Tanzbär‹ zum Beispiel. Weißt du, was ein Bär ist?«

»Keine Ahnung. Ich dachte immer, das wäre irgendein anmutiger Vogel.«

»Falsch. Es ist ein uraltes Säugetier. Nur auf der Erde bekannt, glaube ich. Man hat es niemals hierher gebracht. Oder es ist ziemlich bald ausgestorben. Es war größer als ein Mensch, sehr stark. Ein Raubtier.«

»Und es hat *getanzt*?«

»Mit diesem Ausdruck hat man etwas absurd Unbeholfenes bezeichnet. Wie einen Hund zum Beispiel, der auf den Hinterbeinen geht.«

»Und jetzt bedeutet er das Gegenteil. Seltsam. Wie kann er sich nur so verändert haben?«

»Weil es keine Bären mehr gibt. Die Bedeutung war einmal ganz offensichtlich, weil jeder wußte, was ein Bär ist und wie unbeholfen er aussieht, wenn er tanzt. Aber als die Bären verschwunden waren, konnte sich die Bedeutung beliebig ändern. Heute bezeichnen wir damit eine Person, die äußerst geschickt darin ist, sich aus einer peinlichen gesellschaftlichen Lage zu befreien. Das ist die einzige Gelegenheit, bei der wir das Wort *Bär* noch benutzen. Und eine Menge Leute schreiben es auch falsch.«

»Toll. Arbeitest du an einem Linguistik-Projekt?«

»Nein.«

»Für wen machst du das denn?«

»Für mich.«

»Du sammelst einfach alte Redewendungen.«

»Verlorene Wörter.«

»Wie *Bär*? Das *Wort* ist erhalten geblieben, Issja. Die *Bären* sind verschwunden.«

»Sehr gut, Njef. Der Kandidat hat hundert Punkte. Und jetzt verschwinde.«

»Du forscht gar nicht über verlorene Wörter. Du forscht über Wörter, die ihre Bedeutung verloren haben, weil es die Sache nicht mehr gibt, auf die sie sich beziehen.«

Issib drehte langsam den Kopf und sah Nafai an. »Solltest du tatsächlich ein Gehirn entwickelt haben?«

Nafai deutete auf den Bildschirm. »*Kolesnischa*. Das ist ein Wort aus der kunischen Sprache. Du hast die Bedeutung richtig erfaßt – Kriegswagen. Kunisch wird seit zehn Millionen Jahren nicht mehr gesprochen. Heute ist sie nur noch eine Schriftsprache. Und doch hatten sie ein Wort für Kriegswagen. Der erst vor kurzem erfunden worden ist. Das bedeutet, daß es schon vor langer Zeit Kriegswagen gegeben hat.«

Issib lachte. Ein leises Kichern, doch es hielt lange an.

»Was ist los, liege ich da falsch?«

»Ich fasse es nur nicht, das ist alles. Wie *offensichtlich* es doch ist. Selbst *du* gehst einfach zu einem Computer-Terminal und begreifst die ganze Sache auf Anhieb. Warum also ist noch niemand darauf gekommen? Warum hat noch niemand bemerkt, daß wir das Wort *Wagen* schon hatten und wir alle wissen, was es bedeutet, obwohl es doch nach allem, was wir wissen, *noch nie* irgendeinen Wagen auf der ganzen Welt gegeben hat?«

»Das ist wirklich komisch, oder?«

»Das ist nicht komisch, es ist unheimlich. Sieh dir doch an, was die Naßköpfe mit ihren Kriegswagen machen – ihren *Kolesnischety*. Sie verschaffen ihnen im Krieg einen entscheidenden Vorteil. Sie errichten ein richtiges Reich, nicht nur ein System aus Allianzen, sondern die wirkliche *Herrschaft* über Nationen, die sechs Tagesreisen von ihrer Stadt entfernt liegen. Wenn man mit Kriegswagen also so etwas schaffen kann und die Menschen sie schon vor Millionen Jahren hatten ... *wie konnten wir da jemals vergessen, was ein Kriegswagen ist*?«

Nafai dachte kurz darüber nach. »Dazu müßte man wirklich dumm sein«, sagte er. »Ich meine, so etwas vergessen die Leute doch nicht. Selbst, wenn tausend Jahre lang Frieden geherrscht hätte, gäbe es in den Bibliotheken doch immer noch Bilder von ihnen.«

»Keine Bilder von Kriegswagen«, sagte Issib.

»Ich meine, das ist doch *dumm*«, sagte Nafai.

»Und dieses Wort hier«, sagte Issib.

»Zrakoplov«, sagte Nafai. »Das ist eindeutig ein Wort aus dem Obilazati.«

»Genau.«

»Was bedeutet es? Luft-Sowieso.«

»Ja, frei übersetzt und aufgeschlüsselt bedeutet es ›Luft-Schwimmer‹.«

Nafai dachte auch darüber eine Weile nach. Er beschwor in seinem Kopf ein Bild herauf – ein Fisch, der durch die Luft flog. »Ein fliegender Fisch?«

»Es ist eine Maschine«, sagte Issib.

»Ein wirklich schnelles Schiff?«

»Hör dich doch an, Nafai. Es müßte doch völlig offensichtlich sein. Und doch willst du die einfachste Bedeutung nicht akzeptieren.«

»Ein Unterwasser-Boot?«

»Wieso wäre das denn ein *Luft*-Schwimmer, Njef?«

»Keine Ahnung.« Nafai kam sich dumm vor. »Ich habe nicht an den Teil mit der Luft gedacht.«

»Du hast es vergessen – und doch hast du den ›Teil mit der Luft‹ sofort erkannt, ganz allein. Du *weißt*, daß *Zraky* die Obilazati-Wurzel für *Luft* ist, und doch hast du den ›Teil mit der Luft‹ vergessen.«

»Also bin ich wirklich *dumm*.«

»Aber du bist gar nicht dumm, Njef. Du bist eigentlich sogar ziemlich *klug*, und doch stehst du noch da und starrst das Wort an, und ich erkläre dir alles, und du kommst noch immer nicht darauf, was das Wort bedeutet.«

»Na ja, was ist *das* denn für ein Wort«, sagte Nafai und zeigte auf *Puscani prah*. »Ich erkenne nicht einmal die Sprache.«

Issib schüttelte den Kopf. »Würde ich nicht sehen, daß es gerade mit dir passiert, würde ich es nicht glauben.«

»Was?«

»Bist du gar nicht neugierig? Willst du nicht wissen, was ein *Zrakoplov* ist?«

»Du hast es mir doch gesagt. Ein Luft-Schwimmer.«

»Eine Maschine, die die Bezeichnung *Luft*-Schwimmer trägt.«

»Ja. Genau. Und was ist nun ein *Puscani prah*?«

Issib drehte sich langsam um und sah Nafai an. »Setz dich, mein lieber, geschätzter, brillanter, dummer Bruder, du wahrer Diener der Überseele. Ich muß dir etwas über Maschinen erzählen, die durch die Luft schwimmen.«

»Ich störe dich wohl«, sagte Nafai.

»Ich will mit dir sprechen«, sagte Issib. »Du störst mich nicht. Ich will dir erklären, was fliegende ...«

»Ich gehe wohl besser.«

»Warum? Warum willst du jetzt unbedingt gehen?«

»Keine Ahnung.« Nafai trat zur Tür. »Ich brauche frische Luft. Ich ersticke hier.« Er verließ den Raum. Augenblicklich fühlte er sich besser. Ihm war nicht mehr schwindlig. Und überhaupt, was sollte dieser Unsinn? Die Bibliothek war zu eng, und es waren zu viele Menschen darin.

»Warum bist du gegangen?« fragte Issib.

Nafai fuhr herum. Issib war leise aus der Bibliothek geschwebt und ihm gefolgt. Nafai verspürte augenblicklich dieselbe Art von Klaustrophobie, die ihn auf den Gang getrieben hatte. »Hier drin ist es zu voll«, sagte Nafai. »Ich muß allein sein.«

»Ich war der einzige Mensch in der Bibliothek«, sagte Issib.

»Wirklich?« Nafai versuchte, sich zu erinnern. »Ich will hier raus. Laß mich doch einfach gehen.«

»Denke nach«, sagte Issib. »Erinnerst du dich an das Gespräch zwischen Luet und Vater gestern?«

Augenblicklich entspannte sich Nafai. Er verspürte nicht mehr die geringste Klaustrophobie. »Klar.«

»Und Luet hat Vater auf die Probe gestellt – was seine Erinnerungen betrifft. Als sich die Erinnerung an die Vision, die er gesehen hatte, als falsch erwies, kam er sich ziemlich dumm vor, nicht wahr?«

»Hat er gesagt.«

»Dumm. Zusammenhanglos. Er hat nur in die Luft gestarrt.«

»Ich glaub schon.«

»Genau wie du«, sagte Issib. »Als ich dich wegen der Bedeutung von *Zrakoplov* bedrängte.«

Plötzlich hatte Nafai den Eindruck, es wäre keine Luft mehr in seinen Lungen. »Ich muß hier raus!«

»Du reagierst aber *wirklich* empfindlich darauf«, sagte Issib. »Noch schlimmer als Vater und Mutter, als ich versuchte, es *ihnen* zu erklären.«

»Hör auf, mir zu folgen!« rief Nafai. Doch Issib schwebte hinter ihm her, den Gang entlang zur Treppe und auf die Straße hinaus. Dort, unter freiem Himmel, zog Issib mühelos an Nafai vorbei und schwebte von der einen zur anderen Seite, als wolle er Nafai zum Haus zurücktreiben.

»Hör auf!« rief Nafai. Aber er konnte nicht entkommen. Er hatte noch nie eine solche Panik verspürt. Er fuhr herum, stolperte und fiel auf die Knie.

»Es ist schon gut«, sagte Issib sanft. »Entspanne dich. Es ist nichts. Entspanne dich.«

Nafai konnte nun wieder leichter atmen. Issibs Stimme vermittelte eine gewisse Sicherheit. Die Panik ließ nach. Nafai hob den Kopf und sah sich um. »Was machen wir hier auf der Straße? Mutter wird mich umbringen.«

»Du bist hinausgelaufen, Nafai.«

»Wirklich?«

»Es ist die Überseele, Nafai.«

»*Was* ist die Überseele?«

»Die Macht, die dich hinausgeschickt und verhindert hat, daß du mir zuhörst – daß du etwas über Dinge erfährst, von denen die Überseele nicht will, daß die Menschen davon Kenntnis haben.«

»Das ist doch lächerlich«, sagte Nafai. »Die Überseele verbirgt keine Informationen, sondern *verbreitet* sie. Wir stellen ihr unsere Schriften, unsere Musik, einfach alles zu, und die Überseele sendet sie von Stadt zu Stadt, von einer Bibliothek zur anderen auf der ganzen Welt.«

»Deine Reaktion war viel stärker als die Vaters«, sagte Issib. »Natürlich habe ich dich auch härter bedrängt.«

»Was meinst du damit?«

»Die Überseele ist in deinem Kopf, Nafai. In unseren allen Köpfen. Aber einige haben sie mehr als andere. Sie ist da und beobachtet, was wir denken. Ich weiß, daß man es sich nur schwer vorstellen kann.«

Doch Nafai fiel ein, daß Luet gewußt hatte, was in seinem Geist vorgegangen war. »Nein, Issja, ich habe es schon gewußt.«

»Wirklich?« sagte Issib. »Nun gut. Sobald die Überseele merkte, daß du dich einem verbotenen Thema genähert hast, fing sie an, dich dumm zu machen.«

»*Was* für ein verbotenes Thema?«

»Wenn ich dir das sagte, würde es dich wieder außer Gefecht setzen«, erwiderte Issib.

»Wann bin ich dumm geworden?«

»Vertraue mir. Du bist *sehr* dumm geworden. Du hast versucht, das Thema zu wechseln, ohne es überhaupt zu bemerken. Normalerweise bist du äußerst verständnisvoll, Nafai. Sehr klug. Du *begreifst* die Dinge. Doch diesmal standest du in der Bibliothek einfach da wie ein Idiot. Die Wahrheit starrte dir ins Gesicht, und du hast sie nicht gesehen. Als ich dich daran erinnerte, als ich dich *bedrängte,* bekamst du einen klaustrophobischen Anfall, nicht wahr? Du konntest kaum atmen, mußtest unbedingt aus dem Gebäude hinaus. Ich bin dir gefolgt, habe dich erneut bedrängt, und hier sind wir nun.«

Nafai versuchte sich daran zu erinnern, was passiert war. Issib hatte recht, was die Abfolge der Ereignisse betraf. Doch Nafai hatte den Drang, das Haus unbedingt zu verlassen, nicht damit in Verbindung gebracht, was Issib ihm erklärt hatte. Und wäre es um sein Leben gegangen, er konnte sich ja noch nicht einmal daran erinnern, worüber Issib gesprochen hatte. »Du hast mich bedrängt?«

»Ich weiß, wie es ist«, sagte Issib. »Ich habe es auch gespürt, als ich dieser Sache vor ein paar Jahren auf die Spur kam. Ich beschäftigte mich mit verlorenen Wörtern, genau wie mit diesem Tanzbär. Erstellte Listen. Ich hatte eine ziemlich *lange* Liste mit solchen Begriffen und den dazugehörigen Definitionen und Erklärungen ... und Vermutungen, was ein jedes dieser verlorenen Wörter wohl bedeuten könnte. Und eines Tages sah ich mir dann diese Liste an, die ich für komplett hielt, und begriff plötzlich, daß ein paar Dutzend dieser Wörter überhaupt keine Bedeutung hatten. Das ist dumm, dachte ich. Das ruiniert meine Liste. Also habe ich diese Wörter gelöscht.«

»Sie gelöscht?« Nafai war wie vor den Kopf gestoßen. »Anstatt ihrer Bedeutung nachzugehen?«

»Begreifst du jetzt, wie dumm die Überseele einen machen kann?« sagte Issib. »Und in dem Augenblick, in dem ich sie gelöscht hatte, fiel mir wie Schuppen von den Augen, was ich gerade getan hatte. Also wollte ich den Löschbefehl rückgängig machen, doch anstatt auf den betreffenden Knopf zu drücken, gab ich instinktiv den Abbruchbefehl, mit dem ich den Löschpuffer ausschaltete, und dann habe ich die neue Datei über der alten gespeichert.«

»Das ist zu kompliziert, um es mit Ungeschicklichkeit erklären zu können.«

»Genau. Ich habe gewußt, daß es ein Fehler war, sie zu löschen, und doch habe ich diesen Fehler nicht rückgängig gemacht und die Wörter zurückgebracht, sondern sie endgültig gelöscht, aus dem System entfernt.«

»Und du glaubst, die Überseele hat dir das befohlen?«

»Nafai, hast du dich jemals gefragt, was die Überseele ist? Was sie tut?«

»Klar.«

»Ich auch. Und nun weiß ich es.«

»Wegen dieser Wörter?«

»Ich habe sie nicht alle zurückbekommen, aber ich bin meine Nachforschungen so genau durchgegangen, wie es mir möglich war, und habe eine Liste von acht Wörtern erstellen können. Du kannst dir nicht vorstellen, wie schwer das war, denn nun war ich irgendwie ... gegen sie eingestellt. Vorher muß ich sie einfach übersehen haben, wurde ich dumm, wenn ich sie sah – wie Vater dumm wurde, als er falsche Vorstellungen über die Vision der Überseele entwikkelte. So kamen sie auf meine erste Liste, doch ohne die Definitionen – ich wurde einfach dumm, wann immer ich an sie dachte. Doch wenn ich sie nun sah, bekam ich diese klaustrophobischen Gefühle. Ich brauchte Luft. Ich mußte aus der Bibliothek hinaus. Aber ich zwang mich, immer wieder hineinzugehen. So schwer fiel mir noch nie etwas. Ich zwang mich, zu bleiben und das Undenkbare zu denken. Vorstellungen in meinem Verstand zu entwickeln, von denen die Überseele nicht will, daß wir uns an sie erinnern. Vorstellungen, die einmal so allgemein verbreitet waren, daß jede Sprache auf der Welt Begriffe für sie hat. Uralte Wörter. Verlorene Wörter.«

»Die Überseele *verbirgt* etwas vor uns?«

»Ja.«

»Was zum Beispiel?«

»Wenn ich es dir sagte, Nafai, würdest du einen Rückfall bekommen.«

»Nein, werde ich nicht.«

»*Doch*«, sagte Issib. »Glaubst du, ich wüßte es nicht? Glaubst du, ich hätte im vergangenen Jahr nicht selbst dagegen ankämpfen müssen? Du kannst dir also vorstellen, wie überrascht ich gestern abend war, als Elemak in der Küche saß und uns einen der verbotenen Gegenstände erklärte. Kriegswagen.«

»Verboten? Wie können Kriegswagen verboten sein, sie sind doch nicht mal alt?«

»Siehst du? Du hast es schon vergessen. Das Wort *Kolesnischa*.«

»Ach ja. Richtig. Jetzt fällt es mir wieder ein.«

»Aber *erst*, als ich es gesagt habe.«

Das stimmt, dachte Nafai. Eine Erinnerungslücke.

»Gestern abend hast du dich mit Elemak über Kriegswagen unterhalten, obwohl ich *Monate* brauchte, bevor es mir möglich war, der Bedeutung des Wortes *Kolesnischa* nachzugehen, ohne die ganze Zeit um Atem zu ringen.«

»Aber wir haben das Wort ›Kolesnischa‹ nicht benutzt.«

»Damit will ich dir sagen, Nafai, daß die Überseele zusammenbricht.«

»Das ist eine uralte Theorie.«

»Aber eine zutreffende«, sagte Issib. »Die Überseele schützt gewisse Vorstellungen, von denen sie nicht will, daß die Menschen darüber nachdenken. Erst in den letzten paar Jahren waren die Naßköpfe plötzlich imstande, sich mit einer davon zu befassen. Und auch die Potoku. Und auch *wir*. Und als ich gestern abend hörte, daß Elemak davon sprach, verspürte ich nicht den geringsten Anflug von Panik.«

»Aber trotzdem habe ich das Wort vergessen. *Kolesnischa*.«

»Eine sich hinziehende Nebenwirkung. *Diesmal* hast du dich doch daran erinnert, oder? Nafai, die Überseele hat es aufgegeben, uns vom Konzept des Kriegswagens fernzuhalten. Nach Millionen von Jahren versucht sie es nicht mehr.«

»Was noch?« fragte Nafai. »Wie lauten die anderen Begriffe?«

»Die hat sie noch nicht aufgegeben. Und du scheinst *wirklich* sehr empfindlich zu sein, was die Überseele betrifft, Njef. Ich weiß nicht, ob ich sie dir nennen kann, oder ob du dich, selbst wenn ich es täte, fünf Minuten später noch daran erinnern würdest.«

»Du meinst, ich kann wissen, daß die Überseele verhindert, daß wir gewisse Dinge erfahren, aber nicht, um *welche* Dinge es sich dabei handelt, weil die Überseele noch immer zu verhindern versucht, daß ich sie in Erfahrung bringe?«

»Genau.«

»Warum hindert die Überseele die Leute dann nicht daran, zum Beispiel an einen *Mord* zu denken? Warum verhindert die Überseele nicht, daß die Leute an Krieg, Vergewaltigung und Diebstahl denken? Wenn sie das mit *mir* machen kann, könnte sie doch auch etwas Nützliches mit dieser Fähigkeit anfangen.«

Issib schüttelte den Kopf. »Es kommt einem nicht richtig vor. Aber ich habe darüber nachgedacht – vergiß nicht, ich weiß schon seit einem Jahr davon –, und das ist die beste Antwort, die mir in den Sinn gekommen ist. Die Überseele will nicht verhindern, daß wir Menschen bleiben. Einschließlich aller verderbter Dinge, die wir uns gegenseitig antun. Sie versucht nur, das *Ausmaß* unserer Verderbtheit niedrig zu halten. All diese Dinge, die verboten sind ... wie kann ich dir das nur sagen, ohne wieder einen Anfall bei dir auszulösen? ... nun ja, wenn wir noch die Maschinen hätten, auf die sich die verbotenen Wörter beziehen, würden wir damit viel mehr bewerkstelligen können, jede Waffe könnte viel mehr Schaden anrichten, und alles würde viel *schneller* geschehen.«

»Die Zeit würde sich beschleunigen?«

»Nein«, sagte Issib. Ganz offensichtlich wählte er seine Worte mit viel Bedacht. »Was wäre, wenn ... wenn die Gorajni ein Heer von fünftausend Mann in einem Tag von Jabrev nach Basilika bringen könnten?«

»Daß ich nicht lache!«

»Aber was, wenn sie es *könnten*?«

»Wir wären natürlich hilflos.«

»Warum?«

»Na ja, wir hätten keine Zeit, ein Heer zusammenzustellen.«

»Wenn wir also wüßten, daß andere Nationen dazu imstande wären, müßten wir also ein stehendes Heer unterhalten, nicht wahr, nur für den *Fall*, daß jemand plötzlich angreift?«

»Ich glaube schon.«

»Na schön. Jetzt einmal angenommen, die Gorajni fänden eine Möglichkeit, nicht fünf-, sondern *fünfzig*tausend Soldaten herzuschaffen, und nicht in einem Tag, sondern in sechs Stunden.«

»Unmöglich.«

»Was, wenn ich dir sagen würde, daß so etwas schon einmal geschehen ist?«

»Wer auch immer dazu imstande wäre, er würde die ganze Welt beherrschen.«

»Genau, Njef, außer, alle anderen wären ebenfalls dazu imstande. Aber was für eine Welt würde das dann sein? Die Welt wäre praktisch ganz klein geworden, und jeder befände sich praktisch direkt vor den Haustüren aller anderen. Eine grausame, brutale, dominante Nation wie die Gorajni könnte mit ihren Heeren alle anderen beherrschen. Also müßten sich alle anderen verbünden, um sie aufzuhalten. Und in diesem Krieg würden nicht nur ein paar tausend Menschen sterben, sondern eine Million, zehn Millionen.«

»Deshalb verhindert die Überseele also, daß wir an ... schnelle Möglichkeiten denken ... viele Soldaten von einem Ort zum anderen zu schaffen.«

»Es fiel dir nicht leicht, das zu sagen, oder?«

»Ich konnte ... diesen Gedanken ... einfach nicht fassen.«

»Es fällt dir schwer, allein diese Vorstellung zu begreifen, und dabei hast du noch nicht einmal an irgendeine spezifische Vorrichtung gedacht.«

»Ich hasse das«, sagte Nafai. »Du kannst mir nicht einmal erklären, wie jemand so etwas bewerkstelligen könnte. Ich kann mich nicht einmal auf diese bloße Vorstellung konzentrieren. Ich *hasse* das.«

»Ich glaube, die Überseele ist es nicht gewohnt, daß es irgendwem auffällt. Ich glaube, allein die Tatsache, daß du imstande bist, an eine undenkbare Vorstellung zu denken, bedeutet, daß die Überseele die Kontrolle verliert.«

»Issja, ich bin mir in meinem ganzen Leben noch nie so hilflos und dumm vorgekommen.«

»Und es geht nicht nur um Kriege und Heere«, sagte Issib. »Erinnerst du dich an die Geschichten über Klati?«

»Den Schlächter?«

»Der des Nachts durch Fenster in die Gemächer von Frauen einstieg und sie wie Vieh in einem Schlachthof zerstückelte.«

»Warum hat die Überseele *ihn* nicht dumm gemacht, als er diesen Gedanken faßte?«

»Weil es nicht die Aufgabe der Überseele ist, uns perfekt zu machen«, sagte Issib. »Aber stell dir einmal vor, Klati hätte ein ... wäre imstande gewesen, sehr schnell zu reisen und in sechs Stunden eine andere Stadt zu erreichen.«

»Sie hätten dort gewußt, daß er ein Fremder ist, und ihn so genau beobachtet, daß er nichts hätte tun können.«

»Aber du verstehst nicht ... wenn das jeden Tag Tausende, ja sogar Millionen von Menschen täten ...«

»Frauen abschlachten?«

»Von einem Ort zum andern fliegen.«

»Das ist zu verrückt, um auch nur daran zu denken!« rief Nafai. Er sprang auf und ging zum Haus.

»Komm zurück!« rief Issib. »Du denkst das nicht wirklich, man *bringt* dich dazu, es zu denken!«

Nafai lehnte sich gegen eine Säule des Vorhofs. Issib hatte Recht. Es war ihm gutgegangen, und dann hatte Issib gesagt ... ja, was hatte er überhaupt gesagt? ... und plötzlich hatte Nafai gehen *müssen*, und nun war er hier, lehnte sich keuchend an eine Säule, und sein Herz hämmerte so laut, daß man es wahrscheinlich noch einen Meter entfernt hören konnte. Bewirkte wirklich die Überseele, daß er so ängstlich und dumm war? Falls ja, war die Überseele sein Feind. Und Nafai wollte sich ihr nicht unterwerfen. Er *konnte* an die Dinge denken, über die Issib gesprochen hatte, und zwar, ohne davonlaufen zu müssen.

Im Geiste vollzog Nafai die letzten Augenblicke seines Gesprächs mit Issib nach. Über Klati. Der in ein paar Stunden von einer Stadt zur anderen gelangen konnte. In anderen Städten würde er natürlich auffallen – aber was, wie Issib gesagt hatte, wenn Tausende von Menschen ... fliegen ... konnten?

Das Bild, das Nafai sich ausmalte, war lächerlich. Sich Menschen vorzustellen, die wie Vögel durch die Luft segelten und herabstießen. Er hätte darüber lachen müssen – doch als er daran dachte, zog sich statt dessen seine Kehle zusammen. Sein Kopf fühlte sich an wie in einem Schraubstock. Ein scharfer, stechender Schmerz dehnte sich von seinem Nacken aus und drang bis in seinen Hinterkopf. Doch er konnte daran denken. Fliegende Menschen. Nun konnte er Issibs Gedanken auch zu Ende führen. Tausende Menschen, die von einer Stadt zur anderen flogen, so daß die Behörden in den einzelnen Städten keine Möglichkeit mehr hatten, jeden einzelnen zu überwachen.

»Klati hätte in jeder Stadt eine Frau töten können, und niemand wäre ihm je auf die Spur gekommen«, sagte Nafai.

Issib stand wieder neben ihm, und sein Arm lag ganz leicht auf Nafais Schulter, während er sich gegen die Säule lehnte. »Ja«, sagte Issib.

»Aber was würde es dann bedeuten, Bürger einer Stadt zu sein?« fragte Nafai. »Wenn tausend Menschen ... heute ... nach Basilika ... *fliegen* ...«

»Schon gut«, sagte Issib. »Du mußt es nicht aussprechen.«

»O doch«, sagte Nafai. »Ich kann alles denken. Sie kann mich nicht aufhalten.«

»Ich habe gerade versucht, dir zu erklären ... daß die Überseele das Böse auf der Welt nicht aufhält ... sie verhindert nur, daß es außer Kontrolle gerät. Sie hält den Schaden örtlich begrenzt. Aber die guten Dinge – denke einmal darüber nach, Nafai – wir geben der Überseele unsere Kunst und Musik und Geschichten, und sie bietet sie allen anderen Nationen an. Sie verbreitet die guten Dinge tatsächlich. Also macht sie die Welt zu einem besseren Ort.«

»Nein«, sagte Nafai. »In mancher Hinsicht ja, aber es könnte auch eine gute Welt sein, in der die Menschen ... in der wir ... *fliegen* könnten.«

Er erstickte fast an den Worten, doch er sprach sie aus, und obwohl er es kaum ertragen konnte, hier zu verweilen, wo die Luft so schwül und einfach nicht zu atmen war, blieb er *trotzdem*.

»Du bist gut«, sagte Issib. »Ich bin beeindruckt.«

Doch Nafai fühlte sich nicht beeindruckt. Er fühlte sich elend und wütend und betrogen. »Wieso hat die Überseele das *Recht* dazu«, sagte er, »uns all das vorzuenthalten?«

»Heere, die ohne Warnung vor unseren Toren stehen? Ich bin froh, daß es das nicht gibt.«

Nafai schüttelte den Kopf. »Sie entscheidet, was ich *denken* kann.«

»Njef, ich kenne das Gefühl, ich habe das alles schon vor Monaten durchgemacht, und ich *weiß*, es macht einen wütend und jagt einem Angst ein. Aber ich weiß auch, daß man es überwinden kann. Und gestern, als Mutter von ihrer Vision sprach. Von einem brennenden Planeten. Es gibt ein Wort dafür – na ja, du könntest es jetzt nicht ertragen, es zu hören, das weiß ich ... aber die Überseele hat uns auch *davor* bewahrt. Dreißig oder vierzig Millionen Jahre lang – begreifst du nicht, wie *lang* diese Zeitspanne ist? Mehr Geschichte, als wir es uns vorstellen können. Sie ist irgendwo verstaut, doch wir können höchstens eine skeletthafte Vorstellung von dem erfassen, in unsere Köpfe kriegen, was in den letzten zehn Millionen Jahren oder so auf der Welt passiert ist – und es sind Jahre des Studiums erforderlich, um auch nur das zu verstehen. Es gibt Königreiche und Sprachen, von denen wir seit Millionen Jahren nichts mehr gehört haben, und trotzdem ist nichts davon wirklich verloren. Als ich in der Bibliothek nachgeforscht habe, fand ich Hinweise auf Werke in anderen Bibliotheken und konnte die Spur zurückverfolgen, bis ich auf die unbeholfene Übersetzung eines Buches stieß, daß vor zweiunddreißig Millionen Jahren geschrieben wurde, und weißt du, was darin stand? Schon damals hat der Verfasser behauptet, die Geschichte sei zu lang, zu voll, als daß der menschliche Geist sie erfassen könnte. Würde man die gesamte menschliche Geschichte in einem Buch von tausend Seiten zusammenfassen, würde die Geschichte der Menschheit auf der Erde nur eine Seite davon beanspruchen. Und das war vor zweiunddreißig Millionen Jahren.«

»Also gibt es uns schon seit langer Zeit.«

»Wenn man die Arithmetik dieses Schriftstellers wörtlich nimmt, heißt das, daß die Geschichte der Menschheit auf der Erde nur achttausend Jahre gewährt hat, bevor der Planet ... verbrannte.«

Nafai begriff. Die Überseele hatte verhindert, daß die Menschen das Ausmaß ihrer Vernichtungskraft erhöhten, und so hatte die Menschheit auf dem Planeten Harmonie fünftausend Mal länger existiert als damals auf der Erde.

»Warum hat die Überseele denn nicht verhindert, daß die Erde zerstört wurde?«

»Das weiß ich nicht«, sagte Issib. »Ich habe nur eine Vermutung.«

»Und die wäre?«

»Ich weiß nicht, ob sie dir erlaubt, darüber nachzudenken.«

»Versuchen wir es.«

»Die Überseele wurde erst geschaffen, als die Menschheit nach Harmonie gelangte. Verstehst du, sie hat in jeder Sprache dieselbe Bedeutung – den Namen des Planeten. Sklad.

Endrakt. Soglassje. Als sie hier ankamen, von der zerstörten Erde, haben sie vielleicht den Entschluß gefaßt, so etwas nie wieder geschehen zu lassen. Vielleicht wurde dann die Überseele installiert – damit wir nie wieder eine so schreckliche Macht bekommen.«

»Dann wäre die Überseele … künstlichen Ursprungs.«

»Ja«, sagte Issib. »Fällt es dir nicht schwer, diesen Gedanken zu haben?«

»Nein«, sagte Nafai. »Ganz leicht. So ungewöhnlich ist dieser Gedanke nicht. Schon viele Menschen haben sich gefragt, ob die Überseele eine Maschine sein könnte.«

»*Mir* fiel es schwer«, sagte Issib. »Vielleicht lag es auch daran, daß ich auf Umwegen zu dieser Vorstellung gelangte. Über ein paar undenkbare Wege. Die genetische Veränderung des menschlichen Gehirns, damit es Gedanken von Kommunikationssatelliten empfangen kann, die im Orbit um den Planeten kreisen, und gleichzeitig auch an diese Satelliten senden kann.«

Nafai hörte die Wörter, doch sie hatten keine Bedeutung für ihn.

»Das hast du nicht verstanden, oder?« fragte Issib.

»Nein«, sagte Nafai.

»Ich hatte es auch nicht erwartet.«

»Issja, was macht die Überseele jetzt mit uns?«

»Daran arbeite ich gerade. Ich versuche, die verbotenen Wörter aufzuspüren, ein Muster zu finden, herauszufinden, wieso sie Vater diese Vision von einer brennenden Welt eingegeben hat. Und Mutter. Und Luet die Träume von Blut und Asche.«

»Das bedeutet, daß wir Puppen sind.«

»Nein, Nafai. Rede dir nicht ein, die Überseele deshalb zu hassen. Das bringt nichts Gutes mit sich – soviel *weiß* ich jetzt. Wir müssen sie verstehen. Was sie tut. Denn wenn die Kontrollfunktionen der Überseele zusammenbrechen, ist die Welt *wirklich* in Gefahr. Und sie brechen zusammen. Mit den Kriegswagen hat es angefangen – was wird danach kommen? Wer wird entdecken, was es mit – das Wort, nach dem du gefragt hast – Puscani Prah auf sich hat? Das ist ein Pulver, das explodiert, wenn man es ins Feuer wirft. Es platzt wie ein Ballon, aber mit tausendfacher Stärke. Es ist so stark, daß es eine Mauer zum Einsturz bringen kann. Oder Menschen töten kann.«

»Bitte hör auf«, flüsterte Nafai. Es war mehr, als er ertragen konnte; als er diese Sätze hörte, kämpfte er gegen nackte Panik an.

»Die Überseele ist nicht unser Feind. Ich glaube sogar, sie ... sie hat mit Vater Verbindung aufgenommen, weil sie Hilfe braucht.«

»Warum hast du das nicht eher gesagt?«

»Das habe ich. Ich habe mit Vater darüber gesprochen. Mit Mutter. Mit einigen Lehren. Anderen Schülern. Anderen Gelehrten. Ich habe sogar einen Artikel darüber geschrieben, aber da sich niemand daran erinnern kann, wird ihn auch niemand je lesen. Nicht einmal, als ich ihn viermal an dieselbe Person geschickt habe. Dann habe ich es aufgegeben.«

»Aber *mir* hast du es erzählt.«

»Du bist in die Bibliothek gekommen«, sagte Issib. »Ich habe mir gedacht ... warum nicht?«

»*Zrakoplov*«, sagte Nafai.

»Ich kann es nicht glauben«, sagte Issib. »Du erinnerst dich wirklich an das Wort.«

»Eine Maschine. Die Menschen ... fliegen nicht einfach. Sie benutzen eine Maschine.«

»Übertreibe es nicht«, sagte Issib. »Du machst dich damit nur krank. Du hast jetzt schon Kopfschmerzen, nicht wahr?«

»Aber ich habe Recht, oder?«

»Ich vermute, daß sie hohl war, wie ein Haus, und die Leute gingen hinein, um zu fliegen. Wie ein Schiff, nur durch die Luft. Mit Flügeln. Aber wir hatten sie schon einmal, glaube ich. Kennst du den Bezirk Schwarze Felder?«

»Natürlich, direkt westlich vom Markt.«

»Sein alter Name lautete Himmelshafen. Der Name hatte ungefähr zwanzig Millionen Jahre lang Bestand. Als sie ihn änderten, erinnerte sich niemand daran, was er bedeutet hatte.«

»Ich kann nicht mehr darüber nachdenken«, sagte Nafai.

»Aber du willst dich daran erinnern?« fragte Issib.

»Wie könnte ich es jemals vergessen?«

»Du weißt, daß du es vergessen wirst. Wenn ich dich nicht daran erinnere. Jeden Tag. Willst du das? Du wirst dich jedesmal so fühlen wie jetzt. Dir wird schlecht. Willst du es einfach vergessen, oder soll ich dich immer wieder daran erinnern?«

»Wer hat *dich* daran erinnert?«

»Ich habe mir Notizen gemacht«, sagte Issib. »In den Bibliothekscomputern. Gedächtnisstützen. Was glaubst du wohl, warum es mich ein Jahr gekostet hat, überhaupt so weit zu kommen?«

»Ich will mich daran erinnern.«

»Du wirst wütend auf mich werden.«

»Erinnere mich daran, nicht wütend zu werden.«

»Du wirst dich ganz elend fühlen.«

»Dann werde ich eben oft ohnmächtig.« Nafai glitt die Säule hinab, setzte sich auf den Boden und sah zur Straße. »Warum ist niemand auf uns aufmerksam geworden? Wir haben nicht gerade geflüstert.«

Issib lachte. »Oh, sie haben uns bemerkt. Mutter kam einmal heraus, und ein paar andere Lehrer. Sie haben uns kurz zugehört, und dann haben sie einfach vergessen, weshalb sie auf die Straße gekommen sind.«

»Das ist toll. Wenn wir in Ruhe gelassen werden wollen, müssen wir uns einfach nur über die *Zrakoplov* unterhalten.«

»Tja«, sagte Issib, »das funktioniert aber nur bei Menschen, die noch in enger Verbindung zur Überseele stehen.«

»Bei wem ist das denn nicht der Fall?«

»Zum Beispiel bei denjenigen, die auf den Gedanken mit den Kriegswagen gekommen sind.«

»Du hast gesagt, die Überseele würde bei ihnen nicht mehr funktionieren.«

»Klar, seit ganz kurzer Zeit«, sagte Issib. »Aber schon seit längerem gibt es Leute in Basilika, die Kriegswagen bauen und an die Potoku verkaufen wollen. Seit über einem Jahr. *Sie* hatten keine Probleme mit der Überseele. Es ist, als wären sie ihr gegenüber taub. Aber bei den meisten trifft das nicht zu – und aus diesem Grund konnten Gaballufix und seine Männer die Sache auch so lange geheim halten. Die meisten Leute, die etwas von Kriegswagen gehört haben, haben einfach vergessen, daß sie es gehört haben. Vielleicht«, fügte Issib hinzu, »hat die Überseele vor kurzem sogar damit aufgehört, diese Vorstellung zu verbieten, weil es eine offene Diskussion über den Kriegswagen geben muß, um zu *verhindern*, daß er gebaut wird.«

»Um die Leute aufzuhalten, auf die die Überseele keinen Einfluß hat, muß sie also auch aufhören, den Rest von uns zu kontrollieren.«

»Ein ganz ausgeklügelter Schachzug«, sagte Issib. »Um zu gewinnen, muß die Überseele aufgeben. Ich würde sagen, daß die Überseele in gewaltigen Schwierigkeiten steckt.«

Das alles ergab Sinn – abgesehen von einem Punkt. »Aber warum hat sie ausgerechnet mit *Vater* gesprochen?«

»Das müssen wir unbedingt herausfinden. Das und was sie Vater auftragen wird.«

»He, soll die Überseele ruhig ein *paar* Überraschungen im Ärmel behalten.« Nafai lachte, obwohl er die Sache ganz und gar nicht komisch fand.

Issib auch nicht. »Selbst, wenn wir an die Sache der Überseele glauben, Nafai, könnten wir irgendwann herausfinden, daß sie mehr Schaden als Nutzen anrichtet. Und was sollen wir *dann* tun?«

»He, Issja, vielleicht leistet die Überseele derzeit schlechte Arbeit, aber das heißt nicht, daß wir ohne sie besser dran wären.«

»Wahrscheinlich werden wir es wohl nie erfahren, oder?«

7

Gebet

Eine Woche lang arbeitete Nafai jeden Tag mit Issib. Sie schliefen jede Nacht in Mutters Haus – sie hatten nicht um Erlaubnis gefragt, aber andererseits hatte Mutter sie auch nicht fortgeschickt. Es war eine anstrengende Woche, weniger, weil die Arbeit so schwer war, sondern weil die Einmischungen der Überseele so schmerzhaft waren. Doch Issib behielt tatsächlich recht. Man *konnte* dagegen angehen; und obwohl Nafais widerwillige Reaktion darauf stärker war, als es bei Issib der Fall gewesen war, kam er schneller darüber hinweg – hauptsächlich, weil Issib ihm half, ihm versicherte, daß sie eine würdige Aufgabe erfüllten, und ihn immer wieder daran erinnerte, worum es ging.

Allmählich bekamen sie ein ziemlich klares Bild davon, was die Menschheit einmal gehabt und daß die Überseele lange mit Erfolg verhindert hatte, daß sie diese Errungenschaften erneut erfand.

Ein Kommunikationssystem, über das ein Mensch ohne Zeitverlust und direkt mit einer Person in einer anderen Stadt sprechen konnte.

Maschinen, mit denen man Kunst und Spiele und Geschichten empfangen konnte, die durch die Luft gesendet wurden, nicht nur von einer Bibliothek zur anderen, sondern direkt in die Häuser der Menschen.

Maschinen, die ohne Pferde schnell über den Boden fuhren.

Maschinen, die flogen, nicht nur durch die Luft, sondern ins Weltall. »Natürlich muß es Maschinen geben, mit denen man durch den Weltraum fliegen kann. Wie wären wir sonst von der Erde nach Harmonie gelangt?« Doch bis er sich den Weg durch die Abneigung freigekämpft hatte, hatte Nafai sich niemals so etwas vorstellen können.

Und die Waffen des Krieges: Sprengstoff. Geschosse. Einige so klein, daß man sie in der Hand halten konnte. Andere so schrecklich, daß sie ganze Städte verwüsten, ja sogar ganze Planeten verbrennen konnten, wenn Hunderte von ihnen gleichzeitig zum Einsatz kamen. Krankheiten mit tödlichem Ausgang. Giftige Gase. Seismische Spalter. Raketen. Mit Waffen gespickte Stationen im Orbit. Viren, die Gene zerstörten.

Das Bild, das sie herausarbeiteten, war schön und schrecklich zugleich.

»Jetzt verstehe ich, warum die Überseele uns das antut«, sagte Nafai. »Um uns vor diesen Waffen zu bewahren. Aber die Kosten, Issja. Die Freiheit, die wir aufgegeben haben.«

Issib nickte nur. »Wenigstens hat die Überseele uns einiges gelassen. Die Fähigkeit, Energie von der Sonne zu bekommen. Computer. Bibliotheken. Kühlschränke. Alle Küchenmaschinen, die Treibhäuser. Die Magnetvorrichtungen, die meine Schweber ermöglichen. Und wir haben einige ziemlich ausgeklügelte Handwaffen. Elektrische Klingen. Und Pulsatoren. Damit große, starke Menschen keinen besonderen Vorteil kleineren, schwächeren gegenüber haben. Die Überseele hätte uns alles nehmen können. Stein- und Metallwerkzeuge. Nichts mit den beweglichen Teilen. Wir hätten Bäume verbrennen müssen, um Wärme zu bekommen.«

»Dann wären wir keine *Menschen* mehr.«

»Mensch ist Mensch«, sagte Issib. »Aber die Zivilisation – das ist das Geschenk der Überseele. Zivilisation ohne Selbstvernichtung.«

Sie versuchten einmal, es Mutter zu erklären, doch es führte zu nichts. Sie verstand einfach nicht, wovon sie sprachen, und verabschiedete sich mit einem fröhlichen, kleinen Scherz darüber, wie schön es doch sei, daß sie trotz des Altersunterschiedes Freunde sein und diese Spielchen treiben könnten. Eine Gelegenheit, mit Vater zu sprechen, bot sich nicht.

Doch *eine* Person gab es, die sich für sie interessierte.

»Warum kommt ihr nicht mehr zum Unterricht?« fragte Huschidh.

Sie setzte sich neben Nafai auf die Treppe und biß in ihr Käsebrot. Ein großer Biß, nicht der delikate kleine Happen, den Eiadh abgebissen hätte. Obwohl Mutter all ihren Schülerinnen beizubringen versuchte, beim Essen den Mund zu benutzen und nicht die gezierten kleinen Bisse zu nehmen, die heutzutage unter den jungen Frauen Basilikas Mode waren. Huschidh interessierte es nicht, ob Nafai ihren Gehorsam Mutter gegenüber *attraktiv* fand.

»Ich arbeite mit Issib an einem Projekt.«

»Die anderen Schüler behaupten, du versteckst dich«, sagte Huschidh.

Verstecken. Weil Vater plötzlich so berühmt-berüchtigt und kontrovers war. »Ich schäme mich meines Vaters nicht.«

»Natürlich nicht«, sagte Huschidh. »*Sie* behaupten, daß du dich versteckst. Ich nicht.«

»Und was tue ich deiner Meinung zufolge? Oder hat die Überseele es dir verraten?«

»Ich bin eine Entwirrerin«, sagte sie, »und keine Seherin.«

»Richtig. Das hatte ich vergessen.« Als ob er sich merken würde, was für eine Hexe sie war.

»Die Überseele muß mir nicht sagen, wie du dich in die Welt einwebst.«

»Weil du es sehen kannst.«

Sie nickte. »Und du bist sehr tapfer.«

Er sah sie konsterniert an. »Ich sitze mit Issja in der Bibliothek.«

»Du webst dich in die schwächste der streitenden Parteien Basilikas ein, und doch ist es die beste von ihnen. Es ist die, die *gewinnen* müßte, wenngleich sich niemand vorstellen kann, wie ihr das gelingen sollte.«

»Ich gehöre *keiner* Partei an.«

Sie nickte. »Wenn du die Wahrheit nicht hören willst, spreche ich nicht weiter.«

Als wäre sie der Quell der unwiderstehlichen Weisheit.

»Ich höre mir sogar an, wie ein Schwein furzt, solange es die *Wahrheit* ist«, sagte Nafai.

Augenblicklich sprang sie auf und ging davon.

Das war wirklich dumm, tadelte sich Nafai. Sie will dir nur helfen, und du reißt einen blöden Witz darüber. Er stand auf und folgte ihr. »Es tut mir leid«, sagte er.

Sie zuckte vor ihm zurück.

»Ich mache immer so blöde Witze«, sagte er. »Das ist eine schlechte Angewohnheit, aber ich habe es nicht so gemeint. Es ist nicht so, als wüßte ich nicht selbst, daß es die Überseele wirklich gibt.«

»Ich weiß, daß du es weißt«, sagte sie kühl. »Aber offensichtlich bedeutet das Wissen um die Existenz der Überseele nicht, daß man automatisch Grips, Freundlichkeit oder auch nur Anstand hat.«

»Ich habe es verdient, und auch noch die nächsten drei Gehässigkeiten, die du dir ausdenkst.« Nafai trat um sie herum und sah sie an. Diesmal wandte sie sich nicht ab.

»Ich sehe Muster«, sagte sie. »Ich sehe, wie die Dinge zusammenpassen. Ich sehe, wo *du* allmählich hineinpaßt. Du und Issib.«

»Ich habe nicht verfolgt, was in der Stadt so vor sich geht«, sagte Nafai. »Ich war mit dem Projekt beschäftigt, an dem wir arbeiten. Ich weiß wirklich nicht, wie die Dinge stehen.«

»Es hat dich ermüdet«, sagte sie.

»Ja«, sagte Nafai. »Ich glaube schon.«

»Gaballufix ist der Mittelpunkt der einen Partei«, sagte sie. »Sie ist die stärkste, aus mehr als einem Grund. Es geht nicht mehr nur um die Kriegswagen oder um die Allianz mit Potokgavan. Es geht um die Männer. Besonders um Männer von außerhalb der Stadt. Also hat er eine große Gefolgschaft, aber er ist auch stark, weil seine Männer sich mit Gewalt durchsetzen.«

Nafai fielen Gespräche ein, die er bei den Mahlzeiten aufgeschnappt hatte. Über die Tolschocks, Männer, die auf der

Straße grundlos Frauen niederschlugen. »Seine Männer sind die Tolschocks?«

»Er streitet es ab. Er behauptet sogar, er würde seine Soldaten auf die Straßen Basilikas schicken, um die Frauen vor den Tolschocks zu schützen.«

»Soldaten?«

»Offiziell die Miliz des Palwaschantu-Klans. Aber sie gehorchen ausschließlich Gaballufix, und der Klans-Rat war nicht imstande, eine Versammlung einzuberufen und darüber zu diskutieren, wie die Miliz eingesetzt werden soll. Du bist ein Palwaschantu, nicht wahr?«

»Ich bin noch zu jung für die Miliz.«

»Es ist keine echte Miliz mehr«, sagte sie. »Es sind gedungene Männer von außerhalb der Mauern, Männer der hoffnungslosen Art, und sehr wenige von ihnen sind wirklich Palwaschantu. Gaballufix bezahlt sie. Und er bezahlt auch die Tolschocks.«

»Woher weißt du das?«

»Man hat mich herumgestoßen. Ich habe die Soldaten gesehen. Ich weiß, wie sie zusammenpassen.«

Weitere Hexenkunst. Aber wie konnte er es bezweifeln? Hatte er nicht den Einfluß der Überseele gespürt, wann immer er an die verbotenen Wörter gedacht hatte? Ihm brach der Schweiß aus, wenn er nur daran dachte, was er in der vergangenen Woche durchgemacht hatte. Warum also sollte Huschidh nicht einfach einen Soldaten und einen Tolschock ansehen können und diese Dinge über sie wissen? Warum konnten Kamele nicht fliegen? Jetzt war alles möglich.

Bis auf die Tatsache, daß der Einfluß der Überseele schwächer wurde. Hatten er und Issib ihre Macht nicht überwunden, um über verbotene Dinge nachdenken zu können?

»Und du weißt, daß ich nicht zu ihnen gehöre.«

»Im Gegensatz zu deinen Brüdern.«

»Sie sind Tolschocks?«

»Sie gehören zu Gaballufix. Issib natürlich nicht; aber Elemak und Mebbekew.«

»Woher kennst du sie? Sie waren nie hier – sie sind nicht Mutters Söhne.«

»Elemak war diese Woche mehrmals hier«, sagte Huschidh. »Wußtest du das nicht?«

»Was hat er denn hier zu suchen?« Aber Nafai wurde es sofort klar. Ohne imstande zu sein, den Gedanken selbst zu denken, wußte er genau, weshalb Elemak Rasas Haushalt aufgesucht hatte. Mutter hatte in der Stadt ein sehr hohes Ansehen; ihre Nichten wurden von vielen Männern umworben, und Elemak war in einem Alter – nun ja, eigentlich in *dem* Alter –, in dem man sich ernsthaft nach einer Gefährtin umsehen mußte, wenn man einen Erben zeugen wollte.

Nafai sah sich auf dem Hof um, auf dem viele Mädchen und ein paar Jungen ihr Mittagessen zu sich nahmen. Alle Schüler von außerhalb waren fort, und die jüngeren Kinder aßen früher. Also waren die meisten Mädchen hier potentielle Gefährtinnen, einschließlich ihrer Nichten, falls Rasa sie freigeben sollte. Welcher galt Elemak Interesse?

»Eiadh«, flüsterte er.

»Davon kann man ausgehen«, sagte Huschidh. »Ich bin es bestimmt nicht.«

Nafai betrachtete sie überrascht. Natürlich war sie es nicht. Dann wurde er verlegen; was, wenn sie merkte, wie lächerlich es ihm vorgekommen war, daß sein Bruder *sie* begehren mochte.

Doch Huschidh fuhr fort, als habe sie seine stumme Beleidigung nicht einmal bemerkt. Bestimmt wußte sie, wie sehr Nafai die Vorstellung verletzen würde, Elja könnte um Eiadh werben. »Als dein Bruder kam, wußte ich sofort, daß er Gaballufix sehr nahe steht. Ich bin sicher, daß diese Sache Tante Rasa großes Leid verursacht, denn sie weiß, daß Eiadh ihn akzeptieren wird. Dein Bruder hat ein großes Prestige.«

»Sogar, nachdem Vaters Visionen solch einen Skandal verursacht haben?«

»Er gehört zu Gaballufix«, sagte Huschidh. »In der Partei der Männer – jene, die Gaballufix wohlwollend gegenüberstehen – ist Elemak um so besser gelitten, je schlechter dein Vater dasteht. Denn wenn deinem Vater etwas zustoßen würde, wäre Elemak ein sehr reicher und mächtiger Mann.«

Ihre Worte gaben Nafais schlimmsten Befürchtungen um seinen Bruder neue Nahrung. Doch der Gedanke war ungeheuerlich. »Gaballufix will, daß Elemak Einfluß auf Vater nimmt, mehr nicht.«

Huschidh nickte. Doch wollte sie ihm damit zustimmen oder nur zum Schweigen bringen, damit sie mit dem fortfahren konnte, was sie zu sagen hatte? »Die andere starke Partei besteht aus Roptats Leuten. Man nennt sie nun die Partei der Frauen, obwohl sie auch von einem Mann geführt wird. Sie wollen sich mit den Gorajni verbünden. Und sie wollen auch allen Männern das Wahlrecht nehmen, abgesehen von denen, die vor kurzem eine Verbindung mit einer Bürgerin eingegangen sind, und durchsetzen, daß alle Männer ohne Gefährtinnen die Stadt jeden Abend bei Sonnenuntergang verlassen müssen und erst bei der Morgendämmerung zurückkehren dürfen. Das ist *ihre* Lösung für das Problem mit den Tolschocks – und auch für das mit Gaballufix. Sie haben eine breite Anhängerschaft – unter verheirateten Männern und Frauen.«

»Ist das die Gruppe, der Vater angehört?«

»Alle Mitglieder der Partei der Männer denken dies, doch Roptats Leute wissen es besser.«

»Und aus wem besteht die dritte Gruppe?«

»Sie nennt sich die Stadt-Partei, ist aber in Wirklichkeit die Partei der Überseele. Sie weigern sich, sich mit irgendeiner kriegsführenden Nation zu verbünden. Sie wollen zu den alten Gebräuchen zurückkehren, um den See zu schützen und um aus Basilika wieder eine Stadt zu machen, die über der Politik und allen Konflikten steht. Um den großen Reichtum der Stadt zu verschenken und ein einfaches Leben zu führen, damit keine andere Nation den Drang verspürt, uns zu beherrschen.«

»Dem wird niemand zustimmen.«

»Du irrst dich«, sagte sie. »Dem stimmen *viele* zu. Dein Vater und Tante Rasa haben fast alle Frauen aus den See-Bezirken hinter sich gebracht.«

»Aber das ist doch kaum jemand. Nur eine Handvoll Menschen wohnen im Spaltental.«

»Sie haben ein Drittel der Ratsstimmen.«

Nafai dachte darüber nach. »Ich glaube, das ist sehr gefährlich für sie«, sagte er.

»Warum glaubst du das?«

»Weil ihnen nur die Tradition Rückhalt gibt. Je mehr sich Gaballufix gegen die Tradition wendet, je mehr Angst er den Leuten mit Tolschocks und Soldaten einjagt, um so mehr Leute werden fordern, daß *irgend etwas* geschieht. Und Vater und Mutter verhindern lediglich, daß irgend jemand eine Mehrheit im Rat bekommt. Sie verhindern, daß Roptat Gaballufix aufhalten kann.«

Huschidh lächelte. »Du bist wirklich sehr gut darin.«

»Politik ist eins meiner bevorzugten Unterrichtsfächer.«

»Du hast die Gefahr erkannt. Aber du hast mir nicht gesagt, wie wir aus ihr herauskommen.«

»Wir?«

»Basilika.«

»Nein«, sagte Nafai. »Du hast gesagt, du wüßtest, zu welcher Partei ich gehöre.«

»Zu der Partei der Überseele natürlich«, sagte sie.

»Das weißt du nicht. Das weiß noch nicht einmal *ich*. Ich bin mir nicht sicher, ob mir gefällt, wie die Überseele uns manipuliert.«

Huschidh schüttelte den Kopf. »Vielleicht wirst du die Entscheidung in deinem Geist erst in vielen Tagen treffen, doch die in deinem Herzen hast du bereits betroffen. Du lehnst Gaballufix ab. Und es zieht dich zur Überseele.«

»Du irrst dich«, sagte Nafai. »Ich meine, ja, es zieht mich zur Überseele, Issib hat diesen Entschluß schon vor langem getroffen, und er hat gute Gründe. Trotz aller geheimen Manipulationen des Verstands der Leute wäre es noch gefährlicher, die Überseele abzulehnen. Aber das heißt nicht, daß ich bereit bin, Basilikas Zukunft in die Hände der winzigen Minderheit der verrückten religiösen Fanatikerinnen zu legen, die im Spaltental wohnen und ständig Visionen haben.«

»Wir sind diejenigen, die der Überseele nahe stehen.«

»Die ganze *Welt* hat die Überseele in ihren Gehirnen«, sagte Nafai. »Näher kann man ihr nicht stehen.«

»Wir sind diejenigen, die die Überseele *wählen*«, beharrte Huschidh. »Und *nicht* die ganze Welt hat sie in ihren Gehirnen, oder sie hätten niemals damit angefangen, weit entfernte Nationen mit Krieg zu überziehen.«

Einen Augenblick lang fragte sich Nafai, ob auch sie irgendwie herausgefunden hatte, wie die Überseele bis vor kurzem die Entdeckung des Kriegswagens blockiert hatte. Dann begriff er, daß *sie* natürlich an das siebente Kodizil dachte: »Du hast keinen Disput mit der Nachbarin der Nachbarin deiner Nachbarin; wenn sie streitet, bleibe zu Hause und schließe dein Fenster.« Das hatte man lange als Verbot interpretiert, sich in Allianzen oder Auseinandersetzungen mit so weit entfernten Nationen zu verstricken, daß der Ausgang dieses Konfliktes keine Rolle für einen spielte. Nafai und Issib kannten den Sinn und Ursprung dieses Gesetzes und die Weise, wie die Überseele es in den Köpfen der Menschen durchgesetzt hatte. Doch für Huschidh war es das Gesetz selbst, das all diese Jahrtausende lang Unterwerfungskriege verhindert hatte. Einmal davon abgesehen, daß viele Nationen versucht *hatten*, Imperien zu schaffen, und nur auf Grund des Mangels an effizienten Reise- und Kommunikationsmöglichkeiten daran gescheitert waren.

»Ich verstehe dich nicht«, sagte Nafai. »Man kann die Uhr nicht zurückdrehen.«

»Wenn man das nicht kann«, sagte sie, »sind wir bereits so gut wie am Ende.«

»Vielleicht«, sagte Nafai. »Angenommen, Roptat gewinnt. Wenn dann die Flotte der Potoku eintrifft, werden sie den Berg hinaufkommen und uns vernichten, bevor die

Naßköpfe kommen können. Und wenn Gaballufix gewinnt ... wenn dann die Naßköpfe kommen, werden sie zuerst die Potoku vernichten, und dann kommen sie die Berge hinauf und vernichten uns als Vergeltungsmaßnahme.«

»Na also«, sagte Huschidh. »Du siehst, daß du zu uns gehörst.«

»Nein«, sagte Nafai. »Denn wenn die Stadt-Partei dieses Patt aufrecht hält, werden entweder Gaballufix oder Roptat ungeduldig werden, und es wird zu Todesfällen kommen. Dann *brauchen* wir keine Fremden mehr, um uns zu vernichten. Wir werden es selbst erledigen. Was glaubst du, wie lange Frauen diese Stadt noch beherrschen werden, wenn es zu einem Bürgerkrieg zwischen zwei mächtigen Männern kommt?«

Huschidh sah ins Leere. »Glaubst du das wirklich?« fragte sie.

»Ich mag kein *Entwirrer* sein«, erwiderte Nafai, »doch ich habe Geschichtsbücher gelesen.«

»So viele Jahrhunderte lang haben wir in dieser Stadt der Frauen den Frieden bewahrt.«

»Ihr hättet den Männern niemals das Stimmrecht geben sollen.«

»Sie haben das Stimmrecht schon seit über einer Million Jahren.«

Nafai nickte. »Ich weiß. Was jetzt passiert – es liegt an der Überseele.«

Nun sah er, daß Huschidh ins Leere starrte, weil sich ihre Augen mit Tränen gefüllt hatten. »Sie stirbt, nicht wahr?«

Es wäre ihm nie in den Sinn gekommen, daß jemand dies so persönlich nehmen könnte. Als wäre die Überseele eine liebe Verwandte. Aber vielleicht war es für jemanden wie Huschidh auch so. Obwohl alle wußten, daß die Kinder der Wilden normalerweise aus einer Vergewaltigung oder einer der beiläufigen Kopulationen auf den Straßen der Stadt hervorgegangen waren, wurden sie doch trotzdem ›Kinder der Überseele‹ genannt. Vielleicht hielt Huschidh die Überseele wirklich für ihren Vater. Aber nein – auch die Frauen hatten sie mit einem weiblichen Artikel belegt. Und Huschidh wußte, daß ihre Mutter eine Wilde war.

Noch immer konnte Huschidh kaum die Tränen zurückhalten.

»Was willst du von mir?« fragte Nafai. »Ich weiß nicht, was die Überseele macht. Deine Schwester – wie du gesagt hast, *sie* ist die Seherin.«

»Die Überseele hat die ganze Woche noch nicht zu ihr gesprochen. Oder zu irgendwem sonst.«

Nafai war überrascht. »Du meinst, nicht einmal am See?«

»Ich weiß, daß ihr beide, du und Issib, die ganze Woche über sehr, sehr eng mit der Überseele verbunden wart. Sie hat euch erschöpft, wie sie es manchmal auch mit Lutja und ... und mir macht. Die Frauen sind ins Wasser gegangen, immer mehr von ihnen, und doch kommen sie leer wieder heraus, oder nur mit dummen Schlafträumen. Es macht ihnen angst. Aber ich habe es ihnen gesagt. Ich habe gesagt: Nafai und Issib, sie werden von der Überseele berührt. Also ist sie nicht tot. Und sie haben mich gebeten ... es von euch in Erfahrung zu bringen.«

»Was in Erfahrung zu bringen?«

Die Tränen brachen endlich hervor und rollten ihre Wangen hinab. »Ich weiß es nicht«, sagte sie unglücklich. »Was wir tun sollen. Was die Überseele von uns erwartet.«

Er berührte ihre Schulter, um sie zu trösten – Nafai wußte nicht, was er sonst tun sollte. »Ich weiß es nicht«, sagte er. »Aber mit einem habt ihr Recht – die Überseele ermüdet. Erschöpft *sich selbst*. Trotzdem überrascht es mich, daß sie keine Visionen mehr schickt. Vielleicht wurde sie abgelenkt. Vielleicht ...«

»Ja?«

Er schüttelte den Kopf. »Laß mich erst mit Issib sprechen, ja?«

Sie nickte und neigte schließlich den Kopf, um sich die Tränen aus den Augen zu wischen. »Ja, bitte«, sagte sie. »*Ich* könnte nicht ... mit ihm sprechen.«

Warum in aller Welt denn das nicht? Aber er fragte sie nicht danach. Er war zu verwirrt von dem, was sie erzählt hatte. Die ganze Zeit über hatten er und Issib gedacht, ihre Nachforschungen verliefen geheim, und dann erzählte Huschidh allen Frauen Basilikas, daß sie beide durch den Kontakt mit der Überseele erschöpft waren! Und doch waren diese Frauen trotz all ihrer Kenntnisse auch hoffnungslos unwissend – woher sollten er und Issib ahnen, wieso sie keine Visionen mehr hatten?

Nafai ging direkt in die Bibliothek und berichtete Issib von seinem Gespräch mit Huschidh, so gut er sich daran erinnern konnte. »Ich reime es mir folgendermaßen zusammen«, schloß er. »Was ist, wenn die Überseele gar nicht so mächtig ist? Was ist, wenn die Visionen ausbleiben, weil sich die Überseele nicht gleichzeitig mit uns befassen und anderen Visionen geben kann?«

Issib lachte. »Komm schon, Njef, als wären wir der Mittelpunkt der Welt.«

»Ich meine es ernst. Wie groß muß die Kapazität der Überseele eigentlich sein? Die meisten Menschen sind so unwissend oder dumm oder schwach, daß sie überhaupt nichts bewirken könnten, selbst wenn sie an eins dieser verbotenen Themen dächten. Warum sie also unter Beobachtung halten? Das bedeutet, daß die Überseele nur relativ wenige Menschen überwachen muß. Und wenn sie die hin und wieder überprüft, bleibt ihr genug Zeit, um sie von gefährlichen Projekten abzulenken. Doch jetzt, wo die Überseele schwächer wird, warst du imstande, dich ihr gegenüber unempfindlicher zu machen. Das war eine Auseinandersetzung zwischen dir und der Überseele, und *du* hast gewonnen, Issib. Was, wenn sich die Überseele während all dieser Kämpfe auf dich konzentriert hat und keinem mehr Visionen geben, keinen mehr überwachen konnte? Aber du bist so langsam vorangekommen, daß ihr noch immer Zeit für etwas anderes blieb.«

»Aber dann haben wir beide uns zusammengetan«, sagte

Issib. »Nun mußte sie sich völlig auf uns konzentrieren. Und dadurch wurde sie noch schwächer.

»Ich glaube also, Issib, daß wir ihr nicht helfen, sondern sie verletzen.«

Issib lachte erneut. »Das kann nicht sein«, sagte er. »Wir sprechen hier von der Überseele, nicht von einer Lehrerin mit ein paar aufsässigen Schülern.«

»Die Überseele hat schon einmal versagt. Oder es würde keine Kriegswagen geben.«

»Was sollen wir also tun?«

»Aufhören«, sagte Nafai. »Einen Tag lang. Uns von den verbotenen Themen fernhalten. Feststellen, ob die Leute dann wieder Visionen bekommen.«

»Glaubst du ernsthaft, daß wir, wir beide, so viel von der Zeit der Überseele beansprucht haben, daß sie den Menschen keine Visionen mehr geben kann? Schließlich müssen wir auch essen und schlafen. Es hat genug Unterbrechungen gegeben.«

»Vielleicht haben wir sie verwirrt. Vielleicht gerät sie wegen uns in Panik, weil sie nicht weiß, was sie tun soll.«

»Genau«, sagte Issib. »Also dürfen wir *nicht* aufhören. Geben wir der Überseele doch einfach einen Rat!«

»Warum nicht?« sagte Nafai. »Sie wurde doch von menschlichen Wesen geschaffen, oder?«

»Das *glauben* wir. Vielleicht.«

»Also sagen wir ihr, sie soll damit aufhören, uns ständig zu blockieren. Dieser Versuch ist sinnlos, und sie muß *sofort* aufhören, ihre kostbare Zeit damit zu verschwenden, denn selbst, wenn wir über jedes verbotene Thema auf der Welt nachdächten, würden wir doch keinem davon erzählen, und wir würden auch nicht versuchen, selbst so eine Maschine zu bauen. Oder?«

»Natürlich nicht.«

»Also leiste einen Eid darauf, Issib. Ich lege ihn auch ab. Ich schwöre jetzt sofort – hörst du zu, Überseele? –, daß wir nicht deine Feinde sind und du keine einzige Sekunde mehr auf uns verschwenden mußt. Gib den Frauen wieder Visionen. Und verbringe deine Zeit lieber damit, die gefährlichen Leute zu blockieren. Die Naßköpfe zum Beispiel. Gaballufix. Wahrscheinlich auch Roptat. Und wenn du sie nicht blockieren kannst, laß *uns* zumindest wissen, was wir tun können, um sie zu blockieren.«

»Mit wem sprichst du?«

»Mit der Überseele.«

»Das hört sich wirklich dumm an«, sagte Issib.

»Sie hat uns unser ganzes Leben lang gesagt, was wir denken sollen«, sagte Nafai. »Was ist so dumm daran, ihr hin und wieder einen Vorschlag zu machen? Leiste den Eid, Issja.«

»Ja, ich verspreche es, ich lege den ernstesten Eid darauf ab. Hörst du zu, Überseele?«

»Sie hört zu«, sagte Nafai. »Soviel *wissen* wir immerhin.«

»Nun ja«, sagte Issib. »Glaubst du, sie tut, was wir sagen?«

»Keine Ahnung«, erwiderte Nafai. »Aber eins weiß ich – wir werden nicht klüger, wenn wir den Rest des Tages über in der Bibliothek herumhängen. Verschwinden wir von hier. Verbringen wir die Nacht in Vaters Haus. Vielleicht kommt uns da eine wirklich gute Idee. Oder vielleicht hat Vater eine Vision. Vielleicht wird *irgend etwas* passieren.«

Erst an diesem Nachmittag, als er Mutters Haus verließ, fiel Nafai wieder ein, daß Elemak um Eiadh buhlte. Nicht, daß Nafai deshalb das Recht hatte, ihn zu hassen. Nafai hatte niemals mit irgend jemandem über die Gefühle gesprochen, die er ihr entgegenbracht. Und mit vierzehn Jahren war er noch zu jung, um ernsthaft als gesetzlicher Gefährte in Betracht gezogen zu werden. Natürlich würde Eiadh Elemak ansehen und ihn begehren. Das erklärte alles – wieso sie so nett zu Nafai war und sich ihm gleichzeitig niemals zu nähern schien. Sie wollte seine Gunst bewahren, für den Fall, daß er irgendeinen Einfluß auf Elemak hatte. Aber es wäre ihr nie in den Sinn gekommen, mit *Nafai* einen Ehevertrag einzugehen. Schließlich war er ja noch ein *Kind.*

Dann fiel ihm ein, was Huschidh über Issib gesagt hatte. Mit *ihm* könnte ich nicht sprechen. Weil er ein Krüppel war? Unwahrscheinlich. Nein, Huschidh war Issib gegenüber zu schüchtern, weil sie in ihm einen möglichen Gefährten sah. Selbst *ich* weiß genug über Frauen, um darauf zu kommen, dachte Nafai.

Huschidh ist in meinem Alter, und wenn sie über einen Gefährten nachdenkt, betrachtete sie meinen älteren Bruder. Ich könnte genausogut ein Baum oder ein Stein sei, was das sexuelle Interesse betrifft, das ein Mädchen meines Alters mir entgegenbringt. Und Eiadh ist älter als ich – eine der ältesten in meiner Klasse, während ich einer der jüngsten bin. Wie bin ich nur je auf den Gedanken gekommen ...

Er fühlte das heiße Erröten der Verlegenheit auf seinen Wangen, obwohl niemand außer ihm selbst von seiner Erniedrigung wußte.

Als er nun durch die Straßen Basilikas ging, wurde Nafai klar, daß er, abgesehen von einem gelegentlichen Spaziergang auf der Regenstraße, Mutters Haus nicht mehr verlassen hatte, seit er gemeinsam mit Issib die Forschungen aufgenommen hatte. Vielleicht wurde er sich gerade wegen Huschidhs Bericht einer Veränderung in der Stadt bewußt. Waren nicht weniger Leute auf den Straßen? Vielleicht – aber der eigentliche Unterschied lag eher darin, *wie* sie gingen. Die Menschen Basilikas bewegten sich für gewöhnlich zielgerichtet, ließen sich durch dieses Ziel aber nicht von dem ablenken, was um sie herum passierte. Selbst Leute, die es eilig hatten, konnten einen Augenblick lang stehenbleiben oder zumindest lächeln, wenn sie an einem Straßenmusikanten vorbeikamen oder einem Jongleur oder einem Komiker, der seine Knittelverse vortrug. Und viele Leute bummelten, nahmen die Dinge mit echtem Vergnügen auf, unterhielten sich mit ihren Begleitern, sprachen aber auch offen mit Fremden auf den Straßen, als wären alle Menschen Basilikas Nachbarn oder sogar Verwandte.

An diesem Abend war es anders. Als die Sonne auf den

Dächern im Westen eine Silhouette bildete und Schatten über die Straßen warf, schienen die Leute dem Sonnenlicht auszuweichen, als würde es ihre Haut verbrennen. Sie waren schweigsam zueinander. Die Straßenmusikanten wurden ignoriert, und selbst ihre Musik kam Nafai furchtsamer vor, als wären sie bereit, beim ersten Anzeichen des Mißgefallens eines Passanten das Lied sofort abzubrechen. Es war stiller auf den Straßen, weil fast niemand sprach.

Bald wurde der Grund dafür offensichtlich. Eine Truppe von acht Mann trabte die Straße entlang, Pulsatoren in den Händen und elektrische Klingen an den Hüften. Soldaten, dachte Nafai. Gaballufix' Leute. Nein – offiziell handelte es sich um die Miliz der Palwaschantu, doch Nafai fühlte sich nicht mit ihnen verwandt.

Sie schienen nicht nach rechts oder links zu sehen, als hätten sie einen bestimmten Auftrag. Doch Nafai und Issib stellten augenblicklich fest, daß sich die Straßen zu leeren schienen, als die Soldaten kamen. Wohin waren die Leute verschwunden? Sie versteckten sich nicht gerade, doch nachdem die Soldaten weitergezogen waren, dauerte es mehrere Minuten, bis die Leute wieder zum Vorschein kamen. Sie waren in die Geschäfte ausgewichen und hatten so getan, als hätten sie dort etwas zu erledigen. Einige hatten einfach Umwege in Kauf genommen und waren auf Nebenstraßen ausgewichen. Und wieder andere waren auf der Straße geblieben, hatten sich jedoch, wie Nafai und Issib, nicht mehr gerührt, sondern waren wie erstarrt, so daß sie ein paar Minuten lang Teil der Architektur gewesen waren und nicht mehr Teil des Lebens auf der Straße.

Es hatte gar nicht den Anschein, als wären die Leute der Meinung, die Soldaten würden die Stadt sicherer machen. Statt dessen hatten die Soldaten ihnen Angst gemacht.

»Basilika steckt in Schwierigkeiten«, sagte Nafai.

»Basilika ist tot«, sagte Issib. »Hier wohnen noch Menschen, aber die Stadt ist nicht mehr Basilika.«

Zum Glück wurde es besser, als sie die Flügelstraße entlang gingen – die Soldaten hatten ihren Weg gekreuzt, wo die Flügel- auf die Weizenstraße stieß, nur ein paar Häuserblocks von Gaballufix' Haus entfernt. Als sie in die Altstadt kamen, herrschte wieder regeres Leben auf den Straßen. Aber noch immer waren gewisse Veränderungen zu sehen.

Zum Beispiel hatte man die Frühlingsstraße geräumt. Bei ihr handelte es sich um eine der großen Durchgangsstraßen Basilikas, die vom Rauchfang-Tor durch die Altstadt und bis zum Rand des Spaltentals führte. Doch wie so oft in Basilika war eine einfallsreiche Bauherrin auf die Idee gekommen, daß es eine Schande war, all diesen Freiraum in der Mitte der Straße zu verschwenden, wenn dort jemand wohnen konnte. Zwischen der Flügel- und der Tempelstraße hatte diese Bauherrin einen langgezogenen Block von sechs Gebäuden errichtet.

Wenn in Basilika eine Bauherrin ein Gebilde errichtet, das eine Straße blockiert, können die Bewohner der Stadt ganz unterschiedlich darauf reagieren. Wenn die Straße nicht sehr belebt ist, erheben wahrscheinlich nur ein paar Leute Einwände dagegen. Vielleicht schimpfen und fluchen sie und bewerfen die Maurer sogar mit Gegenständen, doch da die Arbeiter normalerweise ziemlich stämmige Kerle sind, wird es nur wenig ernsthaften Widerstand geben. Man zieht das Gebäude hoch, und die Leute suchen sich einen anderen Weg. Diejenigen, denen Häuser oder Läden gehören, die die nun blockierte Straße umsäumten, litten natürlich am meisten. Sie mußten mit den Nachbarn verhandeln, um Wegerechte zu bekommen, damit sie den Zugang zur Straße nicht verloren – oder sich diese Rechte *nehmen*, wenn der Nachbar schwach war. Manchmal mußten sie einfach ihr Eigentum aufgeben. So oder so, die neuen Korridore oder die aufgegebenen Grundstücke wurden bald selbst zu oft benutzten Durchgängen oder Wegen. Schließlich würde irgendeine unternehmungslustige Seele ein paar aufgegebene oder verfallene Häuser kaufen, deren Korridore vom allgemeinen Durchgangsverkehr benutzt wurden, und eine Böschung abreißen, und schon war eine neue Straße entstanden. Der Stadtrat unternahm nichts gegen diese Vorkommnisse – auf diese Weise hatte sich Basilika im Lauf der Zeit entwickelt und verändert, und es war sinnlos, in einer Millionen Jahrzehnte alten Stadt zu versuchen, den Lauf der Zeit und der Geschichte aufzuhalten.

Etwas ganz anderes war es, wenn jemand begann, auf einer vielbenutzten Durchgangsstraße wie der Frühlingsstraße zu bauen. Dort zogen die Passanten schon allein aus ihrer Anzahl Mut – und aus ihrem Zorn über die Vorstellung, eine Straße zu verlieren, die sie oft benutzten. Also sabotierten sie das Bauvorhaben, wenn sie daran vorbeikamen, schlugen Mauern ein und trugen Steine davon. Wenn die Bauherrin mächtig und entschlossen war und über viele starke Arbeiter verfügte, konnte es leicht zu einem Handgemenge kommen – aber das wiederum führte vielleicht genauso leicht zu einem Gerichtsprozeß, bei denen die Bauherrinnen *immer* für schuldig befunden wurden, da das Bauen in einer Straße als mehr als ausreichenden Grund für eine gesetzliche Maßregelung angesehen wurde.

Die Bauherrin in der Frühlingsstraße hatte es jedoch sehr klug angestellt. Sie hatte ihre sechs Gebäude auf Säulen errichtet, so daß die Straße nicht blockiert wurde. Die Häuser begannen statt dessen erst mit dem ersten Stock, über der Straße – und so zeigten sich die Passanten zwar verärgert, aber nicht so aufgebracht, daß sie mit ihrer Sabotage ernst gemacht hätten. Die Gebäude waren in diesem Frühsommer fertiggestellt worden, und einige sehr wohlhabende Leute waren dort eingezogen.

Unausweichlich hatten sich unter den Bogengängen der Häuser Straßenhändler und unternehmungslustige Handwerker eingefunden – womit die Bauherrin auch gerechnet hatte. Der Verkehr kroch nur noch daher, und andere Bauherrinnen hatten feste Läden und Buden errichtet, bis es dann vor ein paar Wochen völlig unmöglich geworden war, von der Tempel- zur Flügel- und Frühlingsstraße zu kommen – die kleinen Gebäude blockierten nun vollends den Weg. Eine weitere Straße in Basilika war unterbrochen worden, doch diesmal handelte es sich um eine wichtige Durchgangsstraße, wodurch sehr vielen Menschen ernsthafte Unannehmlichkeiten entstanden waren. Nur die ursprüngliche Bauherrin und die geschäftigen Inhaber der kleinen Geschäfte profitierten tatsächlich davon; den Frauen, denen die inneren Gebäude gehörten, fiel es immer schwerer, zu den Treppen zu kommen, die zu ihren Häusern hinaufführten, und einige schickten sich bereits an, die alten Gebäude, die nicht mehr auf eine Straße führten, aufzugeben.

Als Nafai und Issib nun über die Frühlingsstraße gingen, sahen sie, daß jemand den blockierten Teil durchbrochen und alle kleinen Gebäude abgerissen hatte. Die neuen Gebäude waren – ein Stockwerk über der Straße – stehen geblieben, doch der Durchgang unter ihnen war wieder geöffnet. Noch bedeutsamer war, daß an beiden Enden der Straße Soldaten postiert worden waren. Die Bedeutung war klar: Es würden keine weiteren Bauten geduldet werden.

»Gaballufix ist kein Narr«, sagte Issib.

Nafai wußte, was er meinte. Die Leute mochten es nicht gern sehen, daß Soldaten durch die Straße marschierten; dazu stellten sie eine zu große Androhung von Gewalt und Freiheitsverlust dar. Doch indem sie die Frühlingsstraße wieder für den Verkehr öffneten, gewannen sie Sympathien und würden irgendwann vielleicht sogar toleriert werden.

Die Flügelstraße führte schließlich zur Tempelstraße, und Nafai und Issib folgten ihr, bis sie den großen Kreisverkehr um den Tempel selbst erreichten. Das war der bedeutendste Vorposten der Religion der Männer in dieser Stadt der Frauen, der einzige Ort, wo man davon ausging, daß die Überseele männlich war und an dem Blut und kein Wasser die heilige Flüssigkeit darstellte. Instinktiv blieb Nafai an den Nordtüren stehen, obwohl er seit seinem achten Lebensjahr nicht mehr in dem Tempel gewesen war, als man seine Vorhaut mit seinem eigenen Blut getränkt hatte. »Gehen wir hinein«, sagte er.

Issib erschauderte. »Ich hasse diesen Ort zutiefst«, sagte er.

»Würden sie Betäubungsmittel verwenden, wäre der Gottesdienst bei den Jungen beliebter«, sagte Nafai.

Issib grinste. »Schmerzlose Verehrung. Das ist ein guter Gedanke. Vielleicht käme bei den Frauen eines Tages auch die trockene Verehrung gut an.«

Sie traten durch die Tür in die feuchte, dunkle, fensterlose Außenkammer.

Obwohl der Tempel völlig rund war, waren die inneren Kammern so angelegt, daß sie an Herzkammern erinnerten: linker und rechter Herzvorhof, linke und rechte Herzkammer. Die gewundenen Gänge und winzigen Räume dazwischen waren nach verschiedenen Venen und Arterien benannt. Vor der Beschneidung mußte ein Junge alle Namen der Zimmer auswendig lernen, doch das taten sie, indem sie sich ein Lied einprägten, das für die meisten, die es lernten, bedeutungslos blieb. Also waren Nafai und Issib die Namen, die auf den Oberbalken oder Schlußsteinen der Türen standen, nicht vertraut, und sie verirrten sich augenblicklich.

Es spielte keine Rolle. Schlußendlich führten alle Hallen und Gänge die Gläubigen zum Innenhof, dem einzigen hellen Ort im Tempel, von dem aus man den Himmel sehen konnte. Da der Sonnenuntergang nicht mehr lange auf sich warten lassen würde, fiel kein direktes Sonnenlicht auf den Steinboden des Hofes, doch nach soviel Dunkelheit blendete sogar das reflektierte Licht schmerzhaft.

Am Eingang hielt ein Priester sie auf. »Gebet oder Meditation?« fragte er.

Issib erschauderte – bei ihm eine krampfartige Bewegung, da die Schwebeflossen jedes Zucken verstärkten, das seine Muskeln durchlief. »Ich glaube, ich warte in der rechten Herzkammer.«

»Sei kein Angsthase«, sagte Nafai. »Es wird dich doch nicht gleich umbringen, eine Minute lang zu meditieren.«

»Du meinst, du willst wirklich *beten*?« sagte Issib.

»Ich glaube schon«, sagte Nafai.

Um die Wahrheit zu sagen, Nafai wußte nicht, warum oder wofür. Er wußte nur, daß seine Beziehung zur Überseele von Tag zu Tag komplizierter wurde; er verstand die Überseele besser denn je, und die Überseele nahm nun direkten Einfluß auf sein Leben, und so war es wichtig geworden zu versuchen, klar und deutlich mit ihr zu kommunizieren, anstatt hilflos herumzuexperimentieren. Es reichte nicht aus, verbotenen Wörtern nachzuspüren und zu hoffen, daß die Überseele den Hinweis verstand. Es mußte eine bessere Möglichkeit geben.

Er sah zu, wie die Priester Issib in den Finger stachen und die winzige Wunde über den Blutstein wischten. Issib nahm es gelassen hin – er war *wirklich* kein Angsthase, und er hatte in seinem Leben soviel Schmerz ausgehalten, daß ein kleiner Stich in den Finger wirklich nichts bedeutete. Er hatte lediglich wenig Verständnis für die Rituale der Männerreligion. Er nannte sie ›Blutsport‹ und verglich sie mit Haikämpfen, die immer damit begannen, jedem Hai im Teich eine blutende Wunde zu versetzen. Als sich das Blut auf dem rauhen Stein verwischt hatte, schwebte er zu der hohen Bank an der sonnenhellen Wand hinüber, wo er noch mit einer halben Stunde Sonnenlicht rechnen konnte. Die Bank war natürlich voll besetzt, doch Issib blieb einfach neben ihr schweben. »Beeil dich«, murmelte er, als er an Nafai vorbeiglitt.

Da Nafai beten wollte, versetzte der Priester ihm keinen Stich. Statt dessen mußte er in die goldene Kugel mit den Gebetsringen greifen. Sie war mit einem starken Desinfektionsmittel gefüllt, das zwei Zwecke erfüllte: zum einen sollte es verhindern, daß die mit Widerhaken gespickten Ringe Infektionen verbreiteten, zum anderen bewirkte es, daß jede Verletzung, die man sich durch sie zuzog, ein paar Sekunden lang stark brannte. Nafai nahm normalerweise nur zwei Ringe, einen für den Mittelfinger jeder Hand, doch diesmal hatte er den Eindruck, daß er mehr benötigte. Obwohl er noch nicht einmal wußte, *worum* er beten wollte, wollte er sichergehen, daß die Überseele begriff, daß er es ernst meinte. Also nahm er Ringe für alle vier Finger jeder Hand und auch zwei Daumenringe.

»So schlimm kann es doch nicht sein«, sagte der Priester.

»Ich bete nicht um Vergebung«, sagte Nafai.

»Ich will nicht, daß du ohnmächtig wirst, wir sind heute nicht voll besetzt.«

»Ich werde schon nicht ohnmächtig.« Nafai ging zum Brunnen in der Mitte des Hofs. Das Wasser des Brunnens hatte nicht die normale rosa Farbe – es war fast dunkelrot. Nafai erinnerte sich noch gut an den starken Ekel, den er empfunden hatte, als er erfahren hatte, wie das Wasser seine Farbe bekam. Vater hatte gesagt, wenn Basilika in großer Not sei – während einer Dürreperiode zum Beispiel oder wenn ein Feind angriff –, enthielte der Brunnen fast reines Blut, soviel Blut gäbe es. Es war ein seltsames und eindringliches Gefühl, die Sandalen und Kleidung abzulegen, dann im Teich zu knien und zu wissen, daß diese lauwarme Flüssigkeit, die ihn umspülte, fast bis zur Hüfte, wenn er sich auf die Fersen hockte, dick vor den hingebungsvollen, blutigen Gebeten anderer Männer war.

Er streckte lange die geschundenen Hände aus, riß sich zusammen und bereitete sich auf das Gespräch mit der Überseele vor. Dann schlug er mit den Händen heftig gegen die Oberarme, genau, wie er es bei seinen Morgengebeten tat; diesmal jedoch drangen die Widerhaken in seine Haut, und der Schmerz war tief und schroff. Es war eine gute, nachdrückliche Eröffnung, und er hörte, daß mehrere der Meditierenden seufzten oder murmelten. Er wußte, daß sie das scharfe Geräusch seines Schlags gehört und seine Selbstdisziplin beobachtet hatten, mit der er sich davon abhielt, vor Schmerz auch nur zu stöhnen, und daß sie sein Gebet wegen dessen Kraft und Tugend respektierten.

Überseele, sagte er stumm. Du hast all das angefangen. So

schwach, wie du bist, hast du dich entschlossen, in das Leben meiner Familie einzudringen. Hoffentlich verfolgst du damit einen bestimmten Plan. Und wenn ja, ist es nicht an der Zeit, daß du uns diesen Plan offenbarst?

Er schlug sich erneut, diesmal auf die empfindlichere Haut seiner Brust. Als der Schmerz nachließ, fühlte er, daß zwischen den unsichtbaren neuen Haaren, die dort wuchsen, Blut hinabtropfte. Ich biete dir dieses Opfer an, Überseele, ich biete dir meinen Schmerz an, falls du ihn brauchst, ich tue alles, was du von mir verlangst, doch ich erwarte dafür von dir ein Versprechen. Ich erwarte, daß du meinen Vater beschützt. Ich erwarte, daß dein Vorgehen wirklich Sinn hat und daß du Vater diesen Sinn verrätst. Ich erwarte, daß du meine Brüder davor bewahrst, sich in irgendein schreckliches Verbrechen gegen die Stadt zu verstricken und erst recht in ein Verbrechen gegen meinen Vater. Wenn du Vater schützt und uns wissen läßt, was vor sich geht, werde ich alles tun, was ich kann, um deinen Plan zu unterstützen, denn ich weiß, daß du von Anfang zu dem Zweck programmiert wurdest, die Menschheit davor zu bewahren, sich selbst zu vernichten, und ich werde alles in meiner Kraft stehende tun, um diesem Zweck zu dienen. Ich bin dein, solange du uns gerecht behandelst.

Er schlug auf seinen Bauch, der bislang schärfste Schmerz, und nun hörte er, daß mehrere Meditierende laute Kommentare abgaben und der Priester hinter ihn trat. Unterbrich mich nicht, dachte Nafai. Entweder, die Überseele hört mich, oder sie hört mich nicht, und wenn sie mich hört, will ich, daß sie weiß, wie ernst es mir ist. Ernst genug, um mich zu zerstückeln, wenn es denn sein muß. Nicht, weil ich glaube, daß dieses Bluten etwas mit Heiligkeit zu tun hat, sondern, weil es meine Bereitschaft zeigt, zu tun, was ich gesagt habe, auch, wenn es mich persönlich sehr viel kostet. Ich werde tun, was du willst, Überseele, aber du mußt auch Vertrauen haben.

»Junger Mann«, flüsterte der Priester.

»Verschwinde«, flüsterte Nafai zurück.

Die Sandalen schlurften über den Stein davon.

Nafai griff über seine Schultern und scharrte mit den Händen über den Rücken. Jetzt waren es Risse, keine Stiche, und die Verletzungen würden nicht unbedeutend sein. Siehst du das, Überseele? Du bist in meinem Kopf, du weißt, was ich denke und fühle. Issib und ich lassen dich in Ruhe, damit du den Leuten wieder Visionen geben kannst. Jetzt mache dich an die Arbeit und bringe diese Situation wieder unter Kontrolle. Und was immer du von mir verlangst, ich werde es tun. Wenn ich diesen Schmerz ertragen kann, weißt du, daß ich alles ertragen kann, was du mir aufbürdest. Und da ich genau weiß, wie weh es tut, kann ich es auch noch einmal aushalten.

Er kratzte sich erneut. Diesmal, als sich neue Wunden über die alten zogen, trieb der Schmerz Tränen in seine Augen – aber keinen Laut über seine Lippen.

Genug. Entweder hatte die Überseele ihn jetzt gehört oder nicht.

Er ließ sich, noch immer mit geschlossenen Augen, in das blutige Wasser fallen. Es schloß sich über seinem Kopf, und einen Augenblick lang war er völlig untergetaucht. Dann brachte der Auftrieb ihn wieder an die Oberfläche, und er spürte die kühle Abendluft auf seinem Rücken.

Noch einen Augenblick. Halte den Atem noch einen Augenblick lang an. Länger. Nur noch etwas länger. Warte auf die Stimme der Überseele. Lausche in der Stille des Wassers auf sie.

Doch die Antwort blieb aus. Er spürte nur den immer stärkeren Schmerz der Verletzungen an Nacken und Schultern.

Er richtete sich auf, stand tropfnaß da und ging zum Rand des Brunnens, öffnete zum ersten Mal die Augen, seit er den Teich betreten hatte. Jemand gab ihm ein Handtuch. Hände griffen nach ihm, um ihm über den Rand des Brunnens zu helfen. Als seine Augen trocken waren, konnte er sehen, daß fast alle Meditierenden die Wand verlassen hatten und sich nun um ihn scharten, ihm Handtücher und seine Kleider gaben. »Ein mächtiges Gebet«, flüsterten sie. »Möge die Überseele dich hören.« Sie duldeten nicht, daß er sich selbst abtrocknete oder sogar anzog. »So viel Tugend in einem so jungen Menschen.« Statt dessen tupften andere Hände sanft seinen verletzten Rücken ab und rieben heftig über seine Schenkel. »Basilika ist gesegnet, solch ein Gebet in diesem Tempel erlebt zu haben.« Andere Hände zogen ihm das Hemd über den Kopf und die Hosen die Beine hinauf. »Der ganze Stolz eines Vaters ist ein junger Sohn, der sich fromm verbeugt und doch vom Mut erhoben wird.« Sie schnürten seine Sandalen zu, und als sie feststellten, daß die Riemen unter den Knien endeten, nickten sie und murmelten: »Er unterwirft sich keinen törichten Modeerscheinungen!« und »Die Sandalen eines Arbeiters!«

Und als Nafai und Issib den Brunnen verließen, hörten sie, daß hinter ihnen noch immer gemurmelt wurde. »Heute war die Überseele bei uns.«

An der Schwelle, die zur linken Herzkammer führte, mußte Nafai plötzlich stehenbleiben, weil ihm jemand in den Weg trat, der durch diese Tür hineinkam. Da er den Kopf geneigt hielt, sah er nur die Füße des Mannes. Da sein Hemd vom Blut des Gebets befleckt war, erwartete er, daß der Mann ihm Platz machte, doch das war anscheinend nicht der Fall.

»Meb«, sagte Issib.

Nafai hob den Blick von den Schuhen des Mannes. Es war tatsächlich Mebbekew. Während eines Augenblicks stechender Klarheit hatte er den Eindruck, seinen Bruder zur Gänze zu sehen. Er trug kein grelles Gewand mehr, wie es so lange sein Stil gewesen war. Meb war nun wie ein Geschäftsmann gekleidet, in Gewändern, die eine beträchtliche Summe gekostet haben mußten. Doch Nafais Interesse galt nicht seiner Kleidung, nicht dem Geheimnis, woher er das Geld hatte, sie zu erstehen – denn *das* war nun wirklich kein Geheimnis mehr. Als Nafai Mebbekews Gesicht betrachtete, wußte er, daß Mebbekew nun Gaballufix' Mann war. Vielleicht war es der Ausdruck auf seinem Gesicht: Während Mebbekew früher immer ein unbeschwertes Lächeln gezeigt hatte, ein Funkeln des boshaften Scherzens in seinen Augen, blickte er nun ernst und wichtig und etwas verängstigt drein. Doch wovor hatte er Angst? Vor sich selbst. Vor dem Mann, zu dem er wurde.

Vor dem Mann, der ihn besaß. Nichts an seinem Ausdruck oder seiner Kleidung wies ihn als Mann aus, der zu Gaballufix gehörte, und doch wußte Nafai es. So muß es bei Huschidh sein, dachte er, wenn sie die Verbindungen zwischen Menschen sieht. Sie hat keinen Grund dafür, doch auch nicht den geringsten Zweifel.

»Wofür hast du gebetet?« fragte Mebbekew.

»Für dich«, erwiderte Nafai.

Unerklärliche Tränen traten in Mebbekews Augen, doch sein Gesicht und seine Stimme weigerten sich, die Gefühle einzugestehen, von denen sie kündeten. »Bete lieber für dich«, sagte Mebbekew, »und für diese Stadt.«

»Und für Vater«, sagte Nafai.

Mebbekews Augen weiteten sich um eine Winzigkeit, doch Nafai wußte, daß er ins Ziel getroffen hatte.

»Tritt beiseite«, sagte eine leise, aber ärgerliche Stimme hinter ihm. Vielleicht einer der Meditierenden. Auf jeden Fall ein Fremder. »Mach dem jungen Mann des mächtigen Gebets Platz.«

Mebbekew trat in den dunklen Schatten des Tempelinneren zurück. Nafai schob sich an ihm vorbei und schloß zu Issib auf, der direkt hinter Meb auf dem Gang gewartet hatte.

»Was hat *Meb* denn hier verloren?« fragte Issib, als sie außer Hörweite waren.

»Vielleicht gibt es einige Dinge, die man nicht tun kann, ohne vorher mit der Überseele gesprochen zu haben«, sagte Nafai.

»Oder er ist vielleicht zum Schluß gekommen, daß es ganz

nützlich ist, sich der Öffentlichkeit als frommer Mann zu präsentieren.« Issib lachte leise. »Schließlich ist er ja *Schauspieler,* und es sieht aus, als hätte ihm jemand ein neues Kostüm gegeben. Ich frage mich nur, was für eine Rolle er spielen soll.«

8

Warnung

Als Nafai und Issib nach Hause kamen, war Truzhnischa noch dort. Sie hatte den ganzen Tag über gekocht und für Nachschub bei den Tiefkühlgerichten gesorgt. Aber es stand keine heiße, frische Mahlzeit auf dem Tisch. Vater duldete nicht, daß seine Haushälterin sein Söhne verwöhnte.

Truzhnischa sah natürlich sofort, wie enttäuscht Nafai war. »Woher sollte ich denn wissen, daß ihr heute zum Abendessen nach Hause kommt?«

»*Manchmal* kommen wir zum Essen.«

»Also nehme ich das Geld eures Vaters und kaufe Lebensmittel und bereite sie so zu, daß ich sie heiß und frisch auf den Tisch bringen kann, und dann kommt niemand nach Hause. Das kommt ziemlich oft vor, und dann kann ich die Mahlzeit wegschmeißen, weil ich die Tiefkühlkost *anders* zubreiten muß.«

»Ja, du kochst alles viel zu lange«, sagte Issib.

»Damit es schön weich für deine schwachen Kiefer ist«, sagte sie.

Issib knurrte sie an – tief in seiner Kehle, wie ein Hund. So spielten sie miteinander. Nur Truzhja konnte ihn aufziehen, indem sie seine Schwäche übertrieb; nur bei Truzhja gab Issib je ein Knurren oder Grunzen von sich, in Verspottung einer Manneskraft, die für ihn unerreichbar bleiben würde.

»Dein tiefgefrorenes Zeug ist ganz in Ordnung«, sagte Nafai.

»Danke«, sagte sie. Ihr übertriebener Tonfall verriet ihm, daß er sie mit seiner Bemerkung beleidigt hatte. Doch er hatte sie ehrlich gemeint, als Kompliment. Warum dachten alle ständig, er wäre sarkastisch oder beleidigend, wenn er doch nur versuchte, nett zu sein? Irgendwann mußte er wirklich einmal lernen, welche Signale andere Leute immer in seinen Ansprachen sahen, so daß sie immer überzeugt waren, er wolle sie beleidigen.

»Dein Vater ist draußen in den Ställen, aber er will mit euch beiden sprechen.«

»Gleichzeitig?« fragte Issib.

»Woher soll ich das denn wissen? Soll ich euch vor seiner Tür in einer Schlange aufstellen?«

»Ja, das solltest du«, sagte Issib und schnappte mit den Kiefern nach ihr, wie ein zubeißender Hund. »Wenn du nicht so eine unwürdige alte Ziege wärest.«

»Ich zeige dir gleich, wer hier unwürdig ist«, sagte sie lachend.

Nafai sah erstaunt, fast ehrfürchtig zu. Issib konnte wirklich beleidigende Dinge sagen, und sie faßte es als Spiel auf. Nafai lobte ihre Kochkünste, und sie sah eine Beleidigung darin. Ich sollte in die Wüste hinausgehen und zu einem Wilden werden, dachte Nafai. Abgesehen davon natürlich, daß nur *Frauen* Wilde werden können und dann sowohl vom Gesetz als auch von den Gebräuchen her vor Schaden geschützt werden. In der Tat wurde eine Wilde in der Wüste besser behandelt als in der Stadt – das Wüstenvolk wagte es nicht, Hand an die heiligen Frauen zu legen, und brachte ihnen sogar Wasser und Nahrung, wenn es sie bemerkte. Doch ein *Mann*, der allein in der Wüste lebte, würde wahrscheinlich innerhalb eines Tages ausgeraubt und ermordet werden. Außerdem, dachte Nafai, habe ich nicht die geringste Ahnung, wie man in der Wüste überleben kann. Vater und Elemak wissen es, aber auch sie wagen es nur, wenn sie viele Vorräte mitnehmen. Ohne Vorräte würden sie in der Wüste genauso schnell sterben wie ich. Der Unterschied ist nur, daß sie *überrascht* wären, daß es mit ihnen zu Ende geht, denn sie *glauben* zu wissen, wie man dort überleben kann.

»Bist du wach, Nafai?« fragte Issib.

»Was? Ja, natürlich.«

»Dann willst du das Essen, das vor dir steht, also als Haustier behalten?«

Nafai sah hinab und stellte fest, daß Truzhja einen vollen Teller vor ihn gestellt hatte. »Danke«, sagte er.

»Wenn ich dir Essen koche, könnte ich es genauso gut auf die Gräber deiner Vorfahren stellen«, sagte Truzhya.

»Sie bedanken sich nicht«, sagte Nafai.

»Oh, er *bedankt* sich«, knurrte sie.

»Was soll ich denn sonst sagen?« fragte Nafai.

»Iß einfach«, sagte Issib.

»Ich will wissen, wieso sie sich darüber aufregt, daß ich mich bedankt habe!«

»Sie hat einen Scherz gemacht«, sagte Issib. »Ein Spielchen. Du hast keinen Sinn für Humor, Njef.«

Nafai nahm einen Bissen und kaute wütend. Also hatte sie einen Scherz gemacht. Woher sollte er das denn wissen?

Das Tor schwang auf. Das Schlurfen von Sandalen, und dann wurde eine Tür geöffnet und sofort wieder geschlossen. Also war es Vater, da er der einzige in der Familie war, der auf sein Zimmer gehen konnte, ohne in Sichtweite der Küchentür zu kommen. Nafai wollte aufstehen und zu ihm gehen.

»Iß erst auf«, sagte Issib. »Er hat nicht gesagt, daß es sich um einen Notfall handelt.«

»Er hat aber auch nicht gesagt, daß es sich um *keinen* handelt«, erwiderte Nafai und verließ die Küche.

»Sag ihm, ich komme gleich!« rief Issib ihm hinterher.

Nafai trat auf den Hof, überquerte ihn vor dem Tor und öffnete die Tür zu Vaters öffentlichem Zimmer. Er war nicht dort. Statt dessen war er in der Bibliothek und hatte auf dem

Computer ein Buch aufgerufen, das Nafai augenblicklich als das Testament der Überseele erkannte, vielleicht die älteste der heiligen Schriften, die aus einer so alten Zeit stammte, daß die Männer und Frauen den Geschichten zufolge damals dieselbe Religion gehabt hatten.

»Sie kommt aus den Schatten des Schlafs zu dir«, las Nafai laut die erste Zeile auf dem Bildschirm vor.

»Sie flüstert dir in die Furcht deines Herzens«, antwortete Vater.

»Im strahlenden Bewußtsein deiner Augen und der dunklen Starre deiner Unwissenheit findet sich ihre Weisheit«, fuhr Nafai fort.

»Nur in ihrem Schweigen bist du allein. Nur in ihrem Schweigen gehst du irre. Nur in ihrem Schweigen solltest du verzweifeln.« Vater seufzte. »Es steht alles hier, nicht wahr, Nafai?«

»Die Überseele ist weder Mann noch Frau«, sagte Nafai.

»Klar, *du* weißt bestimmt, was die Überseele ist.«

Vaters Stimme klang so müde, daß Nafai zum Schluß kam, es lohne sich nicht, heute abend mit ihm über Theologie zu streiten. »Du wolltest mich sehen.«

»Dich *und* Issib.«

»Er wird jeden Augenblick kommen.«

Wie auf ein Stichwort trieb Issib zur Tür hinein, während er noch an einem Käsebrot kaute.

»Danke, daß du Krümel in meine Bibliothek trägst«, sagte Vater.

»Entschuldige«, sagte Issib. Er drehte um und trieb wieder zur Tür hinaus.

»Komm zurück«, sagte Vater. »Die Krümel sind mir egal.«

Issib kam zurück.

»Ganz Basilika spricht über euch beide.«

Nafai warf Issib einen Blick zu. »Wir haben nur etwas in der Bibliothek geforscht.«

»Die Frauen behaupten, daß die Überseele zu keinem mehr spricht, nur noch zu euch.«

»Wir bekommen nicht gerade deutliche Nachrichten von ihr«, sagte Nafai.

»Wir haben sie hauptsächlich mit Beschlag belegt, indem wir ihre Abneigungsreflexe stimulieren«, sagte Issib.

»Ach ja«, entgegnete Vater.

»Aber wir haben damit aufgehört«, sagte Issib. »Deshalb sind wir nach Hause gekommen.«

»Wir wollen uns nicht einmischen«, sagte Nafai.

»Aber Nafai hat auf dem Nachhauseweg gebetet«, sagte Issib. »Das war ziemlich beeindruckend.«

Vater seufzte. »Ach, Nafai, wenn du je etwas von mir gelernt haben solltest, dann doch, daß es nichts mit einem Gebet an die Überseele zu tun hat, wenn man auf sich einsticht und alles mit Blut versaut.«

»Genau«, sagte Nafai. »Das habe ich von einem Mann gelernt, der plötzlich mit einer Vision von Feuer auf einem Felsen nach Hause kommt. Ich dachte, er hätte seine Meinung geändert.«

»Ich bekam meine Vision, ohne zu bluten«, sagte Vater. »Aber deshalb wollte ich euch nicht sprechen. Ich habe gehofft, ihr beide hättet irgend etwas von der Überseele empfangen, das mir helfen könnte.«

Nafai schüttelte den Kopf.

»Nein«, sagte Issib. »Hauptsächlich haben wir von der Überseele diese Gedankenstarre bekommen. Sie wollte damit verhindern, daß wir verbotene Gedanken denken.«

»Nun, damit hätte sich das erledigt«, sagte Vater. »Ich bin auf mich selbst angewiesen.«

»Wobei?« fragte Issib.

»Gaballufix hat mir heute über Elemak eine Nachricht zukommen lassen. Anscheinend ist Gaballufix genauso unzufrieden wie ich darüber, wie es heutzutage um Basilika steht. Hätte er gewußt, daß die Sache mit den Kriegswagen zu so einer großen Kontroverse führen wird, hätte er niemals damit angefangen. Er hat mich gebeten, ein Treffen zwischen ihm und Roptat zu arrangieren. Gaballufix sucht jetzt nur noch eine Möglichkeit, einen Rückzieher zu machen, ohne das Gesicht zu verlieren – und dazu, sagt er, müßte Roptat ebenfalls einen Rückzieher machen, so daß wir uns mit gar keiner anderen Macht verbünden.«

»Also hast du ein Treffen mit Roptat arrangiert?«

»Ja«, sagte Vater. »Im Morgengrauen, am Kühlhaus östlich vom Markttor.«

»Es klingt ganz danach«, sagte Nafai, »als habe sich Gaballufix der Meinung der Stadt-Partei angeschlossen.«

»So *klingt* es«, sagte Vater.

»Aber du glaubst ihm nicht«, sagte Issib.

»Ich weiß es nicht«, sagte Vater. »Sein Sinneswandel zeugt von Intelligenz und Vernunft. Doch wann war Gaballufix jemals intelligent oder vernünftig? In all den Jahren, die ich ihn kenne, selbst, als er noch ein junger Mann war, noch bevor er die Führung über den Klan an sich gerissen hatte, hat er nie etwas getan, das ihm nicht einen Vorteil über andere Leute verschaffte. Es gibt immer zwei Möglichkeiten, das zu vollbringen – indem man sich selbst aufbaut und seine Rivalen stürzt. In all diesen Jahren hat Gaballufix immer eine Vorliebe für das letztere gehabt.«

»Du glaubst also, er benutzt dich«, sagte Nafai, »um an Roptat heranzukommen.«

»Irgendwie will er Roptat betrügen und vernichten«, sagte Vater. »Und schließlich werde ich Rückschau halten und begreifen, wie er mich zu diesem Zweck benutzt hat. Ich habe das schon einmal erlebt.«

»Warum hilfst du ihm also?« fragte Issib.

»Weil es eine Chance gibt, nicht wahr? Eine Chance, daß er es ehrlich meint. Wenn ich mich weigere, zwischen ihnen zu vermitteln, ist es *meine* Schuld, wenn die Zustände in Basilika noch schlimmer werden, als sie es schon sind. Also muß ich sein Wort doch für bare Münze nehmen, oder?«

»Du kannst nur dein Bestes geben«, sagte Nafai, womit er einen Satz zitierte, den Vater schon in vielen vorhergehenden Gesprächen benutzt hatte.

»Halte die Augen auf«, sagte Issib und benutzte damit ein weiteres Epigramm Vaters.

»Ja«, sagte Vater. »Das werde ich.«

Issib nickte weise.

»Vater«, sagte Nafai, »darf ich dich morgen früh begleiten?«

Vater schüttelte den Kopf.

»Ich will es aber. Und vielleicht bemerke ich etwas, das du übersiehst. Wenn du zum Beispiel mit den Leuten sprichst, kann ich sie im Auge behalten und ihre Reaktionen beobachten. Ich könnte dir wirklich helfen.«

»Nein«, sagte Vater. »Wenn ich nicht allein komme, bin ich kein glaubwürdiger Vermittler.«

Aber Nafai wußte, daß dies nicht stimmte. »Ich glaube, du befürchtest, daß etwas Häßliches geschehen wirst, und willst mich nicht dabei haben.«

Vater zuckte mit den Achseln. »Ich habe meine Befürchtungen. Schließlich bin ich dein *Vater.*«

»Aber ich habe keine Angst, Vater.«

»Dann bist du anscheinend dummer, als ich es befürchtet habe«, sagte Vater. »Und jetzt geht zu Bett, alle beide.«

»Dafür ist es noch viel zu früh«, sagte Issib.

»Dann geht eben *nicht* zu Bett.«

Vater wandte sich von ihnen ab und richtete seine Aufmerksamkeit wieder auf den Computer.

Das war ein klares Zeichen, daß sie entlassen waren, doch Nafai mußte unbedingt noch eine Frage stellen. »Wie willst du hoffen, Vater, in den uralten, toten Worten der Überseele einen Hinweis zu finden, wenn sie nicht einmal direkt mit dir spricht?«

Vater seufzte und sagte nichts.

»Komm, Nafai«, sagte Issib, »laß Vater in Ruhe nachdenken.«

Nafai folgte Issib aus der Bibliothek. »Warum will einfach niemand meine Fragen beantworten?«

»Weil du nie aufhörst, sie zu stellen«, sagte Issib, »und

besonders, weil du sie selbst dann noch stellst, wenn längst klar ist, daß niemand die Antworten kennt.«

»Aber woher soll ich wissen, daß sie die Antworten nicht kennen, wenn ich nicht frage?«

»Geh auf dein Zimmer und gib dich schmutzigen Gedanken hin«, sagte Issib. »Warum kannst du dich einfach nicht wie ein normaler Vierzehnjähriger benehmen?«

»Genau«, sagte Nafai. »Als wäre ich der einzige Normale in der Familie.«

»Jemand muß es doch sein.«

»Was glaubst du, weshalb war Meb wohl im Tempel?«

»Um dafür zu beten, daß du jedesmal, wenn du eine Frage stellst, eine Hämorrhoide bekommst.«

»Nein, deshalb warst *du* im Tempel. Kannst du dir vorstellen, daß Meb betet?«

»Und seinen wunderschönen Körper verletzt?« Issib lachte.

Sie waren auf dem Hof, vor Issibs Zimmer. Sie hörten einen Schritt, drehten sich um und sahen Mebbekew, der in der Küchentür stand. Die Küche war dunkel gewesen; sie hatten angenommen, daß Truzhnischa nach Hause gegangen und niemand mehr dort war. Meb mußte ihr gesamtes Gespräch mitbekommen haben.

Nafai fiel nichts ein, was er sagen konnte. Natürlich hieß das nicht, daß er seine Zunge im Zaum hielt. »Du bist anscheinend nicht lange im Tempel geblieben, Meb?«

»Nein«, sagte Meb. »Aber ich *habe* gebetet, falls dich das überhaupt etwas angeht.«

Nafai schämte sich. »Es tut mir leid.«

Issib schämte sich nicht. »Ach, hör doch auf«, sagte er. »Zeig mir mal eine Narbe.«

»Zuerst muß ich dich etwas fragen, Issja«, sagte Meb.

»Klar«, sagte Issib.

»Hast du einen Schweber an deinem Pimmel kleben, damit er ihn hochhält, wenn du pinkelst? Oder läßt du es einfach wie ein Mädchen hinabtropfen?«

Es war zu dunkel, als daß Nafai sehen konnte, ob Issib errötete oder nicht. Er konnte nur mit Sicherheit sagen, daß Issib schweigend vom Hof zu seinem Zimmer glitt.

»Das war mutig«, sagte Nafai. »Einen Krüppel zu verspotten.«

»Er hat mich einen Lügner genannt«, sagte Meb. »Soll ich ihn dafür küssen?«

»Er hat einen Scherz gemacht.«

»Es war nicht lustig.«

Nafai ging auf sein Zimmer, doch er hatte noch keine Lust, zu Bett zu gehen. Er war verschwitzt, obwohl die Nacht ziemlich kühl war. Seine Haut juckte. Das mußten die Überreste des Bluts und der Desinfektionsmittel aus dem Tempelbrunnen sein. Nafai konnte der Vorstellung nichts abgewinnen, seine Verletzungen mit Seife in Berührung zu bringen, doch das schleimige Jucken wurde immer unerträglicher. Also zog er sich aus und ging zur Dusche. Diesmal spülte er sich erst ab; das Wasser war entsetzlich kalt, obwohl die Sonne es den ganzen Tag über erwärmt hatte. Und es brannte fürchterlich, als er sich einseifte – vielleicht war der Schmerz schlimmer als in dem Augenblick, da er sich die Wunden beigebracht hatte, obwohl er wußte, daß dies wahrscheinlich eine subjektive Wahrnehmung war. Der Schmerz des Augenblicks ist immer der schlimmste, hatte Vater oft gesagt.

Als er sich in elendiger, dunkler Stille einseifte, sah er, daß Elemak hereinkam. Er ging direkt zu Vaters Zimmern und kehrte kurz darauf wieder zurück, um das Tor abzuschließen. Und nicht nur das äußere Tor, auch das innere. Das war ziemlich ungewöhnlich; Nafai konnte sich nicht daran erinnern, wann er das Innentor zum letzten Mal abgeschlossen vorgefunden hatte. Vielleicht einmal bei einem Sturm. Oder, als sie einen Hund dressierten und ihn des Nachts zwischen den Toren schlafen ließen. Aber jetzt gab es weder einen Sturm, noch hatten sie einen neuen Hund.

Elemak ging auf sein Zimmer. Nafai zog die Schnur und

lieferte sich wieder dem eiskalten Wasser aus, rieb über seine Wunden, um die Seife herunterzubekommen, bevor der Fluß des Wassers versiegte. Verflucht sei Vater wegen seiner absurden Sturheit, seine Söhne unbedingt abhärten und Männer aus ihnen machen zu wollen! Nur die Armen mußten mit so kaltem Wasser duschen!

Diesmal waren zwei Duschgänge nötig, und er wartete lange in dem kalten Wind, bis sich der Duschtank wieder gefüllt hatte. Als Nafai schließlich zurück auf seinem Zimmer war, schnatterte und zitterte er vor Kälte, und selbst, als er sich noch einmal abgerieben und angezogen hatte, wurde ihm nicht warm. Fast hätte er die Zimmertür geschlossen, woraufhin die Heizung angesprungen wäre – aber er und seine Brüder machten immer einen Wettstreit daraus, wer im Winter als letzter die Zimmertür schloß, und er hatte nicht vor, diese Schlacht heute zu verlieren und damit einzugestehen, daß ein kleines Gebet ihn so sehr geschwächt hatte. Statt dessen zog er all seine Kleiderstücke aus der Truhe, legte sie auf die Matte und kroch darunter.

Natürlich gab es für ihn keine bequeme Schlafposition, doch wenn er sich auf die Seite legte, hatte er die geringsten Schmerzen. Zorn und Schmerzen und Sorgen verhinderten, daß er sofort einschlafen konnte; er hatte den Eindruck, überhaupt keinen Schlaf zu bekommen, während er den leisen Geräuschen der anderen lauschte, die zu Bett gingen, und dann der endlosen Stille des nächtlichen Hofs. Dann und wann vernahm er den Schrei eines Vogels, das Bellen eines verwilderten Hundes in den Hügeln oder ein leises, ruheloses Geräusch der Pferde im Stall oder der Packtiere in den Scheunen.

Und dann mußte er doch eingeschlafen sein; wie sonst hätte er so plötzlich und verwirrt aufwachen können? Hatte ihn ein Geräusch geweckt? Oder ein Traum? Was hatte er überhaupt geträumt? Er zitterte, aber nicht vor Kälte – er schwitzte sogar stark unter seinem Kleiderstapel.

Er stand auf und warf die Kleidung in die Truhe zurück. Er

versuchte, möglichst leise zu sein, als er sie öffnete und wieder schloß – er wollte niemanden aufwecken. Jede Bewegung verursachte ihm Schmerzen. Er begriff, daß er Fieber haben mußte – seine Muskeln waren ganz steif, und er war unter der Kleidung ganz heiß. Und doch schienen seine Gedanken – und auch seine Sinne – bemerkenswert klar zu sein. Wenn dies ein Fieber war, war es ein sehr seltsames, denn er hatte sich noch nie so wach und lebendig gefühlt. Trotz der Schmerzen hatte er den Eindruck, es hören zu können, wenn im Stall eine Maus über einen Balken lief.

Er ging auf den Hof und blieb dort stumm stehen. Der Mond war noch nicht aufgegangen, doch die klare Nacht wurde von vielen hellen Sternen erhellt. Das Tor war noch immer abgeschlossen. Doch warum hatte er sich Gedanken darüber gemacht? Wovor hatte er Angst? Was hatte er in seinem Traum gesehen?

Die Türen von Mebs und Eljas Zimmern waren geschlossen. Das ist doch ein Witz – ich liege verletzt und wund da und lasse meine Tür offen, während die beiden ihre Türen wie kleine Kinder schließen.

Oder vielleicht machen sich nur kleine Kinder Gedanken um einen so bedeutungslosen Wettstreit der Männlichkeit.

Draußen war es kälter denn je, und nun hatte sich die fieberhafte Hitze abgekühlt, die ihn aus dem Bett getrieben hatte. Doch er kehrte noch nicht auf sein Zimmer zurück, obwohl er es eigentlich wollte. Statt dessen dämmerte ihm endlich, daß er sich schon mehrere Male entschlossen hatte, auf sein Zimmer zurückzukehren, und jedesmal waren seine Gedanken abgeschweift, und er hatte keinen einzigen Schritt getan.

Die Überseele, dachte er. Die Überseele will, daß ich wach bleibe. Vielleicht will sie, daß ich etwas tue. Aber was?

Zu diesem Zeitpunkt des Monats bedeutete die Tatsache, daß der Mond noch nicht aufgegangen war, daß noch drei Stunden bis zum Sonnenaufgang vergehen würden. Also zwei Stunden, bevor Vater aufstehen und sich zu seinem

Treffen am Kühlhaus einfinden mußte, wo die Pflanzen aus dem eisigen Norden gepflegt und gezogen wurden.

Warum fand das Treffen *dort* statt?

Nafai verspürte den unerklärlichen Drang, hinauszugehen und in nördöstliche Richtung über das Tsivet-Tal zu den hohen Hügeln auf der anderen Seite zu schauen, wo das Musiktor die südöstliche Begrenzung Basilikas darstellte. Es war lächerlich, und das Geräusch, das entstand, wenn er die Tore öffnete, würde vielleicht jemanden wecken. Doch mittlerweile wußte Nafai, daß die Überseele sich diese Nacht mit ihm in Verbindung gesetzt hatte, daß sie versuchte, ihn davon abzuhalten, wieder zu Bett zu gehen; konnte dieser Drang, hinaus zu gehen, nicht auch von der Überseele kommen? Hatte Nafai heute nicht gebetet – konnte das nicht eine Antwort sein? War es nicht möglich, daß dieser Drang, nach draußen zu gehen, mit dem Drang vergleichbar war, den Vater verspürt, der ihn von der Wüstenstraße zu der Stelle gelockt hatte, von der aus er die Feuervision sehen konnte?

War es möglich, daß auch Nafai eine Vision der Überseele erhalten würde?

Er ging geschmeidig und leise zum Tor und hob den schweren Riegel. Keine Geräusche; seine Sinne und Reflexe waren so wach und lebendig, daß er sich mit perfekter Stille bewegen konnte. Das Tor quietschte leise, als er es öffnete – aber er mußte es nur so weit öffnen, daß er hindurchschlüpfen konnte.

Das äußere Tor wurde öfter geöffnet und geschlossen, und so ließ es sich leichter und leiser bewegen. Nafai trat in dem Augenblick hinaus, in dem sich der Mond als Bogen über den Gipfeln der Seggidugu-Berge im Osten zeigte. Er wollte um das Haus herumgehen, bis er das Kühlhaus sehen konnte, doch bevor er auch nur ein paar Schritte getan hatte, hörte er ein Geräusch aus dem Zimmer der Reisenden.

Wie es in allen Haushalten in diesem Teil der Welt Brauch war, verfügte jedes Haus über ein Zimmer, dessen Tür sich nach draußen öffnete und niemals abgeschlossen war – ein anständiges Zimmer, in dem ein Reisender Zuflucht vor einem Sturm oder der Kälte oder Erschöpfung suchen konnte. Vater nahm die Verpflichtung, Fremden Gastfreundschaft zu erweisen, ernster als die meisten, und bot ihnen nicht nur ein Zimmer, sondern auch ein Bett und sauberes Leinen und einen Schrank mit Reiseproviant. Nafai wußte nicht genau, welcher Bedienstete die Verantwortung für diesen Raum hatte, er hatte jedoch mitbekommen, daß das Zimmer oft benutzt wurde und die Vorräte oft ergänzt werden mußten. Also hätte ihn die Vorstellung, es könne sich jemand darin aufhalten, nicht überraschen dürfen.

Und doch wußte er, daß er an der Tür stehenbleiben und hineinspähen mußte.

Durch den Türspalt fiel schwaches Licht in das Zimmer der Reisenden. Nafai öffnete die Tür etwas weiter, das Licht fiel auf das Bett, und er sah in die weit aufgerissenen Augen ... Luets.

»Du«, flüsterte er.

»Du«, erwiderte sie. Sie klang erleichtert.

»Was hast du hier zu suchen?« fragte er. »Wer ist bei dir?«

»Ich bin allein«, sagte sie. »Ich wußte nicht genau, zu wem ich kam. Zu wessen Haus. Ich war nie zuvor außerhalb der Stadtmauern.«

»Wann bis du hier angekommen?«

»Vor ein paar Momenten. Die Überseele hat mich geführt.«

Natürlich. »Weshalb?«

»Ich weiß es nicht«, sagte sie. »Damit ich von meinem Traum erzähle, glaube ich. Ich bin wegen eines Traums wach geworden.«

Nafai dachte an seinen eigenen Traum, an den er sich nicht erinnern konnte.

»Ich war so ... froh«, sagte sie. »Daß sich die Überseele wieder gemeldet hat. Aber der Traum war schrecklich.«

»Was war das für ein Traum?«

»Bist du es, dem ich ihn erzählen soll?« fragte sie.

»Woher soll ich das wissen?« erwiderte er. »Aber ich bin hier.«

»Hat die Überseele dich hierher geführt?«

Nachdem sie ihm die Frage so direkt gestellt hatte, konnte er ihr nicht ausweichen. »Ja«, sagte er. »Ich glaube schon.«

Sie nickte. »Dann erzähle ich ihn dir. Es ergibt schon Sinn, daß es sich um deine Familie handelt. Denn es gibt so viele Menschen, die deinen Vater wegen seiner Vision hassen und wegen seines Muts, sie zu verkünden.«

»Ja«, sagte er, und dann, als Stichwort: »Der Traum.«

»Ich sah einen Mann, der allein und zu Fuß unterwegs war und schnurstracks geradeaus ging. Er ging durch Schnee. Doch ich wußte, daß es diese Nacht war, obwohl keine einzige Schneeflocke auf dem Boden liegt. Verstehst du, wie ich etwas wissen kann, obwohl es sich von dem unterscheidet, was mir der Traum eigentlich zeigt?«

Nafai erinnerte sich an das Gespräch im Säulengang vor einer Woche und nickte.

»Es hat also geschneit, und doch war es diese Nacht. Der Mond war aufgegangen, ich wußte, daß es bald dämmern würde. Und als der Mann durch den Schnee ging, sprangen zwei Männer, die Masken trugen, vor ihm auf die Straße. Sie hielten Messer in den Händen. Der Mann schien sie trotz der Masken zu erkennen. ›Hier ist meine Kehle‹, sagte er. ›Ich trage keine Waffen. Ihr hättet mich jederzeit töten können, auch, als ich wußte, daß ihr meine Feinde seid. Warum mußtet ihr mir erst einreden, ich könnte euch vertrauen? Hattet ihr Angst, daß der Tod mir nicht genug ausmacht, wenn ich nicht mit dem Gefühl sterbe, verraten worden zu sein?‹«

Nafai hatte bereits den Zusammenhang zwischen Luets Traum und Vaters Treffen erkannt, das in wenigen Stunden bevorstand. »Gaballufix«, sagte er.

Luet nickte. »*Jetzt* verstehe ich es – aber erst, nachdem ich wußte, daß ich mich im Haus deines Vaters befinde.«

»Nein – Gaballufix hat Vater gebeten, heute morgen ein Treffen zwischen ihm und Roptat zu arrangieren, am Kühlhaus.«

»Der Schnee«, sagte sie.

»Ja«, sagte er, »in den Ecken liegt immer Reif.«

»Und Roptat«, flüsterte sie. »Das erklärt ... den nächsten Teil des Traums.«

»Erzähle ihn mir.«

»Ein Kapuzenträger griff nach der Maske seines Gefährten und enthüllte dessen Gesicht. Einen Augenblick lang glaubte ich, ein Grinsen auf seinen Zügen zu sehen, doch dann wurde meine Vision deutlicher, und ich begriff, daß das Grinsen nicht auf seinem Gesicht lag. Es war seine Kehle, die bis zur Wirbelsäule aufgeschlitzt war. Während ich ihn beobachtete, schaukelte sein Kopf hin und her, und die Wunde in seiner Kehle öffnete sich vollständig, als wäre sie ein Mund, der zu schreien versuchte. Und der Mann ... derjenige, der ich in dem Traum war ...«

»Ich verstehe«, sagte Nafai. »Vater.«

»Ja. Nur wußte ich das noch nicht.«

»Genau«, entgegnete Nafai ungeduldig.

»Dein Vater, *falls* es dein Vater war, sagte: ›Ich nehme an, es wird heißen, ich hätte ihn umgebracht.‹ Und der Mann mit der Kapuze sagte: ›Und du hast ihn in Wahrheit auch umgebracht, mein lieber Verwandter.‹«

»Das sieht ihm ganz ähnlich«, sagte Nafai. »Also soll auch Roptat sterben.«

»Ich bin noch nicht fertig«, sagte Luet. »Oder besser, der Traum war noch nicht zu Ende. Denn der Mann – dein Vater – sagte: ›Und wer soll denn angeblich *mich* umgebracht haben?‹ Und der Mann mit der Kapuze sagte: ›*Ich* nicht. Ich würde niemals eine Hand gegen dich heben, denn ich liebe dich sehr. Ich werde nur deine Leiche finden, und die Mörder, die mit blutverschmierten Händen über ihr stehen.‹ Dann lachte er und verschwand wieder in den Schatten.«

»Also tötet *er* Vater nicht.«

»Nein. Dein Vater drehte sich dann um und sah zwei andere Männer mit Kapuzen hinter ihm stehen. Und obwohl sie nicht sprachen oder die Kapuzen hoben, kannte er sie. Ich spürte eine schreckliche Trauer. ›Du konntest nicht warten‹, sagte er zu dem einen. ›Du konntest mir nicht verzeihen‹, sagte er zu dem anderen. Und dann stachen sie mit ihren Klingen zu und brachten ihn um.«

»Bei der Überseele, nein«, sagte Nafai. »Das würden sie nicht tun.«

»Wer? Kennst du sie?«

»Erzähle niemandem den letzten Teil deines Traums«, sagte Nafai. »Schwöre es mir mit deinem heiligsten Eid.«

»Das werde ich nicht tun«, sagte sie.

»Meine Brüder sind heute abend zu Hause«, sagte Nafai. »Sie liegen nicht im Hinterhalt, um Vater aufzulauern.«

»Dann sind sie die Maskierten? Deine Brüder?«

»Nein!« sagte er. »Niemals.«

Sie nickte. »Ich werde dir keinen Eid leisten, nur mein Versprechen geben. Wenn ich deinen Vater vor dem Tod gerettet habe, indem ich hierher gekommen bin, werde ich niemandem sonst diesen Teil des Traums erzählen.«

»Nicht einmal Huschidh«, sagte er.

»Aber ich werde dir noch ein Versprechen geben«, sagte sie. »Wenn dein Vater stirbt, weiß ich, daß du ihn nicht gewarnt hast. Und daß *du* zu den Maskierten im Traum gehörst – denn wenn du den Plan kennst und ihn nicht warnst, könntest du genausogut selbst mit einer Elektroklinge zustechen.«

»Glaubst du, das wüßte ich nicht?« sagte Nafai. Er war einen Augenblick lang darüber wütend, daß sie glaubte, sie müsse ihm die Probleme dieser Situation erklären. Doch dann glitten seine Gedanken weiter, denn Luets Warnung erklärte auch einige andere Vorfälle des gestrigen Tages. »Deshalb ging Meb beten«, sagte Nafai, »und deshalb hat Elja das innere Tor abgeschlossen. Sie haben etwas gewußt oder vermutet und hatten trotzdem Angst, es ihm zu sagen. Darin liegt die Bedeutung des Traums – nicht, daß sie jemals die Hand gegen Vater erheben werden, sondern daß sie es gewußt und ihn trotzdem nicht gewarnt haben.«

Sie nickte. »So ist es oftmals mit Träumen«, sagte sie. »Das könnte eine wahre Bedeutung sein, und mein Kopf wird auch nicht leer, wenn ich diesen Gedanken denke.«

»Vielleicht weiß es die Überseele selbst nicht.«

Sie griff nach seiner Hand und tätschelte sie. Er kam sich vor wie ein Kind, obwohl sie jünger und viel kleiner als er war. Er verabscheute sie dafür.

»Die Überseele weiß es«, sagte sie.

»Nicht alles«, sagte er.

»Alles, was man wissen *kann*«, sagte sie und ging zur Tür des Zimmers der Reisenden. »Erzähle niemandem, daß ich hier war«, sagte sie.

»Bis auf Vater«, sagte er.

»Kannst du nicht behaupten, *du* hättest diesen Traum gehabt?«

»Warum?« fragte Nafai. »*Deinem* Traum würde er glauben. Meiner würde ... ihm nichts bedeuten.«

»Du unterschätzt deinen Vater. Und auch die Überseele, glaube ich. Und dich selbst.« Sie trat auf den vom Mondlicht erhellten Hof vor dem Haus und wollte sich nach rechts wenden, zur Kammstraße.

»Nein«, flüsterte er und ergriff ihren Arm. Sie war wirklich klein und zerbrechlich, ein so junges Mädchen mit so zarten Knochen. »Gehe nicht am Tor vorbei.«

Sie bedachte ihn mit einem fragenden Blick aus ihren weit geöffneten Augen, in denen sich der Mond spiegelte.

»Vielleicht mache ich jemanden wach, wenn ich es öffne«, erklärte er.

Sie nickte. »Ich gehe um das Haus herum.«

»Luet«, sagte er.

»Ja?«

»Wird dir auch nichts passieren, wenn du jetzt nach Hause gehst?«

»Der Mond ist aufgegangen«, sagte sie. »Und der Wachtposten am Rauchfang-Tor wird mir keine Schwierigkeiten machen. Die Überseele hat ihn einschlafen lassen, als ich die Stadt verließ.«

»Luet«, sagte er und rief sie erneut zurück.

Erneut blieb sie stehen und wartete auf seine Worte.

»Danke«, sagte er. Die Worte waren nichts im Vergleich zu dem, was er in seinem Herzen empfand. Sie hatte seinem Vater das Leben gerettet – und es war mutig von einem Mädchen, das noch nie die Stadt verlassen hatte, den ganzen Weg hierher im Sternenlicht zurückzulegen, nur von einem Traum geleitet.

Sie zuckte mit den Schultern. »Die Überseele hat mich geschickt. Danke *ihr.*« Dann war sie fort.

Nafai kehrte zum Tor zurück, und diesmal machte er absichtlich Lärm, als er es öffnete und wieder schloß. Er wollte nicht, daß seine Rückkehr überraschend kam, falls einer seiner Brüder lauschte oder ihn beobachtete. Soll er mich doch hören und auf sein Zimmer zurückkehren, bevor ich das innere Tor erreicht habe.

Wie er gehofft hatte, war der Hof leer, als er ihn betrat. Er ging direkt zu Vater, durch den öffentlichen Raum und die Bibliothek zu dem Privatzimmer, in dem er allein schlief. Dort lag er auf dem kahlen Boden, ohne irgendeine Matte; sein weißer Bart ergoß sich auf den Stein. Nafai blieb einen Augenblick lang stehen und stellte sich vor, er läge mit aufgeschnittener Kehle dort und der Bart wäre vom Blutstrom rötlich braun gefärbt.

Dann bemerkte er, daß Vaters Augen glänzten. Er war wach.

»Bist du derjenige?« flüsterte Vater.

»Was meinst du?«

Vater setzte sich langsam und müde auf. »Ich habe einen Traum gehabt. Es war nichts – nur meine Furcht.«

»Noch jemand hat diese Nacht einen Traum gehabt«, sagte Nafai. »Ich habe gerade im Raum der Reisenden mit ihr gesprochen. Aber es ist besser, wenn du niemandem erzählst, daß sie hier war.«

»Wer?«

»Luet«, sagte er. »Und ihr Traum soll dich vor dem Treffen

heute morgen warnen. Wenn du gehst, wartet ein Mord auf dich.«

Vater sprang auf und schaltete das Licht ein. Nafai blinzelte in der plötzlichen Helligkeit. »Dann war es doch nicht einfach nur ein Traum.«

»Ich glaube allmählich, daß es überhaupt keine bedeutungslosen Träume gibt«, sagte Nafai. »Ich habe auch geträumt und bin dadurch wach geworden, und die Überseele hat mich hinausgeführt, damit ich mit ihr spreche.«

»Ein Mord wartet auf mich. Den Rest kann ich mir zusammenreimen. Er wird auch Roptat ermorden und es so hinstellen, als hätte einer von uns den anderen umgebracht, und dann noch ein anderer den Mörder, und erst dann wird Gaballufix eintreffen, wahrscheinlich mit mehreren glaubwürdigen Zeugen, die schwören können, daß die Morde geschahen, bevor Gabja an Ort und Stelle war. Sie werden erzählen, wie sehr ihn der blutige Anblick entsetzt hat. Warum habe ich es nicht selbst gesehen? Warum sonst wollte er mich und Roptat zur selben Zeit an denselben Ort locken, ohne Gefolgsleute oder Zeugen?«

»Also wirst du nicht gehen«, sagte Nafai.

»Doch«, sagte Vater. »Doch, ich gehe.«

»Nein!«

»Aber nicht zum Kühlhaus«, sagte Vater. »Denn *mein* Traum hat mir etwas anderes gezeigt.«

»Was?«

»Zelte«, sagte er. »Meine Zelte, aufgestellt unter der Wüstensonne. Falls wir bleiben, wird Gaballufix es erneut versuchen, auf irgendeine andere Art. Und – es gibt noch andere Gründe, wieso wir gehen müssen. Ich muß meine Söhne aus dieser Stadt bringen, bevor sie sie vernichtet.«

Nun wußte Nafai, daß Vaters Traum wirklich schrecklich gewesen sein mußte. Hatte er ihm gezeigt, daß einer seiner Söhne ihn töten würde? Das würde Vaters erste Worte erklären – bist du derjenige?

»Also gehen wir in die Wüste?«

»Ja«, sagte Vater.

»Wann?«

»Jetzt, natürlich.«

»Jetzt? Heute?«

»Jetzt. Diese Nacht. Vor dem Morgengrauen. Damit wir über dem Kamm sind, bevor seine Männer uns sehen können.«

»Aber kommen wir dann nicht direkt an Gaballufix' Haushalt vorbei, wo der Gewundene Pfad auf die Wüstenstraße stößt?«

»Es gibt einen anderen Weg«, sagte Vater. »Nicht der beste für Kamele, aber wir müssen es schaffen. Über ihn kommen wir ein gutes Stück hinter Gabjas Haus auf die Wüstenstraße. Jetzt komm, hilf mir, deine Brüder zu wecken.«

»Nein«, sagte Nafai.

Vater drehte sich zu ihm um, und die Verwirrung ließ ihn zögern, seiner Wut über den Ungehorsam Ausdruck zu verleihen.

»Luet hat verlangt ... daß niemand erfährt, daß sie uns gewarnt hat. Und sie hat recht. Sie sollten auch nichts von mir wissen. Es kann doch *dein* Traum gewesen sein.«

»Warum?« fragte Vater. »Wenn die Überseele in dieser Nacht drei Menschen berührt hat ...«

»Wenn es dein Traum war, werden sie sich fragen, was du gesehen hast, was du weißt. Aber wenn es die Träume anderer waren, werden sie vermuten, daß wir dich täuschen und manipulieren. Sie werden streiten. Sie werden sich sträuben. Und du willst sie doch mitnehmen, Vater.«

Vater nickte. »Du bist sehr klug«, sagte er. »Für einen Jungen von vierzehn Jahren.«

Doch Nafai wußte, daß er nicht klug war. Er hatte einfach den Vorteil, den Rest von Luets Traum zu kennen. Falls Meb und Elja zurückblieben, würden sie vollständig von Gaballufix' Maschinerie verschluckt werden. Sie würden jeden Anstand verlieren, der ihnen noch geblieben war. Und es mußte noch etwas Gutes in ihnen sein. Vielleicht hatten sie sogar vorgehabt, Vater zu warnen. Vielleicht hatte Elja das Innentor geschlossen, damit er von dem Geräusch geweckt wurde, das Vater beim Aufbruch machte – dann konnte er Vater immer noch warnen, nicht zu gehen!

Oder vielleicht wollte er Vater auch nur folgen, damit er direkt hinter ihm stehen konnte, wenn er im Kühlhaus Roptats gemeuchelten Körper fand.

Nein! rief Nafai innerlich. Nicht Elemak. Es ist gemein von mir, auch nur zu denken, daß er dazu imstande sein könnte. Meine Brüder sind keine Mörder, keiner von ihnen.

»Geh auf dein Zimmer«, sagte Vater. »Oder noch besser auf die Toilette. Und dann komme heraus und und leiste stummen Gehorsam. Nicht mir – Elja gegenüber. Er weiß, wie man für so eine Reise packen muß.«

»Ja, Vater«, sagte Nafai.

Augenblicklich verließ er Vaters Zimmer, ging durch die Bibliothek und den öffentlichen Raum auf den Hof. Elemaks und Mebbekews Türen waren noch geschlossen. Nafai lief zur Latrine, die nur von zwei Mauern umsäumt und zum Hof hin offen war. Er hatte sie gerade erreicht, als er hörte, daß Vater an Mebbekews Tür klopfte. »Wach auf, aber sei leise«, sagte Vater. Dann klopfte er gegen Elemaks Tür. »Kommt auf den Hof.«

Er hörte, daß alle herauskamen – auch Issib, obwohl ihn niemand eigens gerufen hatte.

»Wo ist Njef?« fragte Issib.

»Auf der Latrine«, sagte Vater.

»*Das* ist eine gute Idee«, sagte Meb.

»Du mußt noch einen Augenblick warten«, sagte Vater.

Nafai verließ den Verschlag, und die Toilette spülte automatisch ab. Zumindest verlangte Vater von ihnen nicht, in *völliger* Primitivität zu leben.

»Tut mir leid«, sagte Nafai. »Ich wollte dich nicht warten lassen.« Meb funkelte ihn an, aber zu schläfrig, als daß Nafai es als Androhung einer bevorstehenden Prügelei aufgefaßt hätte.

»Wir brechen auf«, sagte Vater. »In die Wüste.«

»Wir alle?« fragte Issib.

»Es tut mir leid, ja«, sagte Vater. »Du mußt deinen Stuhl nehmen. Ich weiß, es ist nicht dasselbe wie die Schweber, aber besser als nichts.«

»Warum?« fragte Elemak.

»Die Überseele hat mich mit einem Traum gewarnt«, sagte Vater.

Meb machte ein verächtliches Geräusch und schickte sich an, auf sein Zimmer zurückzukehren.

»Du bleibst hier und hörst mir zu«, sagte Vater, »denn wenn du nicht mitkommst, wirst du nicht mehr mein Sohn sein.«

Meb blieb stehen und hörte zu, wenngleich er Vater noch den Rücken zuwandte.

»Man hat vor, mich zu töten«, sagte Vater. »Heute morgen. Ich soll zu einem Treffen mit Gaballufix und Roptat kommen, und dort soll ich sterben.«

»Gabja gab mir sein Wort«, sagte Elemak, »daß niemandem etwas geschieht.«

Sieh an, jetzt nannte Elemak Gaballufix schon bei seinem Jungennamen.

»Die Überseele kennt sein Herz besser als sein eigener Mund«, sagte Vater. »Wenn ich gehe, werde ich sterben. Und selbst, wenn ich nicht heute sterbe, wird es nur eine Frage der Zeit sein. Nun, da Gaballufix sich entschlossen hat, mich zu töten, ist mein Leben hier verwirkt. Ich würde in der Stadt bleiben, wenn ich der Ansicht wäre, daß mein Tod irgendeinen Sinn hat – ich fürchte mich nicht davor. Doch die Überseele hat mir aufgetragen, in die Wüste zu gehen.«

»In einem Traum«, sagte Elemak.

»Ich brauche keinen Traum, um zu wissen, daß Gaballufix gefährlich ist, wenn man seine Pläne durchkreuzt«, sagte Vater, »und du auch nicht. Man kann unmöglich sagen, was Gaballufix tun wird, wenn ich heute morgen nicht zum

Kühlhaus gehe. Ich muß schon in der Wüste sein, wenn er es herausfindet. Wir nehmen den Rotstein-Pfad.«

»Den schaffen die Kamele nicht«, sagte Elemak.

»Sie werden ihn bewältigen, weil sie ihn bewältigen müssen«, sagte Vater. »Wir nehmen Vorräte für ein Jahr mit.«

»Das ist ungeheuerlich«, sagte Mebbekew. »Da mache ich nicht mit.«

»Und was machen wir nach dem einen Jahr?«

»Bis dahin wird die Überseele mir eine Möglichkeit gezeigt haben«, sagte Vater.

»Vielleicht werden sich die Dinge in Basilika bis dahin soweit beruhigt haben, daß wir zurückkehren können«, meinte Issib.

»Wenn wir jetzt gehen«, sagte Elemak, »wird Gabja glauben, daß du ihn verraten hast, Vater.«

»Wirklich?« sagte Vater. »Und wenn ich bleibe, wird er *mich* verraten.«

»Hat dir ein Traum gesagt.«

»Hat mir *mein* Traum gesagt«, sagte Vater. »Ich brauche dich. Bleib hier, wenn du willst, aber nicht als mein Sohn.«

»Ich bin ganz gut zurechtgekommen, ohne dein Sohn zu sein«, sagte Mebbekew.

»Nein«, sagte Elemak. »Du warst ganz gut darin vorzugeben, du wärest nicht sein Sohn. Aber alle haben es gewußt.«

»Ich habe von meinem Talent gelebt.«

»Du hast von der Hoffnung der Theaterleute gelebt, du würdest Vater dazu bringen, in ihre Stücke zu investieren – oder du selbst würdest investieren, irgendwann einmal, aus deiner Erbschaft.«

Mebbekew sah aus, als habe man ihm eine Ohrfeige versetzt. »Du auch, Elja? Läuft es darauf hinaus?«

»Wir unterhalten uns später«, sagte Elemak. »Wenn Vater sagt, daß wir gehen, dann gehen wir – und wir haben keine Zeit zu verlieren.« Er wandte sich an Vater. »Nicht, weil du gedroht hast, mich zu enterben, alter Mann. Sondern, weil du mein Vater bist, und ich lasse es nicht zu, daß du in die Wüste gehst, und nur *diese hier* helfen dir, am Leben zu bleiben.«

»Ich habe dir alles beigebracht, was du weißt, Elja«, sagte Vater.

»Als du jünger warst«, sagte Elemak. »Und wir hatten immer Diener. Ich nehme an, wir lassen sie alle zurück.«

»Wir entlassen die Diener des Haushalts«, sagte Vater. »Während du die Tiere und Vorräte vorbereitest, Elja, schreibe ich Raschgallivak ein paar Anweisungen auf.«

In der nächsten Stunde arbeitete Nafai schneller, als er es je für möglich gehalten hätte. Alle, sogar Issib, hatten ihre Aufgaben bekommen, und Nafai bewunderte Elemak erneut wegen seines großen Geschicks bei diesen Dingen. Er wußte immer genau, was getan werden mußte, wer es tun sollte und wie lange es dauern würde; er wußte auch, wie er es schaffen konnte, daß sich Nafai wie ein Idiot vorkam, weil er seine Aufgaben nicht schneller bewältigte.

Endlich waren sie fertig – eine echte Wüstenkarawane, ausschließlich mit Kamelen, obwohl sie die temperamentvollsten der Packtiere waren. Issibs Stuhl war auf der einen Seite eines Kamels festgeschnallt, Säcke mit pulverisiertem Wasser auf der anderen. Das Wasser wollten sie für Notfälle aufheben; Vater und Elemak kannten alle Wasserstellen der ersten Wegstrecke, und außerdem gingen gelegentlich Herbstregenfälle auf die Wüste nieder; es würde ausreichend Wasser geben. Doch im nächsten Sommer würde es trockener sein, und dann würde es zu spät sein, um nach Basilika zurückzukehren, um sich das kostbare Pulver zu besorgen. Und was, wenn sie verfolgt und in unbekannten Wüstenregionen gejagt wurden? Dann kamen sie vielleicht nicht umhin, etwas von dem Pulver in eine Pfanne zu geben, es anzuzünden und zu beobachten, wie es zu Wasser verbrannte, wobei es der Luft Sauerstoff entnahm. Nafai hatte es einmal probiert – auf Grund der Chemikalien, die den Wasserstoff in pulverisierter Form banden, schmeckte es faulig, dünn und abscheulich. Aber falls sie es einmal brauchten, würden sie froh sein, es zu haben.

Issibs Stuhl würde am wenigsten Freude bringen. Nafai wußte, daß Issja diese Reise am schwersten fallen würde, da er auf seine Flossen verzichten mußte und an den Stuhl gefesselt sein würde. Die Schwebeflossen vermittelten ihm das Gefühl, sein Körper wäre leicht und stark; im Stuhl fühlte er nur, wie die Schwerkraft ihn niederdrückte, und es erforderte seine ganze Kraft, die Kontrollen zu bedienen. Am Ende eines Tages im Stuhl war Issja immer blaß und erschöpft. Wie würde es sein, wenn er Tag für Tag, Woche für Woche, Monat für Monat im Stuhl leben mußte? Vielleicht würde er stärker werden. Vielleicht würde er schwächer werden. Vielleicht auch würde er sterben. Möglicherweise würde die Überseele ihm aber Kraft geben.

Vielleicht würden Engel kommen und sie zum Mond tragen.

Als sie aufbrachen, blieb noch eine Stunde bis zum Sonnenaufgang. Sie waren so leise gewesen, daß kein Diener wach geworden war – oder vielleicht waren sie doch wach geworden, aber da niemand ihre Unterstützung verlangt hatte und sie kein Interesse hatten, sich freiwillig für eine verrückte Aufgabe zu melden, drehten sie sich verstohlen auf die andere Seite und schliefen weiter.

Der Rotstein-Pfad war mörderisch gefährlich, doch dank des Mondscheins und Elemaks Anweisungen bewältigten sie ihn. Nafai verspürte erneut Bewunderung für seinen ältesten Bruder. Gab es nichts, was Elja nicht schaffen konnte? Bestand auch nur die geringste Hoffnung, daß Nafai jemals so stark und kompetent werden würde?

Endlich erreichten sie den Gewundenen Pfad, rechts von der Kuppe des höchsten Kamms; unter ihnen dehnte sich die Wüste aus. Im Osten war schon deutlich das erste Licht der Dämmerung auszumachen, doch sie hatten bereits eine gute Strecke zurückgelegt. Nun ging es bergabwärts, ein schwieriges, aber kurzes Stück, und dann hatten sie das große Plateau der westlichen Wüste erreicht. Niemand würde ihnen so einfach hierher folgen – niemand aus der

Stadt zumindest. Elemak gab an sie alle Pulsatoren aus und ließ sie mit den Fadenkreuzen auf Felsen zielen, auf die er zeigte. Issib war ziemlich nutzlos – er konnte den Pulsator nicht ruhig genug halten –, doch Nafai war stolz darauf, daß er die Ziele besser traf als Vater.

Doch ob er damit wirklich einen Räuber töten könnte – das war eine ganz andere Frage. Bestimmt würde es nicht dazu kommen. Sie waren doch auf Weisung der Überseele hier in der Wüste, nicht wahr? Die Überseele würde die Räuber von ihnen fernhalten. Genau, wie die Überseele sie Nahrung und Wasser finden lassen würde, wenn ihre Vorräte erschöpft waren.

Dann erinnerte sich Nafai daran, daß diese ganze Sache nur begonnen hatte, weil die Überseele nicht mehr so fähig wie früher war. Woher wollte er wissen, daß die Überseele *irgend etwas* davon bewerkstelligen konnte? Oder daß sie überhaupt einen Plan hatte? Ja, sie hatte Luet geschickt, damit sie sie warnte, und hatte Nafai geweckt, damit er die Warnung hörte, und die Überseele hatte auch Vater einen Traum geschickt. Aber das bedeutete nicht, daß die Überseele tatsächlich die Absicht hatte, sie zu schützen; vielleicht wollte sie sie nur von der Stadt wegbringen. Wer konnte schon sagen, welche Absichten die Überseele hatte? Vielleicht mußte sie nur den Wetschik und seine Familie loswerden.

Mit diesem grimmigen Gedanken saß Nafai hoch über der Wüste, das Bein um den Sattelknopf verhakt, und suchte in allen Richtungen nach Räubern, nach Verfolgern aus der Stadt, nach irgendwelchen ungewöhnlichen Erscheinungen auf der Straße, nach Zeichen der Überseele. Die einzigen Geräusche bestanden aus Mebbekews Beschwerden, Elemaks Anweisungen und einem gelegentlichen Klatschen, wenn die Kamele ihre Gedärme leerten. Nafais Tier machte sich anscheinend nur Sorgen darum, wohin es seine Füße setzen sollte, und stampfte mit rollendem Gang unablässig in die Hitze des Tages hinein.

9

Lügen und Verkleidungen

Nachdem der Mond aufgegangen war, war es für Luet viel einfacher, den Weg in die Stadt zurück zu finden, als es ihr zuvor gefallen war, zu Wetschiks Haus zu kommen. Außerdem *kannte* sie nun ihr Ziel; es ist immer einfacher, nach Hause zurückzukehren, als einen fremden Ort zu finden.

Seltsamerweise verspürte sie erst ein Gefühl von Gefahr, als sie wieder in der Stadt selbst angelangt war. Der Wächter am Rauchfang-Tor hatte seinen Posten verlassen – vielleicht hatte man ihn schlafend ertappt, oder vielleicht hatte die Überseele ihm eingegeben, einen plötzlichen Gang erledigen zu müssen. Luet mußte über den Gedanken lächeln, daß die Überseele sich die Mühe machte, einem Menschen das dringende Bedürfnis einzugeben, die Blase zu entleeren, nur damit Luet sicheres Geleit hatte.

Innerhalb der Stadt war der Mond jedoch keine so große Hilfe mehr. Da er noch nicht sehr hoch aufgegangen war, warf er tiefe Schatten, und die von Norden nach Süden verlaufenden Straßen lagen noch in völliger Dunkelheit. Die Überseele allein mochte wissen, wer zu dieser Stunde unterwegs war. Von den Tolschocks wußte man, daß sie sich viel früher in der Nacht herumtrieben, wenn noch zahlreiche Frauen auf den Straßen waren. Nun jedoch, in den einsamsten Stunden vor dem Morgengrauen, mochten viel schlimmere Gestalten als die Tolschocks unterwegs sein.

»Ist sie nicht hübsch?«

Die Stimme erschreckte sie. Aber sie gehörte einer Frau, einer heiseren Frau. Luet brauchte einen Augenblick, um sie in den Schatten zu finden. »Ich bin nicht hübsch«, sagte sie. »In der Dunkelheit trügen dich deine Augen.«

Es mußte eine heilige Frau sein, wenn sie zu dieser Stunde auf der Straße war. Als sie aus der dunklen Ecke trat, in der sie Zuflucht vor dem Nachtwind gesucht hatte, zeichnete sich ihre schmutzige Haut etwas heller als die sie umgebenden Schatten ab. Sie war von Kopf bis Fuß nackt. Als Luet die Frau sah, spürte sie die Kälte der Herbstnacht. Solange Luet in Bewegung geblieben war, hatte die Anstrengung sie warm gehalten. Nun jedoch fragte sie sich, wie diese Frau so leben konnte, ohne eine schützende Hülle zwischen ihrer Haut und der Nachtluft.

Mutter war auch eine Wilde, dachte Luet. Ich wurde von einer solchen Frau geboren. Sie schlief in der Wüste, als ich in ihrem Leib war, und sie trug mich, so nackt wie sie war, in die Stadt, um mich bei Tante Rasa abzugeben. Aber sie ist es nicht. Meine Mutter, wo immer sie nun sein mag, ist keine heilige Frau mehr. Nur ein Jahr, nachdem ich geboren wurde, verließ sie die Überseele, um mit einem Mann zu gehen, einem Bauern, der sich auf dem steinigen Boden des Tals Chalvasankhra einen kargen Lebensunterhalt zusammenkratzen wollte. Zumindest hatte Tante Rasa das gesagt.

»Schön sind die Augen des heiligen Kindes«, intonierte die Frau, »das in der Dunkelheit sieht und in der gefrorenen Nacht mit hellem Feuer brennt.«

Luet gestattete der Frau, ihr Gesicht zu berühren, doch als die kalten Hände an ihrer Kleidung zu zerren begannen, bedeckt Luet sie mit den ihren. »Bitte«, sagte sie. »Ich bin nicht heilig, und die Überseele schützt mich nicht vor der Kälte.«

»Oder vor neugierigen Blicken«, sagte die heilige Frau. »Die Überseele schaut tief in dich hinein, und du *bist* heilig, ja, du bist es wirklich.«

Vor wessen neugierigen Blicken? Den Blicken der Überseele? Vor denen von Männern, die Frauen wie Pferde taxierten? Vor denen der Klatschbasen? Oder dieser Frau? Und was die Heiligkeit betraf – da wußte Luet es besser. Die Überseele hatte sie ausgewählt, aber nicht, weil sie besonders tugendhaft gewesen wäre. Wenn überhaupt war es eine Bestrafung, immer von Menschen umgeben zu sein, die sie als Orakel statt als Mädchen betrachteten. Huschidh, ihre eigene Schwester, hatte einmal zu ihr gesagt: »Ich wünschte, ich hätte deine Begabung; alles ist dir so klar.« Nichts ist mir klar, hatte Luet sagen wollen. Die Überseele vertraut sich mir nicht an, sie benutzt mich nur, Botschaften weiterzugeben, die ich selbst nicht verstehe. Genau, wie ich nicht verstehe, was diese heilige Frau von mir will, oder warum – falls die Überseele sie geschickt hat – sie mir geschickt wurde.

»Schrecke nicht davor zurück, ihn zum Wasser zu führen«, sagte die heilige Frau.

»Wen?« fragte Luet.

»Die Überseele will, daß du ihn lebend errettest, ganz gleich, welche Gefahren dich erwarten. Es liegt kein Sakrileg darin, der Überseele zu gehorchen.«

»Wen?« fragte Luet erneut. Diese Verwirrung, dieses Entsetzen, daß sie das Rätsel dieser Worte lösen oder aber einen schrecklichen Verlust erleiden mußte – fühlten sich so die anderen, wenn sie ihnen von ihren Visionen erzählte?

»Du glaubst, alle Visionen müßten sich bei *dir* einstellen«, sagte die heilige Frau. »Aber manche Dinge sind zu klar, als daß du sie erkennen könntest. Oder?«

Ich weiß nicht, was ich von dieser freundlichen, heiligen Frau halten soll. Ich habe nie um Visionen gebeten und wünsche mir oft, andere Leute hätten sie. Aber wenn du darauf bestehst, mir eine Nachricht zu übermitteln, dann habe bitte den Anstand, sie so verständlich wie möglich auszudrükken. Das versuche *ich* auch immer.

Luet versuchte, keine Abneigung in ihre Stimme treten zu lassen, doch sie konnte dem Drang nicht widerstehen, auf einer klärenden Antwort zu beharren. »Wer ist dieser *er*, von dem du ständig sprichst?«

Die Frau versetzte ihr eine heftige Ohrfeige. Sie trieb Tränen in Luets Augen – Tränen der Scham genauso wie des Schmerzes. »Was habe ich getan?«

»Ich habe dich nun für die Entweihung bestraft, die du

begehen wirst«, sagte die heilige Frau. »Die Betrafung wurde vollzogen, und niemand kann verlangen, daß du erneut dafür büßt.«

Luet wagte es nicht, weitere Fragen zu stellen; die Antworten gefielen ihr nicht. Statt dessen betrachtete sie die Frau, versuchte herauszufinden, ob Verständnis in ihren Augen lag. War sie vielleicht doch schlichtweg verrückt? Mußte sie die wahre Stimme der Überseele sein? Um soviel leichter wäre es, wenn sie wahnsinnig wäre.

Die alte Frau streckte die Hand wieder nach Luets Wange aus. Luet zuckte kurz zurück, doch diesmal war die Berührung der Frau sanft, und sie wischte eine Träne von Luets Wange. »Habe keine Angst vor dem Blut an diesen Händen. Wie das Wasser der Vision wird die Überseele es als Gebet empfangen.«

Dann wurde das Gesicht der alten Frau schlaff und müde, und das Licht in ihren Augen erlosch. »Es ist kalt«, sagte sie.

»Ja.«

»Ich bin zu alt«, sagte sie.

Ihr Haar war nicht einmal grau, aber ja, dachte Luet, du bist sehr, sehr alt.

»Nichts ist hold«, sagte die heilige Frau. »Silber und Gold. Gefunden oder gewollt.«

Sie war eine Reimerin. Luet wußte, daß viele Leute glaubten, wenn eine heilige Frau zu reimen anfing, spräche die Überseele aus ihr. Aber dem war nicht so – die Reime waren eine Art Musik, die Stimme der Trance, die einige der heiligen Frauen von ihrem öden und schrecklichen Leben losmachte. Wenn sie zu reimen *aufhörten*, bestand eine Chance, daß sie sinnvolle Bemerkungen von sich gaben.

Die heilige Frau ging davon, als habe sie Luet völlig vergessen. Da sie ebenfalls vergessen zu haben schien, wo sich ihre geschützte Ecke befand, nahm Luet sie an der Hand und führte sie dorthin zurück, ermutigte sie, sich zu setzen und vor der Wand zusammenzurollen, die den Wind abwehrte. »Aus dem Wind«, flüsterte die heilige Frau. »Was sind sie blind.«

Luet ließ sie dort zurück und ging weiter in die Nacht. Der Mond stand jetzt höher, doch das hellere Licht trug kaum dazu bei, sie etwas aufzuheitern. Obwohl die heilige Frau an sich harmlos war, hatte sie Luet daran erinnert, wie viele Leute sich auf den Straßen aufhalten und in den Schatten verbergen mochten. Und wie verletzbar *sie* war. Es gab Geschichten von Männern, die Bürgerinnen genauso behandelt hatten, wie sie von Gesetzes wegen mit den heiligen Frauen umgehen durften. Doch selbst das war nicht ihre schlimmste Furcht.

Es liegt Mord in der Stadt, dachte Luet. Mord schwebt über diesem Ort, nicht Heiligkeit, und Gaballufix hat als erster daran gedacht. Ohne die Vision und Warnung, die ich im Auftrag der Überseele weitergegeben habe, wären gute Männer gestorben. Sie erschauderte erneut, als sie an den Mann mit der durchgeschnittenen Kehle in ihrer Vision dachte.

Endlich erreichte sie die Stelle, wo die Heilige Straße breiter wurde und sich ins Tal senkte; dort war sie eigentlich keine Straße mehr, sondern eine Schlucht, mit uralten Stufen, die man in den Fels gemeißelt hatte und die direkt zum See führten, der mit einem Hauch von Schwefel dort unten heiß dampfte. Den Frauen, die dort beteten, haftete dieser Geruch immer tagelang an. Er mochte heilig sein, doch Luet empfand ihn als äußerst unangenehm, und sie betete niemals dort. Sie zog die Stelle vor, wo sich das heiße und das kalte Wasser vermischte und sich der dichteste Nebel hob, wo die Strömungen mit ihren unterschiedlichen Temperaturen um sie herumwirbelten, wenn sie auf dem Wasser trieb. Dort tanzte ihr Körper ohne eigenes Zutun auf dem Wasser, und sie konnte sich ganz der Überseele hingeben.

Von wem hatte die heilige Frau gesprochen? Der ›er‹ mit Blut an den Händen, der ›er‹, den sie zum Wasser führen konnte – wahrscheinlich zum Wasser des Sees.

Nein, es hatte keine Bedeutung. Diese Heilige war eine der Verrückten gewesen, und ihre Worte ergaben keinen Sinn.

Der einzige Mann mit Blut an den Händen, der ihr einfiel, war Gaballufix. Wie konnte die Überseele wollen, daß sich so ein Mann dem heiligen See näherte? Würde die Zeit kommen, da sie Gaballufix' Leben retten mußte? Wie konnte dies nur in die Pläne der Überseele passen?

Sie wandte sich nach links, auf die Turmstraße, und dann wieder nach rechts auf die Regenstraße, deren Kurven sie folgte, bis sie vor Rasas Haus stand. Natürlich. Die Überseele hatte sie beschützt. Die Nachricht, die sie überbracht hatte, war nicht die einzige Aufgabe, die die Überseele für sie im Sinn hatte; Luet würde noch weitere erfüllen müssen. Sie nahm diese Erkenntnis mit großer Erleichterung auf. Denn hatte ihre eigene Mutter Tante Rasa nicht erzählt, an dem Abend, an dem sie Luet als Kleinkind in Rasas Arme legte: »Diese wird nur solange leben, wie sie der Mutter der Mütter dient.« Die Mutter der Mütter hatte sie für eine andere Nacht bewahrt.

Luet hatte gehofft, in Rasas Haus zurückkehren zu können, ohne jemanden zu wecken, doch sie hatte nicht berücksichtigt, wie das neue Klima der Angst in der Stadt sogar den Haushalt des führenden Internats Basilikas verändert hatte. Die Eingangstür war von innen abgeschlossen. Noch immer in der Hoffnung, unbemerkt eindringen zu können, hielt sie nach einem Fenster Ausschau, durch das sie einsteigen konnte. Erst jetzt begriff sie, daß alle Fenster auf der Straßenseite einzig und allein den Zweck hatten, Licht und Luft hineinzulassen – viele vertikale Schlitze in der Mauer, mit komplizierten gemeißelten oder geschnitzten Entwürfen, doch keiner davon war breit genug, daß auch nur ein Kind mit Kopf und Schultern hindurchgepaßt hätte.

In Basilika herrscht nicht zum erstenmal Furcht, dachte sie. Dieses Haus war so gebaut, daß sich niemand des Nachts verstohlen Zugang verschaffen kann. Natürlich sollten diese Fenster auch vor Einbrechern schützen; doch vielleicht waren sie in erster Linie dazu gedacht, zurückgewiesene Freier und Gefährten, deren Eheverträge erloschen waren, daran zu hindern, sich mit Gewalt Zutritt zu einem Haus zu verschaffen, das sie mittlerweile vielleicht für das ihre hielten.

Die Vorkehrungen, die einem Mann den Zugang verwehrten, hinderten auch Luet daran, mochte sie noch so klein und schmächtig sein. Sie wußte natürlich, daß keine Möglichkeit bestand, um die Seiten des Hauses zu gelangen, da die benachbarten Gebäude direkt an die massiven Steinmauern von Rasas Haus gebaut waren.

Warum war ihr nicht der Gedanke gekommen, daß es viel schwerer sein würde, in das Haus zurückzukehren, als es zu verlassen? Sie war natürlich nach Anbruch der Dunkelheit aufgebrochen, doch noch lange vor der Zeit, da sich das Haus auf die Nacht vorbereitete; Huschidh wußte von ihrem Gang und würde verhindern, daß jemand ihre Abwesenheit entdeckte. Es war einfach keiner von beiden in den Sinn gekommen, dafür zu sorgen, daß Luet wieder ins Haus hineinkam. Tante Rasa hatte noch nie zuvor die Eingangstür abgeschlossen. Und später, nachdem die Überseele auf ihrem Weg aus der Stadt dafür gesorgt hatte, daß der Wächter schlief, und ihn bei ihrer Rückkehr ganz vom Tor ferngehalten hatte, war Luet einfach davon ausgegangen, daß die Überseele ihr den Weg ebnen würde.

Luet überlegte, ob sie die Nacht auf dem Portal verbringen sollte. Doch es war jetzt ziemlich kalt. Solange sie sich in Bewegung befunden hatte, hatte das keine Rolle gespielt; das Laufen hatte sie warmgehalten. Doch es war gefährlich, hier draußen zu schlafen. Stadtfrauen, zumindest die guter Herkunft, besaßen nicht die richtige Kleidung, um im Freien zu schlafen. Was die heiligen Frauen gewöhnt waren, würde sie krank machen.

Doch vielleicht gab es eine andere Möglichkeit. War Tante Rasas Säulengang auf der Talseite des Hauses nicht völlig offen? Vielleicht würde sie es ja schaffen, vom Tal hinaufzuklettern. Natürlich war der Streifen genau östlich von Rasas Säulengang der verwildertste, leerste Teil der Klippe – er gehörte nicht einmal zu einem Bezirk. Obwohl die Sauerstraße dort in die Schlucht führte, führte kein Weg hinauf oder hinab; die Frauen gingen niemals dorther, um zum See zu gelangen.

Und doch wußte sie, daß sie diesen Weg einschlagen mußte, wollte sie in Tante Rasas Haus zurück.

Erneut die Überseele, die sie führte. Sie führte, aber ihr nichts verriet.

Warum nicht? fragte Luet zum tausendsten Mal. Warum kannst du mir nicht sagen, was du im Sinn hast? Wenn du mir gesagt hättest, daß ich zu Wetschiks Haus gehe, wäre ich nicht so ängstlich gewesen. Wie haben meine Furcht und Unwissenheit je deinen Zwecken gedient? Und nun schickst du mich zu dem wilden Land östlich von Tante Rasas Haus – zu welchem Zweck? Findest du Vergnügen daran, mit mir zu spielen? Oder bin ich zu dumm, deine Absicht zu begreifen? Ich bin wie die Brieftaube, die immer nach Hause zurückkehrt, imstande, deine Mitteilungen zu überbringen, aber niemals, zu sie erklären.

Und doch trat sie trotz ihres Grolls ein paar Minuten später von den letzten Kopfsteinen der Sauerstraße auf das Gras und tauchte dann in die weglosen Wälder der Klippe ein.

Der Boden war zerklüftet, und alle Risse und Brüche im Unterholz schienen abwärts zu führen, fort von Rasas Säulengang und hin zu den Klippen, die sich über der Schlucht der Heiligen Straße aufbäumten. Kein Wunder, daß nicht einmal die Klippen-Frauen hier Häuser bauten. Doch Luet ließ sich nicht von den leichten Wegen in die Irre führen – sie wußte, daß sie in dem Augenblick verschwinden würden, da sie begann, ihnen zu folgen. Statt dessen erzwang sie sich den Weg durchs Unterholz. Die Zaroseldornen hakten sich in ihrer Haut fest, und sie wußte, daß sie winzige Striemen hinterlassen würden, die noch tagelang schmerzen würden, selbst unter einer Schicht von Tante Rasas Salbe. Schlimmer war noch, daß sie fror und hundemüde und erschöpft war, so daß sie sich manchmal beim Aufwachen ertappte, obwohl sie gar nicht geschlafen hatte. Dennoch – sie hatte diesen Weg eingeschlagen und würde ihn auch bis zum Ende gehen.

Sie kam auf eine kleine Lichtung, auf die durch Lücken im Baldachin der Bäume über ihr helles Mondlicht fiel. In einem Monat würden all diese Blätter verschwunden und diese Dickichte nicht halb so beschwerlich sein. Doch nun kam ihr der Lichtfleck wie ein Wunder vor, und sie blinzelte.

Mit diesem Blinzeln veränderte sich die Lichtung. Plötzlich stand eine Frau dort.

»Tante Rasa«, flüsterte Luet. Wieso hat sie gewußt, daß sie hier nach mir suchen muß? Hat die Überseele wieder zu jemandem gesprochen?

Aber dann sah sie, daß es gar nicht Tante Rasa war. Es war Huschidh. Wie hatte sie sich nur so täuschen können?

Nein. Keine Täuschung. Denn nun hatte Huschidh sich erneut verändert. Nun war sie Eiadh, dieses wunderschöne Mädchen aus Huschidhs Klasse, diejenige, in die der arme Nafai so sinnlos verliebt war. Und erneut verwandelte sich die Frau, diesmal in die Schauspielerin Pup, die als junges Mädchen so berühmt gewesen war; sie war eine von Tante Rasas Nichten und war vor einigen Jahren in deren Haus zurückgekehrt, um zu unterrichten. Es hieß sogar, daß die Puppenstadt nach ihr benannt war (obwohl sie diesen Namen schon seit mindestens zehntausend Jahren trug) und daß sie wunderschön gewesen war und viele Herzen gebrochen hatte; doch nun hatte sie die Zwanzig schon längst überschritten, und die Gesichtszüge, die früher in den Frauen den Drang ausgelöst hatten, sie zu bemuttern, und in den Männern, sie zu begehren, waren bei einer Frau nicht mehr so erstaunlich. Dennoch hätte Luet ihr halbes Leben gegeben, wenn sie während der anderen Hälfte so zart und schön wie Pup gewesen wäre.

Warum zeigt die Überseele mir diese Frauen?

Von Pup wandelte sich die Erscheinung zu Schedemei, einer weiteren von Rasas Nichten. Wenn überhaupt, war

Shedja jedoch das genaue Gegenteil von Pup und Eiadh. Mit sechsundzwanzig Jahren lebte sie noch immer in Tante Rasas Haus und unterrichtete die älteren Schüler in wissenschaftlichen Fächern, während ihre eigene Reputation als Genetikerin ständig wuchs. Die meisten Nächte über schlief sie tatsächlich in ihrem Labor, viele Straßen entfernt, und nicht in ihrem Zimmer in Rasas Haus, in dem ihre starke, gelassene Gegenwart jedoch spürbar blieb. Schedemei war nicht schön; sie war nicht so häßlich, daß sie einen Betrachter abgestoßen hätte, aber völlig unscheinbar, so daß ihr Gesicht um so unattraktiver wurde, je länger man es betrachtete. Doch ihr Verstand wurde wie ein Magnet von der Wahrheit angezogen: Sobald die Wahrheit einigermaßen deutlich zu fassen war, sprang sie sie an und ließ sie nicht mehr los. Von allen Nichten Rasas war sie diejenige, die Luet am meisten bewunderte; doch Luet wußte, daß sie genausowenig den Verstand hatte, es Schedemei gleichzutun, wie die Schönheit, in Pups Fußstapfen zu treten. Die Überseele hatte sich dazu entschlossen, jemandem ihre Visionen zu schicken, für die die Welt sonst keine Verwendung hatte.

Die Frau war fort. Luet stand allein auf der Lichtung und hatte wieder den Eindruck, gerade wach geworden zu sein.

War dies nur ein Traum, einer jener Art, die sich einstellt, wenn man nicht einmal weiß, daß man schläft?

Hinter der Stelle, wo die Erscheinungen gestanden hatte, machte sie ein Licht aus, das in der Dunkelheit des frühesten Morgens leuchtete. Es mußte Tante Rasas Säulengang sein – in dieser Richtung gab es keine andere Lichtquelle. Vielleicht war die Vision soweit richtig gewesen. Tante Rasa war wach und wartete auf sie.

Sie drängte in das Unterholz vor. Niedrige Zweige schlugen nach ihr, Dornen zerrissen ihr Kleid und ihre Haut, und der unregelmäßige Boden trog sie und ließ sie ausrutschen und stolpern. Doch dieses Licht blieb stets ihr Leuchtfeuer und zog sie an, bis es schließlich verschwand, als sie unter den Rand von Rasas Säulengang trat.

Vor ihr erhob sich eine Mauer aus verwettertem Stein, vom Fuß bis zur Balustrade steil und glatt, ohne den geringsten Halt zu bieten. Und es waren mindestens vier Meter vom Boden bis zum oberen Ende. Selbst, wenn Tante Rasa dort auf sie wartete, gab es keine Möglichkeit hinaufzuklettern, nicht, ohne die Bediensteten um Hilfe zu rufen. Und wenn sie die Ruhe des Hauses sowieso stören mußte, hätte sie gleich die Glockenschnur am Vordereingang ziehen können!

Doch der unebene Waldboden hatte Luet gezwungen, sich Rasas Haus fast genau aus südlicher Richtung zu nähern. Der größte Teil der Vorderseite des Säulengangs war ihr dabei verborgen geblieben. Vielleicht bot das Haus jedoch irgendeinen Zugang vom Säulengang zum Wald. Sicher hatten die Bauherren mehr geplant als nur einen bloßen *Blick* auf das Spaltental. Und selbst, wenn es keinen direkten Weg gab, mußte es dort irgendeine Stelle geben, die sie vielleicht hinaufklettern konnte.

Als sie sich den Weg um den gekrümmten Felsen bahnte, fand Luet endlich, worauf sie gehofft hatte – eine Stelle, wo der zerklüftete Boden auf den Säulengang hin höher stieg. Nun war die Balustrade nur noch eine Armeslänge außerhalb ihrer Reichweite. Und als sie hinaufgriff, um irgendeinen Halt in den Rissen der Balustrade zu finden, sah sie Tante Rasas Gesicht, das ihr so willkommen war wie der Sonnenaufgang, und ihre Arme, die nach ihr hinabgriffen.

Wäre Luet größer gewesen, hätte Tante Rasa ihr Gewicht wahrscheinlich nicht hinaufziehen können; andererseits jedoch wäre sie dann wohl auch in der Lage gewesen, ohne Hilfe hinaufzuklettern.

Als sie schließlich auf der Bank saß und die Tante sie wie ein kleines Kind in den Arm nahm, stellte Rasa ihr die erwartete Frage: »Was im Namen der Überseele machst du da draußen, anstatt zur Vordertür hineinzukommen wie jede andere Schülerin auch, die sich verspätet hat? Hattest du solche Angst vor einem Tadel, daß du lieber des Nachts im Wald deinen Hals riskiert hast?«

Luet schüttelte den Kopf. »Im Wald sah ich eine Vision«, sagte sie. »Aber ich hätte sie wahrscheinlich sowieso gesehen, so daß es wahrscheinlich meine eigene Torheit war, diesen Weg zu wählen.«

Damit blieb Luet nichts anderes mehr übrig, als Tante Rasa alles zu erzählen, was sie erlebt hatte – die Vision, die sie schon Nafai erzählt hatte und die vor dem Hinterhalt zur Ermordung Wetschiks warnte; die Worte der heiligen Frau in der dunklen Straße; und schließlich die Vision von Rasa und einigen ihrer Nichten.

»Ich kann mir nicht vorstellen, was diese Vision zu bedeuten hat«, sagte Rasa. »Wie soll *ich* es denn vermuten, wenn die Überseele es nicht einmal *dir* verraten hat?«

»Ich will sowieso nichts vermuten«, sagte Luet. »Ich will nichts mehr von Visionen wissen oder über Visionen sprechen. Ich weiß nur, daß mir der ganze Körper weh tut und ich ins Bett will.«

»Natürlich willst du das«, sagte Tante Rasa. »Du kannst schlafen und es Wetschik und mir überlassen, darüber nachzudenken, welche Schritte wir nun unternehmen müssen. Es sei denn, er war so dumm, um zum Schluß zu kommen, daß die Ehre es von ihm verlangt, dieses verräterische Treffen beim Kühlhaus einzuhalten.«

Ein schrecklicher Gedanke kam Luet in den Sinn. »Aber was, wenn Nafai ihm nichts erzählt hat?«

Tante Rasa warf ihr einen scharfen Blick zu. »Du glaubst, Nafai würde seinen Vater nicht vor einer Verschwörung gegen sein Leben warnen? Du sprichst von meinem Sohn.«

Was konnte dies schon für Luet bedeuten, die ihre Mutter nie gekannt hatte und deren Vater jeder Mann in der Stadt sein konnte, wobei die brutalsten die aussichtsreichsten Kandidaten waren? Mutter und Sohn – diese Verbindung hatte für sie kein besonderes Gewicht. In einer Welt der treulosen Versprechungen war alles möglich.

Nein, ihre Vorsicht gebot ihr, einfach niemandem zu vertrauen. Sie bezweifelte nicht nur Nafais Treue, sondern auch

Tante Rasas Urteil. Offensichtlich funktionierte ihr Verstand nicht klar. Sie erlaubte Tante Rasa, sie die Treppe zu Rasas eigenem Zimmer hinaufzuführen und Luet auf das große, weiche Bett der Hausherrin zu legen, wo sie einschlief, bevor sie noch begriff, wo sie überhaupt war.

»Die ganze Nacht fort«, sagte Huschidh.

Luet machte ein Auge auf. Das Licht, das durch das Fenster fiel, war sehr hell, doch in der Luft lag Frost. Es war schon heller Tag, und Luet war erst jetzt aufgewacht.

»Und nicht einmal genug Verstand, um zur Vordertür hineinzukommen.«

»Ich verlasse mich nicht immer auf meinen Verstand«, sagte Luet ruhig.

»Das weiß ich auch schon«, sagte Huschidh. »Du hättest mich mitnehmen sollen.«

»Zwei Personen sind immer unauffälliger als eine.«

»Zu Wetschiks Haus! Ist dir nicht in den Sinn gekommen, daß ich den Hin- und Rückweg kenne?«

»Ich wußte nicht, wohin ich gehen sollte.«

»Allein des Nachts. Alles mögliche hätte passieren können. Und du bindest mich mit diesem törichten Eid, niemandem etwas zu erzählen. Tante Rasa hätte mich fast lebendig gehäutet und mich zum Trocknen auf der Veranda aufgehängt, als ihr in den Sinn kam, daß ich gewußt haben muß, daß du fort warst, und ihr nichts gesagt habe.«

»Sei nicht böse auf mich, Huschidh.«

»Weißt du, daß die ganze Stadt in Aufruhr ist?«

Eine plötzliche Furcht durchbohrte sie. »Nein, Huschidh – sag mir nicht, daß es doch einen Mord gegeben hat!«

»Einen Mord? Wohl kaum. Aber Wetschik ist verschwunden, er und all seine Söhne, und Gaballufix behauptet, Wetschik sei geflohen, weil er, Gaballufix, herausgefunden habe, daß Wetschik ihn und Roptat bei einem geheimen Treffen ermorden wollte, das Wetschik bei seinem Kühlhaus am Musik-Tor arrangiert hatte.«

»Das ist nicht wahr«, sagte Luet.

»Nun, das habe ich auch nicht angenommen«, sagte Huschidh. »Ich habe dir nur erzählt, was Gaballufix' Leute behaupten. Seine Soldaten haben sich auf den Straßen breitgemacht.«

»Ich bin so müde, Huschidh, und ich kann nichts gegen diese Sache unternehmen.«

»Tante Rasa glaubt, daß du doch etwas dagegen tun kannst«, sagte Huschidh. »Deshalb hat sie mich geschickt, dich zu wecken.«

»Ach ja?«

»Na ja, du kennst sie doch. Sie hat mich zweimal hinaufgeschickt, damit ich mich ›überzeuge, daß die arme Luet noch etwas von der Ruhe bekommt, die sie so dringend braucht‹.«

»Wie aufmerksam von dir, zwischen den Zeilen zu lesen, du allerliebstes Juwel einer großen Schwester.«

»Du kannst später weiterschlafen, meine allerliebste Yagda-Beere einer kleinen Schwester.«

Luet brauchte nur einen Moment, um sich zu waschen und anzuziehen, denn sie war noch so jung, daß Tante Rasa nicht darauf bestand, daß sie sich das Haar und die Kleidung richtete und würdevoll aussah, bevor sie sich in der Öffentlichkeit zeigte. Als Luet nach unten kam, war Tante Rasa mit einem Mann im Salon, einem Fremden, doch Rasa stellte ihn sofort vor.

»Das ist Raschgallivak, liebe Luet. Er ist vielleicht der loyalste und vertrauenswürdigste Mann überhaupt; das hat mein geliebter Gefährte zumindest immer gesagt.«

»Ich habe dem Wetschik mein ganzes Leben lang gedient«, sagte Raschgallivak, »und werde ihm weiterhin dienen, bis ich sterbe. Ich gehöre vielleicht keinem der großen Häuser an, doch ich bin ein echter Palwaschantu.«

Tante Rasa nickte. Luet fragte sich, ob sie diesem Mann mit Vertrauen oder Ironie begegnen sollte; doch Rasa schien ihm zu vertrauen, und so tat Luet es ihr zögernd gleich.

»Wie ich gehört habe, hast du die Warnung überbracht«, sagte Raschgallivak.

Luet sah Tante Rasa überrascht an. »Er wird es niemandem verraten«, sagte Tante Rasa. »Ich habe seinen Eid. »Wir wollen nicht, daß du in diese Politik der Morde verwickelt wirst, meine Liebe. Doch Rasch mußte es wissen, damit er nicht glaubt, mein Wetschik habe den Verstand verloren. Verstehst du, Wetschik hat ihm genaue Anweisungen zurückgelassen, etwas ziemlich Verrücktes zu tun.«

»Das Gut zu schließen«, sagte Raschgallivak. »Alle bis auf die nötigsten Angestellten zu entlassen, alle Packtiere zu verkaufen und die Herden zu veräußern. Ich soll nur das Land behalten, die Gebäude und das Vermögen, das ich auf Sperrkonten legen soll. Sehr verdächtig, falls mein Herr unschuldig ist. Würden zumindest einige behaupten. Oder besser, behaupten sie schon.«

»Wetschiks Abwesenheit war erst eine halbe Stunde bekannt, als Gaballufix in Wetschiks Haus erschien und als Kopf des Klans Palwaschantu verlangte, man möge ihm den gesamten Besitz der Familie Wetschik überstellen. Er hatte die Dreistigkeit, meinen Gefährten mit seinem Geburtsnamen zu bezeichnen, als habe er das Recht auf den Familientitel verwirkt.«

»Falls mein Herr wirklich Basilika für immer verlassen hat«, sagte Raschgallivak, »sind Gaballufix' Forderungen rechtmäßig. Der Besitz kann nur an einen Palwaschantu verkauft oder verschenkt werden.«

»Und ich versuche, Raschgallivak zu überzeugen, daß *deine* Warnung vor einer unmittelbar drohenden Gefahr Wetschik zur Flucht veranlaßt hat und nicht irgendein Plan, die Stadt zu verlassen und das Familienvermögen mitzunehmen.«

Luet begriff nun, wo in diesem Gespräch ihre Pflicht lag. »Ich habe mit Nafai gesprochen«, sagte sie zu Raschgallivak. »Ich habe ihn davor gewarnt, daß Gaballufix beabsichtigt, Wetschik und Roptat zu ermorden – zumindest hat mein Traum eindeutig darauf hingewiesen.«

Raschgallivak nickte langsam. »Das reicht natürlich nicht aus, um Anklage gegen Gaballufix zu erheben. In Basilika werden nicht einmal *Männer* für Taten verurteilt, die sie geplant, aber nicht durchgeführt haben. Aber es genügt, mich zu überzeugen, daß ich Gaballufix' Versuchen widerstehen muß, sich den Besitz anzueignen.«

»Du weißt, daß ich einmal seine Gefährtin war«, sagte Rasa. »Ich kenne Gabja sehr gut. Ich schlage vor, daß du außergewöhnliche Maßnahmen ergreifst, das Vermögen zu schützen.«

»Niemand wird es bekommen, nur der Kopf des Hauses Wetschik«, sagte Raschgallivak. »Herrin, ich danke dir. Und auch dir, kleine Weise.«

Er sagte kein Wort mehr, sondern ging augenblicklich. Ganz im Gegensatz zu den eleganteren Männern – Künstler, Wissenschaftlern, Männer der Regierung und der Finanzen –, die Luet in Tante Rasas Salon kennengelernt hatte. Diese Männer verweilten immer, bis Tante Rasa ihren Aufbruch erzwingen mußte, in dem sie Müdigkeit vortäuschte oder vorgab, dringende Pflichten in der Schule wahrnehmen zu müssen – als wäre ihr Lehrstab nicht kompetent genug, die Dinge ohne ihre direkte Aufsicht zu handhaben. Andererseits jedoch entstammte Raschgallivak einer gesellschaftlichen Klasse, die sich keine Hoffnungen darauf machen konnte, mit einer Frau wie Tante Rasa oder einer ihrer Nichten einen Vertrag einzugehen.

»Es tut mir leid, daß du nicht mehr Schlaf bekommen hast«, sagte Tante Rasa, »aber ich bin froh, daß du zu so einer günstigen Zeit aufgewacht bist.«

Luet nickte. »Da ich letzte Nacht sehr oft glaubte, ich wandelte im Schlaf, habe ich heute morgen vielleicht nur halb soviel davon gebraucht.«

»Ich würde dich am liebsten sofort wieder zu Bett schikken«, sagte Tante Rasa, »aber ich muß dir zuerst eine Frage stellen.«

»Wenn es nicht um etwas geht, was wir kürzlich im Unterricht durchgenommen haben, werde ich die Antwort nicht kennen, Herrin.«

»Tu nicht so, als wüßtest du nicht, wovon ich spreche.«

»Glaube doch nicht, daß ich irgend etwas vom Wirken der Überseele verstehe.«

Luet wußte sofort, daß die Antwort zu schnoddrig gewesen war. Tante Rasa runzelte die Stirn – doch sie hielt ihren Zorn im Zaum und sprach ohne Schärfe. »Manchmal, meine Liebe, vergißt du dich. Du gibst vor, keine besondere Ehre darüber zu empfinden, daß die Überseele dich zu einer Seherin gemacht hat, und sprichst doch mit einer Impertinenz zu mir, die sich keine andere Frau in dieser Stadt, ob nun jung oder alt, erlauben würde. Wem soll ich denn nun glauben, deinen bescheidenen Worten oder deinen stolzen Manieren?«

Luet senkte den Kopf. »Meinen Worten, Herrin. Meine Manieren entsprechen der natürlichen Unhöflichkeit eines Kindes.«

»*Diesen* Worten kann man am schwersten glauben«, erwiderte Tante Rasa lachend. »Ich will dir meine Fragen ersparen. Geh wieder zu Bett – aber diesmal in dein eigenes Bett –, und ich verspreche dir, niemand wird dich dort stören.«

Luet hatte gerade die Tür des Salons erreicht, als sie geöffnet wurde und eine junge Frau hereinplatzte und sie zurück in den Raum zwang.

»Mutter, das ist abscheulich!« rief die Besucherin.

»Sevet, ich freue mich sehr, dich nach all diesen Monaten zu sehen – und ohne jede Nachricht, daß du kommst, oder auch nur die Höflichkeit zu warten, bis ich dich in meinen Salon bitte.«

Sevet – Tante Rasas älteste Tochter. Luet hatte sie erst einmal gesehen. Wie es dem Brauch entsprach, unterrichtete Rasa ihre eigenen Töchter nicht, sondern hatte sie in die Obhut ihrer lieben Freundin Dhelembuvex gegeben. Diese Tochter hier, ihre älteste, war einen Ehevertrag mit einem jungen Gelehrten – Vas? – von einigem Rang eingegangen, was allerdings ihrer Karriere als Sängerin mit einer wachsenden Reputation für Pichalny-Lieder, jene leisen, melancholischen Weisen von Tod und Verlust, die in Basilika eine uralte Tradition hatten, nicht geschadet hatte. Jetzt jedoch war sie aufgebracht und wütend. Luet entschloß sich, das Zimmer augenblicklich zu verlassen, bevor sie auch nur ein weiteres Wort mitbekam.

Doch Tante Rasa wollte es nicht erlauben. »Bleib, Luet. Ich glaube, du kannst viel davon lernen, wenn du dich überzeugst, wie wenig meine kleine Tochter nach ihrer Mutter *oder* ihrer Tante Dhel geschlagen ist.«

Sevet sah Luet scharf an. »Wer ist das – nimmst du jetzt Bedürftige auf?«

»Ihre Mutter war eine heilige Frau, Sevya. Vielleicht hast sogar du schon einmal den Namen Luet gehört.«

Sevet errötete augenblicklich. »Bitte verzeiht mir«, sagte sie.

Luet hatte nicht die geringste Ahnung, was sie erwidern sollte, da sie ja tatsächlich bedürftig war und sich daher nicht anmerken lassen durfte, daß Sevets Verunglimpfung sie beleidigt hatte.

Tante Rasa ersparte es ihr, sich eine angemessene Antwort einfallen zu lassen. »Ich gehe einmal davon aus, daß deine Entschuldigung allgemein akzeptiert worden ist. Vielleicht können wir unser Gespräch nun in einem etwas zivilisierteren Tonfall beginnen.«

»Natürlich«, sagte Sevet. »Du mußt wissen, daß ich direkt von Vater hierher komme.«

»Deinem unhöflichen und beleidigenden Benehmen zufolge hast du mindestens eine Stunde mit ihm verbracht.«

»Der arme Mann ist außer sich. Und wie könnte es auch anders der Fall sein, wenn seine eigene Gefährtin schreckliche Lügen über ihn verbreitet.«

»Dann ist er wirklich ein armer Mann«, sagte Tante Rasa. »Es überrascht mich, daß seine kleine, verwahrloste Gefährtin den Mut aufbringt, gegen ihn zu sprechen – oder andernfalls die nötige Intelligenz für eine Lüge. Was hat sie denn über ihn gesagt?«

»Ich meine natürlich *dich*, Mutter, nicht seine *derzeitige* Gefährtin, *die* interessiert niemanden.«

»Aber da ich den Vertrag des lieben Gabja vor fünfzehn Jahren verfallen ließ, kann er von *mir* doch wohl kaum erwarten, die Wahrheit über ihn zu verschweigen.«

»Mutter, du bist unmöglich.«

»Ich bin niemals unmöglich. Ich erlaube mir höchstens, gelegentlich etwas Unerwartetes zu tun.«

»Du bist die Mutter von Vaters beiden Töchtern, und alle beide sind mehr als nur etwas berühmt, die berühmtesten deiner Nachkommen, und zwar für sehr ehrbare Dinge, obwohl die Karriere der kleinen Koja natürlich noch ganz am Anfang steht, da sie noch keinen eigenen Mjachik geschaffen hat ...«

»Erspare mir bitte die Rivalität mit deiner Schwester.«

»Diese Rivalität geht nur von *ihr* aus, Mutter – *ich* schenke der Tatsache keine Beachtung, daß ihre Gesangskarriere bestenfalls etwas schleppend vorankommt. Es fällt einer lyrischen Sopranistin immer etwas schwerer, auf sich aufmerksam zu machen – es gibt so *viele* davon, man kann sie kaum auseinanderhalten, außer natürlich, bei einer davon handelt es sich um die eigene treue, liebevolle Schwester.«

»Ja, ich werde dich all meinen Mädchen als Beispiel für herausragende Loyalität vorstellen.«

Einen Augenblick lang erhellte sich Sevets Gesicht; dann begriff sie, daß ihre Mutter sie aufzog, und sie runzelte die Stirn. »Du bist wirklich nicht nett zu mir.«

»Wenn dein Vater dich geschickt hat, um mich zu überreden, meine Bemerkungen über die Ereignisse des heutigen Morgens zurückzunehmen, kannst du ihm sagen, daß ich seine wahren Pläne von einer über jeden Zweifel erhabenen Quelle kenne. Wenn er nicht aufhört, den Leuten zu sagen, Wetschik habe einen Mord geplant, werde ich meine Beweise vor den Rat bringen und dafür sorgen, daß er verbannt wird.«

»Das ... das kann ich Vater nicht sagen!« sagte Sevet.

»Dann laß es«, sagte Tante Rasa. »Dann wird er es herausfinden, wenn es soweit ist.«

»Ihn *verbannen*? *Vater* verbannen?«

»Wenn du mehr Geschichte studiert hättest, wüßtest du, daß ein Mann um so schneller aus Basilika verbannt wird, je reicher und mächtiger er ist. Es ist schon oft geschehen und wird wieder geschehen. Schließlich ist es Gabja, nicht Wetschik oder Roptat, dessen Soldaten die Straßen unsicher machen und behaupten, uns vor Schlägern zu schützen, die Gobya wahrscheinlich selbst angeheuert hat. Die Leute werden froh sein, daß er gehen muß – und das heißt, sie werden jeden Beweis, den ich vorbringe, *gern* glauben.«

Sevets Gesicht wurde ernst. »Vater mag gelegentlich die Beherrschung verlieren und bei seinen Geschäften ein wenig gerissen vorgehen, Mutter, doch er ist kein Mörder.«

»Natürlich ist er kein Mörder. Wetschik verließ Basilika, und Gabja würde es niemals wagen, Roptat zu töten, wenn er nicht Wetschik die Schuld in die Schuhe schieben kann. Obwohl ich glaube, hätte Gabja zu diesem Zeitpunkt gewußt, daß Wetschik geflohen war, hätte er Roptat in dem Augenblick umgebracht, in dem er gekommen wäre, und dann Wetschiks überstürzte Flucht als Beweis angeführt, daß mein lieber Gefährte der Mörder war.«

»Du stellst Vater als richtiges Ungeheuer hin. Warum hast du ihn dann zum Gefährten genommen?«

»Weil ich eine Tochter mit einer außergewöhnlichen Gesangsstimme und ohne jedes moralische Urteilsvermögen haben wollte. Es hat so gut geklappt, daß ich den Vertrag mit ihm für ein zweites Jahr verlängert habe und eine weitere bekam. Und dann war ich fertig.«

Sevet lachte. »Du bist so ein albernes Ding, Mutter. Ich *habe* ein moralisches Urteilsvermögen. Und auch eins in jeder anderen Hinsicht. Schließlich habe ich Vasja geheiratet und nicht irgendeinen zweiklassigen Schauspieler.«

»Hör auf, die Nase über den Mann zu rümpfen, den deine

Schwester zum Gefährten genommen hat«, sagte Tante Rasa. »Kokors Obring ist ein lieber Kerl, auch wenn er nicht das geringste Talent und den Hauch einer Chance hat, daß Koja ihm ein Kind gebären wird, ganz zu schweigen davon, daß sie den Vertrag verlängern wird.«

»Ein *lieber* Kerl«, sagte Sevet. »Ich darf nicht vergessen, was dieses Wort wirklich bedeutet, nun, da du es mir erklärt hast.«

Sevet erhob sich. Luet öffnete ihr die Tür. Doch Tante Rasa hielt sie zurück.

»Sevja, Liebes«, sagte sie. »Vielleicht kommt der Augenblick, da du zwischen mir und Vater entscheiden mußt.«

»Seit ich ein kleines Kind war, habt ihr beide mich zumindest einmal pro Monat dazu gezwungen. Mir ist es bislang gelungen, euch beiden auszuweichen, und ich habe vor, damit weiterzumachen.«

Rasa schlug die Hände zusammen – ein lautes, scharfes Klatschen, als habe sie einen Stein gegen einen anderen geschlagen. »Hör mir zu, Kind. Ich weiß, welchen Tanz du aufgeführt hast, und ich habe dich sowohl dafür bewundert, daß er dir so gut gelungen ist, als auch dafür bedauert, daß er überhaupt notwendig war. Ich will dir nur sagen, daß es bald vielleicht nicht mehr möglich ist, diesen Tanz aufzuführen. Also ist es jetzt an der Zeit für dich, dir deine beiden Eltern anzusehen und zu überlegen, wer von ihnen deine Loyalität verdient. Ich sage nicht *Liebe*, weil ich weiß, daß du uns beide liebst. Ich sage Loyalität.«

»Du solltest nicht so mit mir sprechen, Mutter«, sagte Sevet. »Ich bin nicht deine Schülerin. Und selbst, wenn es dir gelingen sollte, Vater in die Verbannung zu schicken, bedeutet das noch nicht, daß ich zwischen euch wählen muß.«

»Und wenn dein Vater Soldaten zu mir schickt, um mich zum Schweigen zu bringen? Oder Tolschocks – was wahrscheinlicher ist. Was, wenn ein Messer, das er bezahlt hat, deiner Mutter die Kehle durchschneidet?«

Sevet betrachtete ihre Mutter stumm. »Dann könnte ich allerdings ein Pichalny-Lied singen, nicht wahr?«

»Ich glaube, daß dein Vater der Feind der Überseele und auch der Feind Basilikas ist. Denke darüber nach, meine Sevet mit der traurigen Stimme, denke gut und lange darüber nach, denn wenn der Tag der Wahl kommt, bleibt dir vielleicht keine Zeit zum Nachdenken mehr.«

»Ich habe dich immer geschätzt, Mutter, weil du nie versucht hast, mich gegen meinen Vater aufzuhetzen, trotz all der üblen Dinge, die er über dich gesagt hat. Es tut mir leid, daß du dich geändert hast.« Mit großer Würde schwebte Sevet hinaus. Luet, die noch wie benommen von der brutalen Natur dieses Gespräches war, folgte ihr langsam zur Tür hinaus.

»Luet«, flüsterte Tante Rasa.

Luet drehte sich zu der großen Frau um und erzitterte innerlich, als sie die Tränen auf deren Wangen sah.

»Luet, du mußt es mir sagen. Was macht die Überseele mit uns? Was hat die Überseele vor?«

»Ich weiß es nicht«, sagte Luet. »Ich wünschte, ich wüßte es.«

»Würdest du es mir sagen, *falls* du es wüßtest?«

»Natürlich.«

»Auch, wenn die Überseele es dir verboten hätte?«

An eine solche Möglichkeit hatte Luet nicht gedacht.

Tante Rasa hielt ihr Zögern für eine Antwort. »Nun ja«, sagte sie. »Ich hätte es nicht anders erwartet – die Überseele sucht sich keine schwachen oder untreuen Dienerinnen aus. Aber sag mir eins, wenn du kannst: Ist es möglich, daß es gar keinen Plan gab, Wetschik zu töten? Daß die Überseele diese Warnung nur geschickt hat, um ihn dazu zu bewegen, Basilika zu verlassen? Du mußt doch auf den Gedanken gekommen sein ... ich habe mir überlegt ... Lutja, was, wenn die Überseele damit nur Issib und Nafai loswerden wollte? Das ergibt doch Sinn, oder? Sie haben die Überseele gestört, sie so beschäftigt gehalten, daß sie zu keinem außer ihnen mehr sprechen konnte. Könnte sie dir diese Vision nicht geschickt haben, um dafür zu sorgen, daß sie die Stadt verlassen, weil *die beiden* eine Bedrohung für die Überseele dargestellt haben?«

Luets wollte zuerst eine abschlägige Antwort hinausschreien, sie dafür tadeln, daß sie es gewagt hatte, so frevelhaft über die Überseele zu sprechen – als würde die nur ihren eigenen Nutzen im Sinn haben.

Doch als sie dann ruhig darüber nachdachte, erinnerte sie sich, mit welchem Erstaunen Huschidh ihr erzählt hatte, daß Issib und Nafai durchaus der Grund für das Schweigen der Überseele sein könnten. Und wenn die Überseele der Ansicht war, daß ihre Fähigkeit, ihre Töchter zu führen und schützen, durch diese beiden Jungen beeinträchtigt wurde, konnte sie durchaus Schritte eingeleitet haben, die beiden loszuwerden.

»Nein«, sagte Luet, »ich glaube nicht.«

»Bist du sicher?«

»Ich bin mir niemals sicher, abgesehen von der Vision selbst«, sagte Luet. »Aber ich habe noch nie erlebt, daß die Überseele mich täuscht. All meine Visionen haben sich als wahr erwiesen.«

»Aber auch diese wäre dann noch immer ein wahrer Ausdruck des Willens der Überseele.«

»Nein«, sagte Luet erneut. »Nein, das ist unmöglich. Denn Nafai und Issib haben bereits damit aufgehört. Nafai ist sogar zum Tempel gegangen und hat gebetet ...«

»Das habe ich gehört. Aber das trifft auch für Mebbekew zu, Wetschiks Sohn von dieser elenden kleinen Hure Kilvischevex ...«

»Und die Überseele hat zu Nafai gesprochen und ihn geweckt und ihn zum Raum der Reisenden geführt, in dem ich gewartet habe. Wenn die Überseele gewollt hätte, daß Nafai schweigen soll, hätte sie es ihm befohlen, und er hätte gehorcht. Nein, Tante Rasa, ich bin überzeugt, daß die Botschaft echt war.«

Tante Rasa nickte. »Ich weiß. Ich habe es gewußt. Es wäre bloß ...«

» ... einfacher gewesen.«

»Ja.« Sie lächelte. »Es wäre einfacher, wenn Gaballufix so unschuldig ist, wie er behauptet. Aber es entspräche nicht seinem Charakter. Weißt du, weshalb ich den Vertrag mit ihm nicht verlängert habe?«

»Nein«, sagte Luet. Und sie wollte es auch gar nicht wissen – es war schon lange Brauch, daß eine Frau niemals die Gründe verriet, aus denen sie einen Ehevertrag nicht verlängert hatte, und es war ein ernster Verstoß gegen den Anstand, Fragen darüber zu stellen oder auch nur Vermutungen darüber zu betreiben.

»Ich sollte es dir nicht sagen, aber ich werde es tun – weil du die Wahrheit kennen mußt, um alles zu verstehen.«

Ich bin noch ein Kind, dachte Luet. Du würdest keiner anderen Dreizehnjährigen darüber etwas erzählen. Du würdest es nicht einmal deiner eigenen Tochter erzählen. Aber ich, *ich* bin eine Seherin, und daher wird mir alles geöffnet, und es ist mir unmöglich, noch eine unschuldige Freude an den Dingen zu empfinden.

»Ich habe den Vertrag nicht erneuert, weil ich erfuhr ...«

Luet bereitete sich innerlich auf eine schäbige Enthüllung vor, doch es kam nicht soweit.

»Nein, Kind, nein. Nur, weil die Überseele zu dir spricht, darf ich dich nicht mit meinen Geheimnissen belasten. Geh und schlafe. Vergiß meine Fragen, wenn du kannst. Ich kenne meinen Wetschik. Und ich kenne auch Gaballufix. Ich kenne sie beide, bis in die tiefsten Schatten ihrer Seele. Um meiner Töchter willen habe ich versucht, etwas Unmögliches zu finden, wie zum Beispiel Gabjas Unschuld.« Sie kicherte. »Ich bin wie ein Kind, das sich immer Unmögliches wünscht. Wie deine Vision in den Wäldern, bevor ich dich auf den Säulengang zog. Du hast all meine brillantesten Nichten gesehen, wie ein Namensaufruf meiner Urteilskraft.«

Brillant? Schedemei und Huschidh, ja, aber Pup und Eiadh, diese Frauen der Schminke und des Flitters?

»Es hat mich zu gefreut zu erfahren, daß die Überseele sie kennt und in der Vision, die sie geschickt hat, mit mir und dir verbunden hat. Aber wo waren meine Töchter, Lutja? Ich wünschte, du hättest meine Sevja und meine Koja gesehen. Ich wünsche es mir wirklich – ist das dumm von mir?«

Ja. »Nein.«

»Du solltest dich im Lügen üben«, sagte Tante Rasa, »damit du es besser beherrscht. Nun geh zu Bett, meine liebe Seherin.«

Luet gehorchte, schlief aber kaum.

In den folgenden Tagen nahmen die Unruhen in der Stadt zu, bis es fast unmöglich war, den Unterricht in Tante Rasas Haus fortzusetzen. Nicht nur deshalb, weil sie sich ständig Sorgen machten, sondern hauptsächlich, weil so viele Kinder nicht mehr kamen, hauptsächlich aus den jüngeren Klassen. Nur wenige Kinder wurden zu Hause gehalten, weil ihre Eltern Rasas politischen Standpunkt mißbilligten. Aus jedem unterrichtenden Haushalt, ob nun groß oder klein, wurden Kinder genommen und in die Familien zurückgeholt; viele Familien hatten sogar ihre Häuser zugesperrt und hatten Ferien unbekannter Dauer an unbekannten Orten angetreten, an denen sie wahrscheinlich ausharren wollten, bis der schreckliche Tag, der kommen würde, vorübergezogen war.

Wie sehr beneidete Luet doch Nafai und Issib, die sich in einem fernen Land in Sicherheit befanden und nicht in ständiger Angst in dieser Stadt leben mußten, die die Dichter so lange den ›Berg des Friedens‹ genannt hatten.

Während der Antrag, Gaballufix zu verbannen, im Rat immer mehr Unterstützung gewann, setzte Gaballufix seine Soldaten auf den Straßen immer kühner ein. Zum einen gab es immer mehr Soldaten, und zum anderen griffen sie nicht mehr auf den Vorwand zurück, die Bürgerschaft vor den Tolschocks schützen zu wollen. Die Soldaten sprachen an, wen sie wollten, schickten Frauen und Kinder mit Tränen in den Augen nach Hause und verprügelten Männer, die sich ihnen widersetzten.

»Ist er ein Narr?« fragte Huschidh eines Tages Luet. »Weiß er denn nicht, daß alles, was seine Soldaten tun, seinen Feinden nur noch mehr Gründe gibt, ihn zu verbannen?«

»Er muß es wissen«, sagte Luet, »also muß er es darauf anlegen, verbannt zu werden.«

»Dann soll der Tag schnell kommen«, sagte Huschidh, »und hoffentlich werden wir ihn endgültig los.«

Luet wartete auf eine Vision von der Überseele, auf irgendeine Warnung, die sie dem Rat mitteilen sollte. Statt dessen bestand die einzige Vision, die sie erhielt, aus einem Wort des Trostes für eine alte Frau im Bezirk Olivenhain, der sie versicherte, daß ihr lange vermißter Sohn noch lebte und auf einem Schiff zurückkehrte, das bald im Hafen einlaufen würde. Luet wußte nicht, ob sie Trost an der Tatsache empfinden sollte, daß sich die Überseele noch immer Zeit nahm, aus tiefer Seele kommende Gebete alter Frauen mit gebrochenen Herzen zu beantworten, oder Zorn darüber, daß die Überseele noch immer Zeit mit solchen Dingen verschwendete, anstatt die Stadt zu heilen, bevor sie sich selbst zerstörte.

Dann kam endlich der gefürchtetste Augenblick. Die Türglocke schlug an, starke Fäuste trommelten gegen die Tür, und als die Tür aufgerissen wurde, stand ein Dutzend Soldaten dort. Die Dienerin, die die Tür geöffnet hatte, schrie auf, nicht nur, weil sie sich in gefährlichen Zeiten Bewaffneten gegenüber sah. Luet zählte zu den ersten, die der entsetzten Dienerin zu Hilfe eilten, und sah, was ihr solche Angst eingejagt hatte. Alle Soldaten trugen identische Uniformen mit identischen Panzerungen und Helmen und elektrischen Klingen, wie man es erwarten konnte – doch unter diesen Helmen befanden sich auch identische Gesichter.

Rasas älteste Nichte, Schedemei, die Genetikerin, sprach zu den Soldaten. »Ihr habt hier von Rechts wegen nichts zu suchen«, sagte sie. »Niemand will euch hier. Geht.«

»Ich werde mit der Herrin dieses Haushalts sprechen«, sagte der Soldat, der vor den anderen stand, »oder ich werde niemals gehen.«

»Sie hat nichts mit dir zu besprechen, habe ich gesagt.«

Doch dann stand Tante Rasa dort, und ihre Stimme war laut und klar. »Schließe die Tür vor diesen gedungenen Verbrechern«, sagte sie.

Der vorn stehende Soldat lachte und griff mit der Hand an seine Hüfte. Augenblicklich verwandelte er sich vor ihren Augen von einem jungen Söldner mit todernstem Gesicht in einen Mann mittleren Alters mit einem grauen Bart und stechenden, hellen Augen, stämmig, aber nicht weichbäuchig, nicht mit einer Uniform, sondern mit elegantem Zivil bekleidet. Ein Mann mit Stil und Macht, der die ganze Lage für überaus amüsant hielt.

»Gabja«, sagte Tante Rasa.

»Wie gefallen dir meine neuen Spielzeuge?« fragte Gaballufix und betrat das Haus. Frauen und Mädchen und Jungen wichen zur Seite, um ihm Platz zu machen. »Eine alte Theaterausrüstung, seit Jahrhunderten außer Mode, aber sie befand sich im Museum in einer Stasisblase, und die Herstellungsmaschinen konnten sich noch erinnern, wie man sie kopiert. Holokostüme, hießen sie damals. All meine Soldaten haben sie jetzt. Ich gestehe ein, damit kann man sie manchmal nur schwer auseinanderhalten, aber andererseits bin ich im Besitz des Hauptschalters, mit dem ich alle abstellen kann, wenn ich will.«

»Verlasse mein Haus«, sagte Rasa.

»Aber ich will nicht gehen«, sagte Gaballufix. »Ich will mit dir sprechen.«

»*Ohne sie* kannst du jederzeit mit mir sprechen. Das weißt du, Gabja.«

»Das habe ich einmal *gewußt*«, sagte Gaballufix. »Um die

Wahrheit zu sagen, o edelste meiner Gefährtinnen, ich wußte, daß meine Soldaten dich nicht beeindrucken würden – ich wollte dir nur die neueste Mode zeigen. Bald werden die besten Männer sie tragen.«

»Nur in ihren Särgen«, sagte Tante Rasa.

»Willst du dieses Gespräch vor den Kindern führen, oder sollen wir uns auf deinen geheiligten Säulengang zurückziehen?«

»Deine Soldaten warten vor der Tür. Vor der *verschlossenen* Tür.«

»Was immer du verlangst, o Mutter meines Duetts der süßen Singvögel. Obwohl deine Tür mit all ihren Schlössern kein Hindernis wäre, wenn ich sie im Haus haben wollte.«

»Menschen, die sich ihrer Macht sicher sind, müssen nicht damit prahlen«, sagte Tante Rasa. Sie ging den Korridor voraus, während Schedemei die Tür vor den Gesichtern der Soldaten schloß und verriegelte.

Luet konnte das Gespräch zwischen Tante Rasa und Gaballufix mithören, auch nachdem sie um eine Ecke gegangen und außer Sicht waren.

»Ich *muß* nicht prahlen«, sagte Gaballufix. »Aber es bereitet mir Freude.«

Doch anstatt zu antworten, rief Tante Rasa laut den Gang zurück: »Luet! Huschidh! Kommt mit. Ich möchte Zeuginnen haben.«

Augenblicklich setzte sich Luet in Bewegung, und Huschidh folgte ihr. Da Tante Rasa sie erzogen hatte, liefen sie nicht, gingen aber so schnell, daß sie um die Ecke gebogen waren und Gaballufix' letzte geflüsterten Worte mitbekamen, bevor sie zu den Erwachsenen aufschlossen. »...keine Angst vor deinen kleinen Hexen«, sagte er.

Luet ließ sich natürlich nicht anmerken, daß sie es mitbekommen hatte. Sie wußte, daß Huschidhs Gesicht noch ausdrucksloser sein würde.

Auf dem Säulengang unternahm Gaballufix nicht die geringsten Anstalten, die Grenze von Tante Rasas Wandschirmen zu respektieren. Er trat direkt zur Balustrade und betrachtete den Anblick, der für die Augen von Männern verboten war. Tante Rasa folgte ihm nicht, und so blieben auch Luet und Huschidh hinter den Schirmen. Schließlich kehrte Gaballufix zu ihnen zurück.

»Immer ein wunderschöner Anblick«, sagte er.

»Allein deshalb könntest du verbannt werden«, sagte Tante Rasa.

Gaballufix lachte. »Dein geheiligter See. Was glaubst du, wie lange er noch vor den Stiefeln von Männern sicher sein wird, wenn die Naßköpfe kommen? Hast du daran gedacht – haben Roptat und dein geliebter Volemak daran gedacht? Die Naßköpfe haben keine Ehrfurcht vor der Religion der Frauen.«

»Noch weniger als du?«

Gaballufix verdrehte die Augen, um ihr seine Verachtung für ihre Anklage zu zeigen. »Wenn es nach Roptat und Volemak geht, wird den Naßköpfen diese Stadt gehören, und für sie wäre der Blick von diesem Säulengang keiner auf heiliges Land – sondern einer auf städtische Grundstücke, unentwickelte Gelände, mögliches Land für Gebäude und Jagdreviere und auf einen außergewöhnlichen See mit heißem und kaltem Wasser, in dem man bei jedem Wetter baden kann.«

Luet war erstaunt darüber, daß er so gut über die Natur des Sees Bescheid wußte. Welche Frau hatte sich so vergessen, daß sie von dem geheiligten Ort erzählt hatte?

Doch Tante Rasa machte keine Bemerkung über die Unangemessenheit seiner Worte. »Roptat hat vor, die Naßköpfe herzuholen. Wetschik und ich haben lediglich für die uralte Neutralität gesprochen.«

»Neutralität! Nur Narren und Kinder glauben daran. Es *gibt* keine Neutralität, wenn große Mächte zusammenprallen!«

»In der Macht der Überseele liegt Neutralität und Frieden«, sagte Tante Rasa ganz ruhig angesichts seiner Entrüstung. »Sie hat die Macht, unsere Feinde abzulenken, so daß sie uns gar nicht sehen.«

»Macht? Ja, vielleicht hat sie Macht, diese Überseele – aber ich sehe keine Anzeichen dafür, daß sie arme, unschuldige Städte vor der Zerstörung rettet. Wieso trete ich allein für Basilika ein? Wieso bin ich der einzige, der einsieht, daß Sicherheit nur in einer Allianz mit Potokgavan liegt?«

»Spare dir die patriotischen Reden für den Rat, Gabja. Wenn du mit mir sprichst, kannst du dich nicht hinter ihnen verbergen. Die Wagen verheißen einen leichten Profit. Und was den Krieg betrifft – du weißt so wenig darüber, daß du ihn dir tatsächlich herbeisehnst. Du glaubst, du wirst neben den mächtigen Soldaten Potokgavans stehen und die Naßköpfe vertreiben, und man wird sich ewig an deinen Namen erinnern. Aber ich sage dir, wenn du deinem Feind gegenübertrittst, stehst du allein. Kein Potoku wird neben dir stehen. Und wenn du fällst, wird man deinen Namen so schnell vergessen wie das Wetter der vergangenen Woche.«

»*Dieser* Sturm, meine liebe ehemalige Gefährin, hat einen Namen, und man wird sich an ihn erinnern.«

»Nur an den Schaden, den du angerichtet hast, Gabja. Wenn Basilika brennt, wird jede Flammenzunge Gaballufix brandmarken, und der sterbende Fluch einer jeden Bürgerin wird deinen Namen beinhalten.«

»Wer bildet sich denn jetzt ein, eine Prophetin zu sein?« fragte Gaballufix. »Spare dir deine Poesie für diejenigen, die zittern, wenn sie an die Überseele denken. Und was deinen Versuch betrifft, mich verbannen zu lassen – es spielt keine Rolle, ob er gelingt oder scheitert.«

»Du meinst, du willst sowieso nicht gehorchen?«

»*Ich?* Mich dem *Rat* widersetzen? Undenkbar. Nachdem ich verbannt worden bin, wird mich niemand mehr in der Stadt sehen, dessen kannst du dir sicher sein.«

Doch bei diesen Worten griff er hinab und schaltete sein Holoküstum ein. Augenblicklich wurde er in eine Illusion gehüllt; sein Gesicht war die unergründliche Maske eines verschwommen bedrohlichen Soldaten, wie einer der vielen hundert, die er angeheuert hatte. Luet begriff, daß er nicht die Absicht hatte, dem Bannspruch zu gehorchen. Er würde einfach diese perfekteste aller Verkleidungen tragen, damit niemand ihn identifizieren konnte. Er würde in der Stadt bleiben, tun, was er wollte, und die Edikte des Rats mit seinem Ungehorsam verspotten. Danach gab es keine politische Hoffnung mehr, die Stadt von seiner Herrschaft zu befreien. Danach gab es nur noch Bürgerkrieg, und die Straßen würden vor Blut schwimmen.

Luet erkannte an Tante Rasas Blicken, daß sie dies begriff. Sie betrachtete ruhig die leeren Augen, die sie aus Gaballufix' Holokostüm anstarrten. Sie sagte nichts, als er sich umdrehte und ging; sie sagte überhaupt nichts, bis Luet schließlich Huschidh an der Hand nahm und sie zum Rand des Säulengangs traten, um auf das Tal der Frauen zu blikken.

»Zwischen ihnen gibt es nichts mehr«, sagte Huschidh. »Ich sah, wie es zusammenbrach, dieses letzte Band der Liebe. Stürbe er heute abend, wäre sie lediglich zufrieden.«

Für Luet war dies die schrecklichste aller Tragödien. Einst hatte die Liebe diese beiden Menschen verbunden; sie hatten zwei Kinder miteinander, doch nun, nur fünfzehn Jahre später, war die letzte Verbindung zwischen ihnen durchtrennt worden. Alles verloren, alles fort. Nichts währte ewig, nichts. Selbst diese vierzig Millionen Jahre alte Welt, die die Überseele wie in Eis bewahrt hatte, würde vor dem Feuer schmelzen. Dauer war immer eine Illusion, und Liebe war nur die Verkleidung, die Liebende trugen, um den Tod ihrer Vereinigung eine Weile voreinander zu verbergen.

10

Zelte

Wetschik hatte seine Zelte fern von jeder Straße aufgeschlagen, in einem schmalen Flußlauf in der Nähe des Ufers des Rumensees. Sie hatten das Tal bein Sonnenuntergang erreicht, gerade, als eine Pavianherde ihren Futterplatz in der Nähe der Flußmündung verließ und zu ihren Schlafnischen in den steilsten, zerklüftetsten Klippen der Talmauer zurückkehrte. Das Rufen und Schreien der Paviane hatte sie auf der letzten Etappe ihrer Reise begleitet, und Elemak war darauf bedacht, sie ein Stück flußaufwärts zu führen, fort von den Tieren. »Damit wir sie nicht stören?« fragte Issib.

»Damit sie unser Wasser nicht verschmutzen und unser Essen nicht stehlen«, sagte Elemak.

Bevor Vater ihnen erlaubte, die Kamele von ihren Lasten zu befreien und zu tränken, bevor sie selbst etwas aßen oder tranken, richtete er sich auf seinem Reittier auf und deutete zum Fluß. »Seht – wir haben das Ende der Trockenzeit, und es befindet sich noch Wasser in ihm. Von jetzt an wird dieser Ort Elemak heißen. Ich nenne ihn nach dir, meinem ältesten Sohn. Sei wie der Fluß, damit der Sinn deines Lebens darin liegt, immer zum großen Meer der Überseele zu fließen.«

Nafai warf Elemak einen Blick zu und stellte fest, daß er den salbungsvollen Vortrag mit Würde hinnahm. Es war ein ehrwürdiger Augenblick, einem Ort einen Namen zu geben, und selbst wenn Vater auch *zu* salbungsvoll sprechen mochte, wußte Elemak, daß es eine Ehre war, eine Anerkennung.

»Und was dieses grüne Tal betrifft«, sagte Vater, »nenne ich es Mebbekew, nach meinem zweiten Sohn. Sei wie dieses Tal, Mebbekew, ein fester Kanal, durch den die Wasser des Lebens fließen können und in dem Leben Wurzeln schlagen und gedeihen kann.«

Mebbekew nickte ernst.

Es war nichts mehr übrig, das er nach Issib und Nafai nennen konnte. Nach kurzer Stille erklang Vaters Stöhnen, als das Kamel niederkniete, damit er absteigen konnte. Erst nach Anbruch der Dunkelheit hatten sie die Zelte endlich aufgeschlagen, die Skorpione hinausgefegt und die Abstoßer aufgestellt. Drei Zelte – Vaters natürlich, das größte, obwohl er allein darin schlief. Das zweitgrößte für Elja und Meb. Und das kleinste für Issib und Nafai, obwohl Issibs Stuhl beträchtlichen Platz in Anspruch nahm.

Nafai konnte nicht umhin, über diese Ungerechtigkeiten zu grübeln, und als Issib ihn schließlich in der Dunkelheit des Zeltes fragte, worüber er nachdachte, verlieh er seinem Abscheu Ausdruck. »Er benennt den Fluß und das Tal nach *ihnen*, obwohl Elemak doch mit Gaballufix zusammengearbeitet hat und Mebbekew all diese schrecklichen Dinge zu ihm gesagt und das Haus verlassen und noch einiges mehr getan hat.«

»Und?« fragte Issib, verständnisvoll wie immer.

»Und jetzt hocken wir hier im kleinsten Zelt. Wir haben zwei Ersatzzelte dabei, noch nicht ausgepackt, die beide größer sind als dieses hier.« Nachdem sich Nafai ausgezogen hatte, half er nun seinem Bruder dabei – ohne die Schwebeflossen schaffte er es nicht allein.

»Vater hat damit eine Erklärung abgegeben«, sagte Issib.

»Ja, und ich habe sie gehört, und sie gefällt mir nicht. Er hat gesagt: Issib und Nafai, ihr seid *nichts*.«

»Was sollte er denn machen, eine *Wolke* nach uns benennen?« Issib verstummte kurz, während Nafai ihm das Hemd über den Kopf zog. »Oder sollte er einen Busch nach dir nennen?«

»Mir ist es egal, was er nach wem nennt, ich lege nur auf Gerechtigkeit wert.«

»Denke doch einmal vernünftig darüber nach, Nafai. Vater bewertet seine Söhne nicht von Stunde zu Stunde danach, wer ihm den größten Gehorsam leistet oder am besten hilft oder am höflichsten ist. Für die Vergabe der Zelte war eine klare Rangordnung ausschlaggebend.« Nafai legte seinen Bruder auf dessen Matte am hinteren Ende des Zelts. »Die Tatsache, daß Elja kein eigenes Zelt bekommen hat, sondern eins mit Meb teilen muß«, sagte Issib, »rückt ihn zurecht und erinnert ihn daran, daß nicht *er* der Wetschik ist, sondern nur dessen Sohn. Doch indem er uns in ein so winziges Zelt gesteckt hat, verrät er Elja und Meb, daß er sie schätzt und als seine ältesten Söhne ehrt. Damit tadelt und ermutigt er sie zugleich. Ich glaube, er ist ziemlich klug vorgegangen.«

Nafai legte sich auf seine Matte in der Nähe der Tür, der traditionellen Position des Dieners. »Was ist mit uns?«

»Was soll denn mit uns sein? Willst du dich gegen die Überseele auflehnen, weil dein Papa dir ein kleines Zelt gegeben hat?«

»Nein.«

»Vater vertraut auf unsere Loyalität, während er Elja und Meb zusetzt. Vaters Vertrauen ist die größte Ehre überhaupt. Ich bin stolz darauf, in diesem Zelt zu sein.«

»Wenn du es so ausdrückst«, sagte Nafai, »bin ich es auch.«

»Schlaf jetzt.«

»Wecke mich, wenn du etwas brauchst.«

»Was kann ich denn schon brauchen«, sagte Issib, »wenn ich meinen Stuhl neben mir habe?«

In Wirklichkeit befand sich der Stuhl zu seinen Füßen, und wenn Issib nicht darin saß, war er völlig nutzlos für ihn. Nafai war einen Augenblick lang verwirrt, bis er begriff, daß Issib ihm einen kleinen Tadel erteilt hatte: Was beschwerst du dich denn, Nafai, wenn ich meine Schwebeflossen nicht mehr habe, da ich das Magnetfeld der Stadt verlassen mußte, und nun wie ein kleines Kind versorgt werden muß? Es mußte für Issib erniedrigend gewesen sein, daß ich ihn auszog, dachte Nafai. Und doch erträgt er es um Vaters willen, ohne sich zu beklagen.

Mitten in der Nacht erwachte Nafai und war sofort wach. Er blieb liegen und lauschte. Hatte Issib ihn gerufen? Nein – sein Bruder atmete mit den schweren, rhythmischen Zügen eines Schlafenden. War er vielleicht wach geworden, weil er unbequem lag? Nein, denn aufgrund des Sandes unter seiner Matte lag er hier *bequemer* als in seinem Zimmer zu Hause. Und es war auch nicht Kälte gewesen oder das ferne Heulen eines Wildhunds, und es konnten auch nicht die Paviane gewesen sein, denn sie verhielten sich des Nachts über immer völlig still.

Als Nafai zum letzten Mal so aufgewacht war, hatte er Luet draußen im Zimmer der Reisenden gefunden, und die Überseele hatte in dieser Nacht zu Vater gesprochen.

Habe ich vielleicht geträumt? Hat die Überseele mich in meinem Schlaf belehrt? Doch Nafai konnte sich an keine Träume erinnern, nur an das plötzliche Bewußtsein, wach zu sein.

Er erhob sich von seiner Matte – leise, um Issja nicht zu stören – und glitt unter dem Netz hindurch, das über die Tür gespannt war. Draußen war es natürlich kälter als im Zelt, doch sie waren so weit in südliche Richtung gereist, daß der Herbst diesen Ort noch nicht erreicht hatte, und das Wasser des Sees Rumen war viel wärmer und ruhiger als der Ozean, der östlich von Basilika an die Küste spülte.

Die Kamele schliefen friedlich in ihrem kleinen Behelfspferch. Die Abwehrer an den Ecken hielten selbst die kleinsten Tiere fern, die nicht gegen die Tonfrequenzen und Pheromone gewöhnt waren, die die Abwehrer abgaben. Der Fluß plätscherte synkopisch über die Felsen. Die Blätter der Bäume raschelten hin und wieder in der Nachtbrise. Wenn es auf ganz Harmonie irgendeinen Ort gibt, wo man friedlich schlafen kann, dachte Nafai, dann hier. Und doch konnte ich nicht schlafen.

Nafai ging flußaufwärts und setzte sich auf einen Stein am Wasser. Der Wind war so kühl, daß er etwas fröstelte; einen Augenblick lang wünschte er sich, er hätte sich angezogen, bevor er das Zelt verlassen hatte. Doch er hatte nicht vorgehabt, jetzt schon aufzustehen, und würde bald wieder ins Zelt zurückkehren.

Er sah sich um und schaute dann zu den nicht weit entfernten, niedrigen Hügeln. Wenn nicht gerade jemand auf diesen Hügeln stand, konnte man nicht einmal vermuten, daß es hier ein Tal mit Wasser gab. Dennoch war es ein Wunder, daß niemand hier lebte, einmal abgesehen von der Paviansippe flußabwärts von ihnen, ja, daß es nicht einmal Spuren einer menschlichen Besiedlung gab. Vielleicht lag es daran, daß sich dieses Tal so weit von jeder Handelsroute entfernt befand. Würde man das Land hier bebauen, könnte es trotzdem kaum mehr als ein paar Dutzend Leute ernähren. Es war wohl zu einsam oder nicht einträglich genug, um sich hier niederzulassen. Räuber würden es vielleicht als Zufluchtsort benutzen, doch es lag zu weit von den Karawanenwegen entfernt. Es war genau das, was Vaters Familie während ihres Exils von Basilika gesucht hatte. Als wäre es eigens für sie geschaffen worden.

Einen Augenblick lang fragte sich Nafai, ob dieses Tal überhaupt existiert hatte, bevor sie es brauchten. Hatte die Überseele sogar die Macht, eine Landschaft umzugestalten?

Unmöglich. In Mythen und Legenden mochte man ihr eine solche Macht zusprechen, doch in der wirklichen Welt schienen die Kräfte der Überseele ausschließlich auf die Kommunikation beschränkt zu sein – auf die Verbreitung von Kunstwerken auf der ganzen Welt und den geistigen Einfluß auf jene, denen sie Visionen gab, oder die Erstarrung der Gedanken, mit denen die Überseele die Menschen von verbotenen Ideen abwandte.

Deshalb war dieses Tal leer, bis wir kamen, dachte Nafai. Es würde der Überseele nicht schwerfallen, Wüstenreisende dumm zu machen, wann immer sie mit dem Gedanken spielten, hier zum See Rumen abzubiegen. Die Überseele hat das Tal für uns vorbereitet, aber nicht, indem sie es aus den Felsen schuf oder ein unterirdisches Wasserreservoir an die Oberfläche sprudeln ließ und in eine Quelle oder einen Fluß für uns verwandelte, sondern, indem sie andere Menschen von hier fernhielt, so daß das Tal leer und für uns bereit war, als wir kamen.

Die Überseele verfolgt hier einen großen Zweck, Pläne innerhalb von Plänen. Wir lauschen ihrer Stimme, wir beachten die Visionen, die sie uns eingibt, aber wir sind trotzdem lediglich Puppen, die nicht wissen, warum man an unseren Fäden zieht oder wozu unser Tanz letztendlich führen wird. Es ist nicht richtig, dachte Nafai. Es ist nicht einmal gut, denn die Gefolgschaft der Überseele wird blind gehalten. Wenn sie die Pläne der Überseele nicht selbst abschätzen kann, kann sie auch nicht zwischen Gut und Böse unterscheiden, sondern sich lediglich den Absichten der Überseele unterwerfen. Wie kann den Plänen der Überseele gedient sein, wenn all ihre Gefolgsleute willensschwache Menschen sich, die sich ihr einfach unterwerfen, ohne sie zu verstehen?

Ich werde dir dienen, Überseele, mit meinem ganzen Herzen werde ich dir dienen, falls ich verstehe, was du versuchst, was für eine *Bedeutung* es hat. Und ob deine Absicht gut ist.

Wer bin ich, daß ich darüber richten kann, was gut ist und was nicht?

Der Gedanke kam Nafai in den Sinn, und er lachte stumm über seine Arroganz. Wer bin ich, daß ich mich zum Richter über die Überseele erhebe?

Dann erschauderte er. Wieso ist mir dieser Gedanke gekommen? Könnte er nicht von der Überseele stammen, die versucht, mich zu bändigen? Aber ich werde mich nicht bändigen lassen, nur überzeugen. Ich lasse mich nicht zwingen oder blindlings führen oder hereinlegen oder nötigen – ich bin lediglich bereit, mich überzeugen zu lassen. Wenn du deinen eigenen guten Absichten nicht einmal soweit vertraust, um mir zu sagen, was du vorhast, Überseele, gestehst du damit deine moralische Schwäche ein, und ich werde dir niemals dienen.

Das Mondlicht, das auf der sich ständig verändernden Wasseroberfläche des Flusses funkelte, wurde plötzlich zu Sonnenlicht, das von metallenen Satelliten reflektiert wurde, die auf ewig den Planeten Harmonie umkreisten. Vor seinem geistigen Auge sah Nafai, wie einer dieser Satelliten nach dem anderen in seinem Orbit strauchelte, fiel und zu Staub verbrannte, als er in die Atmosphäre eintrat. Die ersten menschlichen Siedler dieser Welt hatten Werkzeuge gebaut, die zehn oder zwanzig Millionen Jahre halten würden. Ihnen war das wie eine Ewigkeit vorgekommen – ein viel längerer Zeitraum, als die menschliche Spezies schon existierte. Doch mittlerweile waren vierzig Millionen Jahre daraus geworden, und die Überseele mußte ihr Arbeitspensum mit einem Viertel der Satelliten bewältigen, die ihr am Anfang zur Verfügung gestanden hatten, kaum halb so viel, wie sie in den ersten dreißig Millionen Jahren gehabt hatte. Kein Wunder, daß die Überseele schwächer geworden war.

Doch ihre Pläne waren nicht weniger bedeutend. Sie mußte noch immer ihren Zweck erfüllen. Issib und Nafai hatten recht – die Überseele war von den ersten menschlichen Siedlern auf dieser Welt geschaffen worden, und nur zu einem Zweck: um Harmonie zu einer Welt zu machen, auf der die Menschheit niemals imstande sein würde, sich selbst zu vernichten.

Wäre es nicht besser gewesen, dachte Nafai, die Menschheit zu verändern, damit sie nicht mehr den *Drang* verspürte, sich zu vernichten?

Die Antwort kam ihm mit solch einer Klarheit in den Sinn, daß er wußte, es handelte sich um die Antwort der Überseele. Nein, es wäre nicht besser gewesen.

Aber warum nicht? verlangte Nafai zu wissen.

Eine Antwort, viele Antworten strömten gleichzeitig in seinen Verstand, so plötzlich, daß er ihnen keinen Sinn entnehmen konnte. Doch in den Augenblicken danach, den Augenblicken zunehmender Klarheit, fanden einige Vorstellungen sprachliche Entsprechungen, wurden zu so klaren

Sätzen, als hätte eine andere Stimme sie gesprochen. Aber es war keine andere Stimme – es war Nafais Stimme, die den schwachen Versuch unternahm, einige verstreute Reste dessen, was die Überseele zu ihm gesagt hatte, in Worte zu fassen.

Die Stimme der Überseele hatte in Nafais Geist gesagt: Wenn ich der Menschheit die Neigung zur Gewalt genommen hätte, wäre sie nicht mehr die Menschheit. Nicht, daß Menschen gewalttätig sein müssen, um Menschen zu sein, doch wenn man jemals den Willen verliert, etwas zu beherrschen oder zu zerstören, dann, weil man ihn verlieren *wollte*. Meine Rolle war es nicht, euch zu zwingen, sanft und freundlich zu sein; ich mußte euch am Leben halten, während ihr selbst entscheidet, was für Menschen ihr sein wollt.

Nafai hatte Angst, eine weitere Frage zu stellen, aus Furcht, er könne in der geistigen Flut ertrinken, die folgen würde. Und doch konnte er die Frage nicht ungestellt lassen. Erkläre es mir langsam. Erkläre es mir sanft. Doch sage mir: Wozu haben wir uns entschlossen?

Zu seiner Erleichterung kam die Antwort diesmal nicht als Ansturm reiner, unaussprechlicher Ideen. Diesmal hatte er den Eindruck, in seinem Geist habe sich ein Fenster geöffnet, durch das er sehen konnte. All die Szenen, all die Gesichter, die er sah, waren Erinnerungen, Dinge, die er in Basilika gesehen oder gehört hatte, Dinge, die er bereits wußte, die die Überseele an die Oberfläche seines Verstands bringen konnte. Doch nun sah er sie mit einem so klaren Verständnis, daß sie stärker als alles, was er jemals erlebt hatte, Kraft und Bedeutung annahmen. Er sah Erinnerungen an geschäftliche Verhandlungen, die er gesehen hatte. Er sah Stücke und Satiren, die er gesehen hatte. Gespräche auf der Straße. Eine heilige Frau, die von einer Bande betrunkener Gläubiger vergewaltigt worden war. Die Intrigen von Männern, die versuchten, einen Ehevertrag mit einer berühmten Frau zu bekommen. Die beiläufige Grausamkeit, mit der Frauen ihre jeweiligen Verehrer gegeneinander ausspielten.

Sogar, wie Elemak und Mebbekew ihn, Nafai, behandelt hatten – und wie er sie behandelt hatte. Das alles sprach von der Bereitschaft der Menschen, einander zu verletzen, der brennenden Leidenschaft zu beherrschen, was andere Menschen dachten und taten. So viele Leute versuchten insgeheim und verstohlen, andere zu vernichten – und nicht nur ihre Feinde, sondern auch ihre Freunde. Sie wollten sie vernichten, weil ihnen das Wissen Vergnügen bereitete, daß sie die Macht hatten, Schmerz zu verursachen. Und es gab so wenige, die ihr Leben der Aufgabe verschrieben hatten, die Kraft und Zuversicht anderer Menschen aufzubauen. So wenige, die wahre Lehrer, echte Gefährten waren.

Wie es bei Vater und Mutter der Fall war, dachte Nafai. Sie blieben zusammen, nicht, weil sie einen Vorteil davon hatten, sondern, weil sie sich gegenseitig etwas gaben. Vater bleibt nicht bei Mutter, weil sie gut für *ihn* ist, sondern vielmehr, weil sie gemeinsam Gutes für uns tun können und für viele andere. Vater hat sich in den letzten paar Wochen nicht in die Politik Basilikas eingemischt, weil er sich Vorteile davon versprach, wie es bei Gaballufix der Fall ist, sondern weil er sich wirklich mehr Sorgen um die Zukunft der Stadt macht als um sein Vermögen und sein Leben. Er könnte dieses Vermögen auf der Stelle ohne einen zweiten Blick aufgeben. Und bei Mutter ist ihr Leben, was sie in den Köpfen ihrer Schüler erschafft. Durch ihre Mädchen, ihre Jungen, versucht sie, die Zukunft Basilikas zu schaffen. Jedes Wort, das sie in der Schule spricht, soll die Stadt vor dem Verfall bewahren.

Und doch verlieren sie. Es entgleitet ihnen. Die Überseele würde ihnen helfen, wenn sie könnte, hat jedoch weder die Macht noch den Einfluß, die sie einmal hatte; und außerdem steht es ihr sowieso nicht zu, die Menschen gut zu machen, sondern nur, ihre Bosheit in recht schmalen Grenzen zu halten. Bosheit und Groll, das war heutzutage Basilikas Lebensblut; Gaballufix ist zufällig nur derjenige, der das giftige Herz der Stadt am besten symbolisiert. Selbst die, die ihn hassen und gegen ihn kämpfen, werden von allgemeinen Gründen dazu bewogen, nicht, weil sie gut sind und er böse ist, sondern weil sie die Tatsache verabscheuen, daß er die Herrschaft anstrebt, auf die sie selbst gehofft hatten.

Ich *würde* helfen, sagte die stumme Stimme der Überseele in Nafais Geist. Ich *würde* den guten Menschen Basilikas helfen. Doch es gibt nicht genug davon. Der Wille der Stadt gilt der Zerstörung. Wie kann ich sie also davor bewahren, zerstört zu werden? Falls Gaballufix mit seinen Plänen scheitert, wird die Stadt einen anderen hervorbringen, der dazu beiträgt, daß sie sich selbst zerstört. Das Feuer wird kommen, weil die Stadt es ersehnt. Zu wenige lieben die Stadt, zu viele wünschen, sich an ihrem Kadaver zu nähren.

Tränen strömten aus Nafais Augen. Ich habe es nicht gewußt. Ich habe die Stadt nie so gesehen.

Das liegt daran, weil du der Sohn deiner Mutter bist, der Erbe deines Vaters. Wie alle menschlichen Wesen gehst du davon aus, daß andere Menschen hinter den Masken ihrer Gesichter im Prinzip so sind wie du. Aber dem ist nicht immer so. Einige Menschen können das Glück anderer nicht sehen, ohne es zerstören zu wollen, können die Bande der Liebe zwischen Freunden oder Eheleuten nicht sehen, ohne sie zerbrechen zu wollen. Und viele andere, die an sich nicht boshaft sind, werden in der Hoffnung auf kurzfristige Vorteile zu deren Werkzeugen. Die Menschen haben ihre Vision verloren. Und ich habe nicht die Macht, sie wiederherzustellen. Mir bleibt nur noch meine Erinnerung an die Erde, Nafai.

»Erzähle mir von der Erde«, flüsterte Nafai.

Erneut öffnete sich ein Fenster in seinem Verstand, doch diesmal handelte es sich nicht um eigene Erinnerungen. Statt dessen sah er Dinge, die er noch nie gesehen hatte. Es überwältigte ihn; er konnte den Dingen, die er sah, kaum Sinn entnehmen. Helle Kästen aus Glas und Metall, die über breite, graue Straßen rasten. Massive Metallhäuser, die sich hoch in die Luft erhoben, auf schlanken, zerbrechlichen Keilen aus lackiertem Stahl durch den Himmel flogen. Große, vielflächige Gebäude mit verspiegelten Fassaden, die einander reflektierten oder im gelben Sonnenlicht schimmerten. Und mitten unter ihnen Hütten aus Pappe oder ausrangiertem Metall, in denen Familien zusehen mußten, wie ihre Kinder mit aufgeblähten Bäuchen starben. Menschen, die Feuerbälle aufeinander warfen, oder große Feuerlohen, die aus Schläuchen kamen. Und völlig unerklärliche Dinge: Eines dieser fliegenden Häuser befand sich über einer Stadt und ließ etwas fallen, bei dem es sich um einen unbedeutenden Kothaufen zu handeln schien, bis plötzlich ein Flammenball aus ihm hervorbrach, der so hell wie die Sonne war, und die gesamte Stadt darunter lag in Trümmern, und die Trümmer brannten. Eine Familie, die an einem großen Tisch saß, der über und über mit Nahrungsmitteln bedeckt war, und gierig aß, bis sie sich dann hinüberbeugte und sich auf Bettler übergab, die sich verzweifelt an den Stuhlbeinen festklammerten. Sicher war diese Vision nicht buchstäblich, sondern sinnbildlich zu nehmen! Sicher würde niemand so moralisch verderbt sein, mehr zu essen, als er brauchte, während andere vor seinen Augen Hungers starben! Sicher würde jeder, der eine Möglichkeit gefunden hatte, den Himmel in so heiße Flammen ausbrechen zu lassen, daß sie eine ganze Stadt auf einmal zerstören konnten, sicher würde solch ein Mensch doch Selbstmord begehen, bevor er irgend jemandem das schreckliche Geheimnis dieser Waffe verraten konnte.

»Ist das die Erde?« flüsterte er der Überseele zu. »So wunderschön und ungeheuerlich? Sind wir einmal so gewesen?«

Ja, kam die Antwort. So seid ihr einst gewesen, und so werdet ihr wieder sein, wenn ich keine Möglichkeit finde, die Welt wieder auf meine Stimme aufmerksam zu machen. In Basilika gibt es viele, die die Nahrung essen, die sie brauchen, und dann noch mehr essen, obwohl sie wissen, daß es viele gibt, die nicht genug haben. Nur dreihundert Kilometer nördlich herrscht eine Hungersnot.

»Wir könnten Wagen benutzen, um Nahrungsmittel dorthin zu schaffen«, sagte Nafai.

Die Gorajni haben solche Wagen. Sie befördern damit auch Nahrungsmittel – aber für die Soldaten, die angerückt sind, um dieses von einer Hungersnot heimgesuchte Land zu erobern. Erst, als sie das Volk unterworfen und die Regierung vernichtet hatten, haben sie Nahrung verteilt – das Schmutzwasser, das ein Schweinehirt seiner Herde bringt. Man füttert sie jetzt, um sie später brutzeln zu hören.

Die Visionen setzten sich fort – stundenlang, wie Nafai glaubte, obwohl er später erkannte, daß es sich nur um ein paar Minuten gehandelt hatte. Immer mehr Erinnerungen an die Erde, mit immer störenderem Verhalten der Menschen und immer seltsameren Maschinen. Bis zum großen Feuer und den Raumschiffen, die sich aus dem Rauch und Eis und der Asche erhoben, die sie zurückließen.

»Sie sind geflohen, weil sie ihre Welt zerstört haben.«

Nein, sagte die Überseele. Sie sind geflohen, weil sie sich danach sehnten, neu anzufangen. Zumindest die, die nach Harmonie kamen. Sie kamen nicht hierher, weil die Erde nicht mehr geeignet für sie war, sondern weil sie glaubten, nicht mehr für die Erde geeignet zu sein. Milliarden sind gestorben, doch es gab noch immer genug Energie und Leben auf der Erde, daß vielleicht ein paar hunderttausend Menschen überleben konnten. Aber sie konnten es nicht ertragen, auf der Welt zu leben, die sie zugrunde gerichtet hatten. Wir gehen fort, sagten sie zueinander, während die Welt sich heilt. Während unseres Exils werden wir ebenfalls lernen, uns zu heilen, und wenn wir zurückkehren, werden wir tauglich sein, das Land unserer Geburt zu erben und es zu behüten.

Also schufen sie die Überseele, nahmen sie nach Harmonie mit und gaben ihr Hunderte von Satelliten, die ihre Augen und ihre Stimme sein sollten; sie veränderten ihre Gene, um sich die Fähigkeit zu geben, die Stimme der Überseele in ihren Köpfen zu vernehmen; und sie füllten die

Überseele mit Erinnerungen an die Erde und überließen es ihr, ihre Kinder die nächsten zwanzig Millionen Jahre lang zu behüten.

Bis dahin, sagten sie sich, werden unsere Kinder bestimmt gelernt haben, in Harmonie zu leben. Der Name dieses Planeten wird sich in ihrem Leben verwirklichen. Und am Ende dieser Zeit wird die Überseele wissen, wie sie sie nach Hause bringen kann, wo der Hüter der Erde auf sie wartet.

»Aber wir sind noch nicht bereit«, sagte Nafai. »Nach dem doppelten Zeitraum sind wir so schlecht wie eh und je, abgesehen davon, daß du uns die Macht genommen hast, das gesamte Leben dieses Planeten in Asche und Eis zu verwandeln.«

Die Überseele gab Nafai den Gedanken ein: Mittlerweile wird der Hüter seine Aufgabe bestimmt erfüllt haben. Die Erde ist bereit für unsere Rückkehr. Doch die Menschen von Harmonie sind noch nicht zur Rückkehr bereit. Ich habe all diese Jahre das Wissen der Erde bewahrt, ich habe darauf gewartet, euch sagen zu können, wie man die fliegenden Häuser baut, die Sternenschiffe, die euch zur Welt eurer Geburt zurückbringen werden; aber ich wage es nicht, euch dieses Wissen zu lehren, weil ihr es benutzen würdet, um einander zu unterdrücken und schließlich sogar auszulöschen.

»Was hast du dann vor?« fragte Nafai. »Wie sehen deine Pläne aus? Warum hast du uns hierher geführt?«

Ich kann es dir noch nicht sagen, erwiderte die Überseele. Ich bin mir deiner noch nicht sicher. Aber ich habe dir gesagt, was du wissen wolltest. Ich habe dir meine Absicht erläutert. Ich habe dir gesagt, was ich bereits bewerkstelligt habe und was noch zu bewerkstelligen ist. Ich habe mich nicht verändert – ich bin heute noch dieselbe, die ich war, als deine Vorfahren mich erschufen, um über euch zu wachen. Meine Pläne sind einzig und allein darauf ausgerichtet, die Menschheit darauf vorzubereiten, zum Hüter der Erde zurückzukehren, der auf euch wartet. Ich lebe nur dafür, die Menschheit auf die Rückkehr vorzubereiten. Ich bin das Gedächtnis der Erde, alles, was davon noch übrig ist, und wenn du mir hilfst, Nafai, wirst du dazu beitragen, diesen Plan zu verwirklichen, falls er sich überhaupt verwirklichen läßt.

Falls er sich überhaupt verwirklichen läßt.

Das überwältigende Gefühl der Anwesenheit der Überseele in seinem Geist war plötzlich verschwunden; es war, als wäre plötzlich ein großes Feuer in ihm erloschen, ein großer, strömender Fluß des Lebens in ihm abrupt ausgetrocknet. Nafai saß da auf dem Felsen neben dem Fluß, kam sich verbraucht, erschöpft, leer vor, während der letzte, verzweifelte Gedanke noch in seinem Herzen verweilte: Falls er sich überhaupt verwirklichen läßt.

Sein Mund war trocken. Er kniete neben dem Wasser nieder, tauchte die Hände hinein, machte sie hohl und schöpfte Wasser zu seinem Mund. Es genügte ihm nicht. Er sprang in den Fluß, nicht ehrfurchtsvoll, um zu beten, sondern mit verzweifeltem Durst; er begrub den Kopf unter dem Wasser und trank mit tiefen Zügen, während er die Wange gegen den kalten Stein des Flußbetts drückte und das Wasser über seinen Rücken, seine Schenkel floß. Er trank und trank, hob den Kopf und die Schultern über das Wasser, rang nach Atem und brach wieder in das Wasser zusammen, um so gierig wie zuvor zu trinken.

Es war doch eine Art Gebet, begriff er, als er wieder an die Oberfläche kam und vor Kälte erzitterte, als das Wasser auf seiner Haut in der Brise des dunklen Morgens verdunstete.

Ich bin bei dir, sagte er zur Überseele. Ich werde tun, was immer du verlangst, denn ich ersehne, daß du deinen Zweck hier erfüllst. Ich werde alles tun, was in meiner Kraft steht, um uns alle auf die Rückkehr zur Erde vorzubereiten.

Als er zu seinem Zelt zurückkehrte, fror er bis auf die Knochen. Er war zwar nicht mehr naß, aber auch nicht trocken, und er lag lange zitternd auf seine Matte, ließ sich von der Luft im Zelt und der Hitze von Issibs Körper wärmen, bis er endlich wieder einschlafen konnte.

Am Morgen gab es viel zu tun; so müde, wie er war, konnte Nafai doch nicht länger schlafen, sondern bemühte sich, seine Aufgaben zu erfüllen, war dabei allerdings so langsam und unbeholfen, daß Elemak und sogar Vater ihn wütend anfuhren. Paß doch auf! Benutze deinen Verstand! Erst in der Hitze des Nachtmittags, als sie das Schläfchen hielten, von dem die Wüstenbewohner wußten, daß es genauso lebenswichtig wie Wasser war, bekam Nafai die Gelegenheit, sich von seiner nächtlichen Vision zu erholen. Doch dann konnte er einfach nicht schlafen. Er lag auf seiner Matte und erzählte Issib alles, was er gesehen und von der Überseele erfahren hatte. Als er fertig war, flossen Tränen Issibs Gesicht hinab, und langsam und mit großer Anstrengung streckte er eine Hand aus und ergriff die Nafais. »Ich habe gewußt, daß irgendein Sinn dahinterstecken mußte«, flüsterte Issib. »Jetzt ergibt alles Sinn für mich. Alles paßt zusammen. Wie glücklich du warst, die Stimme der Überseele zu hören. Und ich glaube, du hast sie noch deutlicher als Vater gehört. So deutlich wie Luet, glaube ich. Du bist wie Luet.«

Das war Nafai etwas unangenehm, zumindest einen Augenblick lang. Er hatte sich in Gedanken – und manchmal auch mit Worten – über Luet geärgert oder sie verspottet. Das verächtliche Wort *Hexe* war so leicht über seine Lippen gekommen. War es das, was sie spürte, wenn die Überseele ihr eine Vision schickte? Wie konnte ich sie deshalb nur verspotten?

Er schlief und wachte auf, und sie beendeten ihre Arbeit: ein fester Pferch für die Kamele, aus aufeinandergestapelten Steinen erbaut, die von einem Gravitationsfeld an Ort und Stelle gehalten wurden, das seine Energie aus Solarkollektoren bezog; Kühlschuppen für die getrockneten Vorräte, die sie mitgenommen hatten und die mindestens ein Jahr lang reichen würden; Abwehrer und Sensoren, die sie kreisförmig um das Tal aufstellten, so daß niemand in Sichtweite kommen konnte, ohne daß sie ihn schon vorher bemerkt hatten. Ein Lagerfeuer errichteten sie natürlich nicht – in der Wüste war Holz zu kostbar, um es zu verbrennen. Doch sie gingen sogar noch weiter; sie würden auch nicht kochen, da man sonst eine unerklärliche Wärmequelle feststellen könnte. Ihre eigene Körperwärme war die einzige Infrarotstrahlung, die sie abzugeben wagten, und die elektromagnetischen Störungen, die von den Abwehrern und Sensoren erzeugt wurden, vom Gravitationsfeld, den Kühlaggregaten, Sonnenzellen und Issibs Stuhl, waren nicht stark genug, als daß man sie außerhalb des Tals hätte wahrnehmen können, außer mit viel empfindlicheren Instrumenten, als umherziehende Plünderer oder die Karawanen sie wohl mit sich führen würden.

Beim Abendessen stellte Nafai fest, wie überflüssig das alles war. »Wir sind im Auftrag der Überseele hier«, sagte er. »Die Überseele hat all die Jahre lang Menschen von diesem Tal ferngehalten und es für uns vorbereitet – sie hätte sowieso alle Leute ferngehalten.«

Elemak lachte, und Mebbekew gröhlte hysterisch. »Nun, Theologe Nafai«, sagte Meb, »wenn die Überseele in der Lage ist, unsere Sicherheit zu garantieren, verstehe ich nicht, wieso sie uns hierher in diese höllische Landschaft schickt, anstatt uns *sicher* zu Hause zu lassen.«

»Wieso bist du überhaupt so ein Experte für die Überseele, Nafai?« fragte Elemak. »Deine Mutter hat dich offensichtlich zu viel Zeit mit Hexen verbringen lassen.«

Diesmal gelang es Nafai, seine wütenden Antworten im Zaum zu halten. Er begriff, daß es sinnlos war, mit ihnen zu streiten. Doch das hatte er auch schon unzählige Male zuvor begriffen und war trotzdem nicht imstande gewesen, auf eine Antwort zu verzichten. Der Unterschied, erkannte Nafai, lag darin, daß er jetzt nicht mehr nur Nafai war, der jüngste der Söhne des Wetschik. Jetzt war er der Freund und Verbündete der Überseele. Er hatte Wichtigeres zu tun, als mit Elja und Meb zu streiten.

»Nafai«, sagte Vater, »deine Argumentation ist fehlerhaft.

Warum sollten wir der Überseele zumuten, auf uns aufzupassen, wenn wir doch sehr wohl allein dazu imstande sind?«

»Natürlich, Vater«, sagte Nafai. Seine Bemerkung war töricht gewesen. Sie durften die Überseele nicht zusätzlich belasten, sondern mußten versuchen, sie zu entlasten. »Es tut mir leid.«

Elemak lächelte kurz, und Mebbekew verdrehte die Augen und lachte erneut. »Hört sie euch an«, sagte er. »Angeblich vernünftige Männer sprechen darüber, ob sich die Überseele nun um unsere Kamele kümmern sollte oder nicht.«

»Die Überseele hat uns hierher geführt«, sagte Vater ziemlich kalt.

»*Du* wolltest, daß wir gehen«, sagte Mebbekew, »und Elemak hat uns geführt.«

»Die Überseele hat mir zum Aufbruch geraten«, sagte Vater, »und die Überseele hat uns zu diesem gut bewässerten Tal gebracht.«

»Natürlich, wie dumm von mir«, sagte Meb. »Ich dachte, ein Geier würde am Himmel kreisen, doch statt dessen war es die Überseele, die uns geführt hat.«

»Nur ein Tor scherzt über etwas, das er nicht versteht«, sagte Vater.

»Und nur ein *alter* Narr nennt vernünftige Männer Toren«, sagte Mebbekew. »*Du* bist derjenige, der Hinterhälte und Verschwörungen in den Schatten sieht, Vater.«

»Halte den Mund«, sagte Elemak.

»Von dir lasse ich mir nicht den Mund verbieten.«

»Halte den Mund«, sagte Elemak erneut. Er drehte sich langsam um und begegnete Mebbekews wütendem Blick. Obwohl Eljas Augen fast geschlossen waren, als wäre er kaum wach, sah Nafai, daß sie wütend funkelten, als er Meb mit Blicken niederzwang.

»Na schön«, sagte Mebbekew und widmete sich wieder seinem Abendessen, »dann bin ich wohl der einzige, der keinen Spaß an diesem Zeltausflug hat.«

»Das ist kein Zeltausflug«, sagte Vater. »Es ist ein Exil.«

»Ich verstehe nur nicht«, sagte Mebbekew, »wieso ich ins Exil muß.«

»Du bist mein Sohn«, sagte Vater. »Keiner von uns war dort mehr sicher.«

»Komm schon«, sagte Meb, »uns drohte keine Gefahr.«

»Hör auf damit«, sagte Elemak. Erneut begegnete er Mebbekews Blick.

Nun begriff Nafai, worauf es hinauslief. Elemak paßte es nicht, daß Mebbekew darüber sprach, ob es wirklich eine Verschwörung gegen Vater oder einen Grund dafür gegeben hatte, daß die ganze Familie in die Wüste fliehen mußte. Es war ein empfindliches Thema, und Nafai vermutete, daß beide mehr darüber wußten, als sie zugeben wollten. Sollten sie wirklich ein dunkles Geheimnis haben, würde Elemak es wohl verbergen wollen, indem er versuchte, jedes Gespräch davon abzulenken, während es Mebbekew viel ähnlicher sah, sich hinter beiläufigen Verneinungen und spöttischen Lügen zu verschanzen.

»Ihr *beide* wißt, daß Vaters Leben in Basilika in Gefahr war«, sagte Nafai.

Die Weise, wie sie ihn ansahen, verriet ihm, daß er mit seiner Vermutung richtig lag. Wären sie unschuldig, hätten sie seiner Bemerkung nur entnehmen können, er erwarte, daß sie an Vaters Vision glaubten. Statt dessen faßten sie sie viel härter auf.

»Wieso glaubst du zu wissen, was andere Leute wissen?« fragte Elemak.

»Wenn du *so* sicher bist, daß Vaters Leben in Gefahr war«, sagte Meb, »bedeutet das vielleicht, daß du an der Verschwörung mitgewirkt hast.«

Erneut waren ihre Reaktionen typisch: Elemak verteidigte sich gegen Nafais Anschuldigung, indem er im Prinzip sagte: Du kannst nichts beweisen, während Mebbekew sich verteidigte, indem er den Spieß umdrehte und Nafai beschuldigte.

Jetzt sollen sie merken, was sie gestanden haben, dachte Nafai. »Welche Verschwörung?« fragte er. »Wovon sprichst du?«

Mebbekew begriff augenblicklich, wieviel er enthüllt hatte. »Ich nahm nur an ... du hättest unterstellt, daß wir irgend etwas wissen oder so.«

»Falls ihr von einer Verschwörung gegen Vaters Leben wüßtet«, sagte Nafai, »hättet ihr es Vater doch gesagt, falls ihr noch einen Funken Anstand im Leib habt. Und ihr würdet doch bestimmt nicht hier sitzen und darüber jammern, daß wir die Stadt eigentlich nicht hätten verlassen müssen.«

»Ich jammere nicht, kleiner Junge«, sagte Mebbekew. Sein Ärger hatte jetzt jede Feinsinnigkeit verloren. Er wußte nicht genau, wie er Nafais Worte deuten sollte – und genau deshalb hatte Nafai ja auf diese Art gesprochen. Soll Meb sich doch fragen, ob Nafai etwas weiß oder nicht.

»Halte den Mund, Meb«, sagte Elemak. »Und du auch, Nafai. Ist es nicht schon schlimm genug, daß wir hier im Exil sitzen, ohne daß ihr euch noch gegenseitig an die Kehle geht?«

Elja der Friedensstifter. Nafai wollte lachen. Andererseits jedoch – vielleicht war es wirklich wahr. Vielleicht hatte Elemak wirklich nichts davon gewußt – vielleicht hatte Gaballufix ihn in dieser Hinsicht niemals ins Vertrauen gezogen. Natürlich hatte er das nicht, begriff Nafai. Elja mochte Gaballufix' Halbbruder sein, aber er war noch immer Wetschiks Sohn und Erbe. Gaballufix würde niemals absolut sicher sein, auf wessen Seite Elemak wirklich stand. Er konnte Elja als Vermittler benutzen, als Boten oder Informanten – aber er konnte ihm niemals wirkliches Wissen anvertrauen.

Das würde auch Elemaks Versuche erklären, Meb zum Schweigen zu bringen; er wollte seine Verbindung zu Gaballufix verbergen, doch keine Mordverschwörung geheimhalten. Wie konnte Nafai nur davon ausgegangen sein? Außerdem ... wenn es zum Plan der Überseele gehörte, daß sie sich hier in der Wüste aufhielten, bedeutete dies nicht, daß Elemak und Mebbekew *Teil* des Plans waren? Hier bringe ich ihnen Argwohn entgegen und gebe genau jenem Groll Nahrung, der Basilika vernichten wird. Wie kann ich behaupten, auf der Seite der Überseele zu stehen, wenn ich mich benehme, als würde ich nicht einmal meinem eigenen Bruder vertrauen?

»Es tut mir leid«, sagte Nafai. »Ich hätte das nicht sagen sollen.«

Nun sahen ihn alle wirklich überrascht an. Nafai brauchte einen Augenblick lang, bis er begriff, daß er sich zum ersten Mal in seinem Leben tatsächlich für eine häßliche Bemerkung gegenüber seinen Brüdern entschuldigt hatte, ohne zuerst in den Schwitzkasten genommen und zur Unterwerfung gezwungen worden zu sein.

»Schon in Ordnung«, sagte Mebbekew. Seine Stimme klang verwundert – doch seine Augen leuchteten vor triumphierender Verachtung.

Du glaubst, meine Entschuldigung bedeutet, daß ich schwach bin, dachte Nafai bei sich. Aber das stimmt nicht. Sie bedeutet, daß ich allmählich lerne, wie man stark ist.

Dann erzählte Nafai seinem Vater und Elemak und Mebbekew etwas von den Visionen, die die Überseele ihm in der vergangenen Nacht gezeigt hatte. Er kam mit seinem Bericht jedoch nicht weit.

»Ich bin müde«, sagte Elemak. »Ich habe keine Zeit für so etwas.«

Nafai sah ihn erstaunt an. Er hatte keine Zeit, um etwas über den Plan der Überseele zu erfahren? Keine Zeit, um von der Hoffnung der Menschheit zu hören, zur Erde zurückzukehren?

Mebbekew gähnte ebenfalls nachdrücklich.

»Ihr meint, es ist euch einfach gleichgültig?« fragte Issib.

Elemak lächelte seinen verkrüppelten Bruder an. »Du bist zu vertrauensvoll, Issja«, sagte er. »Begreifst du nicht, was hier geschieht? Nafai kann es nicht ertragen, nicht im Mittelpunkt der Aufmerksamkeit zu stehen. Er kann sich nicht beweisen, indem er nützlich oder auch nur entfernt fähig ist, und deshalb hat er Visionen. Bevor wir es richtig mitbekommen haben, wird uns Njef die Befehle der Überseele erteilen und herumkommandieren.«

»Das stimmt nicht«, sagte Nafai. »Ich habe diese Visionen gehabt.«

»Genau«, sagte Mebbekew. »Auch ich hatte letzte Nacht Visionen. Visionen von Mädchen, die du nie haben wirst, weil es dir an den Geschlechtsdrüsen dafür fehlt, Nafai. Ich werde an deine Träume von der Überseele glauben, sobald du bereit bist, eins der Mädchen aus meinen Träumen zu heiraten. Ich überlasse dir sogar eins der schönsten.«

Elemak lachte, und sogar Vater lächelte leicht. Aber Mebbekews Sticheleien erfüllten Nafai nur mit Zorn. »Ich sage euch die Wahrheit«, beharrte er. »Ich sage euch, was die Überseele zu bewerkstelligen versucht.«

»Ich denke lieber darüber nach, was die Mädchen in meinen Träumen zu bewerkstelligen versucht haben«, sagte Meb.

»Schluß mit diesen Vulgaritäten!« sagte Vater. Doch er kicherte. Das war der grausamste Schlag – daß Vater offensichtlich Elemak glaubte, Nafai habe sich seine Visionen ausgedacht.

Als Elemak und Mebbekew also aufstanden, um nach den Tieren zu sehen, blieb Nafai bei Vater und Issib sitzen.

»Warum gehst du nicht mit?« sagte Vater. »Issib kann bei solchen Aufgaben nicht helfen, da seine Flossen hier nicht funktionieren. Aber *du* kannst es.«

»Vater«, sagte Nafai, »ich dachte, *du* würdest mir glauben.«

»Ich glaube dir«, sagte Vater. »Ich glaube, daß du ehrlich die Pläne der Überseele unterstützen willst. Ich halte dich dafür in Ehren, und vielleicht kommen ja wirklich einige deiner Träume von der Überseele. Aber versuche nicht, deinen älteren Brüdern darüber zu erzählen. Sie werden es dir nicht abkaufen.« Er lächelte verbittert. »Sie kaufen es ja sogar mir kaum ab.«

»Ich glaube Nafai«, sagte Issib. »Und es waren auch keine Träume. Er war wach und saß beim Fluß. Ich sah, daß er naß und frierend zum Zelt zurückkam.«

Nafai war niemals jemandem so dankbar gewesen wie in diesem Augenblick Issib, der seine Geschichte bestätigte. Er hätte es auch nicht tun müssen. Nafai hatte halbwegs damit gerechnet, daß Issib ihm auch nicht mehr glaubte, da Vater ihn nicht ernst nahm.

»Ich glaube dir ja«, sagte Vater. »Aber die Dinge, die du erzählt hast, waren viel genauer als sonst etwas, was die Überseele uns in Visionen mitteilt. Also sage ich, daß wahrscheinlich ein Kern der Wahrheit in dem steckt, was du erzählst. Aber das meiste davon muß von deiner Phantasie gekommen sein, und ich für meinen Teil werde nicht versuchen, es genauer herauszufinden, jedenfalls heute abend nicht.«

»Ich habe *dir* geglaubt«, sagte Nafai.

»Zuerst auch nicht«, sagte Vater. »Und wir schachern hier nicht damit herum, ob wir uns nun glauben oder nicht. Wir glauben und vertrauen jemandem, wenn er es sich verdient hat. Erwarte nicht von mir, daß ich *dir* schneller glaube, als du *mir* geglaubt hast.«

Verlegen erhob sich Nafai von der Decke. Vaters Zelt war so groß, daß er nicht den Kopf einziehen mußte, wenn er aufrecht stand. »Als du mir erzählt hast, was du gesehen hast, war ich zuerst blind. Aber wie ich sehe, bist du jetzt taub und kannst die Dinge, die ich gehört habe, daher nicht hören.«

»Hilf deinem Bruder in seinen Stuhl«, sagte Vater. »Und paß auf, wie du mit deinem Vater sprichst.«

In dieser Nacht versuchte Issib in ihrem Zelt, Nafai zu trösten. »Vater ist der *Vater,* Nafai. Es kann keine gute Nachricht für ihn sein, daß sein jüngster Sohn viel mehr Informationen von der Überseele erhält, als es bei ihm je der Fall gewesen ist.«

»Vielleicht bin ich besser auf sie eingestellt«, sagte Nafai. »Ich kann nichts dafür. Doch was für eine Rolle spielt es schon, zu wem die Überseele spricht? Sollte nicht sogar Gaballufix Vater glauben, obwohl Vater im Palwaschantu-Klan im Rang unter ihm steht?«

»Unter seinem Amt vielleicht«, sagte Issib, »aber nicht unter seinem Rang. Hätte Vater Klansführer werden wollen, hätte man ihn gewählt – er ist von Geburts wegen doch der Wetschik, oder? Deshalb hat Gaballufix ihn immer gehaßt – weil er weiß, würde Vater die Politik nicht verachten, hätte er Gaballufix von Anfang an Macht und Einfluß nehmen können.«

Aber Nafai wollte jetzt nicht über basilikanische Politik sprechen. Er verstummte und sprach schweigend wieder mit der Überseele. Du mußt Vater dazu bringen, mir zu glauben, sagte er. Du mußt Vater zeigen, was wirklich geschieht. Du kannst mir nicht eine Vision zeigen und dann nicht dabei helfen, Vater zu überzeugen.

»*Ich* glaube dir, Njef«, flüsterte Issib. »Und ich glaube an das, was die Überseele bewerkstelligen will. Vielleicht braucht die Überseele gar nicht mehr – hast du daran schon einmal gedacht? Vielleicht ist es gar nicht nötig, daß Vater dir in diesem Augenblick glaubt. Also nimm es einfach hin. Vertraue der Überseele.«

Nafai sah Issib an, doch in der Dunkelheit der Nacht konnte er nicht ausmachen, ob die Augen seines Bruders geschlossen waren oder nicht. Hatte wirklich Issib gesprochen, oder schlief Issib, und hatte Nafai die Worte der Überseele in Issibs Stimme gehört?

»Eines Tages, Njef, läuft es vielleicht darauf hinaus, was Elemak gesagt hat. Vielleicht mußt du eines Tages deinen Brüdern Befehle geben. Sogar Vater. Glaubst du, daß die Überseele dich dann allein lassen wird?«

Nein, es konnte nicht Issib sein. Er hörte die Überseele in

Issibs Stimme, die Dinge sagte, die Issib niemals sagen konnte. Und nun, da er wußte, daß er seine Antwort bekommen hatte, konnte er wieder schlafen. Doch bevor er schlief, bildeten sich Fragen in seinem Verstand:

Was, wenn die Überseele mir mehr sagt als Vater, nicht, weil es zu einem Plan gehört, sondern einfach, weil ich der einzige bin, der sie hören und verstehen kann?

Was, wenn die Überseele darauf zählt, daß ich eine Möglichkeit finde, die anderen zu überzeugen, weil die Überseele nicht mehr die Macht hat, sie selbst zu überzeugen?

Was, wenn ich wirklich allein bin, abgesehen von diesem einen Bruder, der mir glaubt – dem Bruder, der verkrüppelt ist und daher nichts tun kann?

Glaube ist nicht *nichts*, sagte die Stimme, die in Nafais Geist flüsterte. Issibs Glaube an dich ist der einzige Grund, daß du noch nicht begonnen hast, selbst an dir zu zweifeln.

Sage es Vater, bat Nafai, als er einschlief. Sprich zu Vater, damit er an mich glaubt.

Die Überseele sprach in dieser Nacht zu Vater, aber nicht mit der Vision, auf die Nafai gehofft hatte.

»Ich habe gesehen, daß ihr vier nach Basilika zurückkehrt«, sagte Vater.

»Wird auch langsam Zeit«, sagte Mebbekew.

»Aber nur zu einem bestimmten Zweck«, sagte Vater. »Um den Index zu holen und ihn mir zu bringen.«

»Den Index?« fragte Elemak.

»Er wird von Anfang an vom Palwaschantu-Klan aufbewahrt. Ich glaube, nur aus diesem Grund hat der Klan all diese Jahre lang seine Identität bewahrt. Einst wurden wir Hüter des Index genannt, und mein Vater hat mir erzählt, daß die Wetschiks das Recht haben, ihn zu benutzen.«

»Wozu benutzen?« fragte Mebbekew.

»Das weiß ich nicht genau«, sagte Vater. »Ich habe ihn nur ein paar Mal gesehen. Mein Großvater übergab ihn dem

Klans-Rat, als er auf Wanderschaft ging, und mein Vater unternahm nach Großvaters Tod nie einen ernsthaften Versuch, ihn zurückzubekommen. Nun befindet er sich in Gaballufix' Haus. Doch der Name läßt darauf schließen, daß es sich um den Katalog einer Bibliothek handelt.«

»Wie nützlich«, sagte Elemak. »Und *deshalb* schickst du uns nach Basilika zurück? Um einen Gegenstand zu holen, dessen Zweck du nicht kennst.«

»Um ihn zu holen und zu mir zurückzubringen. Ganz gleich, was es kostet.«

»Meinst du das ernst?« sagte Elemak. »Ganz gleich, was es kostet?«

»Die Überseele will es so. Ich weiß es ... obwohl ich ... es ist nicht mein persönliches Gefühl. *Ich* will, daß ihr sicher hierher zurückkehrt.«

»Klar«, sagte Mebbekew. »So gut wie erledigt. Kein Problem.«

»Sollen wir weitere Vorräte mitbringen?« fragte Nafai.

»Es gibt keine weiteren Vorräte«, sagte Vater. »Ich habe Raschgallivak befohlen, alle Karawanenvorräte zu verkaufen.«

Nafai sah, daß Elemaks Gesicht unter der dunklen Bräune rot wurde. »Und womit, Vater, sollen wir unser Geschäft dann wieder aufbauen, wenn unser Exil vorüber ist?«

Nafai begriff, daß es sich um eine kritische Entscheidung handelte: Elemak sah sich mit der Tatsache konfrontiert, daß Vaters Entscheidungen unabänderlich waren. Würde Elja rebellieren, dann wegen dieser Angelegenheit, die er nur als Verschwendung seines Erbes betrachten konnte. Also sprach Vater ganz ruhig, als er ihm antwortete.

»Ich habe nicht vor, irgend etwas wieder aufzubauen«, sagte Vater. »Tu, was ich sage, Elemak, oder es wird für *dich* keine Rolle mehr spielen, wie es um das Wetschik-Vermögen steht.«

Damit war alles gesagt. Klarer konnte er sich nicht ausdrücken. Falls Elemak jemals selbst Wetschik sein wollte, tat er besser daran, den Befehlen des jetzigen Wetschik zu gehorchen.

»Ich konnte diese stinkenden Tiere sowieso nie leiden«, gackerte Mebbekew. »Wer braucht sie schon?« Der Sinn seiner Worte war genauso klar: Ich werde gern an deiner statt Wetschik, Elemak – also fahre bitte fort und mache Vater wirklich wütend.

»Ich werde dir den Index bringen, Vater«, sagte Elemak. »Aber warum willst du auch die anderen schicken? Laß mich allein gehen. Oder ich nehme Mebbekew mit, und die Knaben bleiben hier. Sie werden mir sowieso nicht helfen können.«

»Die Überseele hat mir gezeigt, daß alle vier gehen«, sagte Vater. »Also werdet ihr alle vier nach Basilika gehen, und alle vier werden zurückkommen. Hast du mich verstanden?«

»Vollkommen«, sagte Elemak.

»Gestern abend hast du Nafai verspottet, weil er behauptete, Visionen zu haben«, sagte Vater. »Aber ich sage dir, du könntest viel von Nafai und Issib lernen. *Sie* versuchen wenigstens zu helfen. Von meinen beiden älteren Söhnen höre ich nur Beschwerden.«

Mebbekew funkelte Nafai wütend an, doch Nafai hatte größere Angst vor Elemak, der Vater ganz ruhig ansah. Gestern abend wolltest du mir nicht glauben, Vater, dachte Nafai bei sich. Und heute sorgst du dafür, daß meine Brüder mich mehr denn je hassen.

»Ihr wißt viel, Elemak, Mebbekew«, sagte Vater, »doch bei allem, was ihr gelernt habt, scheint ihr niemals die Begriffe von Treue und Gehorsam verstanden zu haben. Lernt sie von euren jüngeren Brüdern, und dann werdet ihr des Wohlstands und der Ehren würdig sein, die ihr anstrebt.«

Aus und vorbei, dachte Nafai. Jetzt bin ich tot. Sie werden mich auf dieser Reise behandeln wie einen Wurm in ihrem Brot. Unter diesen Umständen würde ich lieber zu Hause bleiben, Vater, habe allerbesten Dank.

»Vater, ich werde alles tun, was du verlangst«, sagte Elemak. Doch seine Stimme war leise und kalt, und es machte Nafai im Herzen ganz krank, sie zu hören.

Verdrossen traf Elemak die Vorbereitungen für die Reise. Wie Nafai erwartet hatte, ignorierte Elja ihn völlig, als er fragte, ob er helfen könne. Und Mebbekew warf ihm einen Blick zu, daß Nafai kalte Furcht durchlief. Er will mich umbringen, dachte er. Meb will meinen Tod.

Da er nicht helfen durfte und es offensichtlich am klügsten war, sich eine Weile so unauffällig wie möglich zu benehmen, kehrte Nafai zu dem Zelt zurück, das er sich mit Issib teilte, und half seinem Bruder beim Packen, eine Aufgabe, die hauptsächlich darin bestand, die Flossen zusammenzubinden und in einer Tasche zu verstauen. Als Issib gierig die Flossen betrachtete, sah er in den Augen seines Bruders, daß es diesem völlig egal war, was Elemak oder Mebbekew von ihm hielten – er wollte in die Stadt zurückkehren, in der er frei war und nicht wie ein Kind oder Haustier angezogen oder hinausgebracht werden mußte, um sich zu erleichtern. Er ist ein Gefangener, dachte Nafai, eingekerkert in diesem Körper. Und dann war er fertig, und Issib saß in seinem Stuhl, schwebte über dem Boden und sah aus wie ein übelgelaunter Monarch auf seinem Thron. Er konnte es kaum abwarten, nach Basilika zurückzukehren.

Sie alle können es kaum abwarten, dachte Nafai. Aber keiner aus dem richtigen Grund. Keiner ist darauf versessen, nach Basilika zurückzukehren, weil er wünscht, der Überseele helfen zu können.

Nafai fand sich am Wasser wieder, wo er einen Ast von zehn Zentimetern Dicke umklammerte, ihn zwischen den Händen bog, bog wie ein Hufeisen. Er kämpfte gegen ihn an, gab aber auch unter der Stärke seines Griffs nach.

»Zerbreche ihn nicht«, sagte Vater.

Nafai fuhr erschrocken herum. Er ließ den Ast los, und er peitschte nach oben; einige Blätter schlugen ihm ins Gesicht.

»Er hat so lange gebraucht, um zu wachsen«, sagte Vater. »Ich hätte ihn nicht zerbrochen.«

»Du warst drauf und dran«, sagte Vater. »Ich kenne mich mit Pflanzen aus. Du nicht. Du warst dabei, ihn zu zerbrechen.«

»So stark bin ich nicht.«

»Stärker, als du weißt.« Vater schätzte ihn mit Blicken ab. »Vierzehn.« Er lachte leise. »Die Gene deiner Mutter, nicht die meinen, fürchte ich. Ich sehe dich an und sehe ...«

»Mutter?«

»Was aus Issib geworden sein könnte, sowohl, was den Körper, als auch, was den Geist betrifft. Armer Junge.«

Armer Junge. Warum siehst du mich nicht manchmal an, Vater, und siehst *mich*. Statt eines Kindes, das nur in deiner Phantasie existiert. Statt eines kleinen Jungen, der sich Visionen ausdenkt. Warum siehst du nicht, was ich bin: ein Mann, der die Stimme der Überseele gehört hat, sogar deutlicher als du.

»Ich habe Angst«, sagte Vater.

Nafai sah seinem Vater ins Auge. Will er mich aufziehen?

»Ich schicke euch auf eine viel gefährlichere Reise, als deine Brüder es verstehen. Aber *du* verstehst es doch, Nafai, oder?«

»Ich glaube schon.«

»Nach dem, was du gesehen hast«, sagte Vater. Aber es war nicht weniger eine Frage als eine Antwort. Was fragt er mich? Ob ich die Wahrheit über Elja und Meb kenne? Das war unmöglich, denn Vater kannte sie selbst nicht. Nein, Vater fragte, ob Nafai wirklich Visionen sah.

Nafais erste Reaktion bestand darin, wütend zu sein – verletzt und beleidigt. Doch dann begriff er, daß es falsch war, diese Gefühle zu empfinden. Denn Vater hatte ein Recht, diese Frage zu stellen, ein Recht, sich Zeit zu lassen, um an Nafais Visionen zu glauben, genau, wie Issib gesagt hatte. Er versuchte, sich mit der Vorstellung anzufreunden, daß Nafai ebenfalls ein Diener der Überseele sein konnte.

»Ja«, sagte Nafai. »Ich habe etwas gesehen. Aber nichts, was den Index betrifft.«

»Gaballufix wird ihn nicht hergeben«, sagte Vater. »In der Vision tat er es, doch die Überseele kann nicht alles sehen. Der Index ist nichts, was man sich einfach ausborgen kann. Er ist sehr mächtig.«

»Warum? Was kann er?«

»Ich weiß nicht, was er auf sich allein gestellt kann. Aber ich weiß, daß er Macht bedeutet. Ich weiß, daß bei den Palwaschantu derjenige, der den Index aufbewahrt, das Vertrauen des Klans hat. Die größte Ehre. Gabja wird ihn nicht einfach aufgeben. Er würde eher töten. Und deshalb schicke ich meine Söhne.«

Der Ausdruck auf Vaters Gesicht war wütend. Nafai begriff: Er ist auf die Überseele wütend, weil sie dies von ihm verlangt.

Doch dann bekam Vater seinen Zorn in den Griff, und sein Gesicht wurde ruhig. »Ich hoffe«, sagte Vater leise, »ich hoffe, daß die Überseele das alles wirklich durchdacht hat.«

»Vater«, sagte Nafai, »ich werde gehen und tun, was immer die Überseele von uns verlangt. Denn ich weiß, daß die Überseele es nicht von uns verlangen würde, hätte sie nicht irgendwie dafür gesorgt, daß die Aufgabe auch zu bewältigen ist.«

Vater betrachtete lange sein Gesicht. Dann lächelte er. Nafai hatte nie zuvor ein solches Lächeln auf dem Gesicht seines Vaters gesehen. Die Erleichterung darin, das Vertrauen. »Du machst mir nicht nur etwas vor«, sagte Vater. »Du sagst nicht nur das, was ich deiner Ansicht nach hören will.«

»Wann hat irgendeiner deiner Söhne jemals etwas gesagt, von dem er annahm, daß du es hören wolltest?« fragte Nafai.

Nun lachte Vater. »Niemals!« rief er. Und dann, genauso plötzlich, erstarb das Gelächter. Vater nahm Nafais Kopf zwischen die Hände und beugte sich vor und küßte ihn auf den Mund. »Mein Sohn«, flüsterte er. »Mein Sohn.«

Einen Augenblick lang standen sie dort zusammen, neben dem Baum, neben dem Wasser, bis sie Schritte hörten und sich umdrehten. Es war Elemak; sein Gesicht war noch immer verdrossen und wütend. »Wir müssen los«, sagte er. »Zumindest, falls wir heute noch ein gutes Stück schaffen wollen.«

»Dann geht, brecht auf«, sagte Vater. »Ich will euch nicht aufhalten.«

Ein paar Minuten später waren sie wieder auf ihren Kamelen und eilten zur Stadt zurück.

11

Brüder

Basilika war noch nicht in Sicht, doch Elemak kannte die Straße. Kannte sie so gut wie die Haut seines eigenen Gesichts im Spiegel, jedes Muttermal auf der Oberfläche, jeden Gipfel oder Hang, der unter die Rasierklinge geriet und blutete. Er kannte die Schatten jeder Stunde des Tages, die Stellen, wo sich nach einem Regen Wasser finden ließ oder wo sich vielleicht Räuber verbargen.

An einen dieser Orte führte Elemak seine Brüder nun. Sie hatten die Straße schon vor geraumer Weile verlassen, waren bislang jedoch immer in Sichtweite geblieben. Nun ließen sie sie zurück, und schon bald wurde das Gelände so holprig, daß er sie anhalten und absitzen ließ.

»Warum halten wir hier an?« fragte Mebbekew.

»Die Flossen funktionieren wieder«, sagte Issib. »So nah sind wir der Stadt schon. Ich kann mich ohne den verdammten Stuhl bewegen.«

Elemak musterte seinen verkrüppelten Bruder und schüttelte den Kopf. »Nicht zuverlässig genug. Wir laden den Stuhl ab. Du wirst ihn benutzen.«

Issib war normalerweise so willfährig, doch jetzt nicht. »Benutze ihn selbst, wenn du ihn für so bequem hältst.«

»Sieh dich an«, sagte Elemak. »Die Flossen funktionieren hier bestenfalls nur zeitweilig. Sie setzen aus, und du stürzt, und das hätte uns gerade noch gefehlt. Benutze den Stuhl.«

»Je näher wir der Stadt kommen, desto besser wird es.«

»Wir kommen ihr nicht näher«, sagte Elemak.

»Was hast du vor?« fragte Mebbekew.

»Wir ziehen in dieses ausgetrocknete Flußbett, wohin das Magnetfeld Basilikas *bestimmt* nicht reicht, und warten dort bis zum Anbruch der Dunkelheit ab.«

»Und dann?« fragte Mebbekew. »Da du ja anscheinend glaubst, hier das Kommando zu haben, frage ich lieber mal.«

Elemak hatte so etwas schon oft von Mitreisenden auf der Straße gehört, manchmal sogar von angeheuerten Hilfskräften. Er wußte, wie man damit umzugehen hatte – mit brutaler Unterwerfung, augenblicklich und öffentlich, damit niemand mehr den geringsten Zweifel hatte, wer das Sagen hatte. Also beantwortete er Mebbekews Frage nicht, sondern nahm ihn an den Armen – dünne, frauenhafte Arme, ein *Schauspieler*, bei der Überseele! – und rammte ihn gegen die Felswand. Die plötzliche Bewegung erschreckte eins der Kamele. Es stampfte, spuckte und schiß aus Protest. Einen Augenblick lang befürchtete Elemak, er müsse das Tier beruhigen – aber nein, Nafai war schon bei ihm und beruhigte es. Der Junge war tatsächlich zu etwas nützlich, einmal abgesehen davon, sich bei Vater einzuschmeicheln. Nicht wie Mebbekew, der nur in seiner Unzuverlässigkeit zuverlässig war. Elemak hatte niemals begriffen, wieso sich Gaballufix ihm anvertraut hatte. Bestimmt hatte Gabja gewußt, daß Mebbekew etwas ausplaudern würde. Selbst, wenn er Vater nicht direkt von der Verschwörung erzählt hatte, mußte er *irgend jemandem* davon berichtet haben – wie hätte Vater es sonst wissen können?

Es stand nackte Panik und Schmerz in Mebbekews Blick sein Kopf war hart gegen den Stein geprallt. Na gut, dachte Elemak. Denke ein wenig über Schmerz nach. Denke genau darüber nach, bevor du meine Autorität auf der Straße in Frage stellst.

»Ich *habe* hier das Kommando«, flüsterte Elemak.

Meb nickte.

»Und ich sage, daß wir bis zum Anbruch der Dunkelheit warten.«

»Es war doch nur ein Scherz«, jammerte Meb. »Mußt du denn immer alles so *ernst* nehmen?«

Elemak hätte ihn dafür fast geschlagen. So ernst? Begreifst du denn nicht, daß dort in Basilika der mächtigste, gefährlichste Mann der Stadt überzeugt sein wird, daß wir ihn verraten und Vater zur Flucht geraten haben? Für Mebbekew war Basilika eine Stadt des Vergnügens und der Aufregung. Nun ja, Aufregung mochte durchaus innerhalb dieser Mauern auf sie warten, doch von Vergnügen keine Spur.

Elemak schlug Meb aber nicht, denn das wäre übertrieben gewesen und hätte bei den anderen vielleicht nicht Respekt, sondern Verärgerung hervorgerufen. Elemak wußte, wie man Männer zu führen hatte und seine eigenen Gefühle beherrschte und verhinderte, daß sie die Urteilskraft verzerrten. Er lockerte den Griff und drehte Mebbekew dann den Rücken zu, um sein absolutes Vertrauen in seine Führung und seine Verachtung für Mebbekew zu zeigen. Meb würde es nicht wagen, ihn anzugreifen, nicht einmal hinterrücks.

»Heute nacht gehen wir folgendermaßen vor. Es ist ganz einfach. Ich werde in die Stadt gehen, mit Gaballufix sprechen und den Index holen.«

»Nein«, sagte Issib. »Vater hat gesagt, wir sollen gemeinsam gehen.«

Eine weitere Insubordination – aber keine ernsthafte, und sie kam von Issib, dem Krüppel, und daher war es ausgeschlossen, ihn körperlich zu maßregeln. »Und wir *sind* gemeinsam gegangen. Aber ich kenne Gaballufix. Er ist mein Halbbruder – genauso mein Bruder wie jeder von euch. Mir wird es am ehesten möglich sein, ihn zu überreden, uns den Index zu geben.«

»Du meinst, wir haben den weiten Weg zurückgelegt«,

sagte Issib, »und du läßt mich hier warten, in meinem Metallsarg, und ich darf gar nicht in die Stadt gehen?«

»Besser in deinem Stuhl als in einem echten Sarg«, sagte Elemak. »Laß dir gesagt sein, wenn du glaubst, es wäre ein Vergnügen, in die Stadt zu gehen, bist du verrückt. Gaballufix ist gefährlich.«

»Das ist er wirklich«, sagte Nafai. »Elja hat recht. Wenn wir gemeinsam gehen, bedeutet ein Scheitern, daß wir alle getötet werden, oder gefangengenommen, oder was weiß ich. Wenn nur einer geht, und er scheitert, könnten die anderen vielleicht trotzdem noch etwas bewirken.«

»Wenn ich scheitere, kehrt ihr zu Vater zurück«, sagte Elemak.

»Ja, klar«, sagte Meb. »Ich bin sicher, wir alle haben uns den Weg gemerkt.«

»Du kannst nicht gehen«, sagte Issib. »Du bist der einzige, der uns zurückführen kann.«

»Ich werde gehen«, sagte Nafai.

»Klar«, sagte Elemak lachend. »Du bist derjenige, der der Herrin Rasa am ähnlichsten sieht. Ich glaube, du begreifst es nicht, Njef – ein Blick auf dich, und Gaballufix wird an die einzige Erniedrigung erinnert, für die er sich niemals rächen konnte, daß Rasa nach zwei Töchtern seinen Vertrag nicht verlängerte und innerhalb einer Woche einen neuen Vertrag mit Vater schloß, den sie noch nicht beendet hat. Wenn du Gaballufix' Haus allein betrittst, Njef, und niemand in der Stadt weiß davon, ist dein Leben verwirkt.«

»Dann gehe ich«, sagte Mebbekew.

»Du würdest dich nur betrinken oder eine Frau aufgabeln«, sagte Elemak, »und dann zurückkommen und lügen und behaupten, du hättest mit Gaballufix gesprochen, und er habe abgelehnt.«

Mebbekew schien mit der Idee zu spielen, wütend zu werden, überlegte es sich dann jedoch anders. »Vielleicht«, sagte er. »Aber es ist ein besserer Plan als jeder andere, den ich bislang gehört habe.«

»Wie wäre es mit meinem?« sagte Issib. »*Ich* gehe und frage ihn. Was wird Gaballufix einem Krüppel schon antun?«

Elemak schüttelte den Kopf. »Dich mit bloßen Händen zerreißen, wenn ihm der Kopf danach steht.«

»Und du warst sein *Freund*?« fragte Mebbekew.

»Bruder. Wir sind Brüder. Weißt du, unsere Brüder können wir uns nicht aussuchen«, sagte Elemak. »Wir müssen uns mit dem zufrieden geben, was wir bekommen haben.«

»Er würde einem Krüppel nichts tun«, wiederholte Issib. »Es würde ihn vor seinen eigenen Leuten beschämen.«

Elemak wußte, daß Issib recht hatte. Der Krüppel mochte die besten Chancen haben, ein Gespräch mit Gaballufix lebend zu überstehen. Das Problem war nur, daß Elemak nicht *zulassen* konnte, daß Issib oder Nafai mit dem Mann sprachen. Gaballufix würde vielleicht etwas sagen, das Elemak kompromittierte. Nein, Elemak selbst mußte gehen, damit er allein mit Gabja sprechen und vielleicht einige Dinge klarstellen konnte, seinen Bruder überzeugte, daß nicht er Vater vor dem Plan gewarnt hatte, Roptat unter Umständen zu töten, die Wetschik belasten und diskreditieren würden. Wenn Meb, Issja und Njef jemals davon erfuhren, würden sie nicht verstehen, daß dieser Plan auf lange Sicht zu Vaters Bestem war. Wenn sie Vater nicht auf diese Art neutralisierten, würde es vielleicht einmal Vater sein, der unter geheimnisvollen Umständen starb.

»Ich sage euch was«, schlug Elemak vor. »Da wir unterschiedlicher Meinung sind, wer gehen sollte, lassen wir die Überseele entscheiden. Eine alte Tradition – wir ziehen Lose.«

Er griff hinab und hob eine Handvoll Kiesel auf. »Drei helle, ein dunkler.« Doch während er dies sagte, klemmte er einen vierten hellen Stein zwischen zwei Fingern ein. »Der dunkle Stein geht in die Stadt.«

»Na schön«, sagte Meb, und die anderen nickten.

»Ich halte die Steine«, sagte Nafai.

»Niemand hält die Steine, mein lieber, kleiner Junge«, sagte Elemak. »Wir wollen doch niemandem die Gelegenheit zum Betrug geben, oder?« Er griff zu einem Felsvorsprung hinauf, den man von dort, wo sie standen, nicht einsehen konnte, und mischte die vier Steine mit einer Hand durcheinander. »Wenn ich sie gemischt habe, kannst du sie noch einmal mischen, Nafai«, sagte er. »Auf diese Weise gehen wir sicher, daß niemand weiß, welcher Stein welcher ist.«

Nafai trat augenblicklich vor, griff zu dem Felsvorsprung hinauf und mischte die Kiesel. Vier Stück natürlich – Elemak wußte, daß er vier Steine ertasten und zufrieden sein würde. Nafai konnte natürlich nicht wissen, daß der dunkle Kiesel nun zwischen Elemaks Fingern klemmte und alle vier Steine auf dem Vorsprung hell waren.

»Wenn du die Hand schon da oben hast, Njef, kannst du direkt einen Stein ziehen.«

Nafai, der arme Narr, erwischte einen hellen Stein und betrachtete ihn stirnrunzelnd. Was hatte er erwartet? Er spielte ein Männerspiel. Keiner dieser Jungen schien zu begreifen, daß ein Mann mit Elemaks Verantwortung sich niemals auf diese Sache eingelassen hätte, wenn er nicht zuvor dafür gesorgt hatte, daß das Ergebnis seinen Wünschen entsprechen würde.

»Jetzt ich«, sagte Issib.

»Nein«, sagte Elemak. »Ich bin dran.« Das war ebenfalls eine Regel des Spiels – Elemak mußte früh ziehen, oder jemand könnte Argwohn schöpfen, die Kiesel überprüfen und herausfinden, daß sich kein dunkler darunter befand. Er griff hinauf, tat so, als würde er die Steine abtasten, und zog dann den dunklen – wobei er den überzähligen hellen aber wieder zwischen die Finger geklemmt hatte. Wenn sie jetzt nachsahen, würden sie nur zwei Steine auf dem Felsvorsprung finden.

»Du hast den Stein ertastet«, sagte Mebbekew.

»Sei doch kein schlechter Verlierer«, sagte Elemak. »Wenn

alles gut verläuft, können wir vielleicht alle in die Stadt. Es hängt davon ab, wie Gaballufix reagiert, klar? Und er ist mein Bruder – wenn jemand ihn überreden kann, dann ich.«

»Ganz gleich, was passiert, ich gehe in die Stadt«, sagte Issib. »Ich werde warten, bis du zurückkommst, aber ich kehre nicht zurück, bevor ich nicht in der Stadt war.«

»Issja«, sagte Elemak, »ich kann dir nicht versprechen, daß ich dich innerhalb der Stadtmauern lasse. Aber ich *kann* dir versprechen, daß du, bevor wir umkehren, nahe genug an die Stadt herankommen wirst, um die Flossen zu benutzen. Einverstanden?«

Issib nickte verdrossen.

»Euer Wort darauf, daß ihr bis zu meiner Rückkehr hier wartet.«

»Und was machen wir, wenn Gaballufix dich tötet?« fragte Meb.

»Das wird er nicht.«

»Was machen wir«, beharrte Meb, »wenn du nicht zurückkommst?«

»Wenn ich bis zur Dämmerung nicht zurück bin«, sagte Elemak, »bin ich entweder tot oder gefangen. Und dann, meine lieben kleinen Brüder, habe ich nicht mehr das Kommando, und dann ist es mir so ziemlich egal, was ihr tut. Geht nach Hause, kehrt zu Vater zurück, oder geht in die Stadt und hurt herum oder verirrt euch oder laßt euch umbringen, für mich spielt das dann keine Rolle mehr. Aber habt keine Angst – ich werde zurückkommen.«

Das gab ihnen jede Menge zum Nachdenken, während er sie den Flußlauf entlang zu einer freien Stelle führte, wo niemand sie so schnell finden würde. »Schaut doch«, sagte Elemak. »Ihr könnt von hier aus die Stadtmauern sehen. Ihr könnt das Hohe Tor sehen.«

»Wirst du durch dieses Tor gehen?« fragte Nafai.

»Auf dem Hinweg«, sagte Elemak. »Auf dem Rückweg werde ich jedes beliebige Tor nehmen, das ich erreichen kann.«

Und damit ließ er sie stehen, schritt kühn davon und wünschte sich, er wäre in Wirklichkeit nur halb so kühn, wie er es ihnen vormachte.

Es war nicht annähernd so schwierig, die Stadt durch das Hohe Tor zu betreten, wie es beim Markttor der Fall gewesen wäre – schließlich gab es dort keinen Goldmarkt zu schützen. Dennoch mußte sich Elemak den Daumen scannen lassen, um seine Bürgerschaft zu beweisen, und damit wußte der Stadtcomputer, daß er sich in Basilika befand. Elemak bezweifelte nicht, daß Gabja – selbst, wenn sein Hauscomputer nicht direkt mit den Stadtcomputern verbunden war, was natürlich illegal gewesen wäre – mit Sicherheit Informanten in der Stadtverwaltung hatte, und falls Gabja auf die Information Wert legte, daß sich Elemak in Basilika befand, würde er sie innerhalb weniger Augenblicke bekommen haben.

Elemak war eigentlich schon sehr erleichtert, nicht von der Wache am Tor verhaftet zu werden; das bedeutete, daß Gaballufix seinen Namen nicht zur direkten Festnahme ausgeschrieben hatte. Oder es bedeutete, daß Gabja in der Stadt noch nicht über so viel Macht verfügte, wie er seinen Freunden und Unterstützern gegenüber prahlerisch behauptete. Vielleicht gehörte es noch nicht zu seinen Befugnissen, den Wachen an den Toren zu befehlen, seine persönlichen Feinde in Haft zu nehmen.

Bin ich sein Feind? dachte Elemak. Sein Bruder, ja. Sein Freund, nein. Des eigenen Vorteils willen eine Zeitlang sein Verbündeter, ja. Wir beide haben in einer engeren Beziehung Vorteile gesehen. Doch wird er mich nun als alten Geschäftskollegen ansehen, der von ihm abgefallen ist, als möglicherweise nützlichen Freund, oder als Verräter, der bestraft werden muß?

Elemak hatte eigentlich direkt zu Gaballufix' Haus gehen wollen, doch als er sich erst einmal in der Stadt befand, brachte er es nicht über sich. Er trabte vom Hohen Rauchfang zur Bibliotheksstraße und dann über die Tempel- zur Flügelstraße. Sowohl über die Tempel- als auch über die Flügelstraße hätte er zu Gabjas Haus gelangen können, doch mittlerweile zeigte sich Elemak immer besorgter über die zahlreichen Soldaten, denen er begegnete. Es waren wesentlich mehr von ihnen unterwegs als in den Tagen, bevor Vater sie in die Wüste geführt hatte, und obwohl er es sorgsam vermied, sie anzusehen, bereiteten sie ihm ein immer stärkeres Unbehagen. Als er schließlich sah, daß ein Trupp von zwölf Mann auf die Flügelstraße einbog, duckte er sich in einen Türeingang und betrachtete sie dann verstohlen, als sie an ihm vorübergingen.

Augenblicklich begriff er, was mit ihnen nicht stimmte. Sie waren alle identisch – die Gesichter, die Kleidung, die Waffen, alles. »Unmöglich«, flüsterte er. Es konnte einfach nicht so viele identische Menschen auf der Welt an einer Stelle geben. Die uralten Geschichten über das Klonen kamen ihm in den Sinn – Hexen und Hexenmeister, die die Welt beherrschen wollten, indem sie identische Kopien von sich selbst schufen, die sich (zumindest in den Geschichten) unausweichlich gegen ihre Schöpfer wandten und sie töteten. Aber das war die wirkliche Welt, und das waren Gabjas Soldaten; und der hatte vom Klonen genauso wenig Ahnung wie vom Fliegen, und *hätte* er Klone schaffen können, hätte er sich bestimmt ein besseres Modell als diesen schwer zu beschreibenden, dumm aussehenden Klotz von Mann ausgesucht, der zu Dutzenden durch die Straßen patrouillierte.

»Das ist nur ein Schwindel«, sagte eine Frau.

Elemak befand sich allein auf der Schwelle. Erst, als er auf die Straße trat, sah er die Sprecherin, eine verwahrloste Wilde unbestimmbaren Alters, nackt bis auf die Staub- und Schmutzschichten, die sie bedeckten. Elemak gehörte nicht zu jenen, die die Wilden als Objekte der Begierde sahen, wenngleich sich einige seiner Freunde gelegentlich ihrer beiläufig bedienten, als wären sie Urinale für die Lust. Normalerweise hätte er sie ignoriert, doch sie schien auf seine geflüsterte Bemerkung geantwortet zu haben, und außerdem, mit wem konnte man sicherer sprechen als mit einer anonymen heiligen Frau aus der Wüste?

»Wie machen sie es?« fragte er. »Daß sie alle gleich aussehen, meine ich.«

»Es heißt, es wäre eine alte Theaterkostüm-Technik, die vor tausend Jahren groß in Mode war.«

Sie sprach nicht wie eine Wüstenfrau. »Wie funktioniert es?«

»Ein feines Netz, das man wie einen Mantel trägt. Mit einem Knopf an der Hüfte schaltet man es ein und aus. Es paßt sich automatisch der Helligkeit der Umgebung an – im Sonnenlicht wird es sehr hell, im Mondlicht oder Schatten nicht so sehr. Eine sehr kluge Erfindung.«

Ihre Stimme klang von Satz zu Satz kultivierter.

»Wer bist du?« fragte er.

Sie sah ihm ins Gesicht. »Ich bin die Überseele«, sagte sie. »Und wer bist du, Elemak? Bist du mein Freund oder mein Feind?«

Einen Augenblick lang stand Elemak starr vor Entsetzen da. Er hatte solche Angst vor Gaballufix gehabt, davor, daß ein Soldat ihn erkennen, seinen Namen rufen und ihn abführen oder vielleicht sogar auf der Stelle töten würde, daß er nun völlig fassungslos war, von einer Verrückten erkannt worden zu sein. Wie soll man sich verstecken, wenn einen sogar die Bettler auf der Straße mit Namen kennen? Erst, als *sie* sich bewegte, als sie ihren Zeigefinger in den Nabel steckte und ihn drehte, als rühre sie dort eine widerwärtige Mixtur an, überwand sein Abscheu seine Furcht, und er lief auf die Straße und rannte blindlings vor ihr davon.

Also konnte er seinen Plan, sich unauffällig durch die Straße zu bewegen, vergessen. Er war jedoch so geistesgegenwärtig, um nicht sofort zu Gabjas Haus zu gehen, nicht in *diesem* Geisteszustand. Wohin konnte er sich dann wenden? Die Macht der Gewohnheit würde ihn zum Haus seiner Mutter führen – die alte Hosni hatte ein schönes, altes Haus in Den Quellen, in der Nähe des Hinteren Tores, in dem sie in der Politik mitmischte und aufstrebende junge Männer und Frauen in der Regierung und Verwaltung förderte oder vernichtete. Doch das Begehren triumphierte über die Gewohnheit, und statt Zuflucht bei seiner Mutter zu suchen, fand er sich auf den Stufen von Rasas Haus.

Er war als Junge natürlich hier unterrichtet worden, noch bevor Vater den ersten Vertrag mit ihr geschlossen hatte; nur, weil seine Mutter ihn bei Rasa studieren ließ, hatten sein Vater und seine Lehrerin sich überhaupt kennengelernt. Es war irgendwie peinlich gewesen, daß sich die anderen Schüler den Mund über die Liaison zwischen ihrer Herrin und Eljas Vater zerrissen, und von da an hatte er sich hier niemals wohl gefühlt, bis er schließlich im Alter von dreizehn Jahren seine Ausbildung dankbar beendet hatte. Nun jedoch kam er nicht als Schüler zu Rasas Haus, sondern als Freier – und als einer, dessen Werben seit langem willkommen war.

Einen Augenblick lang zögerte Elemak an der Tür, als ihm klar wurde, daß er genau das tat, was er seinen jüngeren Brüdern verboten hatte – daß er persönlichen Angelegenheiten nachging, während er doch eigentlich Vaters Auftrag erledigen sollte. Doch er schüttelte die Bedenken, die sich einstellten, sofort wieder ab. Sein Werben um Eiadh war weit mehr als nur ein abenteuerliches Spiel. Irgendwann in den letzten Monaten hatte er sich in sie verliebt; er begehrte sie mehr, als er je für möglich gehalten hatte, eine Frau begehren zu können. Ihre Stimme war für ihn wie Musik, ihr Körper eine unendlich veränderbare Skulptur, die ihn mit jeder Bewegung erstaunte. Doch während seine Hingabe für sie wuchs, wurde auch die Furcht in ihm immer größer, daß ihre Liebe für ihn nicht entsprechend zunahm. Soweit er wußte, begehrte sie ihn noch immer lediglich als den Erben des großen Wetschik, der ihr ein gewaltiges Vermögen und Prestige einbringen konnte. Vielleicht mochte sie *jetzt*, nachdem so viel vom Geschäft geschlossen oder verkauft worden war, keinen Vorteil mehr darin sehen, den Erben des Wetschik zu heiraten. Wie würde sie nun auf ihn reagieren?

Er zog an der Schnur; die Glocke läutete. Es war eine altmodische Glocke, ein tiefer Gong statt des musikalischen Geläuts, das jetzt in Mode war. Zu seiner Überraschung öffnete Rasa persönlich die Tür.

»Ein Mann kommt zu meiner Tür«, sagte sie. »Ein starker, junger Mann, mit dem Schmutz und Schweiß der Wüste auf seinem Gesicht. Was soll ich von dir halten? Bringst du mir Nachricht von meinem Gefährten? Bringst du weitere Drohungen von Gaballufix? Bist du hier, um meine Nichte Eiadh zu holen? Oder bist du mit Furcht im Herzen gekommen, zurück zum Haus deiner Kinder- und Schulzeit, in der Hoffnung auf ein Bad und eine Mahlzeit und vier starke Wände, die dich schützen werden?«

Das alles sagte sie so humorvoll, daß Elemaks Furcht schwand. Es war ein gutes Gefühl, daß Rasa ihn fast als Gleichberechtigten ansprach. »Vater geht es gut«, antwortete er, »Gabja habe ich nach meiner Rückkehr zur Stadt noch nicht gesehen, Eiadh würde ich gern sehen, doch ich habe im Augenblick nicht vor, sie zu entführen, und was das Bad und die Mahlzeit betrifft – ich würde diese Gastfreundschaft dankbar annehmen, hätte aber nie darum gebeten.«

»Das will ich dir gern glauben«, sagte Rasa. »Du wärest hereingeplatzt und hättest angenommen, daß sich Eiadh über deine Umarmung freut, wenn du wie ein Kamel riechst und mit jedem Schritt, den du tust, Staub verbreitest. Komme herein, Elemak.«

Als er das Bad genoß, fühlte er sich erneut schuldig und dachte an seine Brüder, die in der Hitze des Tages in den Hügeln auf ihn warteten – andererseits hingegen war es nur vernünftig, ein Bad zu nehmen und sich zu säubern, bevor er Gaballufix aufsuchte. Er sah dann nicht mehr so abgerissen aus und konnte die klare Botschaft vermitteln, daß er

Freunde in der Stadt hatte – eine viel bessere Verhandlungsposition. Falls Gaballufix es nicht als weiteren Beweis nahm, daß Elemak ein doppeltes Spiel getrieben hatte. Seine Kleidung, frisch gewaschen und ausgelüftet, lag im Sekator für ihn bereit, und er zog sie dankbar an, nachdem er das Bad beendet hatte, und ließ sich dabei vom Sekator abtrocknen. Das Haaröl verschmähte er – die Mitglieder der Potokgavan-Partei verzichteten auf jegliche Pomade, da sie in keiner Hinsicht den Naßköpfen ähneln wollten.

Eiadh empfing ihn in Rasas Salon. Sie wirkte schüchtern, doch das nahm er als gutes Zeichen – zumindest war sie nicht hochmütig oder wütend. Doch konnte er es wagen, sich die Freiheiten herauszunehmen, die sie ihm bei seinem letzten Besuch gewährt hatte? Oder wäre dies nun, da die Verhältnisse sich geändert hatten, zu vermessen? Er ging zu ihr, doch statt neben ihr auf dem Sofa Platz zu nehmen, sank er vor ihr auf ein Knie nieder und griff nach ihrer Hand. Sie duldete es – und streckte dann die andere Hand aus und berührte seine Wange. »Sind wir jetzt Fremde?« fragte sie. »Möchtest du dich nicht neben mich setzen?«

Sie hatte sein Zögern verstanden, und das war die Rückversicherung, die er brauchte. Augenblicklich setzte er sich neben sie, küßte sie, legte die Hand auf ihre Taille und spürte, daß sie leidenschaftlich atmete, daß sie ihn heftig begehrte. Sie sprachen anfangs nur wenig, zumindest mit Worten; mit ihren Taten verriet sie ihm, daß sich ihre Gefühle für ihn nicht verändert hatten.

»Ich dachte, du wärest für immer gegangen«, flüsterte sie nach langem Schweigen.

»Nicht von dir«, sagte er. »Aber ich weiß nicht, was die Zukunft für mich bereithält. Der Aufruhr in der Stadt, Vaters Exil ...«

»Einige behaupten, dein Bruder habe sich verschworen, deinen Vater zu töten ...«

»Niemals.«

»Und andere sagen, dein Vater habe deinen Bruder töten wollen ...«

»Unsinn. Lachhaft. Beide sind willensstarke Männer, das ist alles.«

»Das ist *nicht* alles«, sagte Eiadh. »Dein Vater kam niemals mit Soldaten hierher, um zu drohen, er könne sich Zutritt verschaffen, wann immer er wollte, wie Gaballufix es tat.«

»Er kam *hierher*?« sagte Elemak wütend. »Weshalb?«

»Vergiß nicht, er war einst Tante Rasas Gefährte, sie haben zwei Töchter ...«

»Ja, ich glaube, ich habe sie kennengelernt.«

»Natürlich«, sagte sie lachend. »Ich weiß, es sind deine Nichten. Und sie sind auch Njefs und Issibs Schwestern – sind Familienverhältnisse immer so kompliziert? Aber ich meinte, seltsam war nicht, *daß* Gaballufix kam, sondern *wie* er kam, mit diesen Soldaten in ihren schrecklichen Kostümen, in denen sie alle so ... unmenschlich aussehen.«

»Ich habe gehört, es sei eine Holographie.«

»Ein sehr altes Theaterrequisit. Nun, da ich es gesehen habe, bin ich froh, daß unsere Schauspieler Schminke oder Masken benutzen. Hologramme sind sehr verwirrend. Unnatürlich.« Sie schob ihre Hand in sein Hemd und streichelte seine Haut. Es kitzelte. Er zitterte. »Siehst du?« fragte sie. »Wie könnte ein Hologramm jemals so etwas empfinden? Wie kann man es nur ertragen, so *unwirklich* zu sein?«

»Ich stelle mir vor, daß sie unter dem Hologramm noch durchaus wirklich sind. Und sie können einem die Zunge herausstrecken, ohne daß man es mitbekommt.«

Sie lachte. »Aber stelle dir einmal vor, du wärest ein Schauspieler und müßtest so etwas tragen. Wie könnte man da noch deinen Gesichtsausdruck ausmachen?«

»Vielleicht haben sie sie nur für Statisten benutzt – damit ein und derselbe Schauspieler Dutzende von Rollen spielen kann, ohne das Kostüm zu wechseln.«

Eiadhs Augen wurden größer. »Mir war gar nicht bekannt, daß du so viel über das Theater weißt.«

»Ich habe einmal einer Schauspielerin den Hof gemacht«, sagte Elemak. Er sagte es absichtlich, da er wußte, daß es die meisten Frauen störte, von alten Lieben zu hören. »Ich hielt sie damals für wunderschön. Verstehst du, ich hatte dich noch nicht gesehen. Jetzt frage ich mich, ob sie auch nur ein Hologramm war.«

Zur Belohnung für das nette Kompliment küßte sie ihn.

Dann wurde die Tür geöffnet, und Rasa kam herein. Sie hatte ihnen die nach den gesellschaftlichen Gepflogenheiten angemessenen fünfzehn Minuten zugestanden – vielleicht ein paar mehr. »Ich freue mich, daß du uns besuchst, Elemak. Vielen Dank, Eiadh, daß du mit unserem Gast Konversation getrieben hast, während ich abgelenkt war.« Dieser Brauch, so zu tun, als wolle der Freier die Dame des Hauses besuchen, während die junge Dame, die umworben wurde, der Herrin lediglich half, den Gast zu unterhalten, gehörte zu den delikaten Vorwänden des Werbens.

»Ich finde keine Worte dafür, wie dankbar ich dir für deine Gastfreundschaft bin«, sagte Elemak. »Du hast einen müden Reisenden gerettet, meine Herrin Rasa; ich habe nicht gewußt, wie nah ich dem Tod gewesen sein muß, bis deine Freundlichkeit mich wieder so lebendig machte.«

Rasa wandte sich an Eiadh. »Er ist darin wirklich gut, nicht wahr?«

Eiadh lächelte freundlich.

»Meine Herrin Rasa«, sagte Elemak, »ich weiß nicht, was die Zukunft bringen wird. Ich muß mich heute mit Gaballufix treffen, und ich weiß nicht, was dabei herauskommen wird.«

»Dann treffe dich *nicht* mit ihm«, sagte Rasa, und ihr Gesichtsausdruck wurde wieder ernst. »Ich glaube, er ist sehr gefährlich geworden. Roptat ist überzeugt, daß es an jenem Tag, als Wetschik ging, einen Plan gab, ihn bei diesem Treffen am Kühlhaus zu töten. Wäre Wetschik wie vereinbart dort gewesen, wäre Roptat in eine Falle gelaufen. Ich glaube ihm – ich glaube, daß Gaballufix Mord im Herzen hat.«

Elemak *wußte* es; aber er hatte nicht die geringste Vorstellung, was daraus entstehen würde, wenn er Rasas Verdacht bestätigte. Zum einen würden sich Rasa und Eiadh vielleicht fragen, woher Elemak von solch einer Verschwörung wissen konnte und wieso er Roptat, wenn er davon gewußt hatte, nicht gewarnt hatte. Frauen verstanden nicht, daß es manchmal am freundlichsten und friedlichsten war, einen Konflikt mit einem einzigen Todesfall zur rechten Zeit zu verhindern, um Tausende von Gefallenen eines blutigen Krieges zu vermeiden. Die Naiven konnten eine gute Strategie so leicht als Mord mißverstehen.

»Vielleicht«, sagte Elemak. »Weiß wirklich jemand, was ein anderer im Herzen hat?«

»Ich kenne das Herz eines anderen«, sagte Eiadh. »Und mein Herz hat keine Geheimnisse vor ihm.«

»Wenn du dich damit nicht auf Elemak beziehst«, sagte Rasa, »könnte der arme Elemak vielleicht in Betracht ziehen, selbst ein heißblütiges Verbrechen aus Leidenschaft zu begehen.«

»Natürlich spreche ich von Elja«, sagte Eiadh. Sie nahm seine Hand und hielt sie in ihrem Schoß.

»Herrin Rasa, es ist unbedingt nötig, daß ich Gaballufix aufsuche. Vater schickt mich. Er braucht etwas, das nur Gaballufix ihm geben kann.«

»Wir alle brauchen etwas, das nur Gaballufix geben kann«, sagte Rasa, »und das ist *Friede*. Das könntest du vielleicht erwähnen, wenn du mit ihm sprichst.«

»Ich werde es versuchen«, sagte Elemak, obwohl sie beide wußten, daß er es nicht tun würde.

»Was will Wetschik haben? Hat er dir eine Nachricht für mich mitgegeben?«

»Er hat nicht damit gerechnet, daß ich dich sehe«, sagte Elemak. »Eine Vision der Überseele schickt mich hierher. Eigentlich sind wir alle vier gekommen ...«

»Sogar Issib! Hier!«

»Nein. Ich habe sie vor der Stadt zurückgelassen, an einem sicheren Ort. Wenn es nach meinem Willen geht, werdet nur ihr beide erfahren, daß sie hier sind. Mit etwas Glück werde ich mir den Index noch vor der Nacht beschaffen und die Stadt wieder verlassen können. Ich habe keine Ahnung, wann wir danach wieder zurückkehren werden.«

»Der Index«, flüsterte Rasa. »Dann kann er niemals zurückkommen.«

Elemak verwirrten ihre Worte. »Wieso? Was *hat* es überhaupt mit diesem Index auf sich?«

»Nichts«, sagte sie. »Ich meine, ich weiß es nicht. Nur, daß ... sagen wir es einmal so. Wenn die Palwaschantu merken, daß er verschwunden ist ...«

»Wie kann er nur so wichtig sein? Ich habe nie von ihm gehört, bevor Vater uns schickte, ihn zu holen.«

»Nein, man spricht nicht viel von ihm«, sagte Rasa. »Ich vermute, es hat auch kein Grund dafür bestanden. Oder die Überseele wollte vielleicht nicht, daß viele von ihm erfahren.«

»Warum? Es gibt zahlreiche Indexe – Dutzende in jeder Bibliothek auf der Welt, Hunderte allein in Basilika. Warum ist das *der* Index?«

»Ich bin mir nicht sicher«, sagte Rasa. »Wirklich nicht. Ich weiß nur, daß es sich um das einzige Artefakt der Männerreligion handelt, das auch in den Überlieferungen der Frauen erwähnt wird.«

»Männerreligion? Wie wird er benutzt?«

»Ich weiß es nicht. Meines Wissen wurde er *niemals* benutzt. Ich habe ihn nie gesehen. Ich weiß nicht einmal, wie er aussieht.«

»Das sind wirklich gute Nachrichten«, sagte Elemak. »Ich ging davon aus, daß er wie jeder andere Index auch aussieht, und nun sagst du mir, daß Gaballufix mir alles geben und als Index bezeichnen könnte und ich nicht einmal wüßte, ob er mich betrügt.«

Rasa lächelte. »Elemak, du verstehst nicht ganz. Wenn er nicht die Führung der Palwaschantu verlieren wird, wird er dir den Index *niemals* geben.«

Elemak war besorgt, aber nicht bestürzt. Sie meinte es eindeutig ernst, aber das bedeutete nicht unbedingt, daß sie Recht hatte. Niemand konnte voraussagen, was Gaballufix tun würde, und wenn er glaubte, dadurch einen Vorteil zu bekommen, würde er alles eintauschen. Selbst ihre Mutter, falls Gabja auf den Gedanken kommen sollte, die alte Hosni hätte irgendeinen Wert für ihn. Nein, er würde sich vom Index trennen, wenn der Preis stimmte.

Und um so mehr ihm klar wurde, wie wichtig dieser geheimnisvolle Index war, um so dringender wollte er ihn haben, nicht nur, um Vaters Auftrag zu erfüllen, sondern um ihn zu behalten. Wenn der Index seinem Besitzer eine solche Macht bescherte, warum sollte dieser Besitzer dann nicht Elemak sein?

»Elemak«, sagte Rasa, »falls du den Index irgendwie bekommen solltest, mußt du wissen, daß Gaballufix ihn dir nicht einfach lassen wird. Irgendwie wird er ihn sich zurückholen. Dann schwebst du in schrecklicher Gefahr. Ich will dir damit sagen – vertraue keinem Mann, falls du oder einer deiner Brüder Zuflucht vor Gabja brauchen solltet. Hast du verstanden? Vertraue keinem *Mann*.«

Elemak wußte nicht, was er darauf erwidern sollte. Er *war* ein Mann; wie sollte er auf so einen Rat reagieren?

»Es gibt nur wenige Frauen in dieser Stadt«, sagte Rasa, »die sich nicht freuen würden, würde man Gabja eines Großteils seiner Macht und seines Prestiges berauben. Sie würden dem neuen Besitzer des Index gern helfen, dem Zugriff von Gaballufix zu entkommen – selbst, wenn dieser sich den Index auf eine Weise beschafft hat, die manche als ...«

»Kriminell bezeichnen würden«, sagte Elemak.

»Ich kann mich mit dem Gedanken nicht anfreunden«, sagte Rasa. »Aber dein Vater hat sicherlich Recht, daß es ein harter Schlag gegen Gaballufix wäre, ihm den Index zu nehmen.«

»Es war eigentlich nicht Vaters Idee«, sagte Elemak. »Er behauptet, sie sei ihm in einem Traum gekommen. Von der Überseele.«

»Dann könnte es vielleicht wahr werden«, sagte sie. »Es könnte geschehen. Vielleicht ... Wer weiß, ob die Überseele noch genug Macht über Gaballufix hat, um ihn ... nun ja, kurzfristig dumm zu machen.«

»So dumm, daß er ihn mir gibt?«

»Und so dumm, daß er dich nicht findet und dann erschlägt.«

Elemak fühlte Eiadhs Hand in der seinen. Ich kam hierher, um Zuflucht zu finden und weil ich dich begehre, Eiadh – doch in Wirklichkeit habe ich Rasas Hilfe benötigt. Wenn man sich vorstellt, ich wäre zu Gaballufix gegangen, ohne zu wissen, wie wichtig dieser Index wirklich ist! »Herrin Rasa, wie kann ich dir für alles danken, was du für mich getan hast?«

»Ich fürchte, ich habe dich entmutigt, dein Leben bei einem unmöglichen Unterfangen aufs Spiel zu setzen«, sagte Rasa. »Ich hasse die Vorstellung, daß Gaballufix dir wirklich etwas antun könnte, aber der Einsatz in diesem Spiel ist sehr hoch. Die Zukunft Basilikas ist der Preis – aber ich fürchte, daß die Stadt beim Kampf um diesen Preis so einen großen Schaden nehmen wird, daß es das Spiel nicht mehr wert ist.«

»Was immer auch geschieht«, sagte Elemak, »du kannst dich darauf verlassen, daß ich zu Eiadh zurückkehren kann, wenn es mir möglich ist und sie mich noch haben will.«

»Selbst, wenn du ein Ausgestoßener und ein Verbrecher bist?« sagte Rasa. »Erwartest du von ihr, daß sie selbst dann mit dir gehen würde?«

»Gerade dann!« rief Eiadh. »Ich liebe Elja nicht wegen seines Geldes oder Rangs in der Stadt, ich liebe ihn, weil er Elja ist.«

»Meine Liebe«, sagte Rasa, »du *kennst* ihn ohne sein Geld oder seinen Rang doch gar nicht. Woher willst du wissen, wer er sein wird, wenn er beides nicht mehr hat?«

Es war grausam von ihr, dies zu sagen; Elemak konnte nicht glauben, daß sie diesen Gedanken überhaupt hatte, geschweige denn, daß sie ihn über die Lippen brachte. »Falls Eiadh eine Frau wäre, deren Herz ihrem Begehren folgen würde, Herrin Rasa, wäre sie keine Frau, die ich lieben oder der ich auch nur vertrauen könnte. Aber ich liebe sie wirklich, und keine Frau ist meines Vertrauens würdiger.«

Rasa lächelte ihn an. »O Eiadh, dein Freier hat so ein schönes Bild von dir. Versuche, dich seiner würdig zu erweisen.«

»Wie meine Tante Rasa spricht, könnte man glauben, sie wolle dir *ausreden*, mich zu lieben«, sagte Eiadh. »Vielleicht ist sie eine Winzigkeit eifersüchtig darauf, daß ein so guter Mann um mich wirbt.«

»Du vergißt«, sagte Rasa, »ich habe schon den Vater. Was will ich noch mit dem Sohn?«

Es war ein kritischer Augenblick; es waren Dinge gesagt worden, die in höflicher Gesellschaft nicht gesagt werden sollten – *durften*. Wenn es sich nicht um einen Scherz handelte.

Endlich lachte Rasa, sie fielen erleichtert in ihr Gelächter ein.

»Möge die Überseele dich begleiten«, sagte Rasa.

»Komm bald zu mir zurück«, sagte Eiadh. Sie drückte sich eng an ihn. Er erwiderte die Umarmung; sie würde keinen Zweifel an seinem Verlangen *und* seiner Hingabe haben.

Am Spätnachmittag stand Elemak vor Gaballufix' Haus. Aus reiner Macht der Gewohnheit wäre er fast in die Gasse und zu dem privaten Nebeneingang geschlüpft. Doch dann wurde ihm klar, daß sich sein Verhältnis zu Gaballufix unvorhersagbar verändert hatte. Falls Gaballufix ihn als Verräter betrachtete, würde eine geheime, völlig unbeobachtete Ankunft Gabja eine perfekte Gelegenheit geben, ihn loszuwerden, ohne daß je jemand davon erfuhr. Außerdem gestand er praktisch ein, wenn er den Hintereingang nahm, daß er von geringerem Rang als Gaballufix war. Er hatte genug davon. Er würde offen und für jeden wahrnehmbar durch den Vordereingang kommen, wie ein Mann von einiger Bedeutung in der Stadt, ein geehrter Gast – mit zahlreichen Zeugen.

Zu seinem Vergnügen waren Gaballufix' Diener ehrerbietig und führten ihn augenblicklich herein, und er mußte nur kurz warten, bis man ihn in die Bibliothek führte, in der er sich immer mit Gaballufix getroffen hatte. Nichts schien sich geändert zu haben – Gabja erhob sich von seinem Stuhl und begrüßte Elemak mit einer Umarmung. Sie sprachen wie Brüder, sprachen ein paar Minuten lang über Leute unter Gaballufix' Freunden und Unterstützern, die sie beide kannten. Der einzige Hinweis auf Spannungen zwischen ihnen lag darin, wie Gabja von Elemaks ›überstürztem mitternächtlichem Aufbruch‹ sprach.

»Das war nicht meine Idee«, sagte Elemak. »Ich weiß nicht, wer von deinen Leuten geplaudert hat, aber Vater weckte uns Stunden vor der Morgendämmerung, und als das Treffen stattfinden sollte, waren wir schon tief in der Wüste.«

»Ich mag solche Überraschungen nicht«, sagte Gaballufix. »Aber ich weiß, daß man manchmal keinen Einfluß auf solche Dinge hat.«

Gabja war verständnisvoll. Erleichterung durchflutete ihn, und Elemak machte es sich auf seinem Stuhl etwas bequemer. »Du kannst dir vorstellen, welche Sorgen ich mir gemacht habe. Ich konnte mich ja schlecht davonstehlen und dich warnen – Vater war die ganze Zeit bei uns, ganz zu schweigen von meinen kleinen Brüdern.«

»Mebbekew?«

»Ich konnte nur dafür sorgen, daß er sich nicht auf der Stelle in die Hosen schiß. Du hättest ihn niemals in den Plan einbeziehen sollen.«

»Hätte ich das nicht?«

»Woher willst du wissen, ob er nicht derjenige war, der Vater gewarnt hat?«

»Das weiß ich nicht«, sagte Gaballufix. »Ich weiß nur, daß

mein lieber Vetter Wetschik verschwand, und mein Bruder Elemak mit ihm.«

»Wenigstens hat er die Stadt verlassen. Er wird deine Pläne nicht mehr stören.«

»Ach nein?«

»Natürlich nicht. Was kann er in einem kleinen, abgeschiedenen Tal in der Wüste schon bewirken?«

»Er hat *dich* zurückgeschickt«, sagte Gaballufix.

»Mit einem begrenzten Auftrag, der nichts mit der ganzen Debatte über Kriegswagen und Potokgavan und den Naßköpfen zu tun hat.«

»Die Debatte ist sowieso schon weit über diese Themen hinaus«, sagte Gaballufix. »Oder sollte ich vielleicht besser sagen, sie hat jetzt ganz andere Inhalte als diese Themen. Also sage mir – worin besteht der begrenzte Auftrag deines Vaters, und wie kann ich ihn durchkreuzen?«

Elemak lachte in der Hoffnung, daß Gabja einen Scherz gemacht hatte. »Das kannst du wohl am besten, wenn du ihm gibst, was er will – eine Kleinigkeit, eigentlich gar nichts. Dann verschwinden wir wieder, und es läuft auf dich und Roptat hinaus, wie es deine Absicht war.«

»Ich habe nie gewollt, daß etwas auf mich und sonst jemanden hinausläuft«, sagte Gaballufix. »Ich bin ein friedlicher Mensch. Ich will keinen Streit. Ich dachte, ich hätte einen Plan, mit dem man einen Konflikt vermeiden kann, doch im letzten Augenblick haben die Leute, auf die ich mich verließ, einen Rückzieher gemacht.«

Er lächelte noch immer, doch Elemak begriff, daß die Dinge zwischen ihnen nicht so gut standen, wie er gehofft hatte.

»Nun sag mir, Elja, was ist das für eine Kleinigkeit, die ich für deinen Vater tun soll, nur, weil dein Vater es verlangt?«

»Es gibt da irgendeinen Index«, sagte Elemak. »Ein altes Ding, das seit Generationen der Familie gehört.«

»Ein Index? Warum sollte ich einen Familienindex des Wetschik haben?«

»Keine Ahnung. Ich nahm an, du wüßtest, welchen er meint. Er nannte ihn einfach ›den Index‹, und da dachte ich, du wüßtest es.«

»Ich habe Dutzende von Indexen. Dutzende.« Dann runzelte Gaballufix plötzlich die Stirn, als wäre ihm etwas eingefallen. Elemak hatte jedoch schon öfter gesehen, daß er diese Geste zeigt, und wußte demzufolge, daß Gaballufix nur ein Spielchen mit ihm trieb. »Außer, du meinst ... aber nein, das ist absurd, das hat dem Hause Wetschik niemals gehört.«

Elemak spielte pflichtschuldig mit. »Wovon sprichst du?«

»Natürlich vom *Palwaschantu*-Index«, sagte Gaballufix. »Der Grund dafür, daß sich der Klan überhaupt gebildet hat, damals im Anbeginn der Zeit. Das wertvollste Artefakt in ganz Basilika.«

Natürlich würde er den Wert hochspielen, genau wie jeder Händler, der etwas verkaufen wollte. Man gibt vor, daß das, was man zu verkauften hat, das Wertvollste auf dem gesamten Planeten ist, um einen absurd hohen Preis festsetzen und sich dann herunterhandeln lassen zu können.

»Dann kann es dieser Index nicht sein«, sagte Elemak. »Vater ist bestimmt nicht der Meinung, daß er solch einen Wert hat. Es handelt sich eher um eine Sentimentalität. Er hat seinem Großvater gehört, und der hat ihn dem Klansrat zur Aufbewahrung gegeben, wenn er auf Reisen ging. Nun will Vater ihn auf seine Reisen mitnehmen.«

»Oh, dann ist er es doch. Sein Großvater hatte ihn, aber nur als befristeter Hüter. Der Palwaschantu-Klan hat ihn dem Wetschik übertragen; doch er wurde der Last müde und gab ihn zurück. Jetzt wurde ein anderer Hüter ernannt – ich. Und ich bin meiner Pflichten nicht müde. Sag deinem Vater bitte, ich sei ihm dankbar dafür, daß er mir bei meinen Pflichten geholfen hat, aber ich glaube, ich werde mich noch ein paar Jahre lang ohne seine Hilfe abmühen.«

Jetzt war es an der Zeit, daß der Preis erwähnt wurde. Elemak wartete, doch Gaballufix sagte nichts.

Und nachdem sich das Schweigen dann ein paar Minuten lang ausgedehnt hatte, erhob sich Gaballufix hinter seinem Tisch. »Auf jeden Fall, mein lieber Bruder, freue ich mich, dich in der Stadt zurück zu sehen. Ich hoffe, daß du lange bleiben wirst – ich kann deine Unterstützung gebrauchen. Nun, da dein Vater geflohen zu sein scheint, werde ich all meinen Einfluß einsetzen, damit du an seiner statt zum Wetschik ernannt wirst.«

Damit hatte Elemak ganz und gar nicht gerechnet. Er wollte damit ein Verhältnis zwischen Elemak und seinem Erbe errichten, das auf keinen Fall zu akzeptieren war. »Vater ist Wetschik«, sagte er. »Er ist nicht tot, und wenn er stirbt, bin ich Wetschik, ohne daß mir jemand helfen müßte.«

»Er ist nicht tot?« fragte Gaballufix. »Wo ist er dann? Ich sehe meinen alten Freund Wetschik nicht – aber ich sehe den Sohn, der versucht, den größten Nutzen aus seinem Tod zu ziehen.«

»Meine Brüder können bezeugen, daß Vater lebt.«

»Und wo sind *sie*?«

Fast wäre Elemak damit herausgeplatzt, daß sie sich nicht weit von der Stadtmauer entfernt versteckt hielten. Dann jedoch begriff er, daß Gaballufix wahrscheinlich genau dies in Erfahrung bringen wollte – wer Elemaks Verbündete waren und wo sie sich verbargen. »Du glaubst doch nicht, daß ich die Stadt allein betreten habe, oder, wenn meine Brüder genauso darauf versessen sind, nach Basilika zurückzukehren, wie ich es bin?«

Natürlich wußte Gaballufix, daß Elemak log – oder zumindest, daß Elemaks Daumenabdruck der einzige war, der an einem der Stadttore registriert worden war. Doch Gabja konnte *nicht* wissen, ob Elemak lediglich bluffte und seine Brüder sich weit entfernt in der Wüste befanden – oder ob sie die Wachen an den Toren umgangen hatten und sich nun in der Stadt befanden und irgendeinen Unfug planten, um den sich Gaballufix kümmern mußte. Doch Gaballufix konnte nicht eingestehen, daß er wußte, daß Elemak die Stadt als einziger legal betreten hätte – sonst hätte er zugegeben, daß er freien Zugang zu den Computern der Stadt hatte.

»Ich freue mich, daß sie zu den Vergnügungen der Stadt zurückkehren konnten«, sagte Gabja. »Hoffentlich sind sie auch vorsichtig. Ungehobelte Elemente wurden in die Stadt geholt – hauptsächlich von Roptat und seiner Bande, befürchte ich; und obwohl ich der Stadt helfe, indem ich ein paar meiner Leute zusätzlich durch die Straßen patroullieren lasse, ist es trotzdem gut möglich, daß ein paar junge Männer, die allein durch die Stadt ziehen, in unglückliche Zwischenfälle verstrickt werden.«

»Ich werde ihnen raten, auf der Hut zu sein.«

»Und sei auch du auf der Hut, Elemak. Ich mache mir Sorgen um dich, mein Bruder. Manche Leute glauben, dein Vater sei in eine Verschwörung gegen Roptat verwickelt. Was, wenn sie ihren Groll an *dir* auslassen?«

In diesem Augenblick wurde Elemak klar, daß seine Mission fehlgeschlagen war. Gabja ging eindeutig davon aus, daß Elemak ihn verraten hatte – oder er war zumindest zum Schluß gekommen, daß Elemak nicht mehr nützlich für ihn und vielleicht sogar so gefährlich war, daß man ihn töten mußte. Jetzt bestand nicht mehr die geringste Hoffnung, mit dem Anschein höflicher Brüderlichkeit irgend etwas zu erreichen. Aber vielleicht konnte er es ja auf andere Weise versuchen.

»Komm schon, Gabja«, sagte Elemak, »du weißt, daß du selbst die Geschichte verbreitest, Vater habe sich gegen Roptat verschworen. Das war doch dein Plan, oder? Man sollte Vater mit dem ermordeten Roptat im Kühlhaus finden. Man würde ihn dieses Verbrechens zwar nicht verurteilen, aber er wäre in Mißkredit gebracht worden. Doch Vater ist nicht gekommen, und daher lief Roptat nicht in die Falle, die deine Schläger ihm gestellt hatten, und nun versuchst du, soviel wie möglich von deinem Plan zu retten. Wir saßen hier und haben darüber gesprochen – warum sollten wir jetzt so tun, als wüßten wir nicht genau, was da vorgeht?«

»Aber wir *wissen* doch nicht, was da vorgeht«, sagte Gaballufix. »Ich habe nicht die geringste Ahnung, wovon du sprichst.«

Elemak betrachtete ihn verächtlich. »Und ich habe einmal geglaubt, du wärest dazu imstande, Basilika zu neuer Größe zu führen. Du konntest nicht einmal deine Opposition neutralisieren, als du die Chance dazu hattest.«

»Ich wurde von Narren und Feiglingen verraten«, sagte Gaballufix.

»Das ist die Entschuldigung, die Narren und Feiglinge immer für ihr Scheitern angeben – und sie ist immer richtig, solange man weiß, daß sie von Selbstbetrug sprechen.«

»Du nennst *mich* einen Narr und Feigling?« Gaballufix war jetzt wütend und verlor die Beherrschung. Elemak hatte ihn niemals so gesehen; er zeigte allerhöchstens gelegentlich ein Aufblitzen von Zorn. Er war keineswegs überzeugt davon, damit fertig zu werden, doch zumindest war dies nicht mehr die gnädige Gleichgültigkeit, die Gabja ihm bislang gezeigt hatte. »Wenigstens habe ich mich nicht mitten in der Nacht davongeschlichen«, sagte Gaballufix. »Wenigstens habe ich nicht jede Geschichte geglaubt, die man mir erzählt hat, ganz gleich, wie idiotisch sie war.«

»So wie ich, meinst du?« fragte Elemak. »Du vergißt, Gabja, *du* hast mir diese Geschichten erzählt. Und jetzt würde ich gern wissen, welche deiner idiotischen Geschichten ich geglaubt haben soll. Daß du nur im besten Interesse Basilikas handelst? Das habe ich nicht geglaubt – ich wußte genau, daß es dir nur um Profit und Macht ging. Oder vielleicht die Geschichte, daß du meinen Vater wirklich liebst und versuchst, ihn davor zu bewahren, daß ihm die politische Situation über den Kopf wächst? Glaubst du wirklich, *das* hätte ich geglaubt? Du haßt ihn, seit Rasa den Vertrag mit dir nicht erneuert und einen mit ihm eingegangen ist, und du haßt ihn jedes Jahr, das sie zusammen bleiben, um so stärker.«

»Das ist mir doch völlig egal!« sagte Gaballufix. »Sie bedeutet mir nichts!«

»Selbst jetzt ist sie das einzige Publikum, dem du zu gefallen versuchst – stelle dir vor, du gehst du ihrem Haus und stolzierst wie ein Hahn herum, um sie zu beeindrucken. Du solltest hören, wie sie jetzt über dich lacht.« Elemak wußte natürlich, daß er Rasa mit dieser Behauptung in große Gefahr brachte – aber das war ein Spiel mit hohen Einsätzen, und Elemak konnte nicht hoffen, es zu gewinnen, wenn er nicht ein gewisses Risiko einging. Außerdem wurde Rasa schon mit Gaballufix fertig.

»Lachen? Sie lacht nicht. Du hast nicht einmal mit ihr gesprochen.«

»Schau mich an – siehst du den Schmutz der Reise auf meiner Kleidung? Ich habe in ihrem Haus gebadet. Ich werde ihre Lieblingsnichte ehelichen. Sie hat mir gesagt, sie hätte sich lieber mit einem Kaninchen gepaart, als noch eine Nacht mit dir zu verbringen.«

Einen Augenblick lang dachte er, Gaballufix würde eine Waffe ziehen und ihn auf der Stelle töten. Dann entspannte sich Gabjas Gesicht ein wenig und zeigte den Ansatz eines Lächelns. »Jetzt weiß ich, daß du lügst«, sagte er. »Rasa würde niemals etwas so Unhöfliches sagen.«

»Natürlich habe ich es mir ausgedacht«, sagte Elemak. »Ich wollte dir nur zeigen, wer der Narr ist und jede Geschichte glaubt, die er hört.«

In diesem Augenblick dämmerte Elemak erstmals, welche Lüge er Gaballufix zufolge noch immer glaubte. Und Gabja hatte Recht – Elemak war ein Narr, sie jemals geglaubt zu haben, und ein viel schlimmerer Narr, sie heute noch immer zu glauben. »Du hattest niemals vor, Vater des Mordes an Roptat zu beschuldigen, oder?«

»Natürlich hatte ich das vor«, sagte Gabja.

»Aber du wolltest ihn nicht anklagen.«

»Nein, das wäre dumm gewesen – die reinste Zeitverschwendung. Das habe ich dir doch gesagt.«

»Du hast gesagt, es wäre eine Zeitverschwendung, weil Vater wegen seines Prestiges in der Stadt niemals verurteilt werden würde. Aber in Wahrheit wäre es niemals zu einem Prozeß gekommen, weil man im Kühlhaus sowohl Roptats *als auch* Vaters Leichen finden sollte.«

»Was für ein schrecklicher Vorwurf. Ich bestreite alles. Du hast eine böse Phantasie, *Junge*.«

»Du wolltest mich benutzen, indem ich meinen eigenen Vater an dich verrate, damit du ihn *töten* konntest.«

»Eine geraume Weile«, sagte Gaballufix, »nahm ich an, du wüßtest das. Ich ging davon aus, wir wären übereingekommen, nicht direkt über das Thema zu sprechen, weil es so unangenehm war. Ich dachte, du hättest begriffen, ich könne dir dein Erbe lediglich frühzeitig beschaffen, indem ich den Tod deines Vater arrangiere.«

Elemaks Zorn, fast zum Mitverschwörer bei einem Vatermord geworden zu sein, nahm ihm die letzte Selbstbeherrschung. Er machte einen Satz, griff nach Gaballufix – und starrte auf den Pulsator in Gaballufix' Hand.

»Ja, wie ich sehe, weißt du, was ein Pulsator in geringer Entfernung mit einem Menschen anstellen kann. Du hast einmal einen Menschen mit so einer Waffe getötet, nicht wahr? Vielleicht«, sagte Gaballufix, »war es sogar diese Waffe hier.«

Elemak betrachtete den Pulsator und erkannte die Kratzspuren darauf, wo die Farbe durch das Sonnenlicht verblichen war, als er ihn während unzähliger Reisestunden in der Wüste an seiner Hüfte getragen hatte. »Am Tag, als ich von meiner letzten Karawane nach Haus kam«, sagte er einfältig, »habe ich diesen Pulsator Mebbekew geliehen.«

»Und Mebbekew hat ihn mir geliehen. Ich habe ihm gesagt, daß ich ihn dir später auf einer Feier als Überraschung überreichen wollte, um dich zu ehren, daß du es endlich geschafft hast. Ich habe ihm gesagt, ich wolle mit deiner Geschichte meine Soldaten anspornen.« Gaballufix lachte.

»Deshalb hast du Meb ins Spiel gebracht. Um meinen Pulsator zu bekommen.« Aber warum? Elemak stellte sich vor, daß sein Vater tot dort lag, und dann entdeckte jemand in der Nähe seinen Pulsator, den er vielleicht bei der überstürzten Flucht fallen gelassen hatte. Er stellte sich vor, wie Gaballufix es mit Tränen in den Augen dem Stadtrat erklärte. »Dorthin führt die Gier in der jüngeren Generation – mein eigener Halbbruder hat seinen Vater ermordet, um sein Erbe zu bekommen.«

»Du hast Recht«, sagte Elemak ruhig. »Ich *war* ein Narr.«

»Du warst einer, und du bist einer«, sagte Gaballufix. »Man hat dich heute in der Stadt gesehen, überall in der Stadt. Meine Männer haben dich in verschiedenen Vierteln verfolgt. Es gibt viele Zeugen – und was wird es mich freuen, wenn Rasa gegen den ältesten Sohn ihres geliebten Volemak aussagen muß. Denn jemand wird heute nacht sterben, wird mit diesem Pulsator getötet werden, den man neben der Leiche finden wird, und dann werden alle wissen, daß Wetschiks Sohn der Mörder war, wahrscheinlich im Auftrag seines Vaters. Und das Schönste daran ist, ich kann es dir verraten, und dann kann ich dich sogar *lebendig* aus der Stadt werfen lassen, und du kannst nichts dagegen tun. Wenn du den Leuten erzählst, ich hätte vor, jemanden zu töten, werden sie annehmen, daß du damit ganz einfach dein eigenes Verbrechen im voraus verschleiern willst. Du *bist* ein Narr, Elemak, genau wie dein Vater. Selbst als du wußtest, daß ich nicht vor einem Mord zurückschrecke, um meine Pläne durchzusetzen, hast du irgendwie geglaubt, du und deine Familie, ihr wäret immun, irgendwie wäre ich rücksichtsvoller gegen dich, weil wir beide, du und ich, neun Monate lang im selben müden, alten Leib waren und das Leben aus ein und derselben Plazenta gesogen haben.«

Elemak hatte niemals solch einen Haß auf einem menschlichen Gesicht gesehen. Hier stand er und betrachtete Gabja, der fröhlich ein Verbrechen beschrieb, das er begehen wollte. Es entsetzte Elemak, doch es gab ihm auch eine verrückte Zuversicht. Als habe Gaballufix damit seine wahre innerliche Kleinheit enthüllt und Elemak damit aufgezeigt, um wie vieles er selbst doch größer war.

»Wer ist der Narr, Gabja«, sagte Elemak. »Wer ist der Narr?«

»Daran besteht doch wohl nicht mehr der geringste Zweifel«, sagte Gaballufix.

»Allerdings«, sagte Elemak. »Du machst es mir und Vater unmöglich, in die Stadt zurückzukehren, zumindest eine Zeitlang, aber Roptats Tod wird dir nicht den Weg ebnen. Bist du wirklich so dumm? Niemand wird auch nur einen Augenblick lang glauben, daß Vater Roptat getötet hat, oder auch ich.«

»Ich habe die Waffe!« sagte Gaballufix.

»Die Waffe, aber keinen Tatzeugen, nur *deine* Geschichte, die von *deinen* Leuten verbreitet wird. Sie sind nicht so dumm, daß sie nicht eins und eins zusammenzählen können. Wer hat denn etwas von Roptats Tod und Vaters Exil zu gewinnen? Doch nur du, Gabja. Diese Stadt wird sich in blutiger Rebellion gegen dich erheben. Deine Soldaten werden auf den Straßen sterben.«

»Du überschätzt die Willenskraft meiner schwachherzigen Feinde«, sagte Gaballufix. Doch seine Stimme klang nicht mehr so sicher, und das fröhliche Funkeln war verschwunden.

»Nur, weil deine Feinde nicht bereit sind zu töten, um ihre Ziele durchzusetzen, sind sie noch längst nicht schwachherzig. Sie *werden* töten, um einen Mann wie *dich* aufzuhalten. Einen böswilligen kleinen Parasiten wie dich.«

»Willst du unbedingt sterben?«

»Nur zu, tötete mich hier, Gabja. Hunderte von Menschen wissen, daß ich hier bin. Hunderte wollen hören, was ich ihnen zu berichten habe. Dein ganzer Plan wird enthüllt, und du wirst ihn nie verwirklich können. Weil du so dumm warst, unbedingt prahlen zu müssen.«

Elemaks Worte waren natürlich nur ein Bluff, doch Gaballufix glaubte ihm. Zumindest soweit, daß er zögerte. Dann lächelte Gabja. »Elja, mein Bruder, ich bin stolz auf dich.«

In diesem Augenblick wußte Elemak, daß Gaballufix nachgegeben hatte. Er erwiderte nichts darauf.

»Du bist also doch mein Bruder – Volemaks Blut hat dich nicht schwächer gemacht, sondern vielleicht sogar stärker.«

»Glaubst du wirklich, ich würde deine Schmeicheleien jetzt noch schlucken?«

»Natürlich nicht«, sagte Gaballufix. »Natürlich wirst du sie mißachten – aber das hindert mich nicht daran, dich trotzdem zu bewundern, oder? Es hindert dich nur daran, mir meine Bewunderung zu glauben! Das ist dein Verlust, lieber Elja.«

»Ich bin gekommen, um den Index zu holen, Gaballufix«, sagte Elemak. »Eine einfache Sache. Gib ihn mir, und ich bin wieder verschwunden. Wetschik und seine Familie werden dich nie wieder belästigen, und du kannst deine kleinen Spielchen treiben, bis dir jemand einen Dolch zwischen die Rippen stößt.«

Gaballufix neigte den Kopf zur Seite.

Er wird ihn mir geben, dachte Elemak triumphierend.

»Nein«, sagte Gaballufix. »Ich würde es gern, kann es aber nicht. Das Verschwinden des Index – das könnte ich dem Klans-Rat nur schwer erklären. Es würde mir eine Menge Ärger machen, und warum sollte ich mich diesem Ärger aussetzen, nur um Wetschik loszuwerden? Schließlich bin ich ihn doch schon losgeworden.«

Nun endlich war Elemak dort, wo er hinwollte: Jetzt konnte er wie ein Händler feilschen. »Was könnte dich überzeugen, diesen Ärger doch auf dich zu nehmen?«

»Mach mir ein Angebot. Genug Geld, um einen Ausgleich für diesen Ärger zu schaffen.«

»Gib mir den Index, und Vater wird dir die Summe zukommen lassen, die du verlangst.«

»Ich soll auf das Geld *warten*? Darauf warten, daß *Wetschik* mich später für einen Index bezahlt, den ich dir jetzt gebe?

Oh ... ich verstehe ... jetzt begreife ich!« Gaballufix lachte spöttisch. »Du kannst mir jetzt kein Geld geben, weil du keins hast. Wetschik hat dir noch nichts von seinem Vermögen überschrieben! Er hat dich auf diesen Botengang geschickt und dir noch nicht einmal Zugang zu seinem Geld gewährt!«

Es *war* erniedrigend. Vater hätte wissen müssen, daß Verhandlungen mit Gaballufix letztendlich auf Geld hinauslaufen würden; er hätte ihm das Kennwort verraten sollen, mit dem er an das Familienvermögen herangekommen wäre. Raschgallivak, der Verwalter, hatte eine größere Macht über das Wetschik-Vermögen als Elemak. Ärger und Groll erfüllte ihn, weil sein Vater ihn in eine so schwache Position gesetzt hatte. Der kurzsichtige, dumme alte Mann, der immer über seine eigenen Füße stolperte, wenn es um Geschäfte ging!

»Sag mir, Elja«, sagte Gaballufix und hörte endlich auf zu lachen, »warum sollte ich dir den Index anvertrauen, wenn dein eigener Vater dir nicht sein Geld anvertraut?«

Bei diesen Worten griff Gaballufix unter den Tisch und berührte anscheinend irgendeinen Knopf, denn gleichzeitig wurden drei Türen geöffnet, und identisch aussehende Soldaten stürmten in den Raum. Sie ergriffen Elemak und zerrten ihn grob in die Halle und dann zur Eingangstür hinaus.

Doch das war noch nicht genug. Sie brachten ihn im Stechschritt zum nächsten Tor, bei dem es sich zufällig um das Hintere Tor handelte – es lag direkt neben dem Haus seiner Mutter – und warfen ihn vor den Wächtern zu Boden.

»Der Kerl hier verläßt die Stadt!« rief einer der Soldaten.

»Und er wird nie mehr zurückkommen!« rief ein anderer.

Die Wächter schienen jedoch nicht besonders beeindruckt zu sein. »Bist du ein Bürger?« fragte einer.

»Ja«, sagte Elemak und klopfte sich den Staub ab.

»Bitte den Daumen.«

Elemak hielt den Daumen über den Scanner. »Bürger Elemak, Sohn der Herrin Rasa vom Wetschik. Es ist uns eine Ehre, dir zu Diensten sein zu können.« Woraufhin alle Wächter salutierten.

Es verblüffte ihn vollkommen. Nie zuvor, ob er die Stadt nun betreten oder verlassen hatte, hatte ein Wächter auch nur die Stirn gerunzelt, wenn der Stadtcomputer seinen hohen Rang mitteilte. Und nun ein Salut!

Dann gröhlten Gaballufix' Soldaten wieder los und prahlten damit, was sie mit ihm machen würden, falls er jemals zurückkehren sollte, und Elemak begriff. Die offiziellen Stadtwächter wollten ihm und allen anderen, die sich in der Nähe befanden, zeigen, daß *sie* nicht zu Gaballufix' kleiner Armee gehörten. Des weiteren bewirkte schon allein die Tatsache, daß Wetschiks Sohn eindeutig Gaballufix' Feind war, daß die Stadtwächter ihm ihre Ehre bezeugten. Diese Situation würde Elemak vielleicht einmal zu seinem Vorteil ausnützen können. Was, wenn ich als Befreier zur Stadt zurückkehre und die Wächter und die Miliz in den Kampf gegen Gabja und seine verhaßte Armee kostümierter Klone führe? Die Stadt würde mir dann freiwillig alles geben, was Gabja nun durch Betrug, Einschüchterung und Mord zu gewinnen versucht. Ich hätte alle Macht, von der Gaballufix träumt – und die Stadt würde mich trotzdem lieben.

12

Vermögen

Es war ein elender Tag in der Wüste, obwohl die Schlucht im Schatten lag und ständig eine Brise hindurchwehte. Kein Ort ist behaglich, dachte Nafai, wenn man darauf wartet, daß ein *anderer* eine Aufgabe erledigt, die man eigentlich selbst erledigen müßte. Schlimmer als die Hitze, als der Schweiß, der in seine Augen tropfte, als der Sand, der zwischen seinen Zähnen knirschte, war das hilflose Entsetzen, das Nafai jedesmal verspürte, wenn er daran dachte, daß man ausgerechnet Elemak anvertraut hatte, die Aufgabe der Überseele zu erledigen.

Nafai wußte natürlich, daß Elemak die Würfel manipuliert hatte. Er war nicht so dumm, um auf den Gedanken zu kommen, Elemak habe die Entscheidung dem Zufall überlassen. Obwohl er die Geschicklichkeit bewunderte, mit der Elja vorgegangen war, war er wütend auf ihn. Würde er überhaupt ernsthaft *versuchen*, den Index zu bekommen? Oder ging er in die Stadt und traf sich mit Gaballufix, um einen weiteren Verrat an Vater und damit an der Vormundschaft der Überseele über die Menschheit zu begehen?

Würde er überhaupt zurückkehren?

Dann endlich, am Spätnachmittag, erklang das Klappern und Scheppern von fallenden Steinen, und Elemak kletterte lautstark zu ihrem Versteck hinab. Seine Hände waren leer, doch seine Augen strahlten. Wir sind verraten worden, dachte Nafai.

»Er hat natürlich abgelehnt«, sagte Elemak. »Der Index ist wichtiger, als Vater uns gesagt hat. Gaballufix will ihn nicht hergeben – zumindest nicht umsonst.«

»Was will er dafür haben?« fragte Issib.

»Das hat er nicht gesagt. Aber er hat einen Preis. Er hat klargemacht, daß er ein Angebot hören will. Das Problem ist nur – wir müssen zu Vater zurück und uns von ihm Zugang zu seinen Geldmitteln geben lassen.«

Nafai gefiel das alles nicht. Woher sollten sie wissen, was Elemak und Gaballufix einander versprochen hatten?

»Den ganzen Weg wieder zurück, und auch noch mit leeren Händen«, sagte Mebbekew. »Weißt du was, Elja? *Du* kehrst zurück, und wir werden hier warten, bis du mit dem Kennwort zu Vaters Finanzen zurückkommst.«

»Genau«, sagte Issib. »Ich werde die Nacht nicht hier draußen in der Wüste verbringen, wenn ich in die Stadt gehen und meine Flossen benutzen kann.«

»Wie dumm seid ihr eigentlich wirklich?« sagte Elemak. »Begreift ihr nicht, daß die Dinge sich verändert haben?

Gabjas Truppen sind überall in der Stadt. Und Gaballufix ist nicht Vaters Freund. Und deshalb ist er auch nicht *unser* Freund.«

»Er ist dein Bruder«, sagte Mebbekew.

»Er ist niemandes Bruder«, sagte Elemak. »Ich kenne ihn besser als ihr alle, und ich kann euch versprechen, daß er uns in dem Augenblick umbringen läßt, da er uns zu Gesicht bekommt.«

Nafai war erstaunt, Elemak so reden zu hören. »Ich dachte, du hast gewollt, daß er Basilika führt.«

»Ich war der Ansicht, daß sein Plan in den bevorstehenden Kriegen die beste Hoffnung Basilikas war«, sagte Elemak. »Doch ich habe niemals angenommen, daß Gaballufix auf etwas anderes als seinen eigenen Vorteil aus war. Seine Soldaten sind in der ganzen Stadt – sie tragen irgendwelche Hologramm-Kostüme, die ihre gesamten Körper bedecken, so daß alle absolut identisch aussehen.«

»Ganzkörper-Masken!« rief Mebbekew. »Was für eine tolle Idee!«

»Das bedeutet«, sagte Elemak, »selbst wenn jemand sieht, wie einer von Gaballufix' Soldaten ein Verbrechen begeht, kann niemand den Täter identifizieren.«

»Oh«, sagte Mebbekew.

»Und was wollen wir tun«, fragte Nafai, »wenn Vater uns Zugang zu seinem Geld gäbe? Wieso glaubst du, daß Gaballufix den Index verkaufen würde?«

»Denke einmal nach, Nafai. Selbst ein Vierzehnjähriger sollte zumindest *etwas* von Männerangelegenheiten verstehen. Gaballufix bezahlt zahlreiche Soldaten, Hunderte und aber Hunderte. Sein Vermögen ist groß, aber nicht so groß, daß er auf ewig damit weitermachen könnte, nicht ohne die Kontrolle über die Steuereinnahmen Basilikas. Vaters Geld würde da schon einen beträchtlichen Unterschied ausmachen. Im Augenblick braucht Gaballufix wahrscheinlich dringender Geld als das Prestige, den Index zu besitzen, von dem sowieso kaum jemand jemals gehört hat.«

Nafai schluckte Elemaks herablassenden Tadel herunter, als er erkannte, daß dessen Deutung der Dinge richtig war. »Dann steht der Index also tatsächlich zum Verkauf an.«

»Vielleicht«, sagte Elemak. »Also kehren wir zu Vater zurück und finden heraus, ob wir für den Index bezahlen sollten, und falls ja, *wieviel*. Dann gibt er uns Zugang zu seinen Finanzen, und wir kehren zurück und feilschen ...«

»Und ich sage, *du* gehst zurück und läßt es mich auf eigene Faust in der Stadt versuchen«, sagte Mebbekew.

»Ich will heute abend nicht in meinem Stuhl sitzen«, sagte Issib.

»Ihr könnt nach unserer Rückkehr in die Stadt«, sagte Elemak.

»Wie dieses Mal? Du läßt uns genau wie jetzt hier warten, und wir kommen nie nach Basilika«, sagte Issib.

»Na schön«, sagte Elemak. »Ich kehre allein zurück und sage Vater, daß ihr ihn und seine Sache im Stich gelassen habt, weil ihr unbedingt in die Stadt wolltet, um herumzuschweben und zu vögeln.«

»Ich will nicht in die Stadt, um zu vögeln!« protestierte Issib.

»Und ich will nicht schweben«, sagte Mebbekew grinsend.

»Wartet mal«, sagte Nafai. »Es wird fast eine Woche dauern, um zu Vater zurückzukehren und uns die Erlaubnis zu holen. Wer weiß, was sich bis dahin alles verändert hat? Dann könnte in Basilika schon ein Bürgerkrieg ausgebrochen sein. Oder Gaballufix hat eine andere Geldquelle aufgetrieben und benötigt unsere Mittel nicht mehr. Wir müssen ihm *jetzt* ein Angebot machen.«

Elemak sah ihn überrascht an. »Ja, natürlich, das stimmt. Aber wir haben keinen Zugang zu Vaters Geld.«

Als Antwort sah Nafai Issib an.

Issib verdrehte die Augen. »Ich habe es Vater versprochen«, sagte er.

»Du meinst, *du* kennst Vaters Kennwort?« sagte Mebbekew.

»Er war der Ansicht, einer müßte es kennen, für einen Notfall. Wieso weißt *du* davon, Nafai?«

»Hör schon auf«, sagte Nafai. »Ich bin kein Narr. Bei deinen Forschungen hattest du Zugang zu Dateien der Stadtbibliothek, an die man ein Kind wie dich ohne die Genehmigung eines Erwachsenen niemals heranlassen würde. Daß *Vater* ihn dir gegeben hat, wußte ich allerdings nicht.«

»Na ja«, sagte Issib, »er hat mir nur den Eintrittskode gegeben. Den Rest habe ich dann gewissermaßen selbst herausgefunden.«

Mebbekew wurde wütend. »Die ganze Zeit habe ich wie ein Bettler in der Stadt gelebt, und *du* hattest Zugang zu Vaters gesamtem Vermögen?«

»Denk doch mal darüber nach, Meb«, sagte Elemak. »Wem sonst konnte Vater sein Kennwort anvertrauen? Nafai ist ein Kind, du bist ein Verschwender, und ich hatte mit ihm ständig Meinungsverschiedenheiten darüber, wie wir unser Geld investieren sollten. Issib hingegen – was soll er schon mit dem Geld anfangen?«

»Weil er also kein Geld *braucht*, bekommt er alles, was er will?«

»Hätte ich jemals sein Kennwort benutzt, um mir Geld zu verschaffen, hätte er es geändert, und deshalb habe ich es niemals benutzt«, sagte Issib. »Vielleicht hat er für sein Konto ja ein ganz anderes Kennwort – ich habe es niemals ausprobiert. Und ich werde es auch jetzt nicht ausprobieren; das könnt ihr also vergessen. Vater hat uns nicht befugt, das Familienvermögen anzuzapfen.«

»Er hat uns gesagt, die Überseele wolle, daß wir ihm den Index bringen«, sagte Nafai. »Versteht ihr denn nicht? Der Index ist so wichtig, daß Vater uns zurückschicken mußte, damit wir seinem Feind gegenübertreten, einem Mann, der ihn töten wollte ...«

»Jetzt hör schon auf, Njef, das war Vaters *Traum* und nicht die Wirklichkeit«, sagte Mebbekew. »Gaballufix hatte nicht vor, Vater zu töten.«

»Doch, das hatte er«, sagte Elemak. »Er wollte Roptat *und* Vater umbringen und *mir* dann die Schuld in die Schuhe schieben.«

Mebbekews Mund klaffte auf.

»Er hatte vor, daß man meinen Pulsator – denjenigen, den ich *dir* geliehen habe, Mebbekew – neben Vaters Leiche findet. Wie überaus klug von dir, meinen Pulsator zu verlieren, Meb.«

»Woher weißt du das alles?« fragte Issib.

»Gaballufix hat es mir gesagt«, erwiderte Elemak. »Während er mich mit meiner Hilflosigkeit verspotten wollte.«

»Wenden wir uns an den Rat«, sagte Issib. »Wenn Gaballufix gestanden hat ...«

»Er hat es *mir* gestanden, als wir allein in einem Zimmer waren. Mein Wort gegen seins. Es ist sinnlos, es jemandem zu sagen. Es würde nichts bringen.«

»Das ist die Gelegenheit«, sagte Nafai. »Heute abend, jetzt sofort. Wir gehen ins Haus, verschaffen uns Zugang zu Vaters Dateien in seiner Bibliothek und machen alle Vermögenswerte flüssig. Wir gehen zum Goldmarkt und kaufen Metallbarren und Obligationen und Schmuck und was weiß ich nicht alles, und dann gehen wir zu Gaballufix und ...«

»Und er nimmt uns alles ab und läßt uns umbringen und wirft die zerhackten Stücke unserer Leichen in irgendeinen Abflußgraben außerhalb der Stadt, damit die Schakale sich daran gütlich halten«, sagte Elemak.

»Nein«, sagte Nafai. »Wir nehmen einen Zeugen mit – jemand, den er nicht anzurühren wagt.«

»Wen?« fragte Issib.

»Raschgallivak«, sagte Nafai. »Er ist nicht nur der Verwalter des Hauses Wetschik, er ist Palwaschantu, und er hat ein hohes Ansehen und einen guten Ruf. Wir nehmen ihn mit, er beobachtet alles, er bezeugt den Tausch von Vaters Vermögen gegen den Index, und wir gehen lebend wieder raus. Gaballufix mag vielleicht imstande sein, *uns* umzubringen, weil wir uns versteckt haben und Vater im Exil lebt, doch er wird es nicht wagen, Rasch anzurühren.«

»Du meinst, *wir vier* gehen zu Gaballufix? Gemeinsam?«

»In die Stadt?« fragte Mebbekew.

»Es ist kein schlechter Plan«, sagte Elemak. »Riskant, aber du hast Recht damit, daß wir jetzt sofort handeln müssen.«

»Dann gehen wir doch zum Haus«, sagte Nafai. »Wir können die Tiere die Nacht über hierlassen, oder? Issib und ich können in Vaters Bibliothek gehen und die Vermögenswerte transferieren, während du und Meb Rasch sucht und dorthin bringt, damit wir gemeinsam zu Gaballufix gehen können.«

»Wird Rasch mitmachen?« fragte Issib. »Ich meine, was ist, falls sich Gaballufix entscheidet, uns alle trotzdem zu töten?«

»Ja«, sagte Elemak. »Er ist ein Mann von einwandfreier Loyalität. Er wird seinen Verpflichtungen dem Haus Wetschik gegenüber niemals ausweichen.«

Es dauerte nur etwa eine Stunde. Am Spätnachmittag betraten sie alle den Goldmarkt und führten die letzten Transaktionen durch. Alle Vermögenswerte, die nicht in Grundbesitz gebunden waren, hatten sich auf Issibs Bankdatei gefunden – eigentlich der Bankdatei aller Brüder, eine Unterdatei von Vaters allumfassendem Konto. Falls jemand bezweifeln sollte, daß Issib befugt war, so hohe Summen auszugeben, war da immer noch Raschgallivak, der alles stumm beobachtete. Jeder wußte, daß es sich um einen legitimen Vorgang handeln mußte, wenn Rasch dabei war.

Der Betrag, um den es sich handelte, stellte die höchste bewegliche Einzelsumme in der jüngeren Geschichte des Goldmarkts dar. Kein Makler hatte genug Barren oder Juwelen oder Obligationen, um auch nur einen größeren Teil des Auftrags übernehmen zu können. Über eine Stunde lang, bis die Sonne hinter der roten Mauer stand und der Goldmarkt in den Schatten lag, kratzen die Makler untereinander die letzten Mittel zusammen, bis schließlich die gesamte

Summe auf einem Tisch lag. Die Werte wurden transferiert; eine unglaubliche Summe wurde auf allen Computerdisplays von einem Feld ins andere bewegt – denn mittlerweile verfolgten erstaunt alle Makler den Vorgang. Die Barren wurden in drei Stofftücher geschlagen und zusammengebunden, die Juwelen wurden in Stoff gerollt und verstaut, die Obligationen wurden in Ledermappen gelegt. Dann wurden alle Pakete auf die vier Söhne des Wetschik verteilt.

Einer der Makler hatte bereits ein halbes Dutzend Stadtwachen herbeigerufen, die sie begleiten sollten, doch Elemak schickte sie fort. »Wenn die Wachen bei uns sind, wird jeder Dieb in Basilika auf uns blicken und uns erkennen, wohin wir uns auch wenden. Damit hätten wir unser Leben verwirkt«, sagte Elemak. »Wir gehen schnell und ohne Wachen, damit uns keiner bemerkt.«

Erneut sahen die Brüder Raschgallivak an, der billigend nickte.

Eine halbe Stunde durch die Stadt, dann standen sie endlich vor den Toren von Gaballufix' Haus. Nafai bekam augenblicklich mit, daß sowohl Elemak als auch Mebbekew hier bekannt waren. Das galt auch für Raschgallivak – doch Rasch war im Palwaschantu-Klan gut bekannt, so daß es eine Überraschung gewesen wäre, wenn man ihn *nicht* erkannt hätte. Nur Nafai und Issib mußten vorgestellt werden, als sie vor Gaballufix im großen Salon dessen – nein, nicht *seines*, sondern des Hauses seiner *Frau* standen.

Gaballufix betrachtete Issib. »Also bist du derjenige, der fliegt«, sagte er.

»Ich schwebe«, sagte Issib.

»Das sehe ich«, sagte Gaballufix. »Rasas Söhne, alle beide.« Er sah Nafai in die Augen. »Sehr groß für einen so jungen Knaben.«

Nafai sagte nichts. Er war zu sehr damit beschäftigt, Gaballufix' Gesicht zu studieren. Eigentlich ein ganz gewöhnliches Gesicht. Nicht mehr ganz jung, obwohl jünger als Vater, der schließlich auch mit Gaballufix' Mutter geschlafen hatte – oft genug, um Elemak zu zeugen. Zwischen Elja und Gaballufix war eine leichte Ähnlichkeit zu verzeichnen, aber keine sehr große, nur bei der dunklen Färbung ihres Haars und bei den Augen, die unter den dichten Brauen vielleicht etwas zu nah beieinander standen.

In den Augen waren sie sich am ähnlichsten, doch in den Augen unterschieden sie sich auch am meisten, denn ein Blick in Gaballufix' Augen stellte genau das Gegenteil von Eljas scharfem Blick dar. Elemak war ein Mann der Tat und Kraft, ein Mann der Wüste, der Fremden und unbekannten Orten mit Mut und Zuversicht und Nachdruck entgegentrat. Gaballufix hingegen war ein Mann, der nirgendwo hinging und nichts tat; er ließ es sich lieber in seinem Wohnzimmer gutgehen und andere die Arbeit für ihn erledigen. Elemak ging in die Welt hinaus und veränderte sie, wo er wollte; Gaballufix blieb an Ort und Stelle und sog die Welt aus, leerte sie, um sich zu füllen.

»Also ist der Knabe sprachlos«, sagte Gaballufix.

»Zum ersten Mal in seinem Leben«, sagte Meb, und sie lachten nervös.

»Aus welchem Grund beehren die Söhne und der Verwalter des Wetschik mich mit diesem Besuch?«

»Vater wollte, daß wir Geschenke mit dir tauschen«, sagte Elemak. »Wir leben an einem Ort, an dem wir keine große Verwendung für Geld haben, doch Vater hat sich in den Kopf gesetzt – nein, die Überseele hat es ihm befohlen –, den Index mitzubringen. Wohingegen du, Gaballufix, keine große Verwendung für den Index hast – und vielleicht besser dazu geeignet wärest, einen Teil des Wetschik-Besitzes zu vermehren, als Vater es könnte, der fern der Stadt weilt.«

Es war eine eloquente, der Wahrheit entsprechende und gleichzeitig völlig trügerische Rede, und Nafai bewunderte sie. Niemand bezweifelte hier, daß es um einen Verkauf ging, und doch wurde er geschickt als Austausch von Geschenken getarnt, so daß niemand offen Gaballufix anklagen konnte, den Index verkauft, oder Vater, ihn gekauft zu haben.

»Mein Verwandter Wetschik ist viel zu großzügig zu mir«, sagte Gaballufix. »Ich kann mir nicht vorstellen, daß ich ihm von großem Nutzen bin, wenn ich einen unbeträchtlichen Teil seines großen Vermögens verwalte.«

Als Antwort trat Elemak vor und rollte ein schweres Paket Platinbarren auf. Gaballufix nahm einen Barren und wog ihn in der Hand. »Ein sehr schöner Gegenstand«, sagte er. »Und doch weiß ich, daß es sich dabei um einen so winzigen Bruchteil des Wetschik-Vermögens handelt, daß ich es nicht ertragen könnte, meinem Verwandten einen so kleinen Gefallen zu tun, während ich ihm die schwere Last aufbürde, den Palwaschantu-Index zu hüten.«

»Das ist nur ein Beispiel«, sagte Elemak.

»Sollte man mir dann nicht zeigen, wieviel ich insgesamt behüten soll?«

Elemak entfernte den Rest des Schatzes, den er am Leib trug, und legte ihn auf den Tisch. »Vater würde es bestimmt nicht wagen, dir eine größere Last aufzubürden.«

»So eine kleine Last«, sagte Gaballufix. »Ich würde mich schämen, wäre das die gesamte Hilfe, die ich meinem Verwandten geben kann.« Doch Nafai sah, daß Gaballufix' Augen angesichts von soviel Reichtum auf einem Haufen leuchteten.

»Ich glaube, das ist genug.«

»Dann könnte ich es nicht mit meinem Gewissen vereinbaren, meinem Verwandten die Last des Indexes aufzubürden«, sagte Gaballufix.

»Nun gut«, entgegnete Elemak. Er griff nach den Barren und begann, sie wieder einzurollen.

Ist das alles? dachte Nafai. Geben wir so leicht auf? Sehe ich als einziger, daß Gaballufix nach dem Geld giert? Daß er verkaufen wird, wenn wir ihm nur etwas mehr anbieten?

»Warte«, sagte Nafai. »Wir können hinzufügen, was ich bei mir habe.«

Nafai war sich bewußt, daß Elemak ihn anfunkelte, doch es war undenkbar, dem Ziel so nahe zu kommen und dann aufzugeben. Begriff Elemak nicht, daß der Index *wichtig* war? Viel wichtiger als Geld, das stand fest. »Und wenn das nicht reicht, hat Issib noch mehr«, sagte Nafai. »Zeige es ihm, Issib. Laß mich es ihm zeigen.«

In einem Augenblick hatte er das Angebot verdreifacht.

»Ich fürchte«, sagte Elemak mit eisiger Stimme, »daß mein jüngerer Bruder dir unüberlegt eine viel größere Last auferlegt hat, als ich sie dir jemals aufbürden würde.«

»Ganz im Gegenteil«, sagte Gaballufix. »Dein jüngerer Bruder hat viel genauer eingeschätzt, welche Last zu tragen ich bereit bin. Ich glaube sogar, läge auch noch das letzte Viertel dessen, was ihr in mein Haus getragen habt, auf diesem Tisch, könnte ich meinem lieben Verwandten die schwere Verantwortung aufbürden, den Palwaschantu-Index zu hüten.«

»Ich sage, es ist zu viel«, erwiderte Elemak.

»Dann verletzt du meine Gefühle«, sagte Gaballufix, »und ich sehe keinen Grund, dieses Gespräch fortzusetzen.«

»Wir sind wegen des Index hier«, sagte Nafai. »Wir sind hier, weil die Überseele es verlangt.«

»Dein Vater ist berühmt für seine Heiligkeit und seine Visionen«, sagte Gaballufix.

»Wenn du bereit bist, alles zu akzeptieren, was wir haben«, sagte Nafai, »legen wir dir es gern auf den Tisch, um den Willen der Überseele zu erfüllen.«

»Im Tempel wird man sich lange an diesen Gehorsam erinnern«, sagte Gaballufix. Er sah Mebbekew. »Oder wird Nafais Heiligkeit nicht von der seines Bruders Mebbekew erreicht?«

Unentschlossen sah Mebbekew zwischen Elemak und Gaballufix hin und her.

Doch es war Elemak, der schließlich handelte. Er griff zum Tisch und rollte die Barren wieder ein.

»Nein!« rief Nafai. »Wir werden jetzt keinen Rückzieher

machen!« Er hielt Mebbekew die Hand hin. »Du weißt, was Vater von dir verlangen würde.«

»Wie ich sehe, hat nur der jüngste Bruder das wahre Verständnis««, sagte Gaballufix.

Mebbekew trat vor und legte Pakete auf den Tisch. Während er dies tat, spürte Nafai Elemaks Griff auf seiner Schulter; die Finger gruben sich tief in sein Fleisch, und Elemak flüsterte ihm ins Ohr: »Ich habe dir gesagt, du sollst die Verhandlung mir überlassen. Du hast ihm viermal soviel gegeben, wie wir hätten zahlen müssen, du kleiner Narr. Wegen dir haben wir jetzt nichts mehr.«

Nur den Index, dachte Nafai. Doch verschwommen sah er ein, daß Elemak vielleicht wirklich besser wußte, wie man diesen Handel abwickeln mußte, und er vielleicht besser den Mund gehalten und Elja die Sache überlassen hätte. Doch als er gesprochen hatte, war er felsenfest überzeugt gewesen, daß er etwas unternehmen mußte oder sie den Index niemals bekommen hätten.

Das gesamte Wetschik-Vermögen bis auf das Land und die Gebäude lag auf Gaballufix' Tisch.

»Reicht *das*?« fragte Elemak trocken.

»Gerade eben«, sagte Gaballufix. »Gerade eben, um zu beweisen, daß Volemak der Wetschik die Palwaschantu endgültig verraten hat. Er hat dieses große Vermögen Kindern in die Hände gegeben, die sich mit kindischer Dummheit entschlossen haben, es mit dem Erwerb des einen Gegenstandes zu verschwenden, von dem jeder echte Palwaschantu weiß, daß er *niemals* verkauft werden kann. Der Index, der heilige Schatz der Palwaschantu – hat Volemak geglaubt, er könne ihn kaufen? Nein, unmöglich, das kann er nicht! Ich kann daraus nur schließen, daß er entweder den Verstand verloren hat oder ihr ihn getötet und seine Leiche irgendwo verscharrt habt.«

»Nein!« rief Nafai.

»Deine Lügen sind obszön«, sagte Elemak, »und wir werden sie nicht hinnehmen.« Er trat vor und schickte sich ein drittes Mal an, den Schatz wieder an sich zu nehmen.

»Dieb!« schrie Gaballufix.

Plötzlich wurden die Türen geöffnet, und ein Dutzend Soldaten betraten den Raum.

»Glaubst du, du kannst so etwas in der Anwesenheit Raschgallivaks tun?« fragte Elemak.

»Ich *bestehe* darauf, es in seiner Anwesenheit zu tun«, sagte Gaballufix. »Was glaubst du denn, wer zuerst mit der Nachricht zu mir kam, daß Volemak das Vertrauen des Wetschik verrät? Daß Volemaks Söhne das Wetschik-Vermögen aus einer Laune heraus verschwenden?«

»Ich diene dem Haus des Wetschik«, sagte Raschgallivak. Er sah nacheinander alle vier Brüder an, und sein Gesicht war eine Maske der Trauer. »Es kann nicht im Interesse dieses großen Hauses liegen, daß das Vermögen von einem Verrückten verschwendet wird, der glaubt, Visionen zu sehen. Gaballufix konnte kaum glauben, was ich ihm erzählte, doch er stimmte mit mir überein, daß das Vermögen des Wetschik in die Obhut eines anderen Zweigs der Familie überstellt werden muß.«

»Als Chef des Palwaschantu-Klans«, sagte Gaballufix feierlich, »erkläre ich hiermit, daß Volemak und seine Söhne sich als ungeeignete und unzuverlässige Hüter des größten Hauses des Klans erwiesen haben und damit für alle Zeit als Erben und Besitzer des Hauses Wetschik abgesetzt werden. Und in Anerkennung der Jahre treuer Dienste, die er selbst als auch seine Vorfahren jahrhundertelang geleistet haben, gewähre ich hiermit Raschgallivak die befristete Obhut über das Wetschik-Vermögen und den Gebrauch des Namens Wetschik. Er möge sich um alle Angelegenheiten des Hauses Wetschik kümmern, bis der Klans-Rat eine endgültige Entscheidung verfügt. Was Volemak und seine Söhne betrifft, so werden sie, falls sie versuchen, gegen diese Entscheidung zu protestieren oder sie anzufechten, als Blutfeinde der Palwaschantu betrachtet und nach Gesetzen abgeurteilt, die älter sind als die der Stadt Basilika.« Gaballufix beugte sich über den Tisch vor und bedachte Elemak mit einem Lächeln. »Hast du das alles verstanden, Elja?«

Elemak sah Raschgallivak an. »Ich habe verstanden, daß der loyalste Mann Basilikas jetzt der schlimmste Verräter ist.«

»Ihr seid die Verräter«, sagte Rasch. »Dieser plötzliche Wahnsinn der Visionen, eine völlig unprofitable Reise in die Wüste, der Verkauf aller Tiere, die Entlassung aller Arbeiter, und nun das – als Verwalter des Hauses Wetschik hatte ich keine andere Wahl, als den Klans-Rat einzuschalten.«

»Gaballufix ist nicht der Klans-Rat«, sagte Elemak. »Er ist ein gemeiner Dieb, und du hast ihm unser Vermögen in die Hände gespielt.«

»*Ihr* habt ihm das Vermögen in die Hände gelegt«, sagte Raschgallivak. »Begreift ihr denn nicht, daß ich dies für euch getan habe? Für euch alle? Der Rat wird mich ein paar Jahre lang als Hüter einsetzen, bis Gras über die Sache gewachsen ist, und wenn sich dann einer von euch als nüchterner und völlig zuverlässiger Mann erwiesen hat, der der Verantwortung würdig ist, wird euch der Name und das Vermögen zurückgegeben.«

»Es wird kein Vermögen mehr übrig sein«, sagte Elemak. »Gabja wird es noch im Verlauf dieses Jahres für seine Soldaten ausgeben.«

»Keineswegs«, sagte Gaballufix. »Ich übertrage es Rasch, der weiterhin als Verwalter fungieren wird.«

Elemak lachte verbittert. »Als Verwalter, der es so einsetzen muß, wie der Rat es verfügt. Und was wird der Rat verfügen? Du wirst es erleben, Rasch, und zwar sehr schnell – denn der Rat hat bei all den Soldaten, die er bezahlt, schon jetzt ein paar gewaltige Ausgaben.«

Raschgallivak schaute ziemlich unbehaglich drein. »Gaballufix hat erwähnt, daß ein kleiner Teil des Vermögens vielleicht für aktuelle Ausgaben verwendet werden muß, doch dein Vater hätte es sowieso dem Klan zur Verfügung gestellt, wäre er noch bei Sinnen.«

»Er hat dich zum Narren gehalten«, sagte Elemak, »und mich auch. Uns alle.«

Rasch sah eindeutig besorgt Gaballufix an. »Vielleicht sollten wir den Rat zusammenrufen«, sagte er.

»Der Rat hat bereits getagt«, sagte Gaballufix.

»Wie hoch *sind* die Klanausgaben?« fragte Raschgallivak.

»Bescheiden«, sagte Gaballufix. »Mach dir darüber keine Sorgen. Oder willst du dich als genauso unzuverlässig wie Volemak und seine Söhne erweisen?«

»Siehst du?« sagte Elemak. »Es fängt schon an. Tue, was Gabja will, oder du wirst nicht mehr Verwalter des Wetschik-Vermögens sein.«

»Gesetz ist Gesetz«, sagte Gaballufix. »Und nun ist es an der Zeit, daß diese nichtswürdigen jungen Verschwender mein Haus verlassen, bevor ich sie des Mordes an ihrem Vater beschuldige.«

»Bevor wir noch etwas sagen, das Rasch helfen wird, die Wahrheit zu erkennen, meinst du«, sagte Elemak.

»Wir werden gehen«, sagte Mebbekew. »Aber dieses Geschwätz über den Palwaschantu-Klans-Rat und Raschgallivak als Wetschik ist Rattenpisse. Du bist ein Dieb, Gabja, ein verlogener Dieb und Mörder, der Roptat *und* Vater getötet hätte, hätten wir die Stadt nicht so schnell verlassen, wie wir es getan haben, und wir werden unser Familienvermögen nicht in deinen blutigen Händen lassen!«

Mit diesen Worten machte Mebbekew einen Satz und ergriff einen Beutel Juwelen.

Augenblicklich hatten die Soldaten sie alle vier gepackt. Die Juwelen flogen aus Mebs Händen, und ohne besondere Rücksichtnahme wurden alle vier aus dem Salon und zur Eingangstür gezerrt und auf die Straße geworfen.

»Verschwindet von hier!« rief ein Soldat. »Diebe! Mörder!«

Bevor Nafai wußte, wie ihm geschah, war Mebbekew ihm an die Kehle gegangen. »*Du* mußtest ihm ja unbedingt den ganzen Schatz auf den Tisch legen!«

»Er hätte ihn sich sowieso genommen«, protestierte Nafai.

»Seid ruhig, ihr Narren«, sagte Elemak. »Das ist noch nicht vorbei. Unser Leben ist kein Staubkorn mehr wert – wahrscheinlich warten seine Männer keine fünfzig Meter entfernt, um uns aufzulauern und zu töten. Unsere einzige Hoffnung besteht darin, uns zu trennen und zu laufen. Bleibt nicht stehen. Und vergeßt nicht – etwas, das Rasa mir heute gesagt hat – *vertraut keinem Mann.*« Er sagte es erneut und veränderte leicht die Betonung. »Vertraut keinem *Mann*. Wir treffen uns heute abend an der Stelle, wo die Kamele sind. Jeder, der bei Ende der Morgendämmerung nicht dort ist, muß als tot gelten. Jetzt lauft – aber *nicht* zu irgendeinem Ort, von dem sie erwarten, daß ihr dort Schutz sucht.«

Damit lief Elemak in nördliche Richtung los. Nach einigen wenigen Schritten drehte er sich um. »Lauft, ihr Narren! Seht doch – sie geben den Attentätern schon Zeichen!«

Nafai hatte ebenfalls gesehen, daß einer der Soldaten auf der Treppe von Gaballufix' Haus einen Arm gehoben hatte und mit dem anderen auf sie zeigte. »Wie schnell bist du mit diesen Flossen?« fragte er Issib.

»Schneller als du«, antwortete der. »Aber nicht schneller als ein Pulsator.«

»Die Überseele wird uns schützen«, sagte Nafai.

»Na klar«, sagte Issib. »Und jetzt lauf schon, du Narr.«

Nafai zog den Kopf ein und stürzte sich in den dichtesten Teil der Menge. Er war auf der Brunnenstraße hundert Meter in südliche Richtung gelaufen, als er sich umwandte und sah, warum die Leute hinter ihm erstaunt riefen und schrien: Issib hatte sich etwa zwanzig Meter hoch in die Luft erhoben und verschwand gerade über dem Dach des Hauses, das dem Gaballufix' direkt gegenüber lag. Ich wußte gar nicht, daß er das kann, dachte Nafai.

Als er dann wieder loslief, kam ihm in den Sinn, daß Issib es wahrscheinlich auch nicht gewußt hatte.

»Da ist einer«, sagte eine barsche Stimme. Plötzlich tauchte ein Mann vor ihm auf, eine elektrische Klinge in der

Hand. Eine Frau schrie auf; Passanten stoben auseinander. Doch fast ohne zu wissen, daß er es wußte, konnte Nafai die Gegenwart eines Mannes unmittelbar hinter ihm spüren. Wenn er vor der Klinge vor ihm zurückschreckte, würde er dem wirklichen Attentäter hinter ihm direkt in die Arme laufen.

Also sprang Nafai vor. Sein Feind hatte nicht erwartet, von einem unbewaffneten Jungen angegriffen zu werden – der Hieb mit dem Messer ging weit fehl. Nafai rammte dem Mann scharf das Knie zwischen die Beine und stieß ihn zurück. Der Mann schrie. Dann stieß Nafai ihn endgültig aus dem Weg und rannte weiter, ohne zurückzuschauen, sondern nur nach vorn zu sehen, um den Leuten ausweichen zu können und auf den leuchtenden roten Glanz einer weiteren Klinge zu achten – oder den heißen, weißen Strahl eines Pulsators.

13

Flucht

Issja hatte noch nie versucht, mit seinen Flossen so hoch zu steigen. Er wußte, daß sie auf seine Muskelanspannungen reagierten, daß die Schwebeflosse, die er am stärksten drückte, ihre Position in der Luft beibehielt. Doch er hatte immer angenommen, dies sei irgendwie auf den Erdboden direkt unter der Schwebeflosse bezogen. Er lag damit nicht völlig falsch – je höher er stieg, desto mehr neigten die Flossen dazu, nach unten zu ›rutschen‹ –, doch im großen und ganzen stellte er fest, daß er die Luft wie eine Leiter erklimmen konnte, bis er sich auf Dachhöhe befand.

Natürlich sahen alle zu ihm hinauf – aber das hatte er gewollt. *Alle* beobachten mich und und sprechen über den jungen Krüppel, der zum Dach hinauf ›flog‹. Gaballufix' Soldaten würden es nicht wagen, bei so vielen Zeugen auf ihn zu schießen, zumindest nicht vor der Haustür ihres Anführers.

Er sah sofort, daß sich niemand auf den Dächern befand, und so benutzte er sie als eine Art Straße und schwebte tief zwischen Abzugsöffnungen und Kaminen, Kuppeldächern und Fahrstuhlschächten, Dachfirsten und den Bäumen von Dachgärten. Einmal überraschte er einen alten Mann, der das Mauerwerk eines Giebels reparierte; das scheppernde Geräusch, mit dem ein Dachziegel zerbrach, beunruhigte Issib kurz, doch als er sich umdrehte, sah er, daß der Mann nicht abgestürzt war, sondern Issib mit offenem Mund anstarrte. Wird man sich heute abend eine Geschichte erzählen, fragte sich Issib, über einen jungen Halbgott, den man sah, wie er durch die Luft über Basilika flog, vielleicht, weil er sich in ein sterbliches Mädchen von betörender Schönheit verliebt hatte und unbedingt zu ihr wollte?

Da in dieser Gegend mehrere Straßen überbaut worden waren, war der Häuserblock außergewöhnlich lang. Es gelang ihm, über die Hälfte der Strecke zum Hinteren Tor zurückzulegen, ohne auf die Straßenebene hinab zu müssen. Es bestand natürlich die Möglichkeit, daß Gaballufix Attentäter an allen Stadttoren postiert hatte; und wenn er an irgendeinem Tor einen Hinterhalt gelegt hatte, dann bestimmt am Hinteren Tor, das sich seinem Haus am nächsten befand. Also konnte Issib es sich nicht erlauben, achtlos zu sein, sobald er sich auf der Straßenebene befand.

Doch bevor er die Dächer verließ, warf er einen sehnsuchtsvollen Blick zur roten Stadtmauer. Da er hoch oben schwebte, konnte er die Sonne noch sehen; sie wurde von der Mauer gespalten. Wenn ich einfach über die Mauer fliegen könnte ... Doch er wußte, daß die Mauer mit komplizierten elektronischen Vorrichtungen gespickt war, einschließlich der Verteiler, die das Magnetfeld erzeugten, das seinen Flossen Energie lieferte. Hier kam er nicht herüber –

der winzige Computer an seinem Gürtel konnte niemals die verwirrenden, entgegengesetzt verlaufenden Energieströme auf der Mauer neutralisieren.

Er erreichte das Ende eines Dachs und sank in die Menge hinab. Hier befand er sich am oberen Ende der Heiligen Straße, wo Männer erlaubt waren. Viele bemerkten natürlich seine Landung, doch als er die Straßenebene erreicht hatte, nahm er sofort eine sitzende Position ein und schwebte mit Kindesgröße durch den Verkehr. Soll ein Attentäter *jetzt* mal versuchen, mich zu erschießen, dachte er. Nach ein paar Minuten hatte er das Tor erreicht. Die Wächter erkannten seinen Namen in dem Augenblick, da der Daumenscanner ihn zeigte, und sie schlugen ihm auf den Rücken und wünschten ihm alles Gute.

Hier am Hinteren Tor erwartete ihn natürlich keine Wüste, sondern die Ausläufer des Pfadlosen Waldes. Rechts befand sich der dichte Forst, der die Nordseite Basilikas unpassierbar machte; links zerklüftete, mit Bäumen und Büschen bewachsene Flußtäler, die von den gut bewässerten Hügeln zu den ersten öden Felsen der Wüste hinabführten. Für einen normalen Menschen wäre die Strecke ein wahrer Alptraum, außer, er kannte den Weg – wie es bei Elemak bestimmt der Fall war. Für Issib kam es natürlich nur darauf an, den größten Hindernissen auszuweichen und langsam hinabzuschweben, bis die Stadt völlig außer Sicht war. Er richtete sich nach dem Stand der Sonne, bis er auf dem Wüstenplateau war; dann wandte er sich in südliche Richtung, überquerte die Trockene und die Wüsten-Straße, bis er, genau bei Sonnenuntergang, die Stelle erreichte, wo sie seinen Stuhl versteckt hatten.

Er hatte nun den Rand des Magnetfelds der Stadt erreicht, und unbeholfen manövrierte er sich in den Stuhl. Schließlich war alles, was mit dem Stuhl zu tun hatte, unbeholfen und begrenzt. Doch ein paar Vorteile hatte er. Es handelte sich um einen Allzweck-Stuhl für einen Krüppel, der über ein eingebautes Computer-Display verfügte, das mit dem der öffentlichen Hauptbibliothek der Stadt verbunden war und über mehrere verschiedene Interfaces für Menschen mit verschiedenen Behinderungen verfügte. Er konnte sogar gewisse Schlüsselwörter sagen, die der Stuhl verstand; er konnte sogar einigermaßen vernünftig klingende wichtige Begriffe in mehrere Dutzend fremde Sprachen übersetzen. Gäbe es keine Schwebeflossen, wäre der Stuhl wahrscheinlich sein kostbarster Besitz. Aber es *gab* Schwebeflossen. Wenn er sie trug, war er fast ein normaler Mensch und hatte darüber hinaus noch einige Vorteile. Wenn er sie nicht benutzen konnte, war er ein Krüppel ohne jegliche Vorteile.

Die Kamele warteten jedoch außerhalb des veränderbaren Einflusses des Magnetfelds der Stadt, und so mußte er den Stuhl benutzen. Er stieg hinein, schaltete die Flossen aus und schwebte mit dem Stuhl dann langsam durch schmale Schluchten, bis er die Kamele schließlich roch und dann auch hörte.

Es war noch keiner hier; er war der erste. Er fuhr die Räder des Stuhls aus, landete und saß dann da, wobei er abwechselnd auf Geräusche einer Ankunft lauschte und die Nachrichten der Bibliothek über ungeklärte Todesfälle oder andere Gewalttaten abfragte. Noch nichts. Doch es dauerte vielleicht eine Weile, bis die Zeitungsschreiber davon erfuhren. Seine Brüder mochten in diesem Augenblick im Sterben liegen oder schon tot sein, oder man hatte sie gefangengenommen und hielt sie fest, um irgendein Lösegeld zu erpressen. Was würde er dann tun? Wie konnte er darauf hoffen, nach Hause zu kommen? Es war unwahrscheinlich, daß der Stuhl ihn den ganzen Weg tragen würde – er war nicht für Fernreisen geschaffen. Er wußte aus Erfahrung, daß der Stuhl nur etwa eine Stunde lang betriebsbereit blieb; dann mußten sich seine Sonnenzellen mehrere Stunden lang neu aufladen.

Mutter wird mir helfen, dachte Issib. Wenn sie heute abend nicht zurückkommen, wird Mutter mit helfen. Falls ich zu ihr vordringen kann.

Mebbekew drängte sich durch die Menge. Er hatte mehrere Männer gesehen, die versuchten, an ihn heranzukommen, doch seine Erfahrung als Schauspieler hatte ihm ein gutes Gespür für Menschenmengen gegeben. Er nutzte das Gedränge geschickt gegen die Verfolger aus, wandte sich immer dorthin, wo die Menge am dichtesten war, und zwängte sich durch Lücken, die die Neuankömmlinge jeden Augenblick schließen würden. Bald waren die Attentäter hoffnungslos weit zurückgefallen. Dann begann Mebbekew, sich zu *bewegen,* ein gelassenes Traben, das nicht den Eindruck großer Eile erweckte, ihn jedoch schnell voranbrachte. Es sah aus, als liefe er aus reiner Freunde an der Sache, und das war ja auch irgendwie der Fall – doch seine Wachsamkeit ließ keinen Augenblick lang nach. Wann immer er Soldaten sah, hielt er direkt auf sie zu, der Theorie vertrauend, daß Gaballufix es nicht wagen würde, Männer, die eindeutig als die seinen zu identifizieren waren, am hellichten Tag und in aller Öffentlichkeit einen Mord durchführen zu lassen.

Nach einer halben Stunde hatte er die Puppenstadt erreicht, den Bezirk, den er am besten kannte. Hier gab es weniger Soldaten, und wenngleich sich in diesem Bezirk zahlreiche Kriminelle versteckten, gehörten sie doch zu der Sorte, die meistens nicht lange in Freiheit blieben. Meb kannte auch Leute, die diesen Teil der Stadt besser kannten als der Stadtcomputer selbst.

Vertraue keinem *Mann,* hatte Elemak gesagt. Na ja, das war kein Problem. Meb kannte zahlreiche Männer, doch *befreundet* war er nur mit Frauen. Seit er alt genug gewesen war, die praktischen Anwendungen des Unterschieds zwischen Männern und Frauen zu kennen, war das nie eine Frage für ihn gewesen. Er hatte fast gelacht, als er sechzehn wurde und Vater ihm ein Tantchen besorgte – es hatte ihm Spaß gemacht, so zu tun, als habe er von der Liebe keine Ahnung, als er zu ihr ging, doch nach ein paar Tagen schickte sie ihn weg und sagte dabei lachend, wenn er weiterhin zu ihr käme, würde er *ihr* Dinge beibringen, die sie eigentlich nicht unbedingt lernen wollte. Meb konnte es gut mit Frauen. Sie liebten ihn und wollten ihn nicht aufgeben, nicht, weil er es verstand, ihnen Vergnügen zu bereiten, sondern, weil er sich darauf verstand, Frauen so zuzuhören, daß sie wußten, daß er zuhörte; er wußte, was man mit ihnen besprechen mußte, damit sie sich zugleich unentbehrlich und behütet vorkamen. Natürlich mochten ihn nicht alle Frauen, doch die, die ihn mochten, mochten ihn sehr und auf Dauer.

Und so dauerte es in der Puppenstadt nur ein paar Minuten, bis Mebbekew auf der Musikstraße im Zimmer einer Zitherspielerin war, und noch ein paar Minuten, bis er in ihren Armen war, und noch ein paar Minuten, bis er in ihr war; danach unterhielten sie sich eine Stunde lang, und dann ging sie und vergewisserte sich der Hilfe einer Schauspielerin, die sie beide kannten und die Mebbekew ebenfalls mehr als nur ein wenig mochte. Kurz nach Anbruch der Dunkelheit ging Mebbekew, mit einer Perücke und Make-up und in einem Kleid, mit der Stimme und dem Gang einer Frau mit einer Gruppe lachender, singender Frauen durch das Musiktor. Erst, als er den Daumen auf den Scanner legte, wurde seine Verkleidung enttarnt, doch der Wächter, der seinen Namen las, blinzelte ihm nur zu und wünschte ihm eine gute Nacht.

Mebbekew behielt das Kostüm an, bis er den Treffpunkt erreicht hatte, und bedauerte dort nur, daß es Issib war, der ihn anstarrte und nicht erkannte, bis er etwas sagte, und nicht Elemak. Er hätte lieber seinem älteren Bruder einen Streich gespielt. Doch angesichts der Tatsache, daß man ihnen gerade ihr gesamtes Vermögen und auch Vaters Titel gestohlen hatte, wäre Elemak wahrscheinlich sowieso nicht zu Scherzen aufgelegt gewesen.

Elemak sah keinen einzigen Attentäter und hatte keine Schwierigkeiten, Hosnis Haus am Hinteren Tor zu erreichen. Da er befürchtete, daß ihm die Attentäter am Tor selbst auflauerten, schlich er sich verstohlen zu seiner Mutter. Sie servierte ihm eine wunderbare Mahlzeit – sie engagierte stets die besten Köche in Basilika –, hörte seiner Geschichte mitfühlend zu, stimmte mit ihm überein, daß die Welt wohl besser dran wäre, wenn sie mit Gaballufix eine Fehlgeburt erlitten hätte, und schickte ihn mehrere Stunden nach Anbruch der Dunkelheit mit etwas Gold in der Tasche, einem starken Messer am Gürtel und einem Kuß wieder los. Er wußte, daß Gaballufix sie an diesem Abend noch besuchen würde, um zu prahlen, wie er Volemaks Söhnen das Vermögen des Wetschik abgeluchst hatte. Mutter würde lachen und ihn loben. Sie war schnell zu begeistern und konnte sich über jede Kleinigkeit amüsieren. Eine fröhliche, aber völlig leere Frau. Elemak war überzeugt, daß Gaballufix von ihr die Moral, aber bestimmt nicht die Intelligenz mitbekommen hatte. Obwohl, um der Wahrheit Genüge zu tun, Rasa ihm einmal gesagt hatte, daß seine Mutter in Wirklichkeit sehr intelligent war – viel zu intelligent, um andere wissen zu lassen, wie intelligent sie war. »Es ist so, als befände man sich unter gefährlichen Fremden«, hatte Rasa gesagt. »Es ist viel besser, daß sie glauben, du verstündest ihre Sprache nicht, damit sie frei vor dir sprechen. So ist die liebe Hosni, wenn sie sich unter denen befindet, die sich für sehr intelligent und gebildet halten. Wenn sie wieder fort sind, verspottet sie sie gnadenlos.«

Wird sie mich vor Gaballufix verspotten, wie sie Gaballufix vor mir verspottet hat? Oder uns beide vor ihren Freundinnen lächerlich machen, wenn wir fort sind?

Am Tor erkannten die Wächter ihn sofort, salutierten erneut und boten ihm jede erdenkliche Hilfe an. Er dankte ihnen und ging dann in die Nacht hinaus. Selbst im Sternenlicht fand er problemlos die verschlungenen Wege, die vom Pfadlosen Wald zur Wüste führten. Während des dunklen

Marsches konnte er an nichts anderes als seinen Zorn auf Gaballufix denken und das Geschick, mit dem er sie überlistet hatte, indem er Rasch auf seine Seite gezogen hatte. Er hörte in seinem Geist das Gelächter ihrer Mutter, als gelte es lediglich ihm. Er fühlte sich so hilflos, so völlig erniedrigt.

Und dann fiel ihm der schrecklichste Augenblick überhaupt ein, als sich Nafai so dumm in ihre Verhandlung eingemischt und Vaters gesamtes Vermögen weggegeben hatte. Wenn er das nicht getan hätte, wäre Raschgallivak wahrscheinlich nicht zum Schluß gekommen, daß sie des Wetschiks Vermögen unwürdig waren. Dann hätte er nicht gegen sie gehandelt, und sie hätten das Haus mit dem Vermögen *und* Vaters Titel verlassen können. Eigentlich hatte Nafai alles verspielt. Wäre Elemak allein gewesen, hätte er es vielleicht geschafft. Gaballufix hätte den Index herausgerückt und sich mit einem Viertel von Vaters Vermögen zufrieden gegeben – das war mehr Geld, als sich auch ein Gaballufix anderweitig beschaffen konnte. Nafai, der blöde, junge Trottel, der niemals das Maul halten konnte, der behauptete, selbst Visionen zu haben, damit Vater ihm seine Gunst schenkte, derjenige, der allein durch seine Geburt Gaballufix zu Vaters unerbittlichem Feind gemacht hatte.

Wäre er jetzt hier, würde ich ihn töten, dachte Elemak. Er hat mich mein Vermögen und meine Ehre und demzufolge meine gesamte Zukunft gekostet. Ihm fiel es nicht schwer, das Wetschik-Vermögen fortzugeben – es hätte ihm sowieso nie gehört. Es hätte mir gehört. Ich wurde dafür geboren. Ich wurde dafür ausgebildet. Ich hätte es verdoppelt und vervierfacht, immer und immer wieder, weil ich ein viel besserer Geschäftsmann bin, als Vater es je war oder sein könnte. Doch nun bin ich ein Exilant und Ausgestoßener, angeklagt des Diebstahls und bettelarm und ohne den Respekt des Mannes, der meine rechte Hand sein sollte, Raschgallivak.

Alles wegen Nafai. Alles ist seine Schuld.

Nafai lief in blinder Panik, ohne ein Ziel im Sinn. Erst, als er sich von der Menge gelöst hatte und auf einem freien Platz wiederfand, beruhigte er sich soweit, daß er darüber nachdenken konnte, wo er war und was er nun tun sollte. Er war im Alten Tanz, früher einmal eine so große Tanzfläche wie das Orchester in der Puppenstadt, das es vor vielen Jahrhunderten ersetzt hatte. Nun jedoch war die Fläche auf allen Seiten von Gebäuden umschlossen. Sie war nicht mehr kreisrund, und sogar der Halbkreis des Amphitheaters hatte sich zwischen den Häusern und Geschäften verloren. Doch eine freie Fläche war geblieben, und dort stand Nafai nun und betrachtete den Himmel, der im Westen rosa gepunktet und im Osten grau bis schwarz war. Es war fast völlig dunkel, und er hatte keine Ahnung, ob die Attentäter ihm noch folgten. Eins war jedoch sicher – in der Dunkelheit dieses Stadtteils konnte man viel leichter unbeobachtet einen Mord begehen. Seine ganze Flucht hatte ihn weiter denn je von einem sicheren Unterschlupf entfernt, und er hatte keine Ahnung, was er nun tun sollte.

»Nafai«, sagte die Stimme eines Mädchens.

Er drehte sich um. Es war Luet.

»Hallo«, begrüßte er sie. Aber er hatte keine Zeit zum Plaudern. Er mußte *nachdenken*.

»Schnell«, sagte sie.

»Schnell was?«

»Komm mit.«

»Kann ich nicht«, sagte er. »Ich habe etwas vor.«

»Ja«, sagte sie. »Du mußt mitkommen.«

»Ich muß aus der Stadt heraus.«

Sie packte ihn am Hemd und richtete sich auf die Zehenspitzen auf, zweifellos, um ihm in die Augen sehen zu können, doch sie bewirkte nur damit, daß sie wie eine Puppe von ihm hinabhing. Er lachte, doch sie fiel nicht in sein Lachen mit ein. »Hör zu, o du der Geschäftigste aller Männer«, sagte sie, »hast du vergessen, daß ich eine Seherin der Überseele bin?«

Er *hatte* es vergessen. Er hatte sogar vergessen, daß sie Vater vor Gaballufix' Hinterhalt gerettet hatte, indem sie mitten in der Nacht zu ihm gekommen war. Er begriff, daß sie einige Zusammenhänge noch nicht kannte. »Elemak und Mebbekew *waren* in die Verschwörung verwickelt«, sagte er. »Aber ich glaube, Gaballufix hat sie über seine Ziele und Absichten belogen.«

Sie hatte keine Geduld für sein zusammenhangloses Geschwätz. »Glaubst du, darauf kommt es jetzt noch an? Sie suchen nach dir, Nafai. Ich habe es in einem Traum gesehen – ein Soldat mit blutigen Händen läuft durch die Straßen. Ich wußte, daß ich dich finden muß. Um dich zu retten.«

»Wie kannst *du* mich retten?«

»Komm mit mir«, sagte sie. »Ich kenne den Weg.«

Er hatte keinen besseren Plan. Wenn er versuchte, sich irgendeine Alternative einfallen zu lassen, wurde sein Geist ganz leer. Er konnte keinen klaren Gedanken fassen. Schließlich dämmerte ihm, daß es sich um eine Nachricht der Überseele handeln mußte. Sie wollte, daß er Luet begleitete. Sie hatte sie ihm geschickt, also mußte er ihr folgen, wohin auch immer sie ihn führte.

Sie nahm seine Hand, zog ihn vom Alten Tanz und über die Straße mit demselben Namen, bis sie die Stelle erreichten, wo sie schmaler wurde. Dort nahmen sie die Abzweigung nach links. »Wir haben unser Vermögen verloren«, sagte Nafai. »Das war auch meine Schuld. Abgesehen davon, daß Raschgallivak uns betrogen hat.«

»Halt die Klappe«, sagte sie. »Das ist keine gute Gegend.«

Sie hatte Recht. Es war dunkel, und die Straße führte zwischen alten, verfallenen und schmutzigen Häusern her. Es waren nur wenig Menschen unterwegs, und keiner schien bereit, ihnen ins Gesicht zu sehen.

Die Straße vollzog ein paar scharfe Biegungen, und dann fanden sie sich plötzlich auf der Frühlingsstraße wieder, dort, wo sie in den heiligen Wald führte. In diesem Moment sah Nafai vor ihm einen Trupp Soldaten, die Wache hielten, als wüßten sie, daß er dort auftauchen würde. Augenblicklich wirbelte er herum und sah dann auf der Straße, die sie gerade entlanggekommen waren, ein paar Männer, deren elektrische Klingen in der Dunkelheit leicht leuchteten.

»Gut gemacht, Njef«, sagte Luet verächtlich. »Sie hätten uns wahrscheinlich gar nicht bemerkt. Aber jetzt haben wir uns verdächtig gemacht.«

»*Die* wissen genau, wer wir sind«, sagte er und deutete auf die Männer, die auf der dunklen Straße näher kamen.

»Na schön«, sagte sie. »Ich hatte gehofft, den leichten Weg nehmen zu können, aber jetzt muß der andere hinhalten.«

Sie ergriff seine Hand und zerrte ihn halb über die Frühlingsstraße, aber von der Stadt *fort* und *hin* zum heiligen Wald. Nafai wußte, daß dies das Dümmste war, was sie überhaupt tun konnte. In den Ausläufern des Waldes würde es überhaupt keine Zeugen geben. Die Attentäter konnten frei schalten und walten. Falls sie davon ausgehen sollte, daß Nafai ein besonderes Kampfgeschick hatte und die Meuchelmörder irgendwie entwaffnen oder töten konnte, würde sie schnell die traurige Wahrheit erfahren, daß er sich nie besonders für das Kämpfen interessiert und auch keine besondere Unterweisung darin erhalten hatte. Er konnte sich nicht einmal daran erinnern, jemandem bei einem Wutanfall geschlagen zu haben, nicht einmal seine älteren Brüder, da es schlußendlich die Angelegenheit nur verschlimmerte, sich auf eine Prügelei mit Meb oder Elemak einzulassen. Nafai mochte groß für sein Alter sein, der größte der Söhne des Wetschik, doch das half ihm bei einer Schlägerei auch nicht weiter.

Als sie in die Dunkelheit am Ende der Frühlingsstraße eindrangen, wurden die Attentäter kühner.

»Genau«, rief einer von ihnen – leise, aber so laut, daß Nafai und Luet ihn hören konnten. »In die Schatten. Dort werden wir uns unterhalten.«

»Wir haben nichts, was ihr stehlen könntet.« Luets Stimme klang, als wäre sie in Panik geraten, als würde sie zittern – doch aufgrund des ruhigen Griffes ihrer Hand wußte Nafai, daß sie keineswegs zitterte.

»In die Schatten«, wiederholte der Mann.

Also gehorchten sie ihm. Drangen in die Dunkelheit unter den Bäumen ein. Doch zu Nafais Überraschung blieben sie nicht stehen, wandten sich auch nicht in südliche Richtung, um den Wald zu umgehen und auf der nächsten Straße wieder in die Stadt zurückzukehren. Luet führte ihn genau in östliche Richtung. Tiefer in das verbotene Land hinein.

»Dorthin kann ich nicht gehen«, sagte er.

»Sei leise«, sagte sie. »Sie auch nicht, außer, wenn sie uns hören und dem Geräusch folgen.«

Er hielt seine Zunge im Zaum und folgte ihr. Nach einer Weile fiel der Boden ab, war jetzt kein sanft geneigter Hang mehr, sondern eine steile Klippe. Es war nicht einfach, Halt zu finden. Der Himmel war jetzt völlig dunkel, und obwohl schon viele Blätter abgefallen waren, warfen die Bäume noch tiefe Schatten. »Ich kann nichts sehen«, flüsterte er.

»Ich auch nicht«, erwiderte sie.

»Warte«, sagte er. »Lausche. Vielleicht folgen sie uns nicht mehr.«

»Sie sind stehen geblieben«, sagte sie. »Aber wir können nicht anhalten.«

»Warum nicht?«

»Ich muß dich aus der Stadt bringen.«

»Wenn man mich hier erwischt, wird man mich schrecklich bestrafen.«

»Ich weiß«, sagte sie. »Genau wie mich, weil ich dich hergebracht habe.«

»Dann bringe mich zurück.«

»Nein«, sagte sie. »Die Überseele will, daß wir diesen Weg nehmen.«

Doch es war ihnen unmöglich, sich weiterhin an den Händen zu halten – sie brauchten beide Hände, um die zerklüftete Klippe hinabsteigen zu können. Am Tag wäre der Abstieg nicht so gefährlich gewesen, doch in der Dunkelheit konnte jeder Fehltritt tödliche Folgen haben, und so mußten sie sehr vorsichtig sein. Wenigstens wuchsen die Bäume hier spärlicher, so daß sie im Sternenlicht etwas mehr ausmachen konnten. Zumindest, bis sie schließlich den Nebel erreichten.

»Jetzt *müssen* wir umkehren«, sagte er.

»Steige weiter hinab.«

»Im Nebel? Wir werden uns verirren, abstürzen und sterben.«

»Es ist ein gutes Zeichen«, sagte Luet. »Das bedeutet, daß wir mindestens auf halber Höhe zum See sind.«

»Du willst mich doch nicht zum See bringen!«

»Leise.«

»Warum stürze ich mich dann nicht einfach hinab und spare ihnen die Mühe, mich umzubringen?«

»Sei still, du dummer Mann. Die Überseele wird uns schützen.«

»Die Überseele ist ein Computer mit Satelliten, die Harmonie umkreisen. Sie verfügt über keine magischen Maschinen, die uns auffangen könnten, wenn wir stürzen.«

»Sie weist uns den Weg«, sagte Luet. »Zumindest hilft sie *mir*, ihn zu finden. Wenn du nur den Mund halten würdest, damit ich sie verstehe.«

Sie kletterten stundenlang durch den Nebel hinab – zumindest hatte Nafai diesen Eindruck –, erreichten schließlich jedoch den Grund des Tals. Gras auf einer Ebene, das dann Schlamm wich.

Warmem Schlamm. Nein, *heißem* Schlamm.

»Da wären wir«, sagte sie. »Wir können hier nicht ins Wasser – es steigt aus einer tiefen Spalte in der Erdhülle hinauf und ist so heiß, daß es kocht und Dampf abgibt. Wenn wir länger im Wasser blieben, selbst an der Küste, würde es uns das Fleisch von den Knochen kochen.«

»Wie könnt ihr Frauen dann überhaupt …«

»Wir beten am anderen Ende, wo der See von eiskalten Gebirgsbächen gespeist wird. Einige gehen in das kälteste

Wasser. Aber bei den meisten stellen sich die Visionen ein, wenn sie dort schwimmen, wo sich das kalte und das heiße Wasser trifft. Eine turbulente Stelle, das Wasser schaukelt und wirbelt unablässig, verbrennt uns und läßt uns wieder frieren. Die Stelle, wo das Herz der Welt und ihre kälteste Oberfläche aufeinander stoßen. Die Stelle, wo die beiden Herzen einer jeden Frau zusammenwachsen.«

»Ich gehöre nicht hierher«, sagte Nafai.

»Ich weiß«, sagte Luet. »Aber die Überseele hat uns hierher geführt, also werden wir hier bleiben.«

Und dann geschah, was Nafai am meisten befürchtet hatte. Eine Frauenstimme, in nächster Nähe. »Ich habe dir doch *gesagt,* daß ich eine Männerstimme gehört habe. Sie kam von *dort*.«

Laternen kamen näher, und viele Frauen. Ihre Füße erzeugten mit jedem Schritt sonderbare Geräusche im heißen Schlamm. Wie tief bin *ich* in den Schlamm eingesunken? fragte sich Nafai. Werden sie Schwierigkeiten haben, mich hinauszuziehen? Oder werden sie mich hier einfach lebendig begraben und den Schlamm entscheiden lassen, ob er mich kochen oder ersticken wird?

»Ich habe ihn hergebracht«, sagte Luet.

»Es ist Luet«, sagte eine alte Frau. Der Name wurde flüsternd durch die immer größer werdende Schar der Frauen weitergetragen.

»Die Überseele hat mich hierher geführt. Dieser Mann ist nicht wie andere Männer. Die Überseele hat ihn ausgewählt.«

»Gesetz ist Gesetz«, sagte die alte Frau. »Du mußt die Verantwortung selbst tragen, aber damit geht die Bestrafung nur von ihm auf dich über.«

Nafai sah, wie verkrampft Luet wirkte. Er begriff: Sie versteht die Überseele nicht besser als ich. Nach allem, was sie weiß, ist es der Überseele gleichgültig, ob sie lebt oder stirbt, ist sie vielleicht völlig zufrieden damit, meine sichere Flucht aus der Stadt mit Luets Leben erkauft zu haben.

»Nun gut«, sagte Luet. »Aber ihr müßt ihn zum Privattor bringen und ihn durch den Wald führen.«

»Du kannst uns nicht sagen, was *wir* tun müssen, Gesetzesbrecherin!« rief eine Frau. Aber andere brachten sie zum Schweigen. Nafai begriff, daß man Luet große Ehrfurcht entgegenbrachte, obwohl sie ein ungeheuerliches Verbrechen begangen hatte.

Dann rückte die Menge etwas auseinander, um eine Frau durchzulassen, die wie ein Geist aus dem Nebel auftauchte. Sie war nackt, und da sie sauber war, begriff Nafai einen Augenblick lang nicht, daß sie eine Wilde sein mußte. Erst, als sie dicht vor ihnen stand und an Luets Ärmel zerrte, erkannte Nafai, wie verwettert und trocken ihre Haut war, wie faltig und hager ihr Gesicht.

»Du«, flüsterte Luet.

»Du«, flüsterte die Wilde.

Dann wandte sich die heilige Frau aus der Wüste an die alte Frau, bei der es sich um die Anführerin dieser Richterinnen zu handeln schien. »Ich habe sie bereits bestraft«, sagte sie.

»Was meinst du damit?« sagte die alte Frau.

»Ich bin die Überseele, und ich sage, sie hat meine Strafe bereits erhalten.«

Die alte Frau sah Luet unsicher an. »Stimmt das, Luet?«

Nafai war erstaunt. War ihr Vertrauen in Luet so ungebrochen, daß sie sie aufforderten, eine Aussage zu bestätigen oder zu verneinen, die ihr das Leben kosten oder sie retten konnte, je nachdem, wie ihre Antwort ausfallen würde?

Ihr Vertrauen war gerechtfertigt, denn Luets Antwort brachte ihr keine besonderen Vorteile ein. »Diese heilige Frau hat mir nur eine Ohrfeige gegeben. Wie könnte das eine ausreichende Bestrafung für diesen Verstoß sein?«

»Ich habe sie hierher gebracht«, sagte die Wilde. »Ich ließ sie diesen Jungen herbringen. Ich habe ihm große Visionen gegeben, und ich werde ihm noch mehr geben. Ich werde Ehre in seinen Samen legen, und eine große Nation wird entstehen. Niemand möge ihn auf seinem Weg durch das Wasser und den Wald behindern, und was sie betrifft, so hat sie den Abdruck meiner Hand auf dem Gesicht gehabt. Wer kann sie berühren, nachdem ich sie geschlagen habe?«

»Das ist wahrhaftig die Stimme der Mutter«, sagte die alte Frau.

»Die Mutter«, flüsterten einige.

»Die Überseele«, flüsterten andere.

Die heilige Frau drehte sich wieder zu Luet um, hob die Hand und berührte die Lippen des Mädchens mit einem Finger. Luet küßte diesen Finger sanft, und einen Augenblick lang sehnte sich Nafai nach der Süße dieser Berührung. Dann veränderte sich der Gesichtsausdruck der Wilden. Eine hellere, strahlendere Seele schien in ihrem Gesicht gewesen zu sein und sie nun verlassen zu haben; sie schaute benommen und etwas verwirrt drein. Sie sah sich um, erkannte nichts und wanderte dann in den Nebel davon.

»War das deine Mutter?« flüsterte Nafai.

»Nein«, sagte Luet. »Die Mutter meines Körpers ist nicht mehr heilig. Doch in meinem Herzen sind alle diese Frauen meine Mutter.«

»Gut gesprochen«, sagte die alte Frau. »Wie wohlberedt dieses Kind doch ist.«

Luet neigte den Kopf. Als sie das Gesicht wieder hob, sah Nafai Tränen auf ihren Wangen. Er hatte keine Ahnung, was hier geschah, oder was es für Luet bedeutete; er wußte nur, daß sein und ihr Leben eine Zeitlang in Gefahr gewesen war und daß diese Gefahr nun vorüber war. Das reichte ihm.

Die Wilde hatte gesagt, niemand solle ihn auf seinem Weg durch das Wasser und den Wald behindern. Nach einer kurzen Diskussion kamen die Frauen zum Schluß, dies müsse bedeuten, daß er den See von dieser Stelle zum anderen Ufer überqueren sollte, vom heißen Ende zum kalten. Nafai hatte keine Ahnung, wieso sie dies den wenigen Worten der heiligen Frau entnehmen konnten, doch andererseits hatte er sich auch oft darüber gewundert, welchen Sinn die Priester den heiligen Schriften der Männerreligion entnehmen konnten. Sie warteten ein paar Minuten ab, bis mehrere Frauen sie vom Ufer aus riefen. Erst dann führte Luet ihn so nahe heran, daß er den See sehen konnte. Nun war klar, woher der Nebel kam – er hob sich als Dampfschichten aus dem Wasser; diesen Eindruck hatte er zumindest. Zwei Frauen in einem langen, niedrigen Boot brachten ihn zum Ufer; die eine ruderte, die andere saß an der Ruderpinne. Der Bug des Bootes war eckig und tief, doch da auf dem See kein Wellengang herrschte und sie gleichmäßig ruderten, schien keine Gefahr zu bestehen, daß das Boot dort Wasser aufnahm. Sie näherten sich dem Ufer, bis sie schließlich auf Grund liefen. Noch immer befanden sich mehrere Meter Wasser zwischen dem Boot und der Schlammfläche, auf der Nafai und Luet standen. Der Schlamm war mittlerweile schmerzhaft heiß, so daß Nafai oft von einem Fuß auf den anderen wechseln mußte, um sich nicht zu verbrennen. Wie würde es sein, durch das Wasser zu gehen?

»Gehe gleichmäßig«, sagte Luet. »Je weniger du spritzt, desto besser. Du darfst also nicht laufen. Du wirst sehen, wenn du einfach gleichmäßig weitergehst, wirst du bald im Boot sein, und der Schmerz wird schnell vergehen.«

Also hatte sie dies schon einmal gemacht. Nun gut, wenn Luet es ertragen konnte, konnte auch er es ertragen. Er machte einen Schritt auf das Wasser zu. Die Frauen stöhnten auf.

»Nein«, sagte sie schnell. »An diesem Ort bist du ein Kind und ein Fremder, und du mußt geführt werden.«

Ich, ein Kind? Im Vergleich zu dir? Aber dann begriff er, daß sie natürlich Recht hatte. Wie alt sie auch sein mochten, dies war ihr Ort, nicht der seine; hier war sie die Erwachsene und er das Kind.

Sie legte die Geschwindigkeit vor, zügig, aber nicht übereilt. Das Wasser verbrannte seine Füße, doch es war flach, und er spritzte kaum, wenngleich seine Bewegungen auch nicht so grazil und glatt wie die Luets waren. Nach einem

Augenblick hatten sie das Boot erreicht, doch es kam Nafai wie eine Ewigkeit vor, wie tausend quälende Schritte, besonders als sie ins Boot stieg. Schließlich hatte sie es geschafft, und ihre Hand half ihm hinein, und er ging auf Füßen, die unter der Haut so heftig schmerzten, daß er Angst hatte, sie zu betrachten, weil er befürchtete, daß Fleisch wäre von den Knochen abgefallen. Doch dann *schaute* er hin, und die Haut sah ganz normal aus. Luet wischte ihm mit dem Saum ihres Rocks die Füße ab. Die Frau am Ruder stieß ein Ruderblatt in den Schlamm unter dem Wasser und drückte sie zurück; die Muskeln ihrer stämmigen Arme spannten sich dabei vor Anstrengung. Nafai sah Luet an und hielt ihre Hände fest, als sie durchs Wasser glitten.

Es war die seltsamste Reise in Nafais Leben. Der Nebel ließ alles magisch und unwirklich erscheinen. Große Felsen bäumten sich aus dem Wasser auf und wurden dann wieder verschluckt, als hätten sie einfach zu existieren aufgehört. Das Wasser wurde heißer und kochte an manchen Stellen sogar; diesen Stellen wichen sie aus. Das Boot wurde nicht warm, doch die Luft um sie herum war so heiß und feucht, daß sie schon bald völlig durchnäßt waren und die Kleidung ihnen auf den Körpern klebte. Nafai sah zum ersten Mal, daß Luet in der Tat frauliche Rundungen hatte; keine ausgeprägten, aber immerhin doch soviel, daß er sie nie wieder nur für ein Kind halten würde. Plötzlich schreckte er davor zurück, hier zu sitzen und ihre Hände zu halten, doch er hatte noch mehr Angst davor, sie loszulassen. Er mußte sie berühren, wie ein Kind in der Dunkelheit die Hand seiner Mutter hält.

Sie kamen schnell voran. Die Luft wurde kühler. Sie fuhren durch Untiefen mit steilen Klippen auf beiden Seiten, die, je höher sie emporstiegen, um so näher aneinanderzurücken schienen, bis sie sich schließlich im Nebel verloren. Nafai fragte sich, ob sie sich vielleicht in einer Höhle befanden oder das Sonnenlicht den Grund dieses tiefen Tals jemals erreichte. Dann wichen die Klippenwände wieder zurück, und der Nebel wurde etwas dünner. Gleichzeitig wurde das Wasser unruhiger. Nun gab es Wellen, und Strömungen erfaßten das Boot und schienen es drehen, von einer Seite zur anderen schaukeln zu wollen.

Die eine Frau hob die Ruder, die andere nahm die Hand von der Ruderpinne. Luet beugte sich vor. »Das ist der Ort, wo die Visionen kommen«, flüsterte sie. »Ich habe es dir gesagt – wo sich die Hitze und die Kälte treffen. Hier gleiten wir nackt durch das Wasser.«

Da es ihm unangenehmer war, Luet beim Ausziehen zu beobachten, als sich selbst auszuziehen, starrte er auf seine Hände, die seine Kleidung lösten und zusammenfalteten, wie Luet die ihre zusammengefaltet und ordentlich ins Boot gelegt hatte. Als er versuchte, sie irgendwie zu beobachten, ohne sie dabei zu sehen, begriff er nicht, wie es ihr gelang, so geräuschlos ins Wasser zu gleiten und dann bewegungslos auf dem Rücken zu treiben. Er sah, daß sie keinerlei Schwimmbewegungen machte, und als er sich – viel lauter – ebenfalls ins Wasser fallen ließ, blieb er einfach bewegungslos liegen. Das Wasser verfügte über einen erstaunlichen Auftrieb. Es bestand keine Gefahr unterzugehen. Die Stille war tief und mächtig; nur einmal sprach er, als er sah, daß sie von ihm abgetrieben wurde.

»Das macht nichts«, antwortete sie leise. »Sei still.«

Er war still. Nun war er allein im Nebel. Die Strömungen drehten ihn – oder vielleicht auch nicht, denn im Nebel verlor er jede Orientierung. Es war friedlich hier, ein Ort, an dem seine Augen sehen und doch nicht sehen, seine Ohren hören und doch nicht hören konnten. Die Strömung ließ ihn jedoch nicht schlafen. Er fühlte die heißen und kalten Strömungen unter seinem Körper, manchmal sehr heiß, manchmal sehr kalt, so daß er manchmal dachte: Ich halte das keinen Augenblick länger aus, ich muß schwimmen, oder ich werde sterben – und dann änderte sich die Strömung wieder.

Er sah keine Vision. Die Überseele sagte nichts zu ihm. Er lauschte. Er sprach sogar zu der Überseele, bat sie, ihn wissen zu lassen, wie er irgendwie in den Besitz des Index gelangen könnte, den zu holen Vater ihn geschickt hatte. Falls die Überseele ihn hörte, gab sie ihm kein Zeichen.

Er trieb ewig auf dem See. Oder vielleicht waren es nur ein paar Minuten, bevor er die leise Bewegung der Ruder im Wasser hörte. Eine Hand berührte sein Haar, sein Gesicht, seine Schulter, hielt dann seinen Arm fest. Er kam auf den Gedanken, den Kopf zu drehen, tat es dann auch und sah das Boot mit einer nun wieder bekleideten Luet, die nach ihm griff. Er hatte jede Schüchternheit vergessen, war nur froh, sie zu sehen, und gleichzeitig traurig darüber, das Wasser verlassen zu müssen. Als er ins Boot klettern wollte, stellte er sich nicht besonders geschickt an. Er brachte es arg ins Schwanken, und Wasser spritzte hinein.

»Roll dich hinüber«, flüsterte Luet.

Er legte sich im Wasser auf die Seite, hob ein Bein und einen Arm übers Schanzkleid und rollte sich hinüber. Es ging ganz leicht und fast geräuschlos vonstatten. Luet gab ihm seine Kleidung, die noch immer naß, mittlerweile aber sehr kalt war. Er zog sie an und erschauderte, als die Frauen das Boot in den furchtbar kalten Nebel ruderten. Luet erschauderte ebenfalls, schien sich aber nicht an der Kälte zu stören.

Endlich machten sie ein Ufer vor ihnen aus, an dem ebenfalls eine Gruppe Frauen wartete. Vielleicht hatten sie ein anderes Boot über den See genommen, ohne das Ritual zu vollziehen, nackt durch das Wasser zu schwimmen, oder vielleicht gab es eine Straße für Läuferinnen mit Nachrichten; die Frauen jedenfalls, die dort auf sie warteten, wußten, um wen es sich handelte. Erklärungen waren überflüssig. Luet ging erneut voraus, diesmal durch so kaltes Wasser, daß es in Nafais Knochen schmerzte. Sie erreichten festes Land und Frauenhände schlangen eine trockene Decke um ihn. Er sah, daß auch Luet gewärmt wurde.

»Der erste Mann, der das Wasser durchquert hat«, sagte eine Frau.

»Der Mann, der das Wasser der Frauen durchquert hat«, sagte eine andere.

Luet erklärte es ihm, wenngleich es ihr etwas peinlich zu sein schein. »Berühmte Prophezeiungen«, sagte sie. »Es gibt so viele davon, daß es nicht schwer ist, dann und wann eine davon zu erfüllen.«

Er lächelte. Er wußte, daß sie die Prophezeiungen viel ernster nahm, als sie nun zugab.

Ihm fiel auf, daß niemand sie fragte, was auf dem Wasser geschehen war; niemand fragte, ob sie eine Vision gehabt habe. Doch sie warteten gespannt, bis sie sagte: »Die Überseele spendete mir Trost, und das genügte.« Daraufhin zogen sich die meisten von ihnen zurück, doch einige wenige blieben und sahen Nafai an, bis er den Kopf schüttelte.

»Den leichten Teil haben wir überstanden«, sagte sie.

Er hielt es für einen Scherz, doch dann führte sie ihn durch das Private Tor, eine legendäre Öffnung in der roten Mauer, von der er bislang eigentlich gar nicht so recht geglaubt hatte, daß es sie gab. Es war ein geschwungener Durchgang zwischen zwei massiven Türmen, und statt Stadtwächtern befanden sich nur Frauen dort, die sie beobachteten. Er wußte, daß sich auf der anderen Seite der Pfadlose Wald befand. Schnell erfuhr er, daß er seinen Namen zu Recht trug. Als sie die Waldstraße erreichten, waren ihre Gesichter und auch ihre Arme und Beine mit Striemen überzogen.

»In dieser Richtung liegt das Hintere Tor«, sagte Luet. »Und durch eine beliebige dieser Schluchten erreichst du die Wüste. Wohin du von dort aus gehen wirst, weiß ich nicht.«

»Das reicht mir«, sagte Nafai. »Ich finde den Weg schon.«

»Ich habe getan, was die Überseele mir aufgetragen hat.«

Nafai wußte nicht, was er sagen sollte. Er kannte nicht einmal den Namen des Gefühls, das sich bei ihm eingestellt hatte. »Ich glaube, ich kenne dich nicht«, sagte er schließlich.

Sie sah ihn leicht verwirrt an.

»Nein, das stimmt nicht«, sagte Nafai. »Ich glaube, ich habe dich zuvor nicht gekannt, obwohl ich glaubte, dich zu kennen. Und nun, da ich dich endlich kenne, kenne ich dich eigentlich überhaupt nicht.«

Sie lächelte. »Das bewirken diese Strömungen jedesmal«, sagte sie. »Erzähle niemandem, ob nun Mann oder Frau, was du diese Nacht getan hast.«

»Ich bin mir nicht sicher, ob ich selbst glaube, daß es mir wirklich zugestoßen ist.«

»Werden wir dich in Tante Rasas Haus wiedersehen?«

»Ich weiß es nicht«, sagte Nafai. »Ich weiß nur eins: daß ich nicht weiß, wie ich den Index beschaffen kann, ohne dabei getötet zu werden, und daß ich ihn trotzdem beschaffen muß.«

»Warte, bis die Überseele dir sagt, was du tun sollst«, sagte Luet, »und tue es dann.«

Er nickte. »Einverstanden, falls die Überseele mir wirklich etwas sagt.«

»Das wird sie«, sagte Luet. »Wenn etwas zu tun ist, wird sie es dir sagen.«

Dann streckte Luet die Hand aus, ergriff die seine und hielt sie kurz fest. Er erinnerte sich wieder daran, wie es sich angefühlt hatte, sich im See an sie zu klammern. Doch ihm war etwas peinlich zumute, und er zog die Hand zurück. Sie hatte ihn schwach gesehen. Sie hatte ihn nackt gesehen.

»Siehst du?« sagte sie. »Du vergißt bereits, wie es wirklich war.«

»Nein, das stimmt nicht«, sagte er.

Sie wandte sich ab und eilte die Straße zum Hinteren Tor entlang. Er wollte sie rufen und ihr sagen: Du hattest Recht, ich habe tatsächlich vergessen, wie es wirklich war, ich habe mich daran erinnert, als wäre ich noch der Junge, der ich vorher war, doch nun erinnere ich mich daran, daß ich nicht schwach oder nackt war, daß es nichts gibt, dessen ich mich schämen müßte. Es war, als wäre ich wie ein großer Held aus den Prophezeiungen über den magischen See geschritten, während du meine Führerin und Lehrerin warst, und als wir unsere Kleidung ablegten, war es nicht, als wären ein Mann und eine Frau nackt zusammen gewesen, sondern eher zwei Götter aus uralten Geschichten aus fernen Ländern, die ihre sterblichen Verkleidungen abgelegt und ihre glorreiche Unsterblichkeit enthüllt hatten, bereit, über den See des Todes zu schweben und unbeschadet die andere Seite zu erreichen.

Doch als ihm alles eingefallen war, was er sagen wollte, war sie schon um eine Biegung verschwunden.

14

Issibs Stuhl

Als er den Treffpunkt erreichte, wußte er nicht, was ihn dort erwartete. Auf dem Weg im Sternenlicht durch die Wüste waren ihm alle möglichen Gedanken durch den Kopf gegangen. Was sollte geschehen, wenn keinem seiner Brüder die Flucht gelungen war? Sie hatten ja nicht die Hilfe Luets und der Frauen Basilikas gehabt. Oder wenn sie doch entkommen waren, aber die Soldaten waren einem von ihnen zu ihrem Versteck gefolgt und hatten sie dann dort erschlagen? Würde er ihre verstümmelten Leichen finden, wenn er dort ankam? Oder würden Soldaten im Hinterhalt liegen und auf ihn warten, um ihn zu ergreifen, während er sich durch die Schlucht näherte? Er blieb am oberen Ende der Schlucht stehen, an der Stelle, an der sie heute morgen Lose gezogen hatten. Überseele, sagte er stumm, soll ich dort hinab gehen?

Als Antwort stellte sich ein Bild in seinem Geist ein –

einer von Gaballufix' unmenschlichen Soldaten schritt durch die leeren, nächtlichen Straßen Basilikas. Er wußte nicht, welchen Sinn er dieser Vision entnehmen sollte. Wollte die Überseele ihm damit sagen, daß sich alle Soldaten in der Stadt befanden? Oder sah Nafai diese Vision, weil die Überseele ihn warnen wollten, daß ihm Soldaten in dem ausgetrockneten Flußbett auflauerten, und sein Gehirn hatte der Vision einfach irrelevante Details der Stadt hinzugefügt?

Nur eines war klar – die Nachricht der Überseele enthielt ein Gefühl der Dringlichkeit. Als gäbe es eine Gelegenheit, die er nicht verstreichen lassen durfte. Oder eine Gefahr, der er ausweichen mußte.

Was kann ich von meiner eigenen Urteilsfähigkeit erwarten, dachte Nafai, wenn die Botschaft so unklar ist? Wenn meine Brüder in Schwierigkeiten stecken, muß ich es wissen. Ich kann sie nicht im Stich lassen, auch wenn ich mich selbst damit in Gefahr bringe. Nimm diesen Gedanken von mir, wenn ich mich irre.

Dann ging er das Flußtal entlang. Es kam keine Erstarrung, keine Ablenkung. Was immer die Überseele ihm sagen wollte, sie hatte bestimmt nichts dagegen, daß er sich mit seinen Brüdern traf.

Oder sie hatte ihn aufgegeben. Aber nein – sie hatte so viel Mühe auf sich genommen, ihn aus der Stadt und über den See der Frauen zu bringen, daß sie ihn jetzt wohl kaum fallenlassen würde.

Es war so dunkel in der Schlucht, daß er schließlich stolperte und den Hang hinabrutschte, bis er den einigermaßen ebenen Grund erreicht hatte, wo seine Brüder auf ihn warten sollten.

»Nafai.«

Es war Issibs Stimme. Doch bevor Nafai antworten konnte, spürte er einen heftigen Schlag und dann eine Sandale auf seinem Gesicht, die ihn zu Boden stieß.

»Narr!« schrie Elemak. »Hätten sie dich doch nur erwischt und umgebracht, du Idiot!«

Noch ein Tritt, diesmal gegen seine Nase. Und dann Mebbekews Stimme. »Alles verloren, das ganze Vermögen, alles, wegen dir!«

»Er hat es nicht genommen, ihr Narren!« rief Issib. »Gaballufix hat es gestohlen!«

»Du hältst den Mund!« brüllte Mebbekew und näherte sich Issib drohend. Nun konnte Nafai endlich sehen, was hier vor sich ging. Obwohl sein Gesicht von den winzigen Steinchen schmerzte, die sich in den Sohlen ihrer Sandalen festgesetzt hatten, hatten sie ihn nicht ernsthaft verletzt. Doch er sah, daß sie vor Zorn fast außer sich waren. Doch warum richtete er sich gegen *Nafai*?

»Rasch hat uns betrogen«, sagte Nafai.

Augenblicklich wandten sie sich wieder ihm zu. »Ach ja?« sagte Elemak. »Habe ich dir nicht gesagt, daß *ich* die Verhandlungen führen werde? Ich hätte den Index für ein Viertel unseres Vermögens bekommen, aber nein, du mußtest ja ...«

»Du wolltest aufgeben!« rief Nafai. »Du wolltest gehen!«

Elemak brüllte vor Wut, packte Nafai am Hemd und riß ihn hoch. »Es gehört zum Verhandeln, so zu tun, als wolle man aufgeben, du Narr! Glaubst du, ich hätte nicht gewußt, was ich tat? Ich, der ich in fremden Ländern Handel getrieben und mit nur wenigen Gütern große Gewinne erzielt habe? Warum hast du mir nicht zugestanden, daß ich weiß, was ich tue? Du hast höchstens mal auf dem Markt um ein paar dumme Mjachiken gefeilscht, kleiner Junge!«

»Das habe ich nicht gewußt«, sagte Nafai.

Elemak warf ihn wieder zu Boden. Nafais Ellbogen scheuerten auf, und er prallte so heftig mit dem Kopf gegen einen Stein, daß er aufschrie, ohne es zu wollen.

»Laß ihn in Ruhe, du Feigling«, sagte Issib.

»Du nennst mich einen Feigling?« sagte Elemak.

»Gaballufix hätte uns das Geld abgenommen, ganz gleich, was wir getan hätten. Er hatte Rasch schon auf seine Seite gezogen.«

»Jetzt bist du also der Experte und weißt, was passiert *wäre*«, sagte Elemak.

»Du sitzt auf deinem Thron und hältst über uns Gericht!« rief Mebbekew. »Was ist denn mit *dir*, wenn du Nafai für unschuldig hältst? Du hast das Geld doch von Vaters Konten geräumt!«

Nafai stand auf. Ihm gefiel nicht, wie sie Issib bedrohten. Es war eine Sache, wenn sie ihre Wut an ihm ausließen, doch eine ganz andere, wenn sie Issja etwas antun wollten. »Es tut mir leid«, sagte Nafai. Ihm blieb nichts anderes übrig, als die Schuld und damit ihren Zorn auf sich zu nehmen. »Ich habe es nicht begriffen, und ich hätte den Mund halten sollen. Es tut mir leid.«

»Was heißt das schon?« sagte Elemak. »Wie oft hast du schon gesagt, es täte dir leid, und es war zu spät, um noch etwas zu ändern? Du lernst es nie, Nafai. Vater hat es dir nie beigebracht. Sein kleines Baby, der kleine Junge der kostbaren Rasa, der nichts falsch machen kann. Aber es ist an der Zeit, daß du die Lektion lernst, die Vater dir schon vor Jahren hätte beibringen sollen!«

Elemak zog eine Stange aus einem Packgestell, das an der Felswand lehnte. Damit hob man eigentlich schwere Lasten auf den Rücken eines Kamels; sie war biegsam und nicht schrecklich schwer, aber robust und lang. Nafai wußte sofort, was Elemak vorhatte. »Du hast kein Recht, mich anzufassen«, sagte er.

»Nein, niemand hat das Recht, dich anzufassen«, sagte Mebbekew. »Geheiligter Nafai, Vaters Augenstern, nein, niemand darf ihm etwas tun. Aber er darf *uns* natürlich etwas tun. Er kann unsere Erbschaft verlieren, aber niemand darf ihm eine Abreibung verpassen.«

»Es wäre sowieso niemals *deine* Erbschaft gewesen«, sagte Nafai zu Mebbekew. »Sie war immer für Elemak bestimmt.« Ein weiterer Gedanke kam ihm in den Sinn, als ihm einfiel, wer das Erbe erhalten hätte. Bevor er ihn aussprach, wußte er, daß es wahrscheinlich nicht besonders klug sein würde, solange Elemak und Mebbekew so wütend auf ihn waren. Aber er sagte es trotzdem. »Wenn es darum geht, was *ihr* verloren habt, hättet ihr beide sowieso verdient, enterbt zu werden, nachdem ihr euch gegen Vater verschworen habt.«

»Das ist eine Lüge«, sagte Mebbekew.

»Für wie dumm hältst du mich?« sagte Nafai. »Du magst nicht gewußt haben, daß Gaballufix an diesem Morgen Vater töten wollte, aber das er *jemanden* töten wollte, war dir klar. Was hat Gaballufix dir versprochen, Elemak? Dasselbe, was er Rasch versprochen hat – den Namen und das Vermögen des Wetschik, nachdem Vater in Mißkredit gebracht worden war und seinen Rang verloren hatte?«

Elemak brüllte auf, fiel ihn an und schlug mit der Stange zu. Er war so wütend, daß nur wenige Schläge tatsächlich trafen, aber die waren brutal hart. Nafai hatte noch nie solche Schmerzen gefühlt, nicht, wenn er betete, auch nicht, als seine Füße im siedenden Wasser des Sees gewesen waren. Er landete schließlich bäuchlings auf dem Boden, und Elemak stand über ihm, bereit, erneut zuzuschlagen – wohin, auf seinen Rücken? Oder den Kopf?

»Bitte!« schrie Nafai.

»Lügner!« brüllte Elemak.

»Verräter!« rief Nafai. Er versuchte, auf die Knie zu kommen.

Der Stab senkte sich und warf ihn wieder zu Boden. Er hat mir den Rücken gebrochen, dachte Nafai. Ich bin gelähmt. Ich werde wie Issib sein, als Krüppel den Rest meines Lebens in einem Stuhl sitzen.

Es schien, als habe dieser Gedanke seinen verkrüppelten Bruder Issib aus seiner Lethargie gerissen. Denn als Elemak die Stange erneut hob, brauste Issibs Stuhl vor ihn. Der Stuhl drehte sich dabei – Issib konnte ihn nicht vollständig unter Kontrolle haben –, und der Stab traf Issib am Kopf. Er schrie vor Schmerz auf und verlor vollständig die Kontrolle über den Stuhl, der sich wie verrückt drehte und hin und her fuhr. Das Sicherheitssystem verhinderte, daß er gegen eine

Felswand der Schlucht prallte, aber nicht, daß er mit Mebbekew zusammenstieß, und ihn zu Boden warf.

»Halt dich da raus, Issib,« rief Elemak.

»Du Feigling!« rief Nafai. »Vor Gaballufix warst du ein *Nichts*, aber jetzt kannst du einen Krüppel und einen vierzehnjährigen Jungen verprügeln! Sehr tapfer!«

Erneut drehte sich Elemak von Issib zu Nafai um. »Diesmal bist du zu weit gegangen, Junge«, sagte er. Er schrie nicht, es war eine kältere, tiefere Wut in seiner Stimme. »Ich will das nie wieder hören, hast du verstanden?«

»Schon in Ordnung, Elja«, sagte Nafai. »Du konntest Gaballufix nicht dazu bringen, Vater für dich zu töten, aber wenigstens kannst du *mich* töten. Komm schon, beweise, was für ein Mann du bist, indem du deinen kleinen Bruder umbringst.«

Nafai hatte gehofft, daß Elemak vor Scham einen Rückzieher machte, er hatte sich jedoch verrechnet. Als Issib an ihm vorbeifuhr, ergriff Elemak einen Arm, zerrte Issib aus dem Stuhl und warf ihn wie ein zerbrochenes Spielzeug zu Boden.

»Nein!« rief Nafai.

Er lief zu Issib, um ihm zu helfen, doch Mebbekew stand zwischen ihnen, und als Nafai nahe genug heran war, warf Mebbekew ihn zu Boden. Nafai kam vor Elemaks Füßen zu liegen.

Elemak hatte den Stab fallen lassen. Als er danach griff, ging Mebbekew zu dem Packgestell und zog einen weiteren heraus. »Machen wir ihn endgültig fertig. Und wenn Issib nicht den Mund halten kann, erledigen wir beide.«

Nafai konnte nicht sagen, ob Elemak ihn gehört hatte oder nicht. Er wußte nur, daß die Stange hinabfuhr und seine Schulter traf. Elemak zielte vor Zorn noch immer nicht besonders gut, doch eins war klar: Er hatte es auf Nafais Kopf abgesehen. Er wollte Nafai umbringen.

Plötzlich erhellte ein blendendes Licht die Schlucht. Nafai hob den Kopf gerade noch rechtzeitig, um zu sehen, daß

Elemak herumwirbelte und versuchte, die Lichtquelle ausfindig zu machen. Es war Issibs Stuhl.

Aber das war unmöglich. Issibs Stuhl verfügte über ein passives Schaltsystem. Wenn man ihm nicht ausdrücklich sagte, was er tun sollte, ging er zu Boden, fuhr die Räder aus und wartete auf Anweisungen. Genau das hatte er in dem Augenblick getan, da Elemak Issib zu Boden geworfen hatte.

»Was ist da los?« fragte Mebbekew.

»Was ist da los?« sagte die mechanische Stimme des Stuhls.

»Du mußt hinüber sein«, sagte Mebbekew.

»Nicht ich bin hinüber«, sagte der Stuhl. »Glaube und Vertrauen sind hinüber. Die Bruderschaft ist zerbrochen. Ehre und Gesetz und Anstand sind zerstört. Das Mitgefühl ist zerrüttet. Aber nicht ich.«

»Schalte das ab, Issja«, sagte Mebbekew.

Nafai fiel auf, daß Elemak nichts gesagt hatte. Er musterte den Stuhl ruhig, während er den Stab noch immer festhielt. Dann stürmte Elemak vor und schlug mit der Stange auf den Stuhl ein.

Ein Blitz zuckte auf; zumindest hatte es diesen Anschein. Elemak schrie auf, prallte zurück, und der Stab flog durch die Luft. Er brannte auf ganzer Länge.

Vorsichtig, langsam, schob Mebbekew seine Stange wieder in das Packgestell zurück.

»Warum hast du deinen jüngeren Bruder mit einem Stab geschlagen, Elemak?« sagte der Stuhl. »Warum hast du seinen Tod geplant, Mebbekew?«

»Wer spricht da?« sagte Mebbekew.

»Kannst du dir das nicht denken, du Narr?« Issib sprach schwach vom Boden aus. »Wer hat uns denn auf diese Mission geschickt?«

»Vater«, sagte Mebbekew.

»Die Überseele«, sagte Elemak.

»Versteht ihr denn nicht, daß ich euern jüngeren Bruder

Nafai auserwählt habe, euch zu führen, weil er bereit war, meine Stimme zu hören?«

Das brachte beide zum Schweigen. Doch Nafai wußte, daß sich in ihren Herzen ihr Haß auf ihn von heißem Zorn in einen kalten Groll verwandelt hatte, der niemals sterben würde. Die Überseele hatte Nafai ausgewählt, sie zu führen. Nafai, der noch nicht einmal die Verhandlungen mit Gaballufix überstehen konnte, ohne alles zu verpatzen. Überseele, warum tust du mir das an?

»Wenn ihr euern Vater nicht verraten hättet, wenn ihr an mich geglaubt und ihm gehorcht hättet, hätte ich nicht Nafai statt euch erwählen müssen«, sagte der Stuhl – sagte die Überseele. »Nun geht wieder nach Basilika, und ich werde euch Gaballufix ausliefern.« Damit erloschen die Lampen des Stuhls, und er sank langsam zu Boden.

Sie alle warteten benommen einen Augenblick lang ab. Dann ging Elemak zu Issib, hob ihn sanft und vorsichtig hoch und setzte ihn wieder in den Stuhl. »Es tut mir leid, Issja«, sagte er leise. »Ich war nicht bei Sinnen. Ich würde dir niemals etwas antun.«

Issib sagte nichts.

»Wir waren auf Nafai wütend«, sagte Mebbekew.

Issib drehte sich zu ihm um und wiederholte flüsternd seine eigenen Worte. »Machen wir ihn endgültig fertig. Und wenn Issib nicht den Mund halten kann, erledigen wir beide.«

»Ich vermute, das wirst du mir jetzt mein Leben lang vorwerfen.«

»Halt die Klappe, Meb«, sagte Elemak. »Denken wir nach.«

»Gute Idee«, sagte Mebbekew. »Das Nachdenken hat uns bislang ja auch *so weit* gebracht.«

»Es ist eine Sache zu sehen, daß die Überseele einen Stuhl bewegt«, sagte Elemak. »Aber Gaballufix hat Hunderte von Soldaten. Er könnte jeden von uns fünfzig Mal töten lassen – wo sind die Soldaten der Überseele? Welches Heer wird uns jetzt schützen?«

Nafai hatte sich erhoben und ihnen zugehört. Er konnte kaum glauben, was sie sagten. »Die Überseele hat euch gerade einen Teil ihrer Macht gezeigt, und ihr fürchtet euch noch immer vor Gaballufix und seinen Soldaten? Die Überseele ist stärker als diese Soldaten. Wenn sie nicht will, daß die Soldaten uns töten, werden sie uns auch nicht töten.«

Elemak und Mebbekew betrachteten ihn schweigend.

»Ihr wolltet mich töten, weil euch meine Worte nicht gefielen«, sagte Nafai. »Seid ihr jetzt bereit, den Worten der Überseele zu gehorchen und mir zu folgen?«

»Woher sollen wir wissen, daß du den Stuhl nicht selbst manipuliert hast?« sagte Mebbekew.

»Ja, klar«, sagte Nafai. »Bevor wir heute überhaupt in die Stadt gingen, wußte ich, daß ihr mir für alles die Schuld geben und versuchen würdet, mich zu töten, und so haben Issja und ich den Stuhl manipuliert, damit er genau diese Rede hält.«

»Sei nicht dumm, Meb«, sagte Elemak. »Wir werden vielleicht sterben, aber da wir auch alles andere verloren haben, spielt das für mich wirklich keine große Rolle mehr.«

»Nur, weil du ein Fatalist bist, muß *ich* noch längst nicht sterben wollen«, sagte Mebbekew.

Issib schwang den Stuhl vor. »Gehen wir«, sagte er zu Nafai. »Ich folge der Überseele und dir als ihrem Diener. Gehen wir.«

Nafai nickte und ging dann die Schlucht entlang. Eine Weile hörte er nur das Geräusch seiner eigener Schritte und das leise Summen von Issibs Stuhl. Dann schließlich kam das Geklapper von Elemak und Mebbekew, die ihm das Flußtal entlang folgten.

15

Mord

Wenn wir überhaupt die geringste Hoffnung auf Erfolg haben wollen, dachte Nafai, müssen wir damit aufhören, uns selbst Pläne auszudenken. Gaballufix überlistet uns jedesmal.

Und nun bestand noch weniger Hoffnung, da sich Elemak und Mebbekew absichtlich unkooperativ zeigten. Warum hatte die Überseele auch unbedingt sagen müssen, daß Nafai sie anführen sollte? Wie konnte er nur den Befehl über seine beiden älteren Brüder übernehmen, die ihn viel lieber scheitern sehen würden, als ihm zu helfen? Bei Issib war es natürlich kein Problem, aber man konnte sich nur schwer vorstellen, daß er eine große Hilfe sein würde, auch wenn er seine Schwebeflossen trug. Er war zu auffällig und zu langsam.

Als sie sich den Weg durch die Wüste bahnten – Nafai ging voran, nicht, weil er es wollte, sondern weil Elemak sich weigerte, sie zu führen –, kam er allmählich zu einer unausweichlichen Schlußfolgerung: Allein hatte er eine viel bessere Chance als gemeinsam mit seinen Brüdern.

Nicht, daß er seine Chancen für großartig hielt, wenn er auf sich allein gestellt war. Aber die Überseele würde ihm helfen. Und die Überseele hatte ihm bereits geholfen, aus Basilika zu fliehen.

Doch als die Überseele ihn aus Basilika hinausgebracht hatte, hatte Luet seine Hand gehalten. Wo war seine Luet jetzt? Sie war die Seherin, die die Überseele so gut kannte wie Nafai seine eigene Mutter. Luet fühlte, daß die Überseele sie Schritt für Schritt führte; Nafai spürte die Führung der Überseele nur gelegentlich, so selten und auf verwirrende Weise. Was hatte seine Vision von einem Soldaten zu bedeuten, der mit blutbefleckten Händen durch Basilika ging? War das ein Feind, gegen den er kämpfen mußte? War es sein Tod? Oder sein Führer? Er war so verwirrt – wie sollte er sich da einen Plan ausdenken?

Er blieb stehen.

Die anderen hinter ihm hielten ebenfalls an.

»Was jetzt?« fragte Mebbekew. »Erhelle uns, o großer, von der Überseele ernannter Führer.«

Nafai antwortete nicht. Statt dessen versuchte er, seinen Geist zu leeren. Die Überseele sprach nicht so zu ihm, wie sie zu Luet sprach, weil Luet gar nicht erst *erwartete*, ihr würde ein Plan einfallen. Luet hörte zu. Hörte *zuerst* zu, verstand *zuerst*. Wenn Nafai der Überseele wirklich helfen, wenn er versuchen wollte, hier auf der Oberfläche dieser Welt ihre Hände und Füße zu sein, mußte er damit aufhören, törichte Pläne zu machen und der Überseele die Gelegenheit geben, zu ihm zu sprechen.

Sie waren in der Nähe der Hundestadt, die sich an den Straßen erstreckte, die durch das Tor, das als Rauchfang bekannt war, aus der Stadt führten. Bis jetzt hatte er angenommen, daß er die Hundestadt umkreisen, sich durch irgendeine Schlucht den Weg zur Waldstraße suchen und Basilika durch das Hintere Tor betreten solle. Doch nun wartete er und überprüfte die Möglichkeiten. Er dachte daran, einfach weiterzumachen und der Hundestadt auszuweichen, und seine Gedanken trieben ziellos umher. Dann dachte er an den Rauchfang, und augenblicklich verspürte er Zuversicht. Ja, dachte er. Die Überseele versucht, mich zu führen, wenn ich nur die Klappe halte und zuhöre. Wie ich hätte die Klappe halten und zuhören sollen, als Elemak am vergangenen Nachmittag mit Gaballufix feilschte.

»Ausgezeichnet«, sagte Mebbekew. »Gehen wir zu dem Tor, das am zweitstrengsten bewacht wird. Gehen wir durch das häßlichste Viertel, wo Gaballufix alles gehört, was zum Verkauf steht, und jeder Mensch obendrein.«

»Sei still«, sagte Issib.

»Laß ihn reden«, sagte Nafai. »Damit lockt er nur Gaballufix' Leute an, und wir sterben sofort, was genau das ist, was Mebbekew will, damit er, wenn wir alle sterben, sagen kann: ›Seht ihr, Njef hat uns umgebracht!‹ Dann kann er wenigstens glücklich sterben.«

Mebbekew ging auf Nafai zu, doch Elemak hielt ihn zurück. »Wir werden schweigen«, sagte Elemak.

Nafai führte sie weiter, bis sie zur Hohen Straße gelangten, die von der Torstadt zur Hundestadt führte. Sie war auf weiter Strecke von Häusern umsäumt, aber zu dieser nächtlichen Stunde war es hier nicht besonders sicher, und es würden nur wenige Leute unterwegs sein. Nafai führte sie zu der breitesten Lücke zwischen den Häusern auf beiden Seiten der Straße, sah nach links und rechts, bückte sich dann und huschte hinüber. Dann wartete er in einem trockenen Graben auf der anderen Straßenseite auf die anderen.

Sie kamen nicht.

Sie kamen nicht.

Sie haben sich entschlossen, mich jetzt im Stich zu lassen, dachte Nafai. Nun gut.

Dann kamen sie. Nicht schnell und gebückt, wie Nafai hinübergelaufen war, sondern aufrecht und langsam. Alle drei. Natürlich, dachte Nafai. Es hatte gedauert, bis sie Issib aus dem Stuhl geholt hatten. Ich hätte daran denken müssen. Als sie über die Straße gingen, sah Nafai, daß Issib nicht schwebte, sondern von den beiden anderen getragen wurde. Er hatte die Arme über ihre Schultern gelegt, und die Füße baumelten schlaff hinab. Jeder, der die Wahrheit nicht kannte, würde Issib für einen Betrunkenen halten, dem seine Freunde nach Hause halfen.

Und sie gingen auch nicht geradeaus über die Straße. Statt dessen folgten sie ihr ein Stück, als würden sie sie entlang gehen, aber in der Dunkelheit die Orientierung verlieren oder von dem Betrunkenen, dem sie halfen, vom Weg abgebracht werden. Schließlich waren sie hinüber und schlugen sich in die Büsche.

Nafai stieß zu ihnen, als sie Issib gerade halfen, die Flossen wieder anzulegen. »Das war toll«, flüsterte er. »Tausend Leute hätten euch sehen können, und keiner hätte einen zweiten Gedanken an euch verschwendet.«

»Das ist Elemak eingefallen«, sagte Issib.

»Du solltest uns führen«, sagte Nafai.

»Der Überseele zufolge nicht«, sagte Elemak.

»Issibs Stuhl, meinst du«, sagte Mebbekew.

»Es war trotzdem gut, daß du zuerst allein hinübergegangen bist, Njef«, sagte Elemak. »Die Wächter suchen nach vier Männern, von denen einer schwebt. Statt dessen haben sie drei gesehen, von denen einer betrunken war.«

»Wohin nun?« fragte Issib.

Nafai zuckte mit den Achseln. »Da entlang, vermute ich.« Er ging in Richtung Rauchfangstraße voraus.

Er wurde abgelenkt. Er wußte nicht, was er nun tun sollte. Ihm fiel nichts ein.

»Halt«, sagte er. Er dachte daran, sie mitzunehmen, und es fühlte sich falsch an. Er dachte daran, allein zu gehen, und es fühlte sich richtig an. »Wartet hier«, sagte er. »Ich gehe allein in die Stadt.«

»Einfach brillant«, sagte Mebbekew. »Wir hätten bei den Kamelen warten können.«

»Nein«, sagte Nafai. »Bitte. Ich brauche euch *hier*. Ich mußte sicher sein, daß ich aus dem Tor kommen kann und euch hier finde.«

»Wie lange wird es dauern?« fragte Issib.

»Ich weiß es nicht«, sagte Nafai.

»Na ja, was hast du denn überhaupt vor?«

Er konnte ihnen schlecht sagen, daß er nicht die geringste Ahnung hatte. »Elemak hat uns auch nicht gesagt, was er vorhatte«, antwortete er.

»Genau«, sagte Mebbekew. »Spiele ruhig den großen Mann.«

»Wir werden warten«, sagte Elemak. »Aber wenn die Sonne aufgeht, wird uns jeder erkennen, und wir werden bestimmt festgenommen werden. Das ist dir doch klar.«

»Wenn ich beim ersten Morgengrauen noch nicht zurück bin, holt ihr Issibs Stuhl und geht zu den Kamelen.«

»So wird es geschehen«, sagte Elemak.

»Wenn wir uns danach fühlen«, sagte Mebbekew.

»Wir werden uns danach fühlen«, sagte Elemak. »Meb wird hier sein, genau wie die beiden anderen.«

Nafai wußte, daß Elemak ihn noch immer haßte, noch immer Verachtung für ihn empfand – aber er wußte auch, daß Elemak sein Wort halten würde. Elemak rechnete zwar damit, daß er scheiterte, würde ihm jedoch auch eine faire Chance geben, den Index zu beschaffen. »Danke«, sagte Nafai.

»Beschaffe den Index«, sagte Elemak. »Du bist der Junge der Überseele, also hole den Index.«

Nafai verließ sie und ging zum Rauchfang. Als er näher kam, sah er, daß die Wächter sich unterhielten. Es waren zu viele – sechs oder sieben, nicht die üblichen zwei. Warum? Er ging zur Mauer und schlich sich dann näher, bis er einigermaßen verstehen konnte, was sie sagten.

»Und *ich* bin der Ansicht, es ist Gaballufix selbst« sagte ein Wächter. »Wahrscheinlich hat er zuerst den Jungen des Wetschik getötet, damit er die Stadt nicht verlassen konnte, und dann Roptat, damit er die Schuld jemandem in die Schuhe schieben kann, der sich nicht mehr rechtfertigen kann.«

»Das klingt ganz nach Gaballufix«, sagte ein anderer. »Er und seine Männer sind doch der reinste Dreck.«

Roptat war tot. Nafai spürte, wie Furcht ihn durchströmte. Nach all den gescheiterten Versuchen war es schließlich doch passiert – Gaballufix hatte einen Mord begangen. Und die Schuld einem der Söhne des Wetschik in die Schuhe geschoben.

Mir, begriff Nafai. Ich bin der einzige, der die Stadt nicht durch ein bewachtes Tor verlassen hat. Für die Computer bin ich noch in der Stadt. Natürlich weiß Gaballufix das. Also hat er die Gelegenheit beim Schopf gepackt, ließ Roptat umbringen und verbreiten, der jüngste Sohn des Wetschik hätte es getan. Aber die Frauen wissen es. Die Frauen wissen, daß er lügt. Er ahnt es noch nicht, aber morgen früh wird jede Frau in Basilika die Wahrheit kennen – daß ich mit Luet auf dem See war, als Roptat ermordet wurde. Ich muß mich diese Nacht nicht einmal in die Stadt wagen. Gaballufix wird sich durch seine eigene Dummheit vernichten, und wir können außerhalb der Stadtmauern warten und uns ins Fäustchen lachen!

Doch er konnte den Gedanken nicht bewahren, außerhalb der Stadtmauern zu warten. Die Überseele wollte es nicht. Der Überseele war es egal, ob sich Gaballufix in seinem eigenen Lügengespinst fing. Die Überseele wollte den Index haben, und Gaballufix wollte den Index nicht herausgeben.

Wie komme ich an den Wächtern vorbei? fragte Nafai.

Als Antwort verspürte er nur seine Furcht. Daß sie nicht von der Überseele kam, wußte er.

Also wartete er. Nach einer Weile verebbte die Unterhaltung der Wächter. »Machen wir jetzt unsere Runde durch die Hundestadt«, sagte einer. Fünf von ihnen gingen zum Tor hinaus, in die Dunkelheit der Straße der Hundestadt. Wenn sie sich zum Tor umgedreht hätten, hätten sie Nafai gesehen, der keine zwei Meter vom Tor entfernt an der Mauer stand. Aber sie drehten sich nicht um.

Er wußte, jetzt war es soweit; seine Furcht hatte zwar nicht nachgelassen, aber nun verspürte er auch den Drang, sich zu bewegen, etwas zu unternehmen. Die Überseele? Er wußte es nicht genau, aber *irgend etwas* mußte er jetzt tun. Also hielt er den Atem an und trat in das Licht, das durch das Tor fiel.

Ein Wächter saß auf einem Stuhl, mit dem Rücken zur Mauer. Er schlief oder döste zumindest. Der andere erleichterte sich gerade an der gegenüberliegenden Mauer, dem Tor den Rücken zugewandt. Nafai ging leise hindurch. Keiner der beiden verließ seine Position, bis Nafai sich wieder aus dem Licht des Tors entfernt hatte. Dann hörte er ihre Stimmen hinter sich; sie sprachen, aber nicht über ihn, und sie schlugen auch keinen Alarm. So muß es auch Luet in der Nacht ergangen sein, da sie zu uns kam, um uns zu warnen, dachte er. Die Überseele hat die Wächter so dumm gemacht, daß sie sie passieren ließen, als wäre sie unsichtbar. So, wie ich jetzt das Tor passiert habe.

Der Mond ging auf. Die Nacht war schon halb vorüber. Die Stadt schlief, einmal abgesehen von der Puppenstadt und dem inneren Markt, und auch dort würde in diesen Tagen der Anspannung und des Aufruhrs, in denen Soldaten über die Straßen patroullierten, nur eine gedämpfte Stimmung herrschen. In diesem Bezirk jedoch, einem ziemlich sicheren, der nicht über das geringste Nachtleben verfügte, war niemand mehr unterwegs. Nafai wußte nicht, ob die leeren Straßen einen Vor- oder Nachteil für ihn darstellten. Ein Vorteil, weil weniger Leute ihn sehen würden; ein Nachteil, weil er bestimmt erkannt werden würde, *falls* man ihn sah.

Doch in dieser Nacht half die Überseele ihm, nicht gesehen zu werden. Er blieb in den Schatten, forderte das Schicksal nicht heraus, und als einmal ein Trupp Soldaten vorbeimarschierte, drückte er sich gegen eine Tür, und sie gingen vorbei, ohne ihn zu bemerken.

Das muß die Grenze der Macht der Überseele darstellen, dachte Nafai. Mit Luet, Vater und mir kann die Überseele kommunizieren und Ideen austauschen. Und durch eine Maschine – Issibs Stuhl –, doch wer weiß schon, was das der Überseele abverlangt. Wenn sie direkt in den Geist anderer Menschen eingreift, kann sie nicht viel mehr bewirken, als sie auf ähnliche Weise abzulenken, wie sie die Menschen von verbotenen Ideen fortlenkt. Sie kann die Soldaten nicht von der Straße holen, aber sie kann sie davon abhalten, den Burschen zu bemerken, der in dem dunklen Hauseingang steht, sie *kann* sie daran hindern, ihn zu überprüfen oder nachzuforschen, was er tat. Sie kann die Wächter am Tor nicht davon abhalten, ihre Pflicht zu tun, aber sie *kann* dem dösenden Posten einen Traum geben, so daß die Geräusche von Nafais Schritten Teil des Traums sind und er nicht aufsieht.

Und selbst, um dies zu bewirken, muß die Überseele ihre gesamte Aufmerksamkeit in dieser Nacht auf diese Straße richten, dachte Nafai. Auf diesen Ort. Auf mich.

Wohin gehe ich?

Gleichgültig. Ich muß meine Gedanken abschalten und umherwandern. Soll die Überseele mich an der Hand nehmen, wie Luet es tat.

Es war jedoch schwer, den Geist freizuhalten, nicht jede Straße zu erkennen, über die er ging, nicht an all die Menschen oder Geschäfte zu denken, die er auf dieser Straße kannte, und daran, wie sie ihm vielleicht helfen könnten, den Index zu bekommen. Er beschäftigte sich viel zu sehr damit.

Und warum auch nicht, dachte er? Was soll ich denn machen, aufhören, ein bewußt denkendes Lebewesen zu sein? Unendlich dumm werden, damit die Überseele mich beherrschen kann? Ist es mein höchstes Streben im Leben, eine *Puppe* zu werden?

Nein, kam die Antwort. Sie war so klar wie in der Nacht am Fluß, in der Wüste. Du bist keine Puppe. Du bist hier, weil du dich dazu entschieden hast. Aber wenn du nun meine Stimme hören willst, mußt du deinen Geist leeren. Nicht, weil ich will, daß du dumm bist, sondern damit du mich hören kannst. Schon bald wirst du wieder deinen ganzen Geist, deine ganze Intelligenz brauchen. Dummköpfe kann ich nicht gebrauchen.

Nafai fand sich keuchend an eine Wand gelehnt wieder, als die Stimme verblich. Es war kein Spaß, wenn die Überseele seine Gedanken derart *anstieß*. Was haben unsere Vorfahren ihren Kindern angetan, als sie uns so veränderten, daß ein Computer uns solche Dinge eingeben kann? Haben in jenen frühen Tagen alle Kinder die Stimme der Überseele so vernommen, wie ich sie jetzt höre? Oder konnten schon immer nur wenige ihre Stimme vernehmen?

Geh weiter. Es fühlte sich wie ein Drang an. Und er ging weiter. Ging weiter, wie er es in den letzten paar Wochen zweimal getan hatte – von Straße zu Straße, fast in einer Trance, ohne zu wissen, wo er war, oder sich darum zu kümmern. Wie er es erst heute nachmittag getan hatte, als er vor den Attentätern geflohen war.

Ich habe nicht einmal eine Waffe.

Der Gedanke kam ihm ganz plötzlich. Riß ihn aus seiner Trance. Er wußte nicht genau, wo er war. Doch dort, halb im Schatten, lag ein Mann auf der Straße. Vielleicht ein Betrunkener. Oder ein Opfer der Tolschocks, Soldaten oder Attentäter. Ein Opfer Gaballufix'.

Nein. Keineswegs ein Opfer. Dort lag einer von Gaballufix' identischen Soldaten, und nach dem Gestank von Alkohol zu urteilen, lag er nicht dort, weil er verletzt war.

Nafai wäre fast weitergegangen, bis ihm in den Sinn kam, daß dies die beste Verkleidung war, auf die er hoffen konnte. Er würde viel leichter an Gaballufix herankommen, wenn er eins dieser holographischen Soldaten-Kostüme trug – und hier lag solch ein Kostüm, ein Geschenk, das für ihn bestimmt war.

Er kniete neben dem Mann nieder und rollte ihn auf den Rücken. Es war unmöglich, den Kasten zu *sehen*, der das Hologramm erzeugte, doch er fand ihn, indem er seine Hände über den Mann gleiten ließ und den Kasten an einem Gürtel an der Hüfte ertastete. Er löste den Gürtel, konnte ihn jedoch nur ein paar Zentimeter hochziehen.

Ja, dachte Nafai. Elemak hat gesagt, es sei eine Art Mantel, und der Kasten sei nur ein Teil davon.

Als er das Kästchen den Körper des Mannes hinaufschob, folgte es willig dem Druck seiner Bewegung. Indem er den Mann auf diese und auf jene Seite rollte, konnte er ihm schließlich das Hologramm-Kostüm über die Arme, die Schultern und dann den Kopf des Mannes ziehen.

Erst jetzt begriff Nafai, daß die Überseele ihm mehr gegeben hatte als nur ein Kostüm. Der Mann war kein angeheuerter Schläger mit einer Soldatenverkleidung. Es war Gaballufix selbst.

Sinnlos betrunken, aber ohne jeden Zweifel war es Gaballufix.

Doch was konnte Nafai mit diesem Betrunkenen anfangen? Er hatte den Index bestimmt nicht dabei. Und Nafai gab sich nicht der Täuschung hin, daß ihm Gaballufix' unsterbliche Dankbarkeit sicher sein würde, wenn er ihn nach Hause schleppte.

Der Narr mußte Roptats Tod gefeiert haben. Hier vor ihm auf der Straße lag ein Mörder, nur, daß er niemals für seine Tat bestraft werden würde. Vielmehr versucht er, sie *mir* in die Schuhe zu schieben. Zorn brandete in Nafai auf. Er stellte sich vor, den Fuß auf Gaballufix' Kopf zu setzen und seinen Kopf auf die Straße zu drücken. Es würde ihm so guttun, so ...

Töte ihn.

Der Gedanke kam so klar, als habe ihn jemand hinter ihm ausgesprochen.

Nein, dachte Nafai. Das kann ich nicht. Ich kann keinen Menschen töten.

Was glaubst du denn, weshalb ich dich hierher geführt habe? Er ist ein Mörder. Das Gesetz schreibt seinen Tod vor.

Das Gesetz hat *meinen* Tod verlangt, weil ich den See der Frauen gesehen habe, erwiderte Nafai stumm. Doch mir hat man Gnade erwiesen.

Ich habe dich zum See geführt, Nafai. Wie ich dich hierher geführt habe. Damit du tust, was getan werden muß. Solange er lebt, wirst du den Index niemals bekommen.

Ich kann keinen Menschen töten. Einen hilflosen Mann wie ihn – das wäre Mord.

Es wäre einfach Gerechtigkeit.

Nicht, wenn er durch meine Hand stirbt. Ich hasse ihn zu sehr. Ich will ihn tot sehen. Weil er meine Familie erniedrigt hat. Weil er den Titel meines Vaters gestohlen hat. Weil er unser Vermögen geraubt hat. Weil mein Bruder mich verprügelt hat. Wegen der Soldaten und Tolschocks und weil er meiner Stadt das Licht der Hoffnung genommen hat. Weil er Raschgallivak, diesen guten Mann, in einen schwachen und törichten Narr verwandelt hat. Wegen all dieser Dinge will ich seinen Tod. Doch wenn ich ihn jetzt töte, verhelfe ich nicht der Gerechtigkeit zum Sieg, sondern bin ich ein Feigling und Meuchelmörder.

Er hat versucht, dich zu töten. Er hat seinen Attentätern den Auftrag gegeben.

Das weiß ich. Also wäre es eine private Rache, würde ich ihn jetzt töten.

Denke darüber nach, was du tust, Nafai. Denke.

Ich werde kein Mörder sein.

Genau. Du wirst Menschenleben *retten*. Es gibt nur eine Hoffnung, diese Welt vor dem Gemetzel zu bewahren, das vor vierzig Millionen Jahren die Erde zerstört hat, und wenn du diesen Mann am Leben läßt, wirst du diese Hoffnung auslöschen. Sollen alle Menschen sterben, die Milliarden Seelen des Planeten Harmonie, damit deine Hände unbefleckt bleiben? Ich sage dir, es ist kein Mord, sondern Gerechtigkeit. Ich habe über ihn Gericht gehalten und ihn für schuldig befunden. Er hat Roptats Tod befohlen und deinen und den deiner Brüder und den deines Vaters. Er plant einen Krieg, der Tausende töten und diese Stadt unterjochen wird. Du verschonst ihn nicht aus Gnade, Nafai, denn nur sein Tod wird eine Gnade für die Stadt und die Menschen sein, die du liebst, eine Gnade für die ganze Welt. Du verschonst ihn aus reiner Eitelkeit. Damit du deine Hände betrachten kannst und sie unbefleckt sind. Doch ich sage dir, wenn du diesen Mann nicht tötest, wird das Blut von Millionen an deinen Händen kleben.

Nein!

Nafais Schrei war um so gequälter, weil er stumm war und auf seinen Geist beschränkt blieb.

Die Stimme in seinem Kopf gab nicht nach: Der Index öffnet die größte Bibliothek auf der Welt, Nafai. Mit ihm ist meinen Dienern alles möglich. Ohne ihn habe ich keine klarere Stimme als die, die du jetzt hörst und die von deinen Ängsten, Hoffnungen und Erwartungen ständig verändert und verzerrt wird. Meine Macht wird weiterhin schwinden, und mein Gesetz wird unter den Menschen abnehmen, bis schließlich die Feuer kommen werden und eine weitere Welt verwüstet werden wird. Der Index, Nafai. Nimm diesem Mann das Leben, wie das Gesetz es verlangt, und dann hole den Index.

Nafai bückte sich und ergriff die elektrische Klinge, die an Gaballufix' Gürtel befestigt war.

Ich weiß nicht, wie ich damit einen Menschen töten soll. Damit kann man nicht zustechen. Ich kann ihm damit nicht ins Herz stechen.

Der Kopf. Schneide ihm den Kopf ab.

Das kann ich nicht, das kann ich nicht, das kann ich nicht, das kann ich nicht.

Doch Nafai irrte sich. Er konnte es.

Er ergriff Gaballufix am Haar und zog seinen Kopf hoch. Gaballufix bewegte sich – wachte er auf? Nafai hätte sein Haar fast losgelassen, doch Gaballufix wurde sofort wieder ohnmächtig. Nafai schaltete die Klinge ein und drückte sie dann leicht auf die Kehle. Die Klinge summte. Eine Blutlinie erschien. Nafai drückte fester, und die Linie wurde zu einer offenen Wunde, und Blut ergoß sich über die Klinge und zischte laut. Zu spät, um jetzt noch aufzuhören, zu spät. Er drückte fester, fester. Die Klinge grub sich tiefer. Sie stieß auf den Widerstand eines Knochens, doch Nafai drehte den Kopf herum und öffnete damit eine Lücke zwischen den Wirbeln, und nun drang die Klinge mühelos hindurch, und der Kopf löste sich vom Hals.

Nafais Hosen und Hemd waren blutverschmiert, wie sein Gesicht und die Hände. Ich habe einen Menschen getötet, und ich halte seinen Kopf in den Händen. Was bin ich jetzt? Wer bin ich? Wie kann ich besser sein als der Mann, der hier liegt und den ich mit eigenen Händen getötet habe?

Der Index.

Er konnte es nicht ertragen, seine blutbefleckte Kleidung anzubehalten. Fast in Panik riß er sie sich vom Leib und wischte sich dann Gesicht und Hände mit dem unverschmutzten seines Hemds ab. Das war die Kleidung, die Luet mir gab, als ich an jenem wunderschönen, friedlichen Ort wieder ins Boot kletterte, und wie sieht sie jetzt aus?

Als er nun neben der Leiche kniete und seine eigene Kleidung im Blut des Toten lag, bemerkte er, daß wegen der Neigung der Straße Gaballufix' Kleidung zum großen Teil nicht mit Blut verschmiert war. Nafai konnte nicht nackt herumlaufen. Das Kostüm genügte nicht – darunter würde er frieren, und außerdem mußte er dann barfuß gehen.

Als ihm der Gedanke kam, Gaballufix' Kleidung anzuziehen, kam er ihm abscheulich vor, ja, doch gleichzeitig wußte er, daß es keine andere Möglichkeit gab. Er zerrte die Leiche ein Stück von der Blutlache fort und zog sie dann aus, wobei er sorgsam darauf achtete, die Kleidung nicht zu beschmutzen. Er hätte sich fast übergeben, als er die kalten, nassen Hosen anzug, doch dann dachte er verächtlich daran, daß ein Mann, der töten konnte, kaum weinerlich sein durfte, wenn er die Pisse eines anderen Menschen an seinen Beinen spürte. Bei dem nach Magensäure stinkenden Hemd und der Körperrüstung, die Gaballufix getragen hatte, erging es ihm ähnlich. Jetzt ist für mich keine Tat mehr zu schrecklich, dachte Nafai. Ich bin bereits verloren.

Doch trotz allem konnte er sich nicht überwinden, die Klinge an seinem Gürtel zu befestigen. Statt dessen wischte er seine Fingerabdrücke vom Griff und warf sie neben den Kopf. Dann lachte er. Da liegt meine Kleidung, in der mich heute unzählige Zeugen gesehen haben. Warum versuche ich, meine Fingerabdrücke zu beseitigen, wenn ich meine Kleidung am Tatort zurücklasse?

Und ich *lasse* sie zurück, dachte Nafai. Wie meine eigene Leiche. Das Kostüm eines Kindes. Jetzt trage ich Männerkleidung. Und nicht die eines beliebigen Mannes, sondern die des abscheulichsten, monströsesten Mannes, den ich kenne. Sie paßt mir gut.

Er zog den Mantel des Soldatenkostüms über den Kopf. Er fühlte sich nicht anders, nahm aber an, daß er nun aussah wie ein jeder von Gaballufix' identischen Soldaten. Er trat von der Leiche zurück. Er wußte nicht, wohin er sich nun wenden sollte. Er konnte keinen klaren Gedanken fassen.

Er drehte sich wieder zu der Leiche um. Er wußte, daß er etwas vergessen hatte. Doch dort lag nur seine alte Kleidung und die Klinge. Also nahm er die Klinge schließlich doch, wischte das Blut mit seinem Hemd ab und steckte sie in den Gürtel.

Jetzt konnte er gehen. Zu Gaballufix' Haus natürlich. Das wußte er nun sehr genau. Nun konnte er sehr klar denken. Die Hosen gefroren an seinen Beinen und scheuerten ihm die Haut auf. Die Körperrüstung war schwer. Mit der elektrischen Klinge am Gürtel konnte er nur unbeholfen gehen. So fühlt es sich an, Gaballufix zu sein, dachte Nafai. In dieser Nacht bin ich Gaballufix.

Ich muß mich beeilen. Bevor man die Leiche findet.

Nein. Die Überseele wird verhindern, daß sie die Leiche sehen, zumindest für eine Weile. Bis am Morgen so viele Menschen auf den Straßen sind, daß die Überseele sie nicht alle gleichzeitig beeinflussen kann. Also habe ich Zeit.

Er kam zur Brunnenstraße, überlegte es sich dann aber anders. Statt dessen ging er zur Langen Straße und näherte sich Gaballufix' Haus von hinten. In der Seitengasse fand er die Tür, durch die er vor so vielen – so wenigen – Tagen Elemak das Haus betreten gesehen hatte. Würde sie abgeschlossen sein?

Sie war abgeschlossen. Was nun? Im Haus würde jemand warten. Wache halten. Wie konnte er, in der Verkleidung eines gemeinen Soldaten, zu dieser Stunde Einlaß verlangen? Was, wenn sie ihn zwangen, das Kostüm auszuschalten, sobald er im Haus war? Sie würden ihn sofort erkennen. Schlimmer noch, sie würden Gaballufix' Kleidung erkennen und begreifen, daß er sie sich nur auf eine Weise verschafft haben konnte.

Nein, auf *zwei* Weisen.

Aber Gaballufix mußte schon früher betrunken nach Hause gekommen sein.

Nafai versuchte, zuerst stumm, sich daran zu erinnern, wie Gaballufix' Stimme geklungen hatte. Heiser und rauh. In der Kehle krächzend. Nafai glaubte, sie einigermaßen hinzubekommen – und er mußte natürlich nicht perfekt sein, da Gaballufix ja betrunken war, und deshalb konnte er auch undeutlich sprechen, ja sogar lallen, und er konnte stolpern und wanken ...

»Macht auf, macht die Tür auf!« grölte er.

Es war schrecklich, klang ganz und gar nicht nach Gaballufix.

»Macht die Tür auf, ihr Idioten, ich bin's!«

Schon besser. Und außerdem wird die Überseele sie etwas anstoßen, sie ermuntern, an andere Dinge zu denken, nur nicht daran, daß Gaballufix heute abend wirklich nicht wie sonst klingt.

Die Tür wurde einen Spalt breit geöffnet. Nafai stieß sie augenblicklich ganz auf und zwängte sich hindurch. »Mich aus meinem eigenen Haus auszusperren, man müßte euch in einer Kiste nach Hause schicken, in einzelnen Stücken an eure Eltern.« Nafai hatte keine Ahnung, ob Gaballufix normalerweise so sprach, doch er vermutete eine allgemeine Verdrossenheit und Drohungen, besonders in betrunkenem Zustand. Nafai hatte noch nicht viele Betrunkene gesehen. Nur ein paar Mal auf der Straße, und natürlich ziemlich oft im Theater, aber das waren nur Schauspieler gewesen, die betrunken *getan* hatten.

Ich bin schließlich auch Schauspieler, dachte er. Ich wollte einmal Schauspieler werden, und nun bin ich einer.

»Warte, ich helfe dir, Herr«, sagte der Mann. Nafai sah ihn nicht an. Statt dessen stolperte er absichtlich, fiel auf die Knie und beugte sich dann vor. »Ich glaub, ich muß kotzen«, nuschelte er. Dann berührte er das Kästchen an seinem Gürtel und schaltete das Kostüm aus. Nur einen Augenblick lang. Nur so lange, bis jeder, der sich im Raum befand,

Gaballufix' Kleidung gesehen hatte, während Nafais Gesicht und Haar nicht zu sehen waren, da er sich vorbeugte. Dann schaltete er das Kostüm wieder ein, versuchte, schwer zu atmen, und es gelang ihm so gut, daß er würgte und ihm tatsächlich etwas Galle und Magensäure in die Kehle stieg.

»Was willst du, Herr?« fragte der Mann.

»Wer hütet den Index?« gröhlte Nafai. »Alle wollten heute den Index haben – und jetzt will *ich* ihn sehen.«

»Zdorab«, sagte der Mann.

»Hol ihn.«

»Er schläft, er ...«

Nafai sprang auf. »Wenn ich in diesem Haus wach bin, hat *niemand* zu schlafen!«

»Ich hole ihn, Herr, es tut mir leid, ich dachte nur ...«

Nafai drehte sich schwerfällig zu ihm um. Der Mann schreckte zurück und schaute völlig entsetzt drein. Gehe ich zu weit? fragte sich Nafai. Er hatte nicht die geringste Ahnung. Der Mann ging eine Wand entlang und durch eine Tür. Nafai konnte nicht sagen, ob er mit Soldaten zurückkommen würde, um ihn festzunehmen.

Er kam mit Zdorab zurück. Zumindest vermutete Nafai, daß es Zdorab war. Aber er mußte sich vergewissern, nicht wahr? Also beugte er sich zu dem Mann vor und atmete ihm unhöflich ins Gesicht. »Bist du Zdorab?« Sollte der Mann doch glauben, daß Gaballufix so betrunken war, daß er ihn nicht mehr erkannte.

»Ja, Herr«, sagte der Mann. Er schien sich zu fürchten. Gut.

»Mein Index. Wo ist er?«

»Welcher?«

»Der, den diese Arschlöcher haben wollten ... die Knaben des Wetschik ... *der* Index, bei der Überseele!«

»Der *Palwaschantu*-Index?«

»Wo bewahrst du ihn auf, du Schurke?«

»Im Gewölbe«, sagte Zdorab. »Ich konnte nicht wissen,

daß du ihn sehen willst. Du hast ihn noch nie benutzt, und da dachte ich …«

»Ich kann ihn mir ansehen, wann ich will!«

Hör auf, so viel zu reden, sagte er sich. Je mehr du sagst, desto schwerer fällt es der Überseele, diesen Mann davon abzuhalten, meine Stimme in Zweifel zu ziehen.

Zdorab ging einen Korridor voraus. Nafai achtete darauf, dann und wann gegen die Wand zu prallen. Als er mit der Seite gegen die Mauer stieß, auf der ihn Elemaks Stab am schwersten getroffen hatte, zuckte von der Schulter bis zur Hüfte ein Schmerz durch seinen Körper. Er stöhnte auf – und hoffte, daß seine Vorstellung dadurch nur glaubhafter wurde.

Als sie das tiefste Stockwerk des Hauses erreicht hatten, überkam ihn wieder die Furcht. Was, wenn er sich eindeutig identifizieren mußte, um das Gewölbe zu öffnen? Eine Retina-Untersuchung? Ein Daumenabdruck?

Doch die Tür des Gewölbes stand offen. Hatte die Überseele jemanden beeinflußt, einfach zu vergessen, sie zu schließen? Oder lief jetzt alles nur noch auf Zufälle hinaus? Bin ich ein Glückspilz, fragte sich Nafai, oder nur noch die Puppe der Überseele? Oder besteht noch eine geringe Aussicht darauf, daß ich mir wenigstens einen Teil des Weges dieser Nacht nach eigenem Gutdünken wählen kann?

Er wußte nicht einmal, welche Antwort er hören wollte. Wenn er sich frei entscheiden konnte, hatte er sich frei entschieden, einen Mann zu töten, der hilflos auf der Straße lag. Der Gedanke, daß die Überseele ihn dazu getrieben oder irgendwie überlistet hatte, war ihm viel angenehmer. Oder, daß etwas in seinen Genen oder seiner Erziehung ihn zu der Tat gezwungen hatte. Die Annahme, daß es keine andere Möglichkeit gegeben hatte, war viel angenehmer, als sich ständig mit der Frage zu quälen, ob es nicht genügt hätte, Gaballufix' Kleidung zu stehlen, ohne ihn gleich umbringen zu müssen. Die Verantwortung für seine Taten war eine größere Last, als Nafai eigentlich tragen wollte.

Zdorab ging ins Gewölbe. Nafai folgte ihm und blieb dann stehen, als er einen großen Tisch sah, auf dem das gesamte Vermögen, das Gaballufix ihnen an diesem Nachmittag gestohlen hatte, in ordentlichen Stapeln ausgebreitet war.

»Wie du siehst, Herr, ist die Überprüfung fast fertig«, sagte Zdorab, als er zu einigen Regalen ging. »Ich habe alles sauber und ordentlich gehalten. Es ist sehr freundlich, daß du mich hier besuchst.«

Schindet er hier im Gewölbe Zeit, fragte sich Nafai, bis Hilfe eintrifft?

Zdorab kam von den Regalen am Ende des Raums zurück. Er war klein, beträchtlich kleiner als Nafai, und sein Haar fiel ihm schon aus, obwohl er kaum älter als dreißig Jahre sein konnte. Ein ziemlich komischer Mann – doch wenn er herausfand, was hier wirklich geschah, konnte es Nafai das Leben kosten.

»Ist es das?« fragte Zdorab.

Nafai hatte natürlich nicht die geringste Ahnung, wie der Index aussah. Er hatte schon viele Indexe gesehen, doch die meisten davon waren kleine, freistehende Computer mit drahtlosen Verbindungen zu einer großen Bibliothek gewesen. Dieser hier verfügte über nichts, was Nafai als Computer-Display erkannt hätte. Zdorab hielt eine oben und unten etwas abgeflachte, messingfarbige Metallkugel von etwa fünfundzwanzig Zentimetern Durchmesser in der Hand.

»Zeig mal her«, knurrte Nafai.

Zdorab schien sich nicht gern davon zu trennen. Einen Augenblick lang verspürte Nafai nackte Panik. Er will ihn mir nicht geben, weil er weiß, wer ich bin.

Dann enthüllte Zdorab, worum es ihm wirklich ging. »Herr, du hast gesagt, wir müßten ihn stets sehr sauber halten.«

Er machte sich Sorgen darüber, wie schmutzig Gaballufix unter seinem Soldaten-Kostüm sein mochte. Schließlich schien er ja sehr betrunken und mehrmals gestürzt zu sein und stank nach Schnaps und Schlimmerem. An seinen Händen konnte alles Mögliche kleben.

»Du hast recht«, sagte Nafai. »*Du* trägst ihn.«

»Wenn du möchtest, Herr«, sagte Zdorab.

»Das ist er doch, oder?« fragte Nafai. Er mußte ganz sicher gehen – er konnte nur hoffen, daß er den Betrunkenen so überzeugend spielte, daß diese dummen Fragen keinen Argwohn erregen würden.

»Es ist der Palwaschantu-Index, wenn du das meinst. Ich habe mich nur gefragt, ob du wirklich diesen Index sehen möchtest. Du hast dich noch nie danach erkundigt.«

Also hatte Gaballufix ihn nicht einmal aus dem Gewölbe geholt – er hatte niemals, keine Sekunde lang, die Absicht gehabt, ihnen den Index zu geben, ganz gleich, wieviel Elemak ihm dafür geboten hatte. Nafai fühlte sich etwas besser. Es hatte keine verpaßte Gelegenheit gegeben. Jedes Vorgehen hätte zum selben Ergebnis geführt.

»Wohin bringen wir ihn?« fragte Zdorab.

Eine ausgezeichnete Frage, dachte Nafai. Ich kann ihm ja schlecht sagen, daß wir ihn zu den Söhnen des Wetschik bringen, die vor dem Rauchfang in der Dunkelheit warten.

»Wir müssen ihn dem Klans-Rat zeigen.«

»Zu dieser späten Stunde?«

»Ja, zu dieser späten Stunde! Die Arschlöcher haben mich unterbrochen. Hatten eine Feier und mußten unbedingt den *Index* sehen, weil irgendein Jammerlappen auf die Idee kam, die diebischen, verlogenen Mörder von Wetschiks Söhnen hätten ihn vielleicht gestohlen.«

Zdorab hustete leise, zog den Kopf ein und setzte sich in Bewegung, führte Nafai den Korridor entlang.

Also gefiel es Zdorab nicht, daß Gaballufix die Söhne des Wetschik mit solchen Attributen bezeichnete. Sehr interessant. Aber nicht so interessant, daß Nafai den Mann ins Vertrauen gezogen hätte. »Nicht so schnell, du elender kleiner Zwerg!« schimpfte er.

»Ja, Herr«, sagte Zdorab. Er ging langsamer, und Nafai schlurfte ihm hinterher.

Sie kamen zur Tür, an der derselbe Mann wie vorher

Wache stand. Der Mann sah Zdorab an; sein Blick schien eine Frage auszudrücken. Das ist der entscheidende Augenblick, dachte Nafai. Die beiden verständigen sich stumm.

»Bitte öffne dem Herrn Gaballufix die Tür«, sagte Zdorab. »Wir gehen noch mal aus.«

Die einzige Verständigung, begriff Nafai, hatte darin gelegen, daß der Türsteher stumm gefragt hatte, ob der Mann in dem holographischen Soldaten-Kostüm Gaballufix war und Zdorab geantwortet hatte, indem er ihm versicherte, daß der Trunkenbold in dem Kostüm derselbe war, der kurz zuvor ins Haus gekommen war.

»Du willst feiern, Herr?« fragte der Türsteher.

»Der Rat scheint sich heute abend durchzusetzen«, sagte Zdorab.

»Soll ich eine Eskorte abstellen?« fragte der Türsteher. »Wir haben nur ein paar Dutzend Leute in der Nähe, können in ein paar Minuten aber einige aus der Hundestadt kommen lassen, wenn du möchtest.«

»Nein«, brüllte Nafai.

»Ich dachte nur ... vielleicht muß man den Rat noch einmal daran erinnern, wie beim letzten Mal ...«

»Die vergessen das schon nicht«, sagte Nafai. Er fragte sich, was »beim letzten Mal« geschehen war.

Zdorab ging voraus, und Nafai stolperte ihm hinterher. Hinter ihnen fiel die Tür zu.

Als sie über die fast verlassenen Straßen Basilikas gingen, dämmerte Nafai allmählich, was er gerade geschafft hatte. Nach allen Fehlschlägen des Tages hatte er gerade Gaballufix' Haus *mit* dem Index verlassen. Oder zumindest mit einem Mann, der den Index trug.

»Die frische Luft ist sehr belebend, nicht wahr, Herr?« sagte Zdorab.

»Nun ja«, entgegnete Nafai.

»Ich meine – dein Kopf scheint beträchtlich klarer geworden zu sein.«

Nafai wurde klar, daß er vergessen hatte, weiterhin den

Betrunkenen zu spielen. Zu spät, jetzt wieder damit anzufangen – es wäre eine Dummheit, jetzt wieder herumzustolpern, nachdem Zdorab gerade festgestellt hatte, daß er nicht mehr so betrunken wirkte. Also blieb Nafai stehen, sah Zdorab an und warf ihm einen finsteren Blick zu. Nicht, daß Zdorab seinen Gesichtausdruck hätte sehen können. Nein, der Mann mußte ihn sich vorstellen.

Anscheinend hatte Zdorab eine sehr lebhafte Phantasie. Er schien sich augenblicklich zu ducken. »Nicht, daß dein Kopf nicht von Anfang an klar gewesen wäre. Ich meine, die ganze Zeit über. Das heißt, dein Kopf ist *immer* klar, Herr! Und du triffst dich heute mit dem Klans-Rat, und da muß er ja besonders klar sein!«

Na wunderbar, dachte Nafai.

»*Wo* trifft sich der Rat heute?« fragte Zdorab.

Nafai hatte nicht die geringste Ahnung. Er wußte nur, daß er zu seinen Brüdern vor dem Rauchfang mußte. »Was glaubst *du* denn?« knurrte er.

»Na ja, ich meine, es ist nur ... du scheinst zum Rauchfang zu wollen, und ... das soll nicht heißen, daß der Rat sich nicht in der Hundestadt treffen könnte, aber normalerweise ... na ja, ich war noch nie dabei. Ich meine, ich weiß nicht, ob sie ihre Versammlungen jeden Abend an einem anderen Ort abhalten, ich habe nur gehört, daß jemand darüber sprach, daß der Klansrat sich im Haus deiner Mutter am Hinteren Tor trifft, aber das war nur ... na ja, vielleicht nur das eine Mal.«

Nafai ging weiter und ließ Zdorab sich in immer größeres Entsetzen reden.

»O nein!« rief Zdorab.

Nafai blieb stehen. Wenn ich jetzt den Index nehme ... kann ich das Tor erreichen, bevor er Alarm schlägt?

»Ich habe das Gewölbe nicht verschlossen«, sagte Zdorab. »Ich habe mir solche Sorgen um den Index gemacht ... bitte vergib mir, Herr. Ich weiß, daß die Tür nur offenstehen darf, wenn ich dort bin, und ich ... du meine Güte, mir fällt gerade ein, daß ich sie auch offenstehen ließ, als ich dich an der Hintertür abholte. Was ist nur in mich gefahren? Ich weiß, daß du mich deshalb entlassen könntest, Herr. Ich habe die Gewölbetür noch nie offenstehen lassen. Soll ich umkehren und sie abschließen? Die ganzen Schätze dort ... wie kannst du sicher sein, daß keiner der Diener ... Herr, ich kann zurücklaufen und habe dich in ein paar Minuten wieder eingeholt, ich versichere dir, ich bin sehr flink ...«

Das war die perfekte Gelegenheit, Zdorab loszuwerden – nimm den Index, schicke den Mann zurück und laufe zum Rauchfang-Tor, bevor er dich wieder einholen kann. Aber was, wenn das nur ein Vorwand ist? Wenn Zdorab ihn nur abschütteln wollte, um Gaballufix' Soldaten zu warnen, daß sich ein Betrüger in einem holographischen Kostüm mit dem Index davonmachte? Er konnte es sich nicht leisten, Zdorab gehen zu lassen, jetzt noch nicht. Erst, wenn er sicher zum Tor hinaus war.

»Bleib bei mir«, sagte Nafai. Er zuckte zusammen, als er hörte, wie wenig seine Stimme der von Gaballufix jetzt noch ähnelte. Hatte Zdorab überrascht die Stirn gerunzelt, als er Nafai sprechen hörte? Fragte er sich in diesem Augenblick, was es mit der Stimme auf sich hatte? Geh weiter, dachte Nafai. Geh weiter und sage nichts. Er schritt schneller aus. Zdorab mußte mit seinen kürzeren Beinen in einen leichten Trab fallen, um mithalten zu können.

»Ich war noch nie auf so einer Versammlung, Herr«, sagte Zdorab. Er keuchte jetzt vor Anstrengung. »Ich werde doch nichts sagen müssen, oder? Ich meine, ich bin ja kein Ratsmitglied. O, was sage ich da nur? Wahrscheinlich werden sie mich gar nicht hereinlassen. Ich werde draußen auf dich warten. Bitte verzeih mir, daß ich so nervös bin, es liegt nur daran ... ich arbeite natürlich hauptsächlich im Gewölbe und der Bibliothek, mache die Buchhaltung und so weiter, du weißt ja, daß ich nicht oft ausgehe, und da ich allein lebe, unterhalte ich mich auch nicht oft ... Das meiste, was ich über Politik weiß, entnehme ich dem, was ich so aufschnappe. Ich weiß natürlich, daß du in der Politik eine wichtige Rolle spielst. Alle Bediensteten im Haus sind sehr stolz darauf, für so einen berühmten Mann zu arbeiten. Aber die Politik ist doch gefährlich, nicht wahr? Nashdem heute abend Roptat ermordet wurde ... hast du nicht die geringste Angst um dich?«

Ist er wirklich solch ein Narr? fragte sich Nafai. Oder weiß er wirklich nicht, daß Gaballufix Roptats Mörder sein könnte, und versucht er auf diese unbeholfene Art und Weise, mir ein paar Informationen zu entlocken?

Auf jeden Fall bezweifelte Nafai, daß Gaballufix so eine Frage beantworten würde; also hielt er die Zunge im Zaum. Und da endlich war das Tor.

Die Wächter waren sehr wachsam. Natürlich – es würde Zdorabs Mißtrauen erregen, wenn sie diesmal so seltsam untätig wären. Nafai verfluchte sich, Zdorab mitgebracht zu haben. Er hätte den Mann loswerden sollen, als sich die Gelegenheit dazu bot.

Die Wächter nahmen Haltung an und griffen nach den Daumenscannern. Sie wirkten aggressiv – Nafais Soldatenkostüm machte ihn zum Feind oder zumindest zum Rivalen. Der Daumenscanner würde natürlich stumm seine wahre Identität enthüllen, doch da Nafai nun unter Verdacht stand, Roptat ermordet zu haben, würde ihm das auch nicht weiterhelfen.

Als er dort stand, vor Unentschlossenheit erstarrt, mischte sich Zdorab ein. »Ihr werdet doch nicht darauf bestehen, daß mein Herr seinen Daumen auf euern kleinen, dummen Bildschirm legt, oder?« rief er. Dann drückte er seinen Daumen auf den Scanner. »Da, verrät euch das nicht, wer ich bin? Der Schatzmeister des Herrn Gaballufix!«

»Das Gesetz lautet, daß jeder den Daumen auf den Scanner legt«, sagte der Wächter. Doch nun wirkte er keineswegs mehr so selbstsicher. Es war eine Sache, Gaballufix' Soldaten zu schikanieren, aber eine ganz andere, sich mit dem Mann selbst anzulegen. »Es tut mir leid, Herr, aber wenn ich nicht darauf bestehe, verliere ich meinen Posten.«

Nafai bewegte sich noch immer nicht.

»Das ist eine Belästigung«, sagte Zdorab. »Die reinste Schikane.« Er sah Nafai an, konnte der gefühlslosen holographischen Maske aber natürlich keine Zustimmung oder Mißbilligung entnehmen.

»In der Stadt treiben sich Mörder herum«, sagte der Wächter entschuldigend. »Du selbst hast gemeldet, daß des Wetschiks jüngster Sohn Roptat ermordet hat, also müssen wir jeden überprüfen.«

Nafai trat vor und streckte die Hand nach dem Daumenscanner aus. Doch dabei neigte er den Kopf zu dem Wächter hinab und sagte leise: »Und was, falls der Mann, der diese absurde Lüge verbreitet, selbst der Mörder war?«

Der Wachposten zuckte zurück; die junge Stimme hatte ihn überrascht, und den Worten konnte er keinen Sinn entnehmen. Dann schaute er auf den Bildschirm hinab und sah den Namen, den der Stadtcomputer dort angab. Er zögerte einen Augenblick lang und dachte nach.

Überseele, gib diesem Mann Verstand. Laß ihn die Wahrheit verstehen und dementsprechend handeln.

»Danke, daß du dich dem Gesetz unterworfen hast, Herr Gaballufix«, sagte der Wächter. Er drückte den Freigabeknopf, und Nafai sah, daß sein Name vom Bildschirm verschwand. Niemand sonst hatte ihn sehen können.

Ohne einen Blick zurückzuwerfen, schritt Nafai durch das Tor hinaus. Er hörte Zdorabs Schritte hinter sich. »Habe ich das richtig gemacht, Herr?« fragte Zdorab. »Ich meine, ich hatte den Eindruck, du wolltest den Daumenabdruck nicht geben, und da habe ich ... Wohin gehen wir? Ist es nicht etwas zu dunkel, um sich hier in die Büsche zu schlagen? Können wir nicht auf der Straße bleiben, Herr Gaballufix? Natürlich spendet der Mond Licht, also ist es nicht *so* dunkel, aber ...«

Bei Zdorabs Gerede war es unmöglich, sich der Stelle, an der Nafais Brüder auf ihn warteten, leise zu nähern. Und nun hatte Zdorab ihn laut mit dem Namen Gaballufix angesprochen. Es kam kaum überraschend, als Nafai eine hastige Bewegung sah und sich schnell entfernende Schritte hörte. Natürlich – sie glaubten, daß Nafai gefangengenommen worden war und sie verraten hatte, daß Gaballufix kam, um sie zu töten. Was konnten sie denn schon sehen? Doch nur das Kostüm.

Nafai hantierte an dem Kontrollkästchen herum. Wie konnte er sagen, ob das Kostüm ein- oder ausgeschaltet war? Schließlich riß er sich das Kostüm über den Kopf und rief dann, so laut, wie er es wagte, und mit nicht mehr verstellter Stimme: »Elemak! Issja! Meb! Ich bin's – lauft nicht weg!«

Sie blieben stehen.

»Nafai!« sagte Meb.

»In Gaballufix' Kleidung!« sagte Elemak.

»Du hast es geschafft!« rief Issib lachend.

Ein leiser Schrei direkt hinter ihm erinnerte Nafai daran, daß der arme Zdorab weniger Gefallen an dieser freudigen Wiedersehensszene gefunden hatte; schließlich hatte er gerade herausgefunden, daß er genau dem Mann gefolgt war, dem man vorwarf, vor nur wenigen Stunden Roptat ermordet zu haben und der mit Gaballufix etwas Ähnliches angestellt haben mußte.

Nafai drehte sich um und sah, daß Zdorab Fersengeld gab und weglaufen wollte. »Ich bin sehr flink«, hatte Zdorab zuvor gesagt, doch nun erfuhr Nafai, daß er gelogen hatte. Mit einem halben Dutzend Schritten hatte er den Mann eingeholt; er riß ihn zu Boden und rang kurz mit ihm, dann hatte er ihn in den Schwitzkasten genommen und die Hand auf seinen Mund gedrückt. Die Wächter waren keine fünfzig Meter weit entfernt. Zweifellos hatte die Überseele verhindert, daß sie dem Schrei Beachtung schenkten, doch die Fähigkeit der Überseele, die Menschen dumm zu machen, war begrenzt.

»Hör mir zu«, flüsterte Nafai wütend. »Wenn du tust, was ich sage, Zdorab, werde ich dich nicht töten. Hast du verstanden?«

Nafai fühlte, daß der Mann nickte.

»Ich gebe dir meinen Eid bei der Überseele, daß ich Roptat nicht ermordet habe. Dein Herr Gaballufix hat Roptats Tod veranlaßt und den Befehl gegeben, auch mich und meine Brüder zu töten. Er war der Mörder, doch nun habe ich Gaballufix getötet und seiner gerechten Strafe zugeführt. Hast du mich verstanden? Ich töte nicht des Vergnügens willen. Ich will dich nicht töten. Wirst du still sein, wenn ich die Hand von deinem Mund nehme?«

Erneut ein Nicken, und Nafai gab seinen Mund frei.

»Ich bin froh, daß du mich nicht töten willst«, flüsterte Zdorab. »Ich möchte nicht tot sein.«

»Glaubst du meinen Worten?«

»Würdest du meiner Antwort glauben?« fragte Zdorab. »Wir sind jetzt wohl in einer jener Situationen, in denen man ziemlich genau das sagt, was der andere hören will, meinst du nicht auch?«

Damit hatte er nicht Unrecht. »Zdorab, ich kann dich nicht in die Stadt zurückkehren lassen, verstehst du? Ich glaube, es läuft darauf hinaus – wenn du wirklich einer von Gaballufix' Leuten bist, eine der Läuse, die er anheuert, damit sie in Basilika die Drecksarbeit für ihn erledigen, kann ich dir nicht vertrauen und müßte dich jetzt einfach töten. Aber ich glaube nicht, daß du so ein Mistkerl bist. Ich glaube, du bist ein Bibliothekar, ein Buchhalter, der keine Ahnung hatte, worauf er sich einließ, als er eine Stelle bei Gaballufix antrat.«

»Ich habe gewisse Dinge gesehen, doch niemand schien sie für seltsam zu halten, und niemand hat je meine Fragen beantwortet, und so habe ich schließlich einfach den Mund gehalten. Hauptsächlich.«

»Wir gehen in die Wüste. Wenn du mit uns gehst und bei uns bleibst und uns dein Wort gibst, wirst du ein freier Mann sein, Teil unseres Haushalts, gleichberechtigt mit jedem anderen. Wir wollen dich nicht als Diener; wir nehmen dich nur als Freund.«

»Natürlich gebe ich dir meinen Eid. Aber wie willst du wissen, ob du mir auch glauben kannst?«

»Schwöre bei der Überseele, mein Freund Zdorab, und ich werde es wissen.«

»Dann schwöre ich bei der Überseele, daß ich bei dir bleiben und auf ewig dein treuer Freund sein werde. Unter der Bedingung, daß du mich nicht umbringst. Denn wenn du mich töten würdest, wäre der Rest meiner Schwurs ja wohl hinfällig.«

Nafai sah, daß seine Brüder sich nun um sie geschart hatten. Sie hatten den Schwur natürlich gehört, aber eine andere Meinung. »Töte ihn«, sagte Meb. »Er ist einer von Gaballufix' Leuten, du kannst ihm nicht glauben.«

»Ich werde ihn töten, wenn es sein muß.«

»Woher sollen wir es wissen?« fragte Issib.

Aber Nafai hörte sie nicht. Er lauschte der Überseele, und die Antwort war klar. Vertraue dem Mann.

»Ich akzeptiere deinen Eid«, sagte Nafai. »Und ich schwöre bei der Überseele, daß weder ich noch ein Mitglied meiner Familie dir Schaden zufügen wird, solange du deinen Eid hältst. Ihr alle – schwört es.«

»Das ist absurd«, sagte Mebbekew. »Du bringst uns alle in Gefahr.«

»Für diese Nacht hat die Überseele mir die Befehlsgewalt gegeben«, sagte Nafai, »und ihr habt versprochen zu gehorchen. Ich kam mit dem Index aus der Stadt, nicht wahr? Und Gaballufix ist tot. Also schwört es diesem Mann!«

Sie alle leisteten den Eid.

»Jetzt«, sagte Nafai zu Zdorab, »gib mir den Index.«

»Das kann ich nicht«, sagte Zdorab.

»Seht ihr?« sagte Meb.

»Ich meine – als du mich zu Boden gerissen hast, habe ich ihn fallen lassen.«

»Wunderbar«, sagte Elemak. »Die ganze Mühe, um diesen wertvollen Index zu bekommen, und jetzt müssen wir ihn Stück um Stück vom Wüstenboden auflesen.«

Doch Issib fand ihn nur einen Meter entfernt, und als Elemak ihn aufhob, schien er unbeschädigt zu sein. Zumindest im Mondlicht konnten sie nicht einmal einen Kratzer ausmachen.

Mebbekew sah ihn sich genau an, nahm ihn in die Hand, hob ihn hoch. »Nur ein Ball. Eine Metallkugel.«

»Er sieht nicht einmal wie ein Index aus«, sagte Issib.

Nafai streckte die Hand aus und nahm ihn von Mebbekew entgegen. Augenblicklich begann er zu leuchten. Lichter erschienen unter ihm.

»Ich glaube, du hältst ihn verkehrt herum«, sagte Zdorab.

Nafai drehte ihn um. In der Luft über dem Ball deutete ein holographischer Pfeil nach Südwesten. Über dem Pfeil befanden sich mehrere Worte, aber in einer Sprache, die Nafai nicht verstand.

»Das ist Altpuckji«, sagte Issib. »Das spricht heute keiner mehr.«

Die Buchstaben veränderten sich und bildeten ein einzelnes Wort. *Stuhl.*

»Der Pfeil«, sagte Issib. »Er deutet in die Richtung, in der ich meinen Stuhl zurückgelassen habe.«

»Zeig mal her«, sagte Elemak.

Nafai gab ihm dem Index. In dem Augenblick, da er Nafais Hände verließ, verschwand die Schrift.

Nafai griff nach dem Index. Elemak sah ihn fest an, mit Augen wie aus Eis, und gab Nafai die Metallkugel dann zurück. Als Nafai sie erneut berührte, baute sich das Display wieder auf. Nafai wandte sich an Zdorab. »Was hat das zu bedeuten?«

»Keine Ahnung«, sagte Zdorab. »So etwas hat es noch nie gemacht. Ich dachte, es wäre kaputt.«

»Laß es mich mal versuchen«, sagte Issib.

»Bitte nicht«, sagte Nafai. »Wickeln wir es wieder ein und bringen es Vater, ohne es noch einmal anzusehen. Elemak kennt den Weg. Er sollte uns führen.«

»Genau«, sagte Mebbekew.

»Wie du meinst«, sagte Issib.

»Wer von euch ist Elemak?« fragte Zdorab.

Elemak wandte sich in Richtung Hohe Straße und der Stelle, wo Issibs Stuhl auf sie wartete. Als sie bei den Kamelen eintrafen, hellte sich der Himmel im Osten gerade auf. Nafai wickelte den Index ein und gab ihn Elemak, damit er ihn in einem Packgestell verstaute.

»*Du* solltest ihn Vater geben«, sagte Nafai.

Elemak griff nach ihm und nahm einen Fetzen von Nafais – nein, Gaballufix' – Hemd zwischen Daumen und Zeigefinger. Er beugte sich vor. »Behandle mich nicht herablassend, Nafai. Ich sehe, wie die Dinge stehen, und ich sage es dir nur einmal. Als Geschenk von *dir* werde ich mir weder Macht noch Ehre noch sonst etwas geben lassen. Was immer ich habe, gehört mir, weil ich es mir genommen habe. Hast du mich verstanden?«

Nafai nickte. Elemak ließ sein Hemd los und ging davon. Erst jetzt begriff Nafai, daß dieser Bruch zwischen ihm und seinem ältesten Bruder niemals heilen würde. Der Index war unter Nafais Händen zum Leben erwacht. In Elemaks hatte er leblos gelegen. Die Überseele hatte gesprochen, und Elemak würde ihr niemals die Botschaft verzeihen, die sie mitgeteilt hatte.

16

Der Index der Überseele

Nafai und Vater saßen und Issib lag auf einem Teppich in Vaters Zelt. Der Index ruhte zwischen ihnen auf dem Teppich. Nafai berührte ihn mit den Fingern. Auch Vater griff nach ihm und berührte ihn mit einer Hand. Mit der anderen hob er dann Issibs Hand und führte sie zum Index. Als alle drei ihn gleichzeitig berührten, sprach der Index.

»Wach, nach all dieser Zeit«, sagte der Index. Es war ein

Flüstern. Nafai war sich keineswegs sicher, ob er es mit den Ohren gehört oder ob sein Verstand die Geräusche der Umgebung – die Wüstenbrise, ihr eigenes Atmen – in eine Stimme verwandelt hatte.

»Es hat uns viel gekostet, dich zu holen«, sagte Vater.

»Ich habe lange darauf gewartet, wieder diese Stimme zu haben«, erwiderte der Index.

Nicht der Index selbst sprach. Das wußte Nafai nun. »Das ist die Stimme der Überseele.«

»Ja«, sagte das Flüstern.

»Warum nennt man dieses Gebilde einen Index«, sagte Vater, »wenn es deine Stimme enthält?«

Die Antwort kam erst nach langem Zögern. »Das ist der Index für *mich*«, sagte die Stimme schließlich.

Der Index der Überseele. Ein Index war ein Werkzeug, das es den Menschen erleichtern sollte, den Weg durch die labyrinthhaften Speicher eines komplizierten Computers zu finden. Die Überseele war der größte aller Computer, und dieses Werkzeug würde es Nafai und Issib und Vater endlich ermöglichen, ihn zu verstehen. »Kannst du uns nun, da wir den Index haben«, sagte Nafai, »erklären, wer du bist – *was* du bist?«

Erneut die Pause, und dann das Flüstern: »Ich bin das Gedächtnis der Erde. Es war nicht vorgesehen, daß es so lange dauern würde. Ich werde schwächer und muß zu dem zurückkehren, der klüger als ich ist, der mir sagen wird, was ich tun muß, um die unharmonische Welt namens Harmonie zu retten. Ich habe deine Familie ausgewählt, um mich zum Hüter der Erde zurückzubringen.«

»*Dorthin* willst du uns führen?«

»Die Welt, die in Eis begraben und unter Rauch verborgen wurde, ist mittlerweile bestimmt lebendig und wach. Der Hüter, der die Menschheit von dem Planeten vertrieben hat, den sie zerstört hat, wird sich bestimmt nicht von euch abwenden. Folgt mit, Kinder der Erde, und ich werde euch zurück zu eurer alten Heimat bringen.«

»Eine lange Reise«, sagte Vater müde.

»Lang!« rief Nafai. »So lang, daß das *Licht* hundert Jahre braucht, um uns zu erreichen.«

»Wovon sprecht ihr?« fragte Issib. »Man könnte ja glauben, die Überseele hätte versprochen, uns zu einem anderen Planeten zu bringen.«

Issibs Worte hingen in der Luft wie eine verstimmte Musik. Nafai saß ganz benommen da. *Natürlich* hatte die Überseele versprochen, sie zu einem anderen Planeten zu bringen. Das waren ihre deutlichen Worte gewesen. Abgesehen davon, daß Issib etwas anderes gehört hatte. Oder Vater. Offensichtlich gab der Index also keine Töne von sich, und sie hörten ihn tatsächlich mit ihrem Verstand, nicht mit ihren Ohren.

»Was hat die Überseele denn eurer Meinung zufolge gesagt?« fragte Nafai.

»Daß sie uns in ein wunderschönes Land führen wird«, sagte Vater. »Ein herrlicher Ort, wo Getreide wächst und Orchideen blühen. Ein Ort, wo unsere Kinder frei und gut sein können, ohne das Übel Basilikas.«

»Aber *wo*?« fragte Nafai. »Wo soll dieses wunderschöne Land denn sein?«

»Nafai, du mußt lernen, geduldiger und vertrauensvoller zu sein«, sagte Vater. »Die Überseele wird uns Schritt für Schritt führen, und dann, eines Tages, wird einer dieser Schritte der letzte unserer Reise sein, und wir werden zu Hause sein.«

»Es wird keine Stadt sein«, sagte Issib, »sondern ein Ort, wo ich wieder meine Flossen benutzen kann.«

Nafai war tief enttäuscht. Er wußte, was er gehört hatte, doch er wußte auch, daß Vater und Issib es nicht gehört hatten. Warum nicht? Entweder weil sie die Stimme der Überseele einfach nicht so klar verstehen konnten wie er, oder weil die Überseele ihnen etwas anderes gesagt hatte. So oder so, er konnte ihnen sein Verständnis nicht aufzwingen.

»Was hast *du* gehört?« fragte Vater. »War da noch mehr?«

»Das ist im Augenblick nicht so wichtig«, sagte Nafai. »Es kommt nur darauf an, daß wir jetzt nicht mehr darauf warten müssen, daß Basilika uns wieder aufnimmt. Man hat uns nicht nur ins Exil geschickt, sondern endgültig ausgebürgert. Wir sind Emigranten. Basilika ist nicht mehr unsere Stadt.«

Vater seufzte. »Und ich habe einmal gedacht, ich würde einfach in den Ruhestand treten und Elja das Geschäft übergeben. Ich wollte nicht mehr auf Reisen gehen. Und nun, fürchte ich, werde ich die längste Reise meines Lebens antreten.«

Nafai streckte die Hände aus, ergriff den Index und zog ihn an sich heran. Er zitterte in seinem Griff. »Und was dich betrifft, mein seltsamer, kleiner Index, so hoffe ich, daß du die Mühe wert bist, die wir auf uns genommen haben, um dich zu bekommen. Und den Preis, den wir entrichtet haben.«

»Ein gewaltiges Vermögen«, sagte Issib. »Ich habe nie gewußt, daß wir so reich waren, bis wir es dann nicht mehr waren.«

»Wir sind jetzt reicher denn je«, sagte Vater. »Uns wurde ein ganzes Land versprochen, und keine Stadt, kein Klan und kein Feind kann es uns wegnehmen. Und der Index der Überseele ist hier, um uns dorthin zu führen.«

Nafai hörte sie kaum. Er dachte an das Blut, das er vergossen hatte, daran, wie es seine Kleidung und Haut befleckt hatte. Ich habe es nicht gewollt, dachte er, und es war einfach nur gerecht, daß Leben eines Mörders zu nehmen. Als Elemak glaubte, er habe vielleicht einen Menschen aus weiter Ferne mit einem Pulsator getötet. Aber ich habe ihn aus nächster Nähe getötet, mit eigener Hand, als er betrunken und hilflos auf der Straße lag. Ich habe es nicht getan, weil ich um mein Leben fürchtete, sondern kaltblütig und ohne Zorn. Weil die Überseele mir gesagt hat, daß es richtig ist. Und weil ich tief in meinem Herzen geglaubt habe, daß es notwendig war.

Aber ich habe ihn auch gehaßt. Werde ich jemals sicher sein, daß ich es nicht wegen dieses Hasses getan habe? Ich fürchte, ich werde immer argwöhnen, daß ich im Herzen ein Meuchelmörder bin.

Aber ich kann damit leben. Ich kann heute nacht schlafen. Ich bin überzeugt, daß mit der Zeit der Schmerz verblassen wird. Das ist der Preis dafür, daß ich zugestimmt habe, ein Diener der Überseele zu sein. Ich bin nicht mehr mein eigener Herr. Ich bin jetzt der Mann, den die Überseele aus mir gemacht hat. Hoffentlich gefällt mir zumindest noch ein kleiner Teil dessen, was aus mir geworden sein wird, wenn die Überseele mit mir fertig ist.

Er schlief in dieser Nacht und träumte. Nicht von Mord. Nicht von Gaballufix' Kopf, nicht von dem Blut an seiner Kleidung. Statt dessen träumte er davon, auf einem See zu treiben, dessen Strömungen heiß und kalt waren, während Nebel endlos vor seinem Gesicht trieb. Und dann griffen aus diesem verlorenen und geheimnisvollen und friedlichen Ort Hände hinauf, tasteten über sein Gesicht, seine Schulter, ergriffen dann seinen Arm und zogen ihn zu sich.

Ich bin nicht der erste hier, begriff er, als er von dem Traum erwachte. Ich bin nicht allein an diesem Ort, diesem Königreich der Überseele. Andere waren vor mir hier, sind jetzt bei mir und und werden bei allem, das geschehen wird, bei mir sein.

ENDE

Die Aussprache der Namen

Wenn man diese Geschichte stumm liest, spielt es kaum eine Rolle, ob der Leser die Namen der Charaktere richtig ausspricht. Doch für die, die es vielleicht interessiert, folgen einige Informationen über die Aussprache der Namen.

Die Regeln der Vokalbildung in der Sprache Basilikas verlangen, daß bei den meisten Substantiven, einschließlich der Namen, zumindest ein Vokal mit einem betonten ›j‹ gesprochen wird. Bei Namen kann es sich dabei um fast jeden Vokal handeln, und es ist jedem Sprecher erlaubt, ihn nach seinem Gutdünken zu verändern. Daher könnte der Name Gaballufix durchaus Gjah-BAH-lu-fix oder Gah-BAH-*lju*-fix ausgesprochen werden; wie der Zufall es will, zieht Gaballufix selbst die Betonung Gah-BJAH-lu-fix vor, und natürlich folgen die meisten Leute dieser Aussprache.

Das ›dh‹ wird wie das englische ›th‹ ausgesprochen

Dhelembuvex [Thel-EM-bju-vex]
Dol [DJOHL]
Drotik [DROHT-jik]
Eiadh [AI-jahth]
Elemak [EL-jeh-mahk]
Hosni [HJOZ-ni]
Huschidh [HJU-schith]
Issib [IS-jib]
Kokor [KJOH-kor]